Helena Janeczek

Das Mädchen mit der Leica

PIPER

Zu diesem Buch

Gerda Taro. Ein Name wie ein Filmstar. Als Gerta Pohorylle in Stuttgart geboren, in der Schweiz erzogen, in Leipzig zur überzeugten Sozialistin geworden, floh sie als junge Frau vor den Nazis nach Paris. Dort begegnete sie Robert Capa, auch er ein hungerleidender jüdischer Flüchtling. Die beiden verliebten sich und arbeiteten von nun an gemeinsam. Beide dokumentierten sie den Spanischen Bürgerkrieg, sie aber bezahlte diesen Einsatz mit dem Leben. Zu ihrer Beerdigung in Paris kamen Zehntausende; Capa führte mit Louis Aragon und Pablo Neruda den Trauerzug an, und Alberto Giacometti schuf ihr Grabmal.
Dann wurde Gerda Taro vergessen – bis 2007 in New York ein lang verschollener Koffer geöffnet wurde, in dem man ihre Negative wiederfand ... Wer war diese ungewöhnliche Rebellin, die ein paar Jahre lang ganz Paris den Kopf verdrehte? Helena Janeczek hat sie in diesem preisgekrönten Roman behutsam nacherfunden. Aus den Splittern der Erinnerung dreier alter Freunde fügt sie ein Bild zusammen und setzt einer großen Fotografin damit ein berührendes, weit über die sensationellen Fakten hinausreichendes, literarisches Denkmal.

Helena Janeczek wurde 1964 in München als Tochter einer jüdisch-polnischen Familie geboren und ging 1983 nach Italien. Sie lebt in Gallarate, wo sie auch ein Literaturfestival kuratiert. 1989 publizierte sie im Suhrkamp-Verlag den Lyrikband »Ins Freie«. Fortan schrieb sie auf Italienisch: 1997 erschien ihr Buch, »Lektionen des Verborgenen«. Es folgten Essays und Erzählungen und weitere Romane. 2017 erschien ihr Roman »Das Mädchen mit der Leica« der mit dem Premio Strega ausgezeichnet wurde.

Verena von Koskull, geboren 1970, studierte Italienisch und Englisch in Berlin und Bologna. Sie übersetzte unter anderem Carlo Levi, Gianrico Carofiglio und Salman Rushdie ins Deutsche.

Helena Janeczek

DAS MÄDCHEN MIT DER LEICA

Roman

Aus dem Italienischen
von Verena von Koskull

PIPER

Mehr über unsere Autorinnen, Autoren und Bücher:
www.piper.de

Wenn Ihnen dieser Roman gefallen hat, schreiben Sie uns unter Nennung des Titels »Das Mädchen mit der Leica« an *empfehlungen@piper.de*, und wir empfehlen Ihnen gerne vergleichbare Bücher.

Von Helena Janeczek liegen im Piper Verlag vor:
Das Mädchen mit der Leica
Die Schwalben von Montecassino

Unser Versprechen für mehr Nachhaltigkeit
• Klimaneutrales Produkt
• FSC®-zertifiziertes Papier
• Hergestellt in Europa

FSC www.fsc.org
MIX
Papier | Fördert gute Waldnutzung
FSC® C021394

Ungekürzte Taschenbuchausgabe
ISBN 978-3-492-31785-6
1. Auflage Juli 2021
3. Auflage August 2024

Titel der italienischen Originalausgabe:
»La ragazza con la Leica«

Umschlaggestaltung: zero-media.net, München
Umschlagabbildung: © Robert Capa © International Center of Photography / Magnum Photos / Agentur Focus
Satz: psb, Berlin
Gesetzt aus der Bell MT
Gedruckt von ScandBook in Litauen
Printed in the EU

»Sie war einfach charmant … Das hübsche Mädchen, dem man, wie dem Schicksal, einfach nachlaufen musste.«

Georg Kuritzkes
in einem Radiointerview 1987

Magst du auch tot und deine Hülle sterblich sein,
das Altgold deines Haars,
die frische Blüte deines Lächelns im Wind
und die federnde Anmut, mit der du
lachend den Kugeln trotztest,
um Kampfszenen zu bannen,
all das, Gerda, gibt uns weiterhin Mut.

Luis Pérez Infante,
Für Gerda Taro, gestorben an der Brunete-Front

PROLOG

Paare, Fotografien, Koinzidenzen #1

Seit du dieses Foto gesehen hast, hat dich ihr Anblick verzaubert. Sie scheinen glücklich, sehr glücklich, und sie sind jung, wie es sich für Helden gehört. Ob sie schön sind oder nicht, kannst du nicht sagen, heldenhaft sehen sie jedenfalls nicht aus. Das liegt an dem Lachen, das ihre Augen verschließt und die Zähne entblößt, nicht fotogen, aber so unverstellt, dass es sie hinreißend macht. Er hat ein Pferdegebiss, das er bis zum Zahnfleisch zeigt. Bei

ihr hebt sich der Eckzahn von der Zahnlücke dahinter ab, wenn auch mit der Anmut charmanter kleiner Schönheitsfehler. Das Licht schmiegt sich an das Weiß des gestreiften Hemdes und rinnt über den Hals der Frau. Ihre strahlende Haut, die Diagonale der Sehnen, die das auf die Rückenlehne gelegte Profil hervortreten lässt, und selbst die geschwungenen Armstützen verstärken die fröhliche Energie, die ihr einmütiges Lachen freisetzt.

Sie könnten auf einem Platz sein, doch die bequemen Armstühle lassen eher einen Park vermuten, der sich als Hintergrund in einem dichten Laubvorhang verliert. Du fragst dich, ob dieser Ausschnitt, den sie ganz für sich haben, dem Garten einer großbürgerlichen Villa entstammt, deren Bewohner über die Grenze geflohen sind, seit in Barcelona die Revolution gärt. Jetzt gehört dieses schattige Plätzchen unter Bäumen dem Volk: diesen beiden, die sich mit geschlossenen Augen anlachen.

Die Revolution ist ein Tag wie jeder andere, an dem man loszieht, um den Putsch aufzuhalten, der sie ersticken will, doch eine ausgelassene Waffenruhe lässt man sich nicht nehmen. Den *mono azul* wie ein Sommerkleid tragen, eine Krawatte unter die Latzhose binden, um für den anderen schön auszusehen. Da braucht es das klobige Gewehr nicht, das durch die Hände wer weiß wie vieler unglücklicher Soldaten gegangen ist, ehe es bei dem anarchistischen Milizionär landete, der den strahlenden Hals seiner Frau jetzt nicht streicheln darf.

Von dieser Einschränkung abgesehen, sind sie im Hier und Jetzt gänzlich frei. Sie haben bereits gewonnen. Wenn sie sich ihr Lachen bewahren und weiterhin so glücklich sind, scheint man nicht unbedingt wissen zu müssen, wie man diesem alten Schießprügel einen Schuss entlockt. Siegen wird, wer auf der richtigen Seite steht. Jetzt können sie die vom Laub gedämpfte Sonne genießen, die Gesellschaft des geliebten Menschen.

Die Welt muss es erfahren. Sie soll auf einen Blick sehen, dass es auf der einen Seite den jahrhundertealten Krieg gibt, die aus Marokko angelandeten Generäle mit den grausamen Söldnertruppen, und auf der anderen Seite Menschen, die das, was sie leben, verteidigen wollen und einander begehren.

In diesem frühen August des Jahres 1936 kommen sie in Scharen nach Barcelona, um sich dem ersten Volk Europas anzuschließen, das sich, ohne zu zögern, gegen den Faschismus bewaffnet hat. In der universellen Sprache der Bilder, die in der halben Welt an den Kiosken prangen, in den Partei- und Gewerkschaftsbüros hängen, von Zeitungsverkäufern geschwenkt und wiederverwendet werden, um Eier und Marktwaren darin einzuwickeln, und die selbst denen ins Auge springen, die Zeitungen weder kaufen noch lesen, erzählen sie von der Stadt in Aufruhr.

Brüderlich heißen die Barceloner die Fremden willkommen. Die herbeigeströmt sind, um an ihrer Seite zu kämpfen. Die sich an das allgegenwärtige Babel gewöhnen und Gefallen daran finden, mit *compañero* und *compañera* zu grüßen und sich mit Gesten, Lautmalereien und Taschenwörterbüchern zu behelfen. Zum steten Strom zur Freiwilligenmiliz gehören auch die Fotografen, die nicht auf Waffen und Training aus sind. Sie kommen für uns, sie sind wie wir, Genossen. Wer sie bei der Arbeit sieht, begreift und lässt sie gewähren.

Doch die beiden Milizionäre auf dem Foto sind von ihrem Lachen so überwältigt, dass sie nichts bemerken. Ihr Porträtist tritt ein Stück zur Seite, drückt abermals auf den Auslöser und droht sich mit der noch größeren Nahaufnahme des von seinem strahlenden, innigen Lächeln geeinten Paares zu verraten.

Das Foto scheint mit dem ersten fast identisch zu sein,

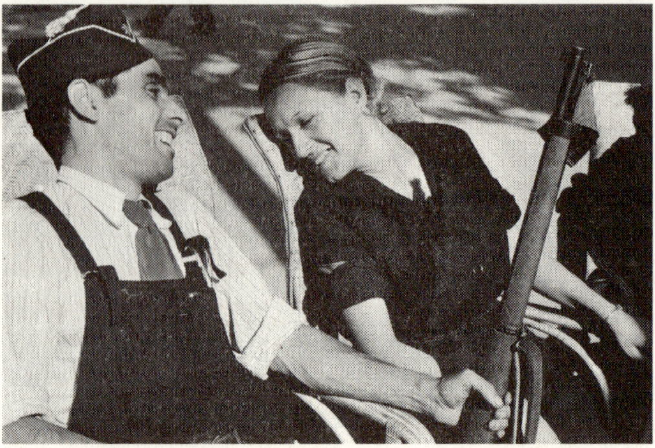

doch nun wird sichtbar, dass es den Mann und die Frau vor lauter Verliebtheit nicht kümmert, was um sie herum geschieht. Der scherenhafte Schritt eines Passanten, der das Straßenpflaster im Hintergrund zerteilt, verrät, dass sie nicht in einem Park, sondern womöglich auf den Ramblas sind, wo sich die mobilmachende Stadt versammelt. Im Armstuhl neben ihnen sitzt eine weitere Frau.

Von ihr ist nicht mehr als eine Strähne krausen Haars und ein bekleideter Arm zu sehen. Wie gern wärst du an ihrer Stelle, um das, was die Bilder zwar erahnen lassen, sich aber deinem Blick entzieht, mit eigenen Augen zu sehen.

Der Fotograf, der die beiden Kameraden festgehalten hat, ist nicht allein. Es sind ein Mann und eine Frau, Seite an Seite stehen sie am rechten Straßenrand.

Dann stößt du auf das Foto einer Frau, die in genau so einem Armsessel sitzt, und hältst ein so unverschämtes Glück für kaum möglich. Bis du ganz oben rechts im Bild ein schmales Stück Profil des jungen Milizionärs entdeckst, der auf den anderen Bildern seine blonde Freundin anstrahlt.

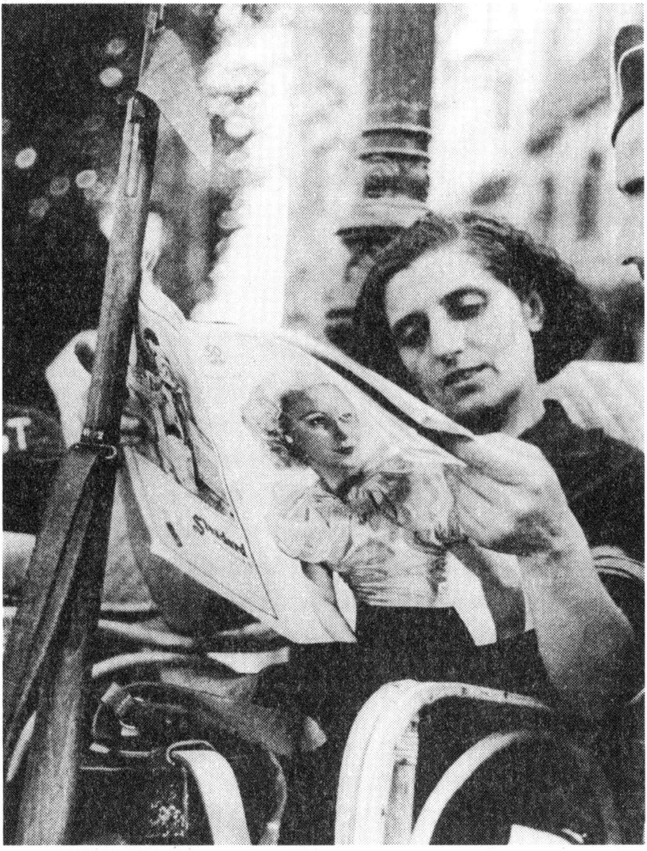

Diese Arbeiterin mit einer Modezeitschrift in den dazu nicht passen wollenden Händen und einem Gewehr zwischen den Knien scheint wahrlich nicht der Typ zu sein, der sich vom Auftauchen eines Fotografenpaares, das um das schallende Lachen ihrer verliebten Kameraden wetteifert und anschließend auch sie verewigt, zu klatschhafter Neugier hinreißen lässt. Nein, sagst du dir, über Dinge, die sie nichts angehen, sieht eine wie sie hinweg.

Zwar bleibt sie wachsam, denn immerhin hat man ihr eine Waffe gegeben, aber vor allem will sie den kurzen Moment des Friedens genießen.

Doch ein paar Tage später – so stellst du dir vor – kommt diese Milizionärin zum Exerzieren an den Strand und trifft die beiden Fotografen wieder. Er mit dieser zigeunerhaften Hemdsärmeligkeit, sie fast wie ein Mannequin, das der auf den Ramblas gelesenen Zeitschrift entstiegen sein könnte, allerdings mit einem klobigen Fotoapparat um den Hals, der ihr gegen die Hüften schlägt.

Jetzt ist die Frau neugierig: Wer sind die beiden? Wo kommen sie her? Haben sie eine Affäre, wie sie in diesem Klima aus Mobilisierung, Hochsommer und Freiheit zahlreich gedeihen, oder sind sie Mann und Frau?

Wohl etwas in der Art, denn eingespielt und routiniert werfen sie sich ein paar Worte in einer harten Sprache zu. Sie ist heiter und flink wie eine Katze, doch sehr bedacht, wenn sie die Kameradinnen anweist, wie sie ihre Waffen halten sollen. Die beiden legen sich mächtig ins Zeug, sind euphorisch und gut gelaunt und verteilen aus Dank und als Zeichen der Brüderlichkeit sogar Gauloises.

»Die habe ich schon mal gesehen«, bemerkt die Milizionärin, als die Fotografen davongehen und sich erregtes Getuschel erhebt, doch niemand beachtet sie. Alles Interessante weiß der Genosse Journalist, der die beiden hergebracht hat. Sie sind frisch aus Paris eingetroffen und haben bereits ihren Hals riskiert, als das zweimotorige Flugzeug in der Sierra notlanden musste. Ein hohes Tier von der französischen Presse hat sich dabei den Arm gebrochen, doch die beiden haben nicht einen Kratzer abbekommen, dem Himmel sei Dank. Er heißt Robert Capa und sagt, Barcelona sei wunderbar und erinnere ihn an seine Geburtsstadt Budapest, doch solange dort Admiral Horthy und sein reaktionäres Regime am Ruder seien, könne er nicht dorthin zurück. Seine Gefährtin Gerda Taro muss wohl *alemana* sein, eine von diesen jungen Emanzen, die nicht einmal vor Hitler kuschen.

»Weiß man schon, wann die Fotos erscheinen?«, bedrängen ihn die Milizionärinnen.

Der Journalist verspricht, sich zu erkundigen, allerdings nicht bei den Fotografen, die demnächst in die Kampfgebiete aufbrechen: Zuerst fahren sie an die Front von Aragón und dann runter nach Andalusien.

Ein Jahr nach diesen Aufnahmen hat es in Barcelona unter den vom Kreuzer Eugenio di Savoia zerbombten Häusern die ersten achtzehn Toten gegeben. Die Milizen wurden aufgelöst, die Milizionärin ist in die Fabrik zurückgekehrt. Vielleicht näht sie Uniformen für das Ejército Popular, in dem die Anarchisten widerspruchslos gehorchen müssen und Frauen keinen Platz mehr haben. Doch in den Werkshallen hört man auch weiterhin Radio, kommentiert die Nachrichten und macht sich Mut.

Du stellst dir vor, wie jemand aus einer Zeitung vom 27. Juli 1937 vorliest. Darin steht, Madrid leiste heldenhaft Widerstand, wenngleich der Feind mithilfe der deutschen und italienischen Luftwaffe auf Brunete vorgerückt sei, wo sich ein tragisches Unglück ereignet habe. Eine Fotografin habe ihr Leben gelassen, sie sei von weither gekommen, um den Kampf des spanischen Volkes zu verewigen, und ein solches Vorbild an Tapferkeit, dass General Enrique Líster an ihrem Sarg niedergekniet sei und der Dichter Rafael Alberti der Genossin Gerda Taro die feierlichsten Worte gewidmet habe.

»Ist das nicht die, die uns am Strand fotografiert hat?«, ruft eine Arbeiterin und lässt die Mädchen aufhorchen, die schwatzend am Eingang der Werkshalle stehen. Ja, genau die: In dem Artikel wird auch der *ilustre fotógrafo húngaro Robert Capa que recibió en París la trágica noticia* erwähnt.

Die Arbeiterinnen der Uniformfabrik sind betroffen, die Erinnerungen holen sie ein.

Die Sonne auf den Schultern, der Sand in den Schuhen, das Gelächter, wenn eine von ihnen unter dem Rückstoß der Waffe über die Strandlinie taumelte, der begeisterte Jubel, kaum traf eine andere das Ziel. Und dann diese Fremde, eine *senyoreta* mit zarten Händen – das sah man sofort –, die gepflegt in Paris hätte bleiben können, um Schauspielerinnen und hochelegante Mannequins abzulichten, doch stattdessen war sie hier, um sie bei ihren Schießübungen am Strand zu fotografieren. Sie bewunderte sie regelrecht und schien sie fast ein wenig zu beneiden. Und nun ist sie gefallen wie ein Soldat, während sie sich in der Fabrik krummarbeiten und kaum wissen, wo sie etwas zu Essen herbekommen sollen, aber immerhin noch am Leben sind. Das ist nicht fair. Die Faschisten sollen in der Hölle krepieren.

Die Frau, die mit der Modezeitschrift auf den Ramblas saß, ist von dieser Nachricht besonders erschüttert. Während der wieder angezündete Zigarettenstummel ihr die Finger einräuchert und die Nähmaschinen hinter ihrem Rücken rattern, wird sie von einer Rührung ergriffen, die mehr ist als tief empfundene Dankbarkeit für das Opfer einer kleinen Göre aus einem kalten Land. Glasklar steigt ein Bild in ihr auf, das sie, als sie ein Jahr zuvor von ihrer Lektüre aufblickte, nur flüchtig wahrgenommen hat: Ein dunkelhaariger Mann und eine junge blonde Frau mit Pagenschnitt fotografieren eine junge blonde Frau mit Pagenschnitt und einen dunkelhaarigen Mann, die glücklich lachen. Die Blondine knipst mit geneigtem Kopf, der Fotoapparat verdeckt ihre Stirn. Die Kamera des Dunkelhaarigen ist so klein, dass man seine Brauen sieht, die genauso buschig sind wie die des Milizionärs. Als sie mit dem Knipsen fertig sind, lachen auch sie, ausgelassen und einmütig. Sogar einem unbeteiligten Blick wie dem ihren kann nicht entgehen, dass die zwei sich in den anderen beiden wiedererkannt haben. Und ebenso verliebt sind wie sie.

Ein winziger Zufall hat es gewollt, dass die frisch in Barcelona eingetroffenen Fotografen einem Paar über den Weg liefen, dem sie ähnlich waren. Und womöglich ebenso zufällig konnte Gerda Taro dessen Lachen auf seinem Höhepunkt bannen, während Robert Capa ein paar Sekunden verlor, um vielleicht das Weitwinkel zu justieren. Hätte sie noch die Kamera benutzt, mit der er ihr das

Fotografieren beigebracht hatte – die Leica –, hätten auch ihre Negative das rechteckige Format, anhand dessen sich das zweite Foto des Paares und das der Zeitschrift lesenden Frau Capa zuordnen lassen. Wenn Gerda sich keine günstige Mittelformat-Spiegelreflexkamera gekauft hätte – eine Reflex-Korelle –, hätte sie das Motiv nicht so perfekt im Bildquadrat zentrieren können.

Nach sechs Monaten reichten die gemeinsamen Einkünfte aus, damit er sich eine Contax zulegen und die Leica, die ihn durch seine Hungerleiderjahre begleitet hatte, dem Mädchen geben konnte, das ihn ermutigt hatte, diese Jahre hinter sich zu lassen. Sie waren mit leeren Taschen aus Paris aufgebrochen – ihr Abenteuer als Fotografin hatte gerade erst begonnen, und er war, obwohl zunehmend gefragt, ohne Auftrag –, besaßen jedoch die unerschöpfliche Zuversicht, dass sie sich einen Namen machen würden.

Mit nichts als einer Leica in Paris zu leben war tägliche Überlebenskunst. André Friedmann und Gerda Pohorylle waren zu dem Schluss gekommen, dass sich unter einem Pseudonym mehr Arbeit finden ließe. Sogar Robert Capas Geschichte hatten sie sich ausgedacht, der all das besaß, was ihnen fehlte: Reichtum, Erfolg und im Reisepass das unbefristete Visum eines Landes, das man wegen seiner von Kriegen und Diktaturen unbefleckten Macht verehrte. In einem Geheimbund vereint, dessen Startkapital ein falscher Name war, waren sie einander im Leben noch näher und noch verwegener in ihren Zukunftsträumen.

Dann war die Zeit der Märchen vorüber. Seit die Spanische Republik unter Beschuss stand, kam es nur darauf an, zur rechten Zeit am rechten Ort zu sein und eine Wirklichkeit zu bannen, die aufrütteln, den Protest befeuern und die freie Welt zum Handeln zwingen sollte.

Doch wenn eine Fotografie auch von dem erzählt, der sie gemacht hat, spiegeln sich in den Schnappschüssen dieses Paares, in dem sich wiederzuerkennen so leicht war, unweigerlich ihre Urheber wider. In Taros Foto nehmen der Mann und die Frau den Raum zu gleichen Teilen ein, vereint in ihrem Lachen, das sich in der Luft entlädt und dessen überbordende Energie der harmonische Bildaufbau unterstreicht. Capas Foto stellt die Frau in den Mittelpunkt, es hebt ihre Sinnlichkeit hervor, als sie sich zu ihrem Freund beugt, gleichsam aus der Sicht seines strahlenden Blicks.

Als sie nebeneinander die Straße entlangschlenderten, erblickten sie diese beiden Milizionäre, die ihnen so ähnlich und so glücklich waren. Doch war es nicht das Spiel mit dem Spiegelbild, das sie dasselbe Motiv fotografieren ließ, damit einem von ihnen ein für die Zeitungen taugliches Bild glücken mochte. Es ist die Verheißung, die auf diesen von einem beseligten Lachen durchglühten Gesichtern und Körpern wahrhaftig wird, die für ein paar flüchtige Augenblicke gelebte Utopie, die diesen Mann und diese Frau von allem frei sein ließen. Frei zwar und in ihren Idealen und Gefühlen verbrüdert, aber nicht gleich. Robert Capa hat die Sehnsucht gebannt, sich einander rückhaltlos hinzugeben, Gerda Taro eine unbändige Freude, die sich Bahn bricht, um die Welt zu erobern.

Sie waren verschieden und komplementär an jenem Augusttag, der allem, was danach geschehen sollte, für immer enthoben ist. Absichtslos und offen wie dieses verewigte Lachen erzählen sie davon, mit diesen Selbstporträts, die sie ihren Kameraden im Kampf und in der Liebe in jenem kurzen Sommer der Anarchie in Barcelona gestohlen haben.

ERSTER TEIL

Willy Chardack
Buffalo, NY, 1960

Wer ist sie doch, die Sieg'rin aller Blicke,
Die, Liebe lächelnd, leise Lüft' umwallen …

Guido Cavalcanti

Ja soll denn etwas so Schönes nur einem gefallen?
Die Sonne, die Sterne gehören doch auch allen.
Ich weiß nicht, zu wem ich gehöre,
Ich glaub, ich gehöre nur mir ganz allein.

»Ich weiß nicht, zu wem ich gehöre« (1930)
von Friedrich Hollaender und Robert Liebmann,
gesungen von Marlene Dietrich

Doktor Chardack war früh auf. Er hat sich gewaschen und angezogen, eine Tasse Instantkaffee und die *New York Times* vom Wochenende mit ins Arbeitszimmer genommen und die Politik durchgeblättert, die er nun, da es im Wettlauf um das Weiße Haus enger wird, genauer verfolgen möchte. Schließlich legt er die Zeitung verkehrt herum beiseite, greift zu Papier und Stift und beginnt zu arbeiten.

Bis auf die vereinzelten Rufe von Schwalben und Krähen und das ferne Brummen eines Autos auf der Suche nach einer Tankstelle oder unterwegs nach irgendwohin ist kein Geräusch zu hören. Später werden auch die Nachbarn nach und nach in ihre Wagen steigen, um sich auf den Weg in die Kirche, zu Verwandten oder zu einem Restaurant mit *Sunday's Special Breakfast* zu machen, doch Doktor Chardack ist von derlei Unternehmungen glücklicherweise nicht betroffen.

Es erstaunt ihn nicht, dass das Telefon klingelt, kaum dass er mit dem Schreiben seines Artikels begonnen hat, und eher aus Gewohnheit denn um zu verhindern, dass seine Frau verschlafen zum Apparat hastet, ruft er »Ist bestimmt für mich!« in die Wohnung.

»Dr. Chardack«, sagt er wie immer grußlos.

»*Hold on, sir, call from Italy for you.*«

»Willy«, sagt eine von der Interkontinentalverbindung wattige Stimme, »ich habe dich doch nicht geweckt?«

»*Nein: absolut nicht!*«

Er hat sofort gewusst, wer dran war. Es gab die alten Freunde noch, unauslöschlich wie die Narbe eines üblen Sturzes von einem Baum im Rosental, und wer noch am Leben war, konnte ein Lebenszeichen von sich geben.

»Georg: Ist was passiert? Gibt's Probleme?«

In der Zeit, da man ihn noch Willy nannte, war er der Freund gewesen, den man um praktische Hilfe bat: hauptsächlich um Geld, denn davon hatte er immer mehr gehabt als die anderen. Deshalb lässt der Anrufer jetzt ein herzliches Lachen hören und sagt, er brauche nichts, aber passiert sei durchaus etwas, schließlich habe er sich dort im fernen Amerika ein starkes Stück geleistet, da musste er einfach zum Hörer greifen, statt ihm einen Brief zu schreiben.

»Herzlichen Glückwunsch! Großartig, was du da geschafft hast, bahnbrechend, könnte man sagen.«

»Danke«, erwidert er fast tonlos und mechanisch. Doktor Chardack ist kein Typ für Komplimente, Schlagfertigkeiten liegen ihm mehr, doch will ihm beim besten Willen keine einfallen.

Lachen war ihre Spezialität gewesen, damals. Nein, das wäre übertrieben, doch sie wussten die todernsten Debatten mit einem Schuss Ironie zu würzen, und Willy Chardack hatte seinen Freunden darin nie nachgestanden. Jetzt schätzten auch die Kollegen seinen trockenen Humor, den der teutonische Akzent (der des verrückten Wissenschaftlers) noch unterstrich, und es war ihm recht, für amerikanische Verhältnisse nicht als bärbeißiger Kauz zu gelten.

Während Doktor Chardack der fernen Stimme von Georg Kuritzkes lauscht, sieht er ihn *en plein air* im Kreis der ganzen Bagage oder doch eher in der strahlend heiteren Atmosphäre eines französischen Films, obwohl sie zu dem Zeitpunkt noch gar nicht in Paris waren. Aber das Rosental musste den Vergleich mit dem Bois de Boulogne nicht scheuen, und Leipzigs *passages* waren berühmt. Es gab die Industrie und den Handel, die Musik und das Verlagswesen, die auf jahrhundertealte Traditionen zurückblicken konnten, und diese bürgerliche Beständigkeit zog Neuankömmlinge aus der Provinz und aus dem Osten an, die die Stadt samt ihren Widersprüchen und Konflikten allmählich in eine echte Metropole verwandelten. Bis die Zusammenstöße und Streiks heftiger geworden waren und die Weltwirtschaftskrise die deutsche Katastrophe beschleunigt hatte. Die angespannten Mienen, die Willy zu Hause vorfand, wenn sein Vater sich über die Schlange der Leute erregte, die Arbeit suchten, ganz gleich welche, dabei konnte er kaum noch seine Lehrlinge und Lagerarbeiter halten, nachdem selbst die seit dem Mittelalter in Leipzig prosperierende Pelzbörse ins Stolpern geraten war.

Willy und seine Freunde, die sich nicht mit zahlungsunfähigen Kunden herumschlagen mussten, waren bereit, gegen alles zu kämpfen, selbst wenn sie aus betuchten Familien stammten. Sie waren so frei: frei, zu einem Ausflug aufzubrechen und im Zelt unter den Sternen zu schlafen, frei, den Mädchen den Hof zu machen, von denen es sehr hübsche und sogar hinreißende gab (Ruth Cerf hatte sich von einer Bohnenstange in eine majestätische Blondine verwandelt, und dann war da Gerda, die zauberhafteste, lebendigste und lustigste Person, die ihm im weiblichen Universum je begegnet war), frei zu lachen. Selbst als Hitlers Sieg unmittelbar bevorstand und man sich aufs Kofferpacken gefasst machen musste, war ihnen das Lachen nicht vergangen. Niemand hätte ihnen diese Ressource nehmen können, die sie einander gleich und einig machte, zumal in ihrer Lebenseinstellung, die den Nazis die Stirn bot. Doch wirklich gleich waren sie nicht, und Georg war das beste Beispiel dafür. Georg war brillant, und das in geradezu verschwenderischem Übermaß, ähnlich dem riesigen Hemdenvorrat (Hemden aus ägyptischer Baumwolle!), der sich, seit Willy in linken Kreisen verkehrte, im Hause Chardack nutzlos in den Schränken stapelte. Georg Kuritzkes war intelligent, schön, sportlich. Loyal und verlässlich. Ein Meister darin, Menschen zusammenzubringen, anzuleiten, zu organisieren. Ein lässiger Tänzer. Begeisterter Kenner der neuesten Musiktrends von jenseits des Großen Teichs. Mutig. Entschlossen. Witzig obendrein. Wie sollte ein Willy Chardack dagegen einen Stich bei den Mädchen machen? Schon lange bevor er dieses Spitznamens überdrüssig wurde, den Gerda Pohorylle mit ihrem leichten Stuttgarter Zungenschlag sogleich übernahm, hatte man ihn »Dackel« genannt. Es war aussichtslos. Doch weil Georg obendrein witzig war, war eine Zuneigung gewachsen, die sich jenseits aller Jugendhierarchien bewegte und offenbar noch immer bestand, das zeigte das Herzklopfen, das ihm sein Anruf bescherte. Ausgelöst von einem seit einer gefühlten Ewigkeit nicht mehr gehörten Lachen.

Georg hat ihm von seinem Bruder in Amerika berichtet, der verheiratet ist und in einem Haus mit Blick auf die Rocky Mountains lebt. Soma habe ihm einen Zeitungsausschnitt geschickt, der den toten Seitenarmen der italienischen Post habe entrinnen können und nach biblischen Zeiten eingetroffen sei, eine wirklich großartige Überraschung.

»Die geben dir bestimmt den Nobelpreis.«

»Ach was. Wir sind nur ein Ingenieur und zwei Ärzte eines Veteranenkrankenhauses, die im Schuppen neben einem Haus voller Jungspunde ihre Experimente machen. In Buffalo, nicht in Harvard. Die Pharmaindustrie war als

Erste da, die haben uns mit Schulterklopfen und Versprechungen überschüttet, doch Gelder und Patentanfragen gab es bisher keine.«

»Verstehe. Aber ein Herz mit einem winzigen Motor auszustatten, mit dem man schwimmen, Fußball spielen und hinter dem Bus herrennen kann, ist eine verdammte Revolution. Das werden die schon noch kapieren.«

»Hoffentlich. Als du angerufen hast, dachte ich schon, es wäre das Krankenhaus oder ein entlassener Patient. ›Gibt's ein Problem?‹ – inzwischen klinge ich wie ein Telefonfräulein – ›Ich verbinde‹. Aber klar, ich freue mich.«

»Das will ich meinen. Am Ende wirst du von uns der Einzige sein, der was verändert hat. Ich hab's ja gesagt: Wenn jemand Revolution gemacht hat, dann du …«

Darauf hätte Doktor Chardack eine Antwort parat. Am liebsten würde er die Studenten erwähnen, die Amerika umkrempeln wollen, indem sie auf den für Neger verbotenen Bänken einfach sitzen bleiben, sodass Woolworth und die anderen Kaufhausketten ihre *lunch counters* im rassistischen Süden für farbige Kunden geöffnet haben. Am liebsten würde er ihren unerschütterlichen, friedlichen und von einem auf den Namen Martin Luther getauften Reverend angeführten Glauben mit dem eines englischen Tischlersohns vergleichen, der es dank der Ausbildung für Veteranen zum Elektroingenieur gebracht hat. »Es war die Vorsehung, die mir das entscheidende Versehen diktiert hat, Sie werden sehen, lieber Chardack, wir finden für alles eine Lösung«, pflegte Ingenieur Greatbatch zu sagen, wenn der Doktor zum hundertsten Mal in seinen Schuppen stürzte, um ihm mit einem neuen Problem zu kommen. Am liebsten würde er Georg sagen, dass ausgerechnet er, der Gottlose, mit jedem elektronischen Impuls eines kranken Herzens wiedergeboren wurde und dass ihn der einzige Gott erhört hat, dem er sich verschrieben hat: Äskulap.

»Mir reicht meine Arbeit«, sagt er.

Der andere lacht mit seinem weichen, kräftigen Timbre, es ist ein einverständiges Lachen, und dennoch nimmt Doktor Chardack einen feinen Riss in Georgs Stimme wahr und lässt ihn weiterreden.

»Am liebsten würde ich mich auch ausschließlich der medizinischen Forschung widmen, man langweilt sich nicht und tut etwas wirklich Sinnvolles. Doch leider sind spektakuläre Erfindungen auf meinem Gebiet höchst unwahrscheinlich. Könnten wir doch nach einem Schlaganfall auch so ein kleines Ding einbauen wie eures!«

Wieder nimmt Doktor Chardack ein blankes Körnchen Bedauern wahr. Doch mit einem Scherz weiß er dagegen anzugehen: »Mir das Herz, dir das Hirn! Bei den lebenswichtigen Organen machen wir halbe-halbe – wie die Supermächte mit der Welt und jetzt sogar mit dem All.«

»Hauptsache, man hat etwas zum Teilen, nicht wahr? Jetzt reichen sie dich von einem Kontinent zum nächsten weiter, und wehe, du meldest dich nicht, wenn du hier in der Gegend bist.«

Nun, da sie bei den Höflichkeiten angelangt sind, hat sich Doktor Chardacks Stimmung aufgehellt. Es ist schließlich keine Schande, dass ihnen von den gemeinsamen Zielen und Träumen – die Medizin, Gerda, der Antifaschismus – nur der Erstere geblieben ist.

Das Gespräch endet mit einem Adressenaustausch zwischen Doktor Chardack und Doktor Kuritzkes, der darüber nachdenkt, die FAO und die UNO insgesamt zu verlassen, auch wenn er die Vorstellung, dann nicht mehr überall willkommen zu sein, durchaus bedauerlich findet.

»Also, ich rechne mit dir, Willy, ich rechne damit, dass der ausgepumpte Muskel des alten Europa dir einen triumphalen Empfang bereitet …«

Einen Moment lang bleibt Doktor Chardack vor dem aufgelegten Apparat stehen und lauscht dem letzten und trotz des leisen Sarkasmus so einnehmenden Lachen seines Freundes nach. Doch kaum wird er sich des Auslösers gewahr – diese verkappten Anspielungen am Telefon –, zieht sich etwas in ihm zusammen.

Wieso war Georg nach Rom gegangen? Hatte er tatsächlich geglaubt, bei der FAO könnten sie den Hunger besiegen? Er war nie naiv oder verblendet gewesen, ganz im Gegenteil. Wer weiß, ob er nach Spanien aufgebrochen wäre, wäre nicht diese Verrückte aufgetaucht und hätte ihn dazu überredet, denn Gerda etwas abzuschlagen war völlig undenkbar. Sie war ernsthaft verrückt, noch verrückter als Capa, den beinahe der Schlag getroffen hatte, als er erfuhr, dass es ihr mit einem ausgedehnten Italienurlaub beim berühmten Georg nicht genug war. Nein, diese Wahnsinnige hatte auch noch die Fotos der republikanischen Milizen mit in die Wiege des Faschismus genommen! So ein Blödsinn, versetzte Gerda ungerührt, das sei ein billiger Vorwand, um ihr eine Szene zu machen, und wer ihrem Schlagabtausch im geselligen Radau eines Pariser Cafés beiwohnte, konnte sich ein bewunderndes Grinsen kaum verkneifen.

Jedenfalls hatte sich Georg Kuritzkes den Internationalen Brigaden angeschlossen und war, derweil Willy sich nach den Vereinigten Staaten einschiffte, in Marseille geblieben und der Résistance beigetreten. Doch ehe er in die Berge ging, hatte er sein Examen gemacht und sich nach der Befreiung mit einer Doktorarbeit spezialisiert, die ihm eine Forschungsstelle bei der UNESCO einbringen sollte.

Inzwischen macht Doktor Chardack einen weiten Bogen um die Politik, doch hält das die Politik nicht davon ab, in sein Terrain vorzudringen. Schwer zu verdauen, dass die USA aus heiliger Angst vor allem, was rot ist, Wissenschaftler von Georg Kuritzkes' Kaliber nicht haben wollen. Allerdings ist nicht gesagt, dass Georg das bedauert. Mag sein, dass er auf Geheiß der UNO nach Italien zurückgegangen ist, doch wenn er sich nicht völlig verändert hat, fühlt er sich da unten noch wohl.

Dieser Gedanke verschafft ihm Erleichterung. Und als Doktor Chardack sich erneut über seine Unterlagen beugt, hat sich die vom Atlantik hereingezogene Bewölkung wieder aufgelöst.

Zufrieden darüber, mit der ersten Fassung des Artikels fertig zu sein, während im Erdgeschoss die Türen klappen (alle verlassen das Haus, zum Glück), ist ihm zu dieser Stunde des Tages nicht bewusst, wie fern ihm die Welt ist, in die es ihn verschlagen hat. Das wird ihm erst nach dem Mittagessen aufgehen, als er beschließt, die Patientenvisite vorzuziehen und dann in die südlichen Viertel zu fahren – *Polonia, Kaisertown, Little Italy* –, wo man Gebäck kaufen kann, das noch genauso schmeckt wie früher. Vielleicht sollte ihm so eine Idee häufiger kommen, auch wenn niemand in der Familie damit rechnet. Doch jede Art von vergeblicher Liebesmüh ist Doktor Chardack seit jeher zuwider. Einen Kuchen mit nach Hause zu bringen ist das eine, aber das abstrakte Bemühen, ein »echter Amerikaner« zu werden, etwas ganz anderes, zumal das, was er getan hat und noch immer tut, mehr als genug ist. Er nennt sich William, spricht seinen Nachnamen amerikanisch aus, hat zwei Jahre in Korea gedient, und die Transfusionspumpe, die er aus einer Granate gefertigt hatte, hat ihm zwei Medaillen eingebracht. Er ist stolz darauf, keine Frage, stolz auf die Jungs, die er retten konnte, genau wie auf die vielen amerikanischen Leben, die nun dank seines implantierbaren Herzschrittmachers gerettet sind. Mehr kann man von ihm nicht verlangen: Für ihn ist Amerika eine Nation, der er angehört, keine Religion, in der man wiedergeboren wird. Hin und wieder fehlen ihm die guten Dinge, die es in Europa gibt. *So what?*

Nachdem er sich also versichert hat, dass die Patienten

stabil sind, beschließt er, das Auto am Veterans Hospital stehen zu lassen und bis zur Hertel Avenue zu laufen, wo es jede Menge italienischer und jüdischer Cafés und Restaurants gibt. Außerdem geht Doktor Chardack gern spazieren, sofern es das Wetter erlaubt, was eine ganz und gar unamerikanische Angewohnheit ist. Auch wenn die Straßen, auf denen er an diesem spätsommerlichen Sonntagnachmittag fast als Einziger zu Fuß unterwegs ist, obendrein in Schlips und Jackett (ein leichtes Jackett, das er über dem Kurzarmhemd aus Mischfaser trägt), die Straßen von North Buffalo sind: wie mit dem Lineal gezogen, mit akkurat gesetzten Bäumchen, die die Bezeichnung Avenue rechtfertigen sollen, und von getünchten, nur hie und da leicht verwitterten Holzhäusern gesäumt, rote, hellgelbe, grünliche, himmelblaue, cremefarbene, schneeweiße, manche mit einer amerikanischen Flagge geschmückt, größere und kleinere, Häuser mit breiten Grasteppichen vor der Tür (ohne Zaun!) und, wie er im Laufe der Jahre feststellen durfte, verblüffend tauglich, dem Schnee zu trotzen (der Kälte weniger), und die Wärme zu halten.

Lästig ist nur, wenn ihn jemand im Auto mitnehmen will. »*Thanks, no!*«, lautete seine übliche Antwort, die auf weitere Erklärungen verzichtete, bis er darauf kam, sein exzentrisches »*just walking*« als vorbeugendes Mittel gegen den Herzinfarkt zu verkaufen. »*Oh really, doctor!*«, antworteten die Nachbarn und klammerten sich leicht verschreckt an ihren Autoschlüssel. Doch jetzt sind nur ein paar tuschelnde kleine Mädchen unterwegs, dazu das eine oder andere Eichhörnchen, das, anders als seine armen, verängstigten europäischen Verwandten, völlig unerschrocken über den Gehsteig hüpft.

Eine Gegend zu durchwandern, die man hinreichend kennt und die einen wiederum gänzlich ignoriert, bringt die Gedanken auf Touren oder zermahlt sie mit jedem Schritt. Die ausgedehnten Stadtspaziergänge hatte sich Doktor Chardack nicht in Leipzig angewöhnt, sondern auf den Boulevards des fünfzehnten, siebten oder sechsten Arrondissements, die ihn häufig in die prachtvollen oder ärmlichen Viertel rechts der Seine brachten. Obwohl die Metro kaum etwas kostete, war sie die erste Ausgabe, die sich Ruth und Gerda verkniffen, denn mit finanzieller Unterstützung ihrer Familien konnten sie nicht rechnen. Rausgeschmissenes Geld, behaupteten sie, und außerdem mache zu Fuß gehen eine gute Figur. Das sollte ihre letzte Sorge sein, grinste der Dackel. Einen Kaffee ließen sich die Mädchen gern spendieren, eine U-Bahn-Fahrkarte nur in Ausnahmefällen. Wieso sich in einen fahrenden unterirdischen Käfig setzen, wenn man in Paris war? Bei dem Wort »Käfig« beließ Willy es bei seinem Einwand, es werde gleich regnen. Gerda hatte im Gefängnis gesessen und war wie durch ein Wunder freigekommen, auch ihre Flucht aus Deutschland hatte unter einem glücklichen Stern gestanden. »Wo musst du hin?«, fragte er. »Kennst du den Weg?« – »Danke, Dackel, ich schaffe das schon, aber wenn du nichts Besseres vorhast, kannst du mich ein Stück begleiten.« Vielleicht hätte er etwas Besseres vorgehabt (sich in der Bibliothek verschanzen und sie erst zur Schließung wieder verlassen), doch stattdessen schleppte er seine Medizinbücher bis weit hinter den Pont Saint-Michel und wieder zurück, bis ihm der Griff seiner Mappe schmerzhaft in die Finger schnitt.

Sie war nicht zu bremsen, und nach einem Monat hatte man den Eindruck, sie wäre in Paris geboren. An bestimmten Tagen konnte sie das Honorar abholen, das sie mit ihren Gelegenheitsarbeiten verdiente, was bedeutete, bis zur Opéra zu wandern und auf dem Rückweg Croissants und ein Körbchen Erdbeeren für Ruth zu kaufen, die inzwischen bestimmt schon wieder in ihrem gemeinsamen Zimmer war. »Die fällt mir noch in Ohnmacht, wenn ich ihr nicht was Süßes mitbringe; noch nicht volljährig und schon so eine Bohnenstange.« Oder sie musste zur Post in Montparnasse, um einen Brief an Georg aufzugeben, eigentlich täte es auch ein Briefkasten und vorher noch ein Tabakladen, und würde er ihr, wo sie schon einmal dort waren, auch ein paar Zigaretten kaufen? Manchmal, sie hatte die Briefmarken nach Italien schon angeleckt, während er noch auf das Restgeld wartete, konstatierte sie wie aus heiterem Himmel, wenn es Rauhaardackel nicht gebe, müsste man sie erfinden ...

Dann hatte sie sich in den Kopf gesetzt, auf eigene Faust das *baccalauréat* zu machen, und Georg hatte mit Ermutigungen für Gerda ebenso wenig gespart wie mit der dringenden Bitte an Willy, ihr bei den wissenschaftlichen Fächern zu helfen, die sie nie in der Schule gehabt hatte. Als wollte sie ihn damit provozieren, ließ sie den Dackel meist zur École normale supérieure kommen, die noch schöner und ruhiger war als die Sorbonne, an der er sich eingeschrieben hatte. Wenn sie vor die Tür gesetzt wurden, hockten sie sich mit dem Periodensystem und der einfachen Physik-Formelsammlung, die Gerda aus ihrer Handtasche zog, auf eine Bank im Jardin du Luxembourg und hielten das an den Falzlinien beängstigend durchscheinende Blatt auf ihren Knien. In papierner, chemisch-physischer Vertraulichkeit saßen sie da, bis Gerda die Geduld verlor oder ihr kalt wurde. Wie viele Minuten der Tuchfühlung wären dem flanellenen Schenkel des Dackels gewährt, wie viele Blicke auf ihre Seidenstrümpfe, die unter dem Formelblatt hervorblitzten, auf ihre Füße, die im Takt der Wiederholungen wippten?

Wenn Willy morgens die Fensterläden öffnete, warf er einen forschenden Blick in die Wolken über dem Hotelhinterhof. Waren sie so dunkel, dass die Nachhilfe im Park ins Wasser zu fallen drohte, trübte sich seine Laune.

Ein nicht allzu kalter und bedeckter Tag genügte ihm, doch wusste seine Meteorologie nie vorherzusagen, wie lange es dauern würde, bis Gerda sich von der Parkbank erhob. Unvermittelt sprang sie auf und wanderte an der grünen Wand gereihter Bäume entlang, die sich neben ihr riesig ausnahm. Ihr Gang war leicht, wiewohl leicht nervös, was jedoch dem Kies geschuldet sein mochte, der bei jedem Stöckelschritt unter ihren Absätzen knirschte. Der Dackel folgte, das Blatt in der Hand, um sie zu korrigieren. Gerda blieb stehen und drehte sich zu ihm um, sie wollte auf die richtige Formel kommen, auf die korrekte Reihenfolge der Elemente, ehe er bei ihr war. Vielleicht sollte ich langsamer gehen, überlegte Willy, ohne recht zu wissen, ob er ihr damit Zeit verschaffen oder ihren angestrengten Blick auskosten wollte. Womöglich bremste ihn sein Zögern bereits genug, denn Gerda schaffte es fast immer, dem Dackel ihre Antwort entgegenzuschleudern und ihn mit einem triumphierend aufblitzenden Lächeln zu belohnen. Doch manchmal, wenn die soeben aus dem Lycée Montaigne geströmten Schulklassen ihr entgegenkamen, ging Gerda einfach weiter, als würden die vom Unterrichtsschluss wiederbelebten kindlichen Gesichter mit den einheitlich kurzen Mänteln und gestriegelten Frisuren ihre Lernversuche lächerlich machen. Es reicht, lassen wir es gut sein, bedeutete ihr Davonstürmen zum Eingang der Rue Auguste Comte, durch den die Schüler des alten Pariser Gymnasiums hereindrängten. Willy legte einen Schritt zu, er wollte ihr klipp und klar sagen, dass diese Knirpse kein Grund seien, einfach hinzuschmeißen. Doch dann drosselte Gerda ihren Lauf, als sei auch ihr das klar geworden, und Willy, der ihr nachhastete, konnte immer deutlicher Gerdas Sopran hören, »*Lutécium, hafnium, tantale, tungstène, rhénium, osmium, iridium, platine, orrr* …« als deklamierte sie ein surrealistisches Gedicht. Die meisten Schüler verzogen noch nicht mal das Gesicht, wenn sie ihr Platz machten, doch in den Augen des einen oder anderen Jungen glomm ein Licht auf, das Willy Chardack nur zu gut kannte.

Niemals wird Doktor Chardack den in Gerdas komödiantisch übertriebenem Französisch rezitierten d-Block des Periodensystems vergessen, zu dem auch das Quecksilber gehört, aus dem die Batterie seines Schrittmachers besteht. Eigentlich ist die Quecksilberbatterie keine gute Idee, dieses Problem wird er mit Greatbatch lösen müssen, und der Doktor kann es gar nicht abwarten, diese Aufgabe anzugehen. Von Herausforderungen lässt sich Doktor Chardack nicht schrecken. Greatbatch musste ihn nie fragen, woher er den kühlen Kopf und den unerschütterlichen Glauben an ihre Erfindung nimmt; vielleicht weil er es für einen Teil der göttlichen Vorsehung hält, ausgerechnet in Buffalo einen Herzchirurgen gefunden zu haben, der fähig und gewillt ist, sich in seinem Schuppen die Nächte um die Ohren zu schlagen. In diesen Nächten ist es ganz natürlich, von seinem Lebensweg in der Alten Welt zu sprechen, hingegen hat Doktor Chardack die Nase voll von den Mittagessen in der Mensa und den *dinner parties*, bei denen Kollegen und Wildfremde ihm mit den ewig gleichen Fragen kommen.

»*So you went to university here or back in Germany?*«

»*Well, in Europe, but not in Germany. In Paris.*«

»*Oh … in Paris!*«

»Selbst *in Paris* duftet das Leichenschauhaus nicht nach Chanel No. 5«, hatte er einmal eine Tischgesellschaft erstarren lassen, ehe der Gastgeber loslachte, als hätte er einen Kollegenwitz gerissen, *not bad*, aber unpassend vor den Damen, die Paris *so romantic* fanden. Kaum hatten sich die Damen in die Küche verzogen, war der Hausherr noch einmal darauf zu sprechen gekommen. »Wir haben schon so einiges mitgemacht, was, Bill? Neben dem Tod gibt es nichts Demokratischeres als die ärztliche Arbeit, und wie ich sehe, wird sie uns überall auf die gleiche unschöne Weise beigebracht … *Alright*, noch ein Schlückchen gefällig?«

»*Cheers*«, hatte Doktor Chardack geantwortet und seine Antwort mit hinuntergeschluckt.

Das Problem waren tatsächlich die Lebenden gewesen. Gewisse Professoren mit dem Ruf, jeden durchrasseln zu lassen, der sich während der Prüfungen nicht bei einem falsch erlernten Begriff, sondern bei einem Wort oder einer Deklination verhaspelte. »Wir werden überrannt!«, plärrten die Plakate in den Straßen, und in den Hörsälen bildeten sich Gerinnsel von Studenten, die von überall dort gekommen waren, wo der grassierende Faschismus und Chauvinismus die Oberhand gewonnen hatten: hier die Italiener, dort hinten die Ungarn und Polen, dazu die kleineren Grüppchen der Rumänen und Portugiesen. Und mittendrin sie, die *judéo-boches*, die jüdischen Deutschen, der Tropfen, der das Fass zum Überlaufen gebracht hatte, weil sie inzwischen überaus zahlreich und deshalb gefürchtet waren und obendrein häufig zu den Besten gehörten.

Alles auswendig lernen, fünfhundert Seiten dicke Lehrbücher Wort für Wort bis zum Erbrechen pauken. Sich bis spät in die Nacht die Augen bei der Sparbeleuchtung der von ihren blass geblümten (und eigentlich recht romantischen) Lampenschirmen befreiten Tischleuchten verderben, vor Müdigkeit und klammer Kälte zittern, das Sodbrennen von den zu vielen *cafés crème*, die man über den Tag getrunken hatte, um nicht auf der Matratze des Hotelzimmers zusammenzubrechen.

»Bald wird sich ein Franzose nicht mehr von einem französischen Arzt behandeln lassen können«, meinten die Studenten, die sich zu mehr oder weniger katholischen Gruppierungen zusammengeschlossen hatten, dem gefährdeten Frankreich aber fraglos ergebener waren als Jesus Christus. Sie stießen den Satz hervor wie Bahnhofsansagen, bedachten ihren Banknachbarn mit abfälligem Schnauben und hielten mit ihrer Arroganz kaum hinter dem Berg.

Um sicherzugehen, dass man die Prüfungen bestand, musste man besser sein als die anderen. Man musste jede Frist einhalten. Sich beeilen. Hoffen, dass die *ligues d'extrême droite* die entsetzlichen Geschehnisse des 6. Februar '34 nicht mit noch größerem Erfolg wiederholen würden (»auf Champagner verstehen sie sich, aber aufs Putschen noch nicht«, war der verächtlich beschwörende Kommentar eines Berliner Kommilitonen gewesen), dass die Regierung dem Druck aus den reaktionärsten Lagern nicht allzu sehr nachgäbe, dass die Linke die nächsten Wahlen gewänne. Andernfalls würde man sich neben allen anderen Einschränkungen auf eine Zulassungsbeschränkung gefasst machen müssen, um die französischen Universitäten wieder den Franzosen zu überlassen, und was würde sonst noch beschlossen werden, um den Immigranten das Leben unmöglich zu machen?

Zwei Jahre voller Unsicherheit. Nach dem Sieg der Volksfront, der bis zum Morgengrauen jenes 4. Mai 1936 gefeiert wurde, waren die nationalistischen oder schlicht antisemitischen Dozenten noch aasiger geworden, in der festen Überzeugung, Frankreich lasse sich nur mehr durch ihre exemplarischen Bemühungen retten: die Eindringlinge während des Studiums aufhalten, sie einen nach dem anderen, Prüfung für Prüfung, durchrasseln lassen.

Doch der Vorteil der Muttersprache und jedes Geburtsprivileg waren hinfällig, sobald man *dans la morgue* stand: nicht in der schauderhaften, berüchtigten längst vergangener Tage, aber allemal in einem Leichenschauhaus mit abgestandener, klammer, todeskalter Luft. Dort wurde jeder leichenblass, egal ob der verwöhnte Anwärter auf die väterliche Praxis, der von seiner Verwandtschaft mit Ersparnissen und banger Erwartung überhäufte *petit bourgeois* oder das Landei, das damit geprahlt hatte, seinen Hühnern eigenhändig den Hals umzudrehen. Im Grunde war es eine Frage statistischer Wahrscheinlichkeit: Das wissenschaftlich-makabre Ritual sagte nichts über das zukünftige Können eines Arztes aus, wie Willy seine Kommilitonen zu beschwichtigen versuchte.

Trotzdem war es ein Augenblick der Überprüfung und der Revanche gewesen, in dem kein Dozent die Tatsache leugnen konnte, die sich am Obduktionstisch zeigte: dass man es wirklich draufhatte. Man hatte es drauf und basta. Für Willy und seine Leipziger Freunde war dies das Einzige, worauf sie sich verlassen konnten, um nicht hilflos darauf hoffen zu müssen, dass sich der Griff eines ungewollten Schicksals lockerte. Sich damit abzufinden hätte bedeutet, den Schlägerbanden, die sie davongejagt hatten, das Feld zu überlassen, die Lügen über das »Schicksal der Völker und Rassen« und die hohlen Mythen dieser Leute zu bestätigen, die sich für die Nachfahren seit etwa einem Jahrtausend ausgestorbener Götter hielten. Das Schicksal war ein falscher Mythos, ein Trug, ein reaktionärer Vorwand. Doch auch in Paris mussten sie dieses Schicksal selbst in die Hand nehmen, und das mit allem, wozu sie fähig waren. Willy hatte, ohne zu zögern, zum Skalpell gegriffen. Und die Einzige von ihnen, die mit einem Beruf in der Tasche nach Paris gekommen war, hatte sich mit einer Schreibmaschine über Wasser gehalten. Bis sich ihre Finger mit den schwielig getippten Kuppen (doch vielleicht übertrieb Gerda) um den handfesten Körper eines Fotoapparates geschlossen hatten.

»Unsere Gerda spielt die Remington wie Horowitz den Steinway«, war in den Cafés zu hören, die jedem, der in einem winzigen Kämmerchen hauste oder sich noch immer mit einem Bett im Wohnheim bescheiden musste, als Wohnzimmer und gute Stube dienten. Dazu waren sie Tauschbörse und volatiler Schwarzmarkt für jeden, der Arbeit suchte oder anzubieten hatte. Gerda war durch ihre in einem Internat am Genfersee erworbenen ausgezeichneten Französischkenntnisse im Vorteil, auch wenn sie dadurch der Hauch eines Mädchens aus gutem Hause umwehte, das noch nie einen Finger gerührt hatte. Ihre ersten Arbeiten bekam sie denn auch nicht, weil die Auftraggeber sie für eine fähige Schreibkraft hielten, sondern aus reiner Sympathie. Umso größer war die Überraschung, wenn sie in Blitzesschnelle tadellose Arbeit ablieferte, und das ließ ihr Renommee ebenso blitzschnell wachsen. Der Steinway-Spruch konnte von jedem stammen, der »unserer Gerda« einen *vite, vite* zu tippenden Brief gegeben hatte. Aber nein, überlegt Doktor Chardack, ohne das Fahrrad zu bemerken, das ihn fast über den Haufen fährt, er stammte von Fred und Lilo Stein, die Gerda und ihre Remington in ihrer Wohnung aufgenommen und ständig in Aktion gesehen hatten.

Willy hatte Zweifel, ob der Einzug bei den Steins die beste Lösung für »unsere Gerda« war. »Wie läuft es so im Exil von Montmartre?«, erkundigte er sich hin und wieder. »Gut, bestens«, erwiderte sie und schwärmte von ihrem neuen Zimmer, das sie mit ihrer Freundin Lotte teilte, einer Journalistin, die wie sie hinter jeder noch so kleinen Gelegenheitsarbeit herrannte und somit eine perfekte Mitbewohnerin abgab. Gerda versäumte nie, sich in Lobeshymnen auf ihre wunderbaren Vermieter zu ergehen, die sich, nachdem ihr Mitmieter, ein französischer Fotograf, sie versetzt hatte, mit dieser Untervermietung behelfen mussten. Die anderen Untermieter, die ihr Geld mit einer für Gerda und Lotte unvorstellbaren Pünktlichkeit zahlten, drohten allerdings damit, keine Puseratze mehr herauszurücken, sollte zu einer bestimmten Uhrzeit nicht Ruhe herrschen. Um die Abgabefristen einzuhalten, blieb den Mädchen jedoch keine Wahl: Kaum war Lottes kakofonisches Gehämmer – ihr journalistisches *slegato* – verstummt, legte Gerda mit ihren flotten Märschen los, dem unentwegten Klingeln und Rollen der zurückgeschobenen Walze, das durch die geschlossene Tür tönte. Die Hausherren hatten die übrigen Bewohner mit einem kleinen Schlummertrunk (»*un petit cognac c'est mieux pour dormir qu'une tisane* …«) und den gebotenen Entschuldigungen (Fred wollte einen Mietnachlass anbieten, doch Lilo hatte ihn sofort davon abgehalten) besänftigt und hatten die Remington auf den Esstisch in den hintersten Winkel der Wohnung verbannt, wo nur sie, wenn sie nebenan auf dem Sofa lagen, das Tastengeklapper in voller Lautstärke ertragen mussten. Sie behaupteten, sie hätten sich daran gewöhnt, und Gerdas Rhythmus klinge wie das wilde Getrommel von Gene Krupa in Benny Goodmans Swing oder gar wie Schostakowitsch und Chatschaturjan, wie dynamische, revolutionäre Kunst. »Unsere Gerda spielt die Remington wie einen Steinway«, schlossen sie, und sie lachte, ganz im Einklang mit dieser Würdigung als Solistin.

Obwohl Gerda ihn jedes Mal freudig begrüßte, sobald er mit einer guten Flasche in Montmartre auftauchte, hatte Willy sie in jener Zeit ein wenig aus den Augen verloren. Die sympathischen, unkomplizierten Steins luden ihn häufiger ein, doch hatte sich keine Gelegenheit ergeben, die Freundschaft zu vertiefen.

Jahre später, am 6. Mai 1941, jenem schicksalhaften Datum der Schiffspassage, die sie von Marseille in die Vereinigten Staaten bringen sollte, hatte er Fred und Lilo wiedergetroffen. Angespannt wie die Seile, die sein

Leben mit einer Mole des besetzten Frankreichs vertäuten, war Willy an Bord gegangen. Er behielt alles im Auge, doch insgeheim hatte er nichts anderes im Blick als die Gangway, das Losmachen der Leinen und, endlich, das Verschwinden der Küstenlinie. Auf dem Weg unter Deck hatte Fred ihn wiedererkannt. »Wie schön, dich wiederzusehen«, hatten sie einander begrüßt und ihre ungläubige Erleichterung und Beklommenheit in diese Höflichkeitsfloskel gesteckt. Im Lauf der Reise waren sie einander nähergekommen, die Steins waren in Plauderlaune, und Willy war froh, ihnen zuhören zu können. Sie malten sich ihr neues Leben in Amerika aus und erzählten bereitwillig von Gerda, von der schönen Zeit mit ihr und wie natürlich sie gewesen sei. Sie war das Bindeglied ihrer Freundschaft und ein Thema, das von den Sorgen, die man zumindest für den Monat auf hoher See hinter sich lassen konnte, unberührt blieb. Ja, sie tot und begraben in Paris zu wissen bewahrte einen vor der Frage, wo sie war und was ihr noch zustoßen könnte …

Doktor Chardack blickt sich um und wird gewahr, wie ungeheuerlich dieser Gedanke in der friedlichen, üppig grünen Kulisse dieses Vorortes erscheint, in dem die größte Sorge die *raccoons* sind, die nachts im Müll wühlen. Angeblich ist es schon vorgekommen, dass der in die Abfalltonne geschlüpfte Eindringling einer Anwohnerin direkt in die Augen sah, ehe er mit leicht entnervtem Blinzeln Reißaus nahm. Anekdoten, die ein geborener Europäer nicht wirklich ernst nehmen konnte und die dennoch eine Randnotiz in der *Buffalo News* wert waren, und bestimmt wäre Gerda davon hellauf begeistert gewesen, auch wenn sie sich gefragt hätte, wie man an einem Ort leben konnte, an dem es keine aufregenderen Begegnungen gab als die mit einem, wie sagte man noch gleich, ach ja, *Waschbären.*

Gerda war jedenfalls entscheidend gewesen, um die Fahrt über den Atlantik erträglich zu machen. Dank Freds und Lilos Erinnerungen hatte er bis dahin ungeahnte Dinge erfahren. Beispielsweise, dass Fred von Gerdas Schreibmaschinenkünsten derart fasziniert war, dass er sie dabei fotografiert hatte: die geschmeidigen Finger auf den Tasten, das von Lächeln, Entschlossenheit, Konzentration, Bravour und Rauchschleiern umspielte Gesicht, in dem sich das bewährte Zusammenspiel zwischen Schreibmaschine und Fotoapparat erahnen ließ.

Während des Exils in Montmartre war Willy überzeugt, Gerdas Entflammtheit für die Fotografie sei nur oberflächlich, eine flüchtige Neugier für einen neuen Zeitvertreib. Sie brauchte Spaß wie die Luft zum Atmen, und André Friedmann, der schon seit einiger Zeit um sie herumscharwenzelte, brachte sie zweifellos zum Lachen. Ansonsten gab es keinen Grund, sich auf ihn einzulassen. Welche Ambitionen oder Chancen konnte dieser liebenswerte Schwätzer aus Budapest mit dem Strubbelkopf und dem lächerlichen Französisch schon haben, der wie Hunderte andere versuchte, seine Fotos bei den Zeitungen unterzubringen? Er wollte sich wichtigtun, sein Hungerleidertum als Lebensart verkaufen, doch für diese Botschaft war Gerda unempfänglich, und nach einer Weile hatte der Bursche, der beileibe nicht auf den Kopf gefallen war, es aufgegeben, ihr schönzutun, und sich mit dem freundschaftlich frotzelnden Umgang begnügt, den sie ihm zugestand. Die Fotografie und der Fotograf blieben ein Zeitvertreib und ein Schlüssel zu einem größeren Bekanntenkreis (darunter Cartier-Bresson mit seinen eleganten Allüren, die seine reiche Herkunft verrieten), bis Gerda zu den Steins zog.

Doktor Chardack ist es noch immer unbegreiflich, wie Friedmann, beziehungsweise Capa, es zu einem so bekannten Namen gebracht hatte, dass er selbst einem italoamerikanischen Mädchen aus New Jersey etwas sagte (»*Robert Capa? You never told me!*«, hatte seine Frau ausgerufen und ihn hinter dem Lenkrad blass werden sehen, als die Rundfunknachrichten Capas Tod in Indochina bekannt gegeben hatten). Er hätte eher auf Fred Stein gesetzt, der schon in Paris ein Renommee gehabt hatte und in New York gut im Geschäft war; Capas überwältigender Erfolg aber stand auf einem ganz anderen Blatt.

Stein stammte aus Dresden, hatte in Leipzig Examen gemacht und wurde in Paris wegen seines antifaschistischen Engagements sowie als Fotograf geschätzt. Als Autodidakt hatte er sich die Anerkennung seiner Kollegen erobert und es sogar zu einem Atelier in Montmartre gebracht. Gerda imponierte das, ihr imponierte die Verwandlung dieses zuerst von Hitler und dann von den Franzosen an seiner Berufsausübung gehinderten Juristen, die der Entwicklergestank in dem zur Dunkelkammer umfunktionierten Bad jeden Tag aufs Neue bewies. Hätte das vornehme Frankreich nicht selbst für bescheidene Wohnverhältnisse getrennte Toiletten vorgesehen, hätten sich die Bedürfnisse der Bewohner nur schwerlich mit den Ansprüchen einer Dunkelkammer vereinbaren lassen. Die Badewanne war von den auf einem Wäscheständer zum Trocknen aufgehängten Fotos in Beschlag genommen, worüber seine Freundin, so vermutete Willy, gewiss nicht sonderlich glücklich war.

Als Gerda noch mit Ruth Cerf im Hotel wohnte, hatte sie ihn eines Tages um einen dringenden Gefallen gebeten. Die Sache war banal und zugleich ein wenig heikel und hatte mit Wanzen zu tun. Nachdem sie der wahren Ursache ihres vermeintlich allergischen Hautausschlages auf die Spur gekommen waren, hatten sich die Mädchen in die Desinfektion ihres Zimmers gestürzt, angefangen bei der Hochburg der Parasitenkolonie, der schändlichen Matratze. Das Problem schien gelöst zu sein. Doch jetzt brauchte es ein ordentlich heißes Bad, aus dem man mit rosigem Gesicht und schrumpeligen Neugeborenenfingern wieder auftauchen konnte, befreit von dem Ekelfilm, der sich trotz zweimal täglichem Schrubben am verrosteten Waschbecken hartnäckig auf der Haut zu halten schien. Doch Geld für ein heißes Bad hatten sie keines, außerdem war das hoteleigene Badezimmer fast noch widerlicher als die ganze Herberge. Auf Willys verdutzten Blick hin hatte Gerda eifrig ihren Plan erläutert.

»Du denkst dir was aus, um deinen Concierge abzulenken, und wir huschen nach oben. Der Rest ist ein Kinderspiel, wir passen auch auf und kommen einzeln wieder raus. Mehr musst du gar nicht tun, nur den Badezimmerschlüssel darfst du nicht vergessen.«

Willy hatte kurz erwogen, sie in eine öffentliche Badeanstalt zu schicken, doch die einzige in der Nähe, das Bains d'Odessa, hatte einen üblen Ruf. Obwohl zu befürchten stand, der Concierge oder die Zimmermädchen könnten ihn für einen Aufreißer halten (gleich zwei auf einmal!), hatte er klein beigegeben, doch alles war glattgegangen. In der Nacht hatte er allerdings noch immer Herzklopfen und schwitzte, und um seiner Erregung Herr zu werden, hatte er sich schließlich der erbärmlichsten, der mechanischen, Methode bedient. Die Vorstellung, dass sich die Mädchen nur wenige Schritte den Flur hinunter ausgezogen hatten. Und dann der noch größere Überraschungscoup (oder *coup de foudre*), der ihn aus heiterem Himmel getroffen hatte: Gerda war zurückgekommen, jedoch nicht, um ihre Handtasche zu holen, sondern um eine Dose Nivea-Creme daraus hervorzuziehen und sich mit einem »Wenn du willst, kannst du dich umdrehen« (sogleich hatte er sich mit dem Gesicht zum Schrank gedreht) aus den Kleidern zu schälen und einzucremen. »Es dauert einen Moment, bis sie eingezogen ist.« – »Macht nichts, ich warte«, hatte er geantwortet.

»Na schön, aber es ist mir unangenehm, dich so lange in der Ecke stehen zu lassen …«

Als sie verkündet hatte, sie sei fertig, musste sie sich freilich noch die Beine eincremen, weitere Minuten warten, die Strümpfe überstreifen und den Rock hinunterschieben. Sich jetzt umzudrehen, hatte etwas Komisches. Er konnte nur hoffen, dass er nicht schon rot geworden war, ehe Gerda ihm ein Küsschen gab, ein »*Danke, Dackel*« durch die halb zugezogene Tür hauchte und verschwand.

Auch dieser Episode wegen hatte er nicht viel auf das allzu geregelte Leben in Montmartre gegeben, und das dauerhaft blockierte Badezimmer der Steins schien der Inbegriff dieser beschränkten Freiheit zu sein.

Aber Gerda, so erinnerten sich die Steins, war von der Umnutzung sofort begeistert gewesen. Sie hatte gefragt, ob auch ihr Freund Friedmann hin und wieder zum Entwickeln kommen dürfe, und sich so eifrig als Hilfe angeboten, dass man ihr die Bitte nicht abschlagen konnte. Ja, in den Negativstreifen witterte unsere Gerda eine große Chance und fing an, Fred in jedem freien Moment über die Schulter zu schauen. »Ich klaue dir deinen Beruf, darf ich?« In Windeseile lernte sie, zu entwickeln, zu retuschieren und zu vergrößern, und ihr Lehrer hatte ihr kaum eine neue Aufgabe gegeben, da sprach sie schon von Projekten. Sie bestürmte jeden, der ihr über den Weg lief, mit ihren fotografischen Fortschritten und sprach von kaum etwas anderem. Allerdings fehlte es ihr an Übung, denn die Leica der Steins konnte sie nur benutzen, wenn die zu Hause waren, und die von André landete alle naselang im Pfandhaus. Dieser verrückte Ungar, dem das Geld durch die Finger rann, hatte die Chuzpe, ihr zu sagen, sie würde es mit ihrem deutschen Sparsamkeitsfimmel übertreiben. »Ich, Willy! Ist das zu fassen?« In

Technik und Theorie fühlte sie sich jedoch bereits sattelfest, und ihre Lehrer behaupteten, das Auge ließe sich auch ohne Film in der Kamera schulen. »Mag sein, aber das klingt so, als müsste ein angehender Chirurg wie du sich damit begnügen, in der Luft herumzuschnippeln! Kannst du dir das vorstellen?« – »Nein, du hast recht«, hatte Willy gesagt, doch gab es vieles, dessen er sich nicht mehr sicher war. Wollte Gerda tatsächlich ihren Abschluss in den Wind schlagen und sich als Fotografin versuchen? Sah sie denn nicht, wie viel Konkurrenz es gab und wie viel leichter es war, sich mit der Schreibmaschine über Wasser zu halten? Als er sie darauf ansprach, hatte sie ihm brüsk das Wort abgeschnitten. »Glaubst du, das weiß ich nicht?« Sie war froh, ihr Leben als Schreibkraft bestreiten zu können, und bezeichnete sich sogar selbst als *Tippmamsell* (»*chez nous, c'est une mademoiselle qui bat sur la machine*«, erklärte sie den Franzosen), fühlte sich aber in ihrer Haut nicht wohl und langweilte sich. Vor allem ertrug sie es nicht, schwarzzuarbeiten und abhängig von der Gunst und Willkür irgendwelcher Leute zu sein, die glaubten, sie täten ihr mit ihrer Ausbeutung einen Gefallen.

Während sie nicht müde wurde, ihm die bestechende Vernünftigkeit ihrer Träume darzulegen (»so etwas passiert nicht von heute auf morgen«), war Willy plötzlich ein Detail ihrer Nachhilfestunden an der École normale in den Sinn gekommen, das ihm, der in Gedanken bereits der Bank im Jardin du Luxembourg entgegenstrebte, damals kaum aufgefallen war. Ab und zu war ihnen in der Nähe der École oder auf den Fluren und Treppen oder in dem windgeschützten Kreuzgang, in dem sie eine letzte Zigarette rauchten, ehe sie in irgendeinem Hörsaal verschwanden, ein mittelalter Herr begegnet, der in schlagseitigem Dozentengang mit tief in die Stirn gezogenem Hut und über dem wohlgenährten Bauch mühsam zugeknöpftem Mantel an ihnen vorüberzuckelte. René Spitz, der als Schüler Sigmund Freuds an den Lehrstuhl für Psychoanalyse berufen worden war, hatte eine persönliche Sekretärin gebraucht, und diese Sekretärin war Gerda gewesen. Kaum sah sie ihn auftauchen, ließ sie ihn näher kommen und zwitscherte ihm ein »*Guten Tag, Herr Professor!*« entgegen, als machte ihn wiederzusehen sie zum glücklichsten Menschen der Welt. Als wäre sein Fluchtinstinkt stärker als das Gebot, vor der Studentenschaft eine gute Figur zu machen, ging der Professor grußlos weiter oder brummte etwas auf Wienerisch in sich hinein. Seine Reaktion entlockte Gerda ein rotzfreches Grinsen. »Hast du gesehen? Du grüßt ihn *à la boche* … und pfff!« Der Kerl war ein scheinheiliger Spießer, der trotzdem jede Menge kleiner Jüdinnen fand, die sich bereitwillig für ihn krummmachten. Sie aber würde bestimmt nicht so bleiben, und man musste kein Freud-Schüler sein, um sich dessen gewiss zu sein …

Wer weiß, was Gerda sagen würde, könnte sie ihn jetzt durch die friedliche Ödnis dieser bunten Häuser spazieren sehen: das Gesicht verschwitzt und vermutlich leicht gerötet, der Bauch ein wenig runder als früher, aber ansonsten fast unverändert. Wie hätte sie es aufgenommen, was aus ihren Erwartungen geworden war, ausgerechnet sie, die ihn damals schon auf einem Lehrstuhl an der Sorbonne oder an einer bedeutenden amerikanischen Uni sah? Am Ende hatte sie gar nicht so falsch gelegen, immerhin war aus ihm mehr geworden als ein x-beliebiger *Herr Professor*, wenn auch an einem so unbedeutenden Ort, dass sie ihn auf der Landkarte hätte suchen müssen. Was aber wäre aus Gerda geworden, wenn sie in jener dunklen Zeit nicht auf André Friedmann getroffen wäre, wenn er sie nicht bei einer Fotoagentur eingeführt hätte und, vor allem, wenn es in Frankreich nicht gesetzlich verboten gewesen wäre, eine Ausländerin einzustellen? Hätte sie nicht im Handumdrehen eine Anstellung gefunden, die ihren Fähigkeiten und ihrer strahlenden Erscheinung würdig gewesen wäre? Und hätte sie vielleicht weiterhin Nachhilfestunden beim Dackel genommen, um schließlich bei einer Fakultät zu landen, an der Mädchen ohnehin rar gesät waren und ihresgleichen eine echte Seltenheit darstellte, der die Türen der Wissenschaft dank ihrer Auffassungsgabe, ihrer Beharrlichkeit und nicht zuletzt ihrer Anmut wegen weit offen standen? Nein, das ist nicht gesagt … Vielleicht wäre sie glücklicher geworden, wäre sie nicht unbedingt einem Rothschild, aber immerhin einem Abbild ihres einstigen Stuttgarter Verlobten begegnet: einem liberal gesinnten, spendablen Herrn …

Sich in diesen Spekulationen zu verlieren, während er durch die Sonne spaziert, erweist sich als äußerst hilfreiche Zerstreuung. Doktor Chardack ist es gewohnt, Experimente auszuwerten, und sei es unabsichtlich und im Geiste. Außerdem war er schon damals der Ansicht, dass Gerda Pohorylle es bei leicht veränderten Ausgangsbedingungen und einem winzigen Zutun des Zufalls in einer Stadt wie Paris zu allem hätte bringen können.

In den Briefen, die Gerda stets mit Willy teilte – sei es, weil sie sich anfangs ein wenig verloren fühlte, sei es, um ihre Herzensbindungen in der in Leipzig festgelegten Reihenfolge zusammenzuhalten –, schrieb Georg, das Leben in Italien sei kein solcher Hindernislauf. Und als sich die beiden mit ihm in Turin getroffen hatten, um in einem gut gerüsteten Alpenort Ski zu laufen, hatte er seine Ansicht bekräftigt. Sie hatten auf einer Schneewehe oberhalb der Piste gestanden, von der aus die Talstation der Bergbahn und die zwei wie Silos aufragenden brandneuen Hoteltürme, die der Fiat-Gründer mit der feierlichen Bürgschaft des vaterländischen Vaters hatte bauen lassen, nicht mehr zu sehen waren. Georg hatte eine Rast vorgeschlagen und die Gelegenheit zum Reden genutzt. »Damit das klar ist«, hatte er gesagt, »es gibt keinerlei Entschuldigung für diejenigen, die unsere italienischen Genossen ins Gefängnis gesperrt, totgeprügelt und in die Verbannung oder ins Exil geschickt und ihren noch verbrecherischeren Schülern als Vorbild gedient haben.« Dennoch konnte man in Italien jüdisch geboren sein und trotzdem Minister, Parteibonze, Finanzhai, von den Rädelsführern verehrter Hofkünstler und sogar – er warf Gerda einen Seitenblick zu – die erste Konkubine des obersten Hurenbocks werden: keine beneidenswerte Rolle, wurde männliche Geilheit hierzulande doch als echte Führungsstärke bejubelt. Gerda hatte nur wortlos das von der Mütze platt gedrückte kurze Haar geschüttelt, dass ihr die Strähnen in die Stirn fielen. Eine instinktive Reaktion, die womöglich nichts mit dem Gesagten zu tun hatte. Und noch weniger hatte Gerda selbst damit zu tun, die das Gesicht in die Sonne hielt, mit geröteten Wangen und einem kleinen Tuch, das unter dem Schal hervorblitzte und zu den grünen, katzenhaft-genießerisch halb geschlossenen Augen passte. »Weißt du, dass viele Kunden unserer Väter hier Faschisten sind, selbst wenn sie mit Nachnamen Cohen heißen?«, hatte Georg sich an den Dackel gewandt, »und das nicht, weil man sich mit den Schwarzhemden gut stellen muss. Die Pelzhändler sind Faschisten und die Kleinkrämer ebenso. Eingelullt vom militärischen Pomp, besoffen vom altrömischen Plunder, mit dem man sich bis in den kleinen Finger italienisch fühlen kann.« Dann waren da die Kommilitonen, die Georg in den Vorlesungen traf: Je mehr Bücher sich in ihren Elternhäusern in den Regalen stapelten und von einer Dienstmagd (»So heißt das hierzulande«, bemerkte er empört) abgestaubt werden mussten, desto begeisterter verwandelten sie sich in Hanswurste im Kriegerkostüm. »Jetzt, da der imperialistische Krieg kurz bevorsteht, können sie sich kaum noch halten vor Begeisterung.«

Willy hatte eigentlich nur den Tag auf Skiern genießen und von diesen Dingen nicht reden wollen. »In Frankreich heißt es, Mussolini wolle die anderen Nationen mit seiner Kriegshetze nur einschüchtern und die Zustimmung im Land stärken«, hatte er dem Thema auszuweichen versucht, den Blick auf die frischen Slalomspuren auf der Abfahrt gerichtet.

Georg hatte vehement den Kopf geschüttelt.

»Wie unser *Führer* ist, wissen wir, aber es wäre ein Fehler, zu glauben, der hiesige sei nur ein bellender Hund, der nicht beißt. Übrigens mögen die Faschisten Hitler nicht sonderlich, und bisher kommt das unsereins zugute. Wozu in Paris bleiben und sich zwischen den armen Emigranten aufreiben? Wir dürfen uns vor dem Kampf nicht drücken, aber wir sollten auch keine moralischen Skrupel haben, dort zu leben, wo zurzeit fast alles einfacher und auf unseren Geldbeutel zugeschnitten ist.«

»Zu wem sagst du das, zu den Bergen?«, hatte Gerda aufgelacht.

Obwohl sie schon startklar auf den schräg in den frischen Schnee gesetzten Skiern stand, hatte sie Georg versöhnlich eine Tafel Schokolade hingehalten. Er hatte danach gegriffen und übertrieben genüsslich in den bittersüßen Riegel gebissen.

Willy hatte verlegen abgelehnt. Gewiss war dieser kleine Seitenhieb eine Abfuhr gewesen, über die er sich nur freuen konnte, und trotzdem hatte sein Freund es wieder einmal geschafft, Gerda mit seinen dialektischen Waffen in den Bann zu ziehen: sie an seine Seite zu holen und bei sich zu wissen. Eine Allianz, in der Politik wie in der Liebe. So ging das, seit sie zu ihrer Gruppe gestoßen war. Willy lag weder das eine noch das andere, auch wenn das weitere Leben zeigen sollte, dass er sich mit einfachen Komplimenten zu behelfen wusste (»diese hellblaue Bluse, diese Frisur, diese Urlaubsbräune stehen dir gut«) und sogar ein »Ich freue mich, dich zu sehen« über die Lippen brachte, das als Anzahlung und noch häufiger als Ersatz für ein »Ich liebe dich« herhielt. Doch waren es andere Frauen, denen er den Hof machen sollte, Frauen, die auf etwas Ernstes aus waren. Wenn man Gerda mit solchen Sätzen kam, riskierte man einen ironischen Seitenblick oder einen zerzausten Kopf, im wörtlichen wie im übertragenen Sinn.

»*Ach*, Willy.«

Georg Kuritzkes verfügte über ganz andere Waffen: vertrauliche Scherze, als Frotzelei getarnte Komplimente, große Reden, in denen er Lenin, Marx und Rosa Luxemburg zitierte und Heine-Verse aus dem Gedächtnis einflocht. Seit Gerda nach Leipzig gekommen war, hatte er sich in den Wettstreit mit ihrem Stuttgarter Verlobten gestürzt, ohne sich, obschon er sie wortreich hofierte, mit einer Silbe bloßzustellen. War das der Grund, weshalb sie sich am Ende für diesen Medizinstudenten entschied, der ihr keine der Feschheiten bieten konnte, mit der sie der liebe Pieter, Kolonialwarenimporteur und Spross einer hanseatischen Kaufmannsdynastie, verwöhnt hatte? Wohl eher nicht. Aber Georg lebte nur einen Kilometer entfernt. Sie wollte die Leidenschaft, mit der er sie umwarb und die mit einer politischen Passion einherging, die Gerda wiederum durchaus ernst zu nehmen wusste. Sie wollte sich möglichst schnell in Leipzig und der neuen Zeit einleben. Sie musste das Glück, ihren Lehrer gefunden zu haben, nur beim Schopf packen: in der Friedrich-Karl-Straße klingeln, wann immer es ihr passte, ein Buch oder ein Paar Handschuhe vergessen, ein paar Haarnadeln in Georgs Mansarde herumliegen lassen, wo niemand mit der Wimper zuckte, wenn der letzte Gast ein Mädchen war.

Dann hatte Georg Kuritzkes sich in Berlin eingeschrieben, und Gerda fuhr ihn oft besuchen. Montags kehrte sie strahlend nach Leipzig zurück – die Augen, der Teint, die weicheren Bewegungen, während sie dem Dackel von den herrlichen Berliner Tagen vorschwärmte. So wird also eine Frau, die völlig zwanglos mit einem Mann zusammen sein kann, schloss Willy verwirrt. Eine Hauptstadtkönigin, der alles gehört, was sie königlich huldvoll durchquert. Die Spaziergänge im Tiergarten, wenn Georg an der Uni war, die amerikanischen Jazzorchester, die monumentale Rationalität der neuen Kinos und die berührende Strenge der Ziegel, aus denen der große, bereits für die Stuttgarter Weißenhofsiedlung gefeierte Architekt Mies van der Rohe eine kluftige Mauer zum Gedenken an Karl Liebknecht und Rosa Luxemburg errichtet hatte. »Musstest du mich auf einen Friedhof bringen?«, hatte sie Georg gefragt und einem armen Teufel eine Rose abgekauft, die sie pietätvoll zu den bereits verwelkten gelegt hatte. Dann begann das Strahlen in Georgs physischer Abwesenheit allmählich zu schwinden, die Elektrisierung entlud sich. Doch Gerda fühlte sich trotzdem pudelwohl in Leipzig, im Hier und Jetzt.

An diesem sonnenstrahlenden Sonntag liegt in North Buffalo der köstliche Duft nach gemähtem Gras in der Luft, vermischt mit einer leichten Dieselnote, die Doktor Chardack zusammen mit der zweiten oder dritten mittäglichen Verdauungszigarette einatmet. Er schmeckt ihr nach, als wäre sie ein Beweis für den Luxus, keine weiteren Pläne zu haben. Rings um die Häuser herrscht inzwischen geschäftiges Treiben, Menschen streichen die Fassaden, nageln Latten fest, reparieren die Regenrinne. Sie scheinen Spaß zu haben (die Kinder haben ihn zweifellos), und unwillkürlich empfindet er Bewunderung für diesen im Handumdrehen wiederbelebten Pioniergeist, den man einfach aus dem Werkzeugkasten kramt. Er hat Jahre gebraucht, bis er sich zu einem Umzug durchringen konnte, endlose Autofahrten, weil der Flughafen wegen schlechten Wetters geschlossen war (im hohen Norden brach der Winter ganz plötzlich herein), endlose Recherchen, um die richtige Bleibe zu finden. Trotzdem fühlt er sich hier wohl, er hat aufgehört, New York zu vermissen.

Wie lange hat er nichts mehr von den Steins gehört? Das letzte Mal hatte Fred ihm von seinen zunehmenden Gebrechen erzählt, die ihn jedoch nicht von großen Begegnungen abhielten: eine Sitzung mit der Dietrich, die auch im Alter charismatisch blieb, ein fantastischer Schnappschuss von Chruschtschow oder von Willy Brandt, der ein Freund geblieben war und unverändert aussah, oder von Senator Kennedy, der ihn weder in Wirklichkeit noch als Porträt sonderlich begeisterte, aber er hoffte dennoch, man würde ihn wählen. Sogar eine Deutschlandreise war geplant, kurz und schmerzlos, der Platz im Flugzeug bereits gebucht …

»Wie schön, dass du Lust hast, wieder hinzufahren«, hatte Doktor Chardack gebrummt.

Natürlich hatten die Steins während der Atlantiküberfahrt mehr über Gerda erfahren wollen. Lilo hatte sich erkundigt, wann er sie kennengelernt habe, und Willy hatte entgegnet, das sei im Spätsommer '29 gewesen, als Herr Pohorylle mit der Familie aus Stuttgart übergesiedelt sei, um ein Geschäft in Leipzig zu eröffnen.

Er fuhr gerade mit der Straßenbahn nach Hause, als er an einer Haltestelle eine Frau vor dem Schaufenster eines Hutmachers stehen sah. Sie trug Spitzenstrümpfe und farblich passende Schuhe, das elfenbeinfarbene Kleid umspielte in weichen Falten die Knie, das kastanienbraune Haar gab den Blick auf die sanft gebräunte Haut zwischen Ohren und Schultern frei. Willy hoffte inständig, die Straßenbahn möge nicht eher weiterfahren, bis er einen Blick auf das Gesicht dieser filmreif eleganten Frau erhascht hätte. Doch als wollte sie sich über ihn lustig machen, setzte sie sich geschmeidigen Schrittes wieder in Bewegung. Sie entzog sich ihm und zeigte ihm nur den geraden Rücken, die halb entblößten Kniekehlen. Als die Straßenbahn ihre Fahrt nun als Verfolgungsfahrt fortsetzte, glaubte Willy, das Profil von Elisabeth Bergner zu erkennen, so sehr ähnelte die Fremde seiner Lieblingsschauspielerin. Dann waren sie für einen Moment gleichauf gewesen, und er hatte erkannt, dass die vermeintliche Diva blutjung war, viel jünger als gedacht. Es war ein Mädchen, das er womöglich kennenlernen könnte, ja um jeden Preis kennenlernen musste.

Dazu sollte es ein paar Wochen später kommen. Mit vielen aus ihrem gemeinsamen Bekanntenkreis war sie bereits sehr vertraut, mit Ruth Cerf zum Beispiel und vor allem mit Georg Kuritzkes. Bestimmt hatte niemand eine Chance bei ihr, glaubte der Dackel, sie waren alle zu jung, und vor allem Georg hatte sich für den Geschmack und die Bedürfnisse des eleganten Fräulein Pohorylle zu sehr der Enteignung der Bourgeoisie verschrieben. Doch wie so häufig hatte er sich auch diesmal geirrt.

Doktor Chardack hätte sich nicht für den Rest seines Lebens an diese aus der Straßenbahn erblickte Frau erinnert, wäre diese Frau nicht Gerda gewesen. Und hätte er nicht geahnt – nicht mit sechzehn vielleicht, aber mit achtzehn –, dass ihr Zauber und ihre Gabe, sich nicht nur ihm zu entziehen, einander bedingten. Das ist nun Vergangenheit. Inzwischen ist die Erinnerung an Gerda ein müßiger Luxus, eine Erinnerung wie jede andere. Vorausgesetzt, er spaziert weiter die Hertel Avenue entlang, mit der Jacke über dem Arm, weil hier der Schatten fehlt, den selbst die kümmerlichsten Bäume auf den Asphalt werfen, und lässt sich von einem Nebengedanken forttragen: beispielsweise, wer Georg seine Telefonnummer gegeben hatte. Gewiss nicht der Bruder in Colorado, mit dem er keinen Kontakt mehr hatte. Vielleicht die Mutter, aber von wem hätte sie sie bekommen? Von Ruth? Hatten die Kuritzkes-Mutter und ihr zweiter Mann, Doktor Gelbke, der Witwe Cerf während der Nazizeit geholfen? Schon möglich, und Ruth würde ihnen das gewiss nicht vergessen. Inzwischen führte sie ein bürgerliches Leben (verheiratet, mit wie vielen Kindern?) in der Schweiz. Bedachte sie Dina Gelbke dennoch ab und zu mit einem Anstandsanruf? Um über was zu reden? Über die Gesundheit, das Wetter in Leipzig und Zürich, über die Kinder und Enkel und die einstigen Dauerbesucher der Friedrich-Karl-Straße, wenn auch nur sehr zurückhaltend und eher über die Toten, angefangen bei der angebeteten Gerda, als über all jene, die nicht von ungefähr in alle vier Winde der westlichen Hemisphäre verstreut waren ... Wer weiß. Wer weiß, ob der Straßenname sich geändert hat, ob die Gelbkes noch immer an derselben Adresse wohnen, fragt sich Doktor Chardack, den Schädel unter dem schütteren Haar von Schweißperlen überglänzt. Am Ende kam er zu dem Schluss, dass Georg seine Nummer wohl von Ruth Cerf bekommen hat. In Europa ist es viel einfacher, alte Freundschaften zu pflegen.

Wieso hatte er Ruth nie in Betracht gezogen? Weil sie zu groß und fast beängstigend schön war? In Paris hatte sie sich als Modell durchgeschlagen, bis man ihren Typ als *démodé* und zu germanisch befand. Doch während ihrer Gymnasialzeit in Leipzig war ein Mädchen wie Ruth eine echte Schau. Eine Zwanzigjährige wie Gerda war allerdings eine wahre Sensation, und dazu so elegant, so *glamorous*: kein Wunder, dass alle Jungs sie umschwärmten. Dass aber ausgerechnet er sich besonders arg im Leim verfing, verwunderte schon. Wurde er nicht

»Dackel« genannt, weil er sich, abgesehen von seiner Statur, stets erreichbare Ziele setzte?

Doch Gerda verteilte ihre Gunst nicht allein nach Äußerlichkeiten, sie war nie nur ein Mädchen gewesen, dem man durch ein Straßenbahnfenster nachglotzte. Wer sie liebte, nahm es fast zu ernst mit ihr, das zeigten die empörten Reaktionen auf André Friedmanns ewige Seitensprünge in Paris, während Gerda mit der Leica bei der republikanischen Armee war. Strotzend vor Lässigkeit und männlicher Nonchalance, spazierte der inzwischen ein kleines bisschen berühmte Robert Capa über die Boulevards der Rive Gauche, den Arm um die Hüften der abgeschleppten Abendbegleitung geschlungen. Wie lange würde Gerda es mit so einem Mann aushalten, der das gemeinsame Honorar einstrich und es für Besäufnisse und Flittchen verprasste? fragte sich Willy entsetzt. Doch dann lief Capa ihm am späten Vormittag über den Weg, die Nachwehen der wüsten Nacht zu einem zerknautschten Lächeln geronnen. Mit fast flehentlich erschöpfter Miene lud er den Dackel zu einem Kaffee ein, um über Aufbrüche und Pläne zu sprechen. Er kippte ein Tässchen nach dem anderen hinunter und redete unermüdlich in der ersten Person Plural. Er sprach von Gerda wie ein armer *melamed* vom Einzigen und Höchsten, auch wenn er sie sehr wohl beim Namen nannte, sagte sich Willy spöttisch und musste an den kleinen galizischen Lehrer denken, der ihn auf die Bar-Mitzwa vorbereitet hatte. Das war gewiss keine triftige Entschuldigung für die Tröstungen des vorigen Abends, doch eines musste man Capa lassen: Er war nicht der Einzige, der jeder Art von Rausch verfiel, sobald Gerda ins Spiel kam. Von einer so belebenden Quelle loszukommen war schlichtweg unmöglich.

Willy hatte es vermeintlich erfolgreich versucht, doch hin und wieder wurde er rückfällig. Die schmachvollsten Episoden ereigneten sich, nachdem die offizielle Wahl auf Georg Kuritzkes gefallen war. Der Stuttgarter Verlobte hatte das Feld mit der Souveränität eines Menschen geräumt, der es gewohnt war, wie beim Crash von 1929 in großem Stil zu verlieren. »Gute Freunde« zu bleiben, wie sie behauptete, erschien Willy nicht selbstverständlich, vielmehr stank es nach taktischem Rückzug: Der Verlobte lauerte nur darauf, dass der Rivale nach und nach sein Pulver verschoss, doch dazu kam es nicht.

Obendrein war es offensichtlich, dass Gerda bis über beide Ohren in Georg und seine Welt verliebt war. Und ausgerechnet die unanfechtbare Wirklichkeit machte den realistischen Dackel für Rückschläge anfällig.

Bisweilen betrachtete er sie verstohlen, wenn Georgs Mutter Dina Gelbke im verrauchten Wohnzimmer in der Friedrich-Karl-Straße Episoden aus ihrer Vergangenheit zum Besten gab, die klangen wie ein bolschewistischer Abenteuerroman, und Gerda an ihren Lippen hing. Dina erzählte, wie sie, aufgeschreckt von den heftigen Stürmen von 1905, die auch das proletarische Łódź ergriffen hatten, blutjung und ahnungslos von zu Hause fortgelaufen war, um der Unterdrückung zu entkommen und sich den Moskauer Genossen anzuschließen. Sie erzählte von Gefängnissen, falschen Identitäten, endgültiger Flucht vor der zaristischen Polizei und von der denkwürdigsten Unternehmung ihres Leipziger Lebens: dem Ausbüxen während ihrer ersten Schwangerschaft aus einem Meraner Krankenhaus, um dem Mann ihre Aufwartung zu machen, dem sie ihren Lebensweg zu verdanken hatte – Lenin. »Es ging mir gut, und niemand hätte mich von dieser Reise abhalten können: nicht mein Mann und erst recht nicht die Ärzte.«

Wer hatte bei jenem Mal, das ihm so lebhaft in Erinnerung geblieben ist, den Anlass zu dieser Anekdote gegeben? Bertolt Brecht oder Kurt Tucholsky waren es nicht gewesen, eher ein kleineres Licht, das gerade auf Durchreise in der Stadt war und im Haus verkehrte. Doch während ihrer Schilderungen hatte Dina den Blick auf die jungen Leute gerichtet und mit gewissem Wohlgefallen bemerkt, kurz nach ihrem Eintreffen in Zürich hätten sich auch in Georg revolutionäre Unrast und unbändige Wut geregt – nicht gegen die Schweizer Banken, sondern gegen die Hebamme und den Arzt, also gegen die ganze Welt, die ihn umgeben habe.

»Vielleicht solltest du diese Wut wieder hervorholen, statt immer nur große Reden zu schwingen«, hatte sie gesagt und die jugendlichen Zuhörer gemustert, die zu ihren Füßen auf dem Teppich hockten. Gerda hatte weder ein zärtliches noch ein strahlendes Lächeln für Georg übriggehabt. Sie hatte ihm offen ins Gesicht gelacht, dann den Kopf zurückgeworfen und mit dem Blick Dinas Augen und ihre vollen Lippen gesucht, und Georg hatte die Hand von Gerdas vor Lachen bebendem Knie zurückgezogen.

Willy litt. Er war eifersüchtig auf die besitzergreifende Lässigkeit, mit der Georg sie berührte, und erst recht auf die Ungezwungenheit, mit er sich von ihr löste. Er war neidisch auf so viel angeborene Selbstgewissheit (doch was war von einem zu erwarten, dem Lenin Pate gestanden hatte?), und es wurmte ihn, dass Georg Gerda nicht als Geschenk, sondern als Verdienst empfand. Auch war er eifersüchtig darauf, wie Dina Gerda den Hof machte, seit ihr Sohn sie mit nach Hause gebracht hatte. Er rief sich die Frau ins Gedächtnis, die er aus der Straßenbahn gesehen hatte, diese der Leinwand entstiegene Ikone. »Passt bloß auf«, dachte er bei sich, »sobald sich die Dinge hier zum Besseren wenden oder sie von eurer Revoluzzer-Crème die Nase voll hat, ist Gerda im Handumdrehen wieder die Alte.«

Er glaubte nicht daran, dass sich die Dinge im Deutschland der Jahre 1931 und 1932 zum Besseren wenden würden, und so konzentrierte er sich auf die strahlend weiße Silhouette, die vor dem Hutmacher-Schaufenster an jener Straßenbahnhaltestelle in den Anblick von Bérets und Hütchen versunken war. Ein billiger Trick. Jedenfalls war er überzeugt, dass Gerda Pieter nicht vergessen hatte. Den Kaffeeimport, den sie mit ihm aufgezogen hatte, hatte ihr ehemaliger Verlobter inzwischen groß gemacht. Und wer weiß, um der guten alten Zeiten willen würde sie sich vielleicht dazu hinreißen lassen, ihn auf eine Geschäftsreise zu begleiten oder ein Büro in Südamerika zu übernehmen.

Wer weiß, wie sie auf ein solches Angebot reagiert hätte? Hätte sie sich für Georg entschieden, der wieder nach Berlin entschwand, oder die Gelegenheit genutzt, um allem Elend und aller dräuenden Gefahr zu entkommen?

Willy fürchtete, die Antwort zu kennen. Eingepuppt in seine Eifersucht und den verzweifelten Versuchen, sich daraus zu befreien, war er – linkisch und vergebens – an einen Punkt gestoßen, den ihr viele von ihnen Jahre später zum offenen Vorwurf machen sollten. Opportunistin! Gerda zündete sich mit pariserischer Nonchalance eine Zigarette an, reckte das Kinn und blies den Rauch aus: »Wenn du meinst …« Ihr Schmollen wurde von den Spiegeln zurückgeworfen, der Rauch hüllte ihr Gegenüber ein, das mit ihr am Tischchen saß. Meist entschuldigte sie sich gleich darauf, als wäre es eine lästige Formalie: je eher, desto besser und schon wieder mit einem Lächeln. Nachzubohren oder zu erklären würde eh nichts bringen.

»Opportunistin«, so hatten viele über sie gedacht, und rückblickend erschien das nicht übertrieben. Doch der Groll verging, die Enttäuschung verpuffte, und Gerda blieb. So war sie nun einmal, wankelmütig und willensstark, ein Meter fünfzig blanker Ehrgeiz und Stolz – ohne Absätze. Man musste sie nehmen, wie sie war: bis an die Schmerzgrenze aufrichtig und auf ihre Art beständig und treu.

Sie war aufrichtig, wenn es die Freundschaft verlangte, jedoch nicht, wenn es darum ging, ihren Abenteuern einen filmreifen Touch zu verleihen. Zum Beispiel liebte sie es, Pieters »roter Frosch« genanntes Opel-Cabriolet, mit dem ein Freund sie am Straßburger Bahnhof abgesetzt hatte und noch am selben Morgen nach Stuttgart zurückgekehrt war, zum Nebendarsteller ihrer Flucht über die Grenze zu machen. Wenn sie von dieser Fahrt erzählte, ließ Gerda die Grenzkontrollen aus und hätte die angstvollen Momente selbst ihren engsten Freunden verschwiegen. Sie wollte angeben, im Mittelpunkt stehen, die Claque ihrer Bewunderer vergrößern, die sich an ihrem Tischchen drängten. Wer weiß, ob diese kurze Reise wirklich die reinste Spritztour gewesen war.

Und zweifellos hatte der ehemalige Verlobte ihr nach der Flucht nach Paris erheblich unter die Arme gegriffen – GELD EINGETROFFEN STOP BIST EIN SCHATZ STOP –, denn der Dackel hatte sie so manches Mal zur Post in Montparnasse begleitet, um die Überweisung abzuholen.

Erst jetzt, aus der Distanz der schnurgeraden Hertel Avenue, erkennt Doktor Chardack, dass er die wichtigsten Dinge zu spät begriffen hat. Selbst in den exakten Wissenschaften verändert der Beobachter die Daten, und der Gegenstand, den er damals beobachtete, bewegte sich gewiss nicht auf neutralem Feld. Seine Messfühler hatten zwar empfangen, dass man auf Gerdas Treue im engeren Sinn nicht zählen konnte (was kleine Hoffnungsschimmer nicht ausschloss), doch für die entscheidende empirische Tatsache waren sie unempfindlich gewesen. Es war unmöglich vorherzusagen, wie sie sich entschieden hätte, hätte die perfekte Gelegenheit – der Kaffeehandel in Südamerika beispielsweise – oder die äußerste Notwendigkeit es von ihr verlangt. Vermutlich hätte Gerda so entschieden, wie es ihr gerade passte, doch zurückgerudert wäre sie nicht, so viel ist sicher.

Es muss Anfang '34 gewesen sein, Friedmann war noch nicht auf der Bildfläche aufgetaucht, und Gerda stand unversehens wieder ganz am Anfang. Sie konnte die Überweisung aus Stuttgart als Beleg dafür vorzeigen, dass sie für sich sorgen konnte, was für die Verlängerung der Aufenthaltserlaubnis unerlässlich war, und sie konnte ihr Hotelzimmer bezahlen, doch nachdem Doktor Spitz ihr den Laufpass gegeben hatte, hieß es wieder, sich von Tag zu Tag durchzuschlagen. Im Morgengrauen verließ sie das Haus und marschierte mit einem Stapel Zeitungen unter dem Arm, der bei einer so reizenden *colporteuse* meist recht schnell ausverkauft war, die Boulevards entlang. Sie gönnte sich einen stark gesüßten Kaffee, erledigte die rarer werdenden Schreibarbeiten und ging dann zum Sonnenbaden in den Park. So war Gerda: Sie sah hinreißend aus wie eine schöne Müßiggängerin. Ruth, die sich als Mannequin oder als Turnlehrerin für die Sommergäste eines Freibades am Seineufer verdingte, war das mühsame Über-die-Runden-Kommen ebenfalls nicht anzusehen, und nachdem sie im Gymnasium tote Sprachen gelernt hatte, hielt sie sich auch jetzt mit vornehmlich stummen Arbeiten über Wasser.

Der Dackel wusste, dass die Mädchen schwere Zeiten durchmachten, weshalb es ihm umso unbegreiflicher war, dass Ruth und Gerda an den Wochenenden spurlos verschwanden. »Hat euch ein reicher Verehrer auf einen Ausflug mitgenommen?«, hatte er sich eines Tages leicht verkniffen zu fragen getraut, als er die beiden auf der Straße traf, und eigentlich nur diejenige gemeint, die eine solche Einladung begeistert angenommen hätte.

»Schön wär's! Wir waren die ganze Zeit zu Hause, unter der Bettdecke spart man eine Menge Kalorien.«

»Und was macht ihr da?«, hatte er verdutzt gefragt.

Was für eine Frage! Sie plauderten, lasen, machten sich die Nägel und Augenbrauen, besserten ihre Strümpfe mit Nagellack aus, und wenn der Magen knurrte (»Wer hätte gedacht, dass Gerda so laut grummeln kann«, lachte Ruth), brachten sie ihn nicht mit seichten Schlagern zum Schweigen, sondern mit einem Aufstandslied, wie es sich für einen leeren Magen gehörte …

Angelockt von dem »leeren Bauch« des Filmtitels und von den Schlachten mit der Zensur, die den Film aus einigen Kinos verbannt hatte, hatten sie sich im Winter '32 *Kuhle Wampe* angesehen.

Doktor Chardack kann sich nur noch an den Anfang gut erinnern, der ihn wie eine Ohrfeige aus der Stumpfheit vergangener Zeiten reißt und ihm das Deutschland ins Gedächtnis zurückholt, das er kurz darauf verlassen sollte. Diese Flut von Fahrrädern, die durch Berlin flitzten, als wollten sie eine Medaille gewinnen, doch in Wirklichkeit wetteiferten sie um einen Tag Arbeit. Der junge Radfahrer, der niedergeschlagen heimkehrt und unter dem Tadel der Eltern (»wer tüchtig ist, kommt immer vorwärts«) wortlos einen Teller Suppe hinunterschlingt. Kaum allein, nimmt er sich die Armbanduhr ab, das Wertvollste, was er besitzt, und stürzt sich in den Hof. Ein spitzer Schrei, ein Arbeitsloser weniger. Der Tod eines Altersgenossen in wenigen Filmminuten.

Der Erfolg von *Kuhle Wampe* übertraf alle Erwartungen. Beeindruckt von den Darstellern, die breites Berlinerisch sprachen und nicht einmal zu schauspielern schienen, verließen die Zuschauer das Kino. »Das ist alles wahr!« In Dina Gelbkes Wohnzimmer war eine recht unerwartete Diskussion entbrannt. Willy hatte sich nicht gefragt, wer diese missmutigen Genossen eigentlich waren, doch mussten sie einer Art Arbeiteraristokratie angehören. Plötzlich bekamen die Hausherrin und ihre Anhängerschaft, die sich vor Lob für das vom befreundeten Brecht theoretisierte und ins Werk gesetzte *Proletkino* überschlugen, von den echten Proletariern heftigen Gegenwind.

»Wo waren denn euer Brecht und die Genossen vom Künstlerkollektiv, als wir Streiks und Streikwachen organisiert haben?«, protestierten die. »Waren sie mit ihren Kindermädchen spazieren? Haben sie Goethe-Gedicht auswendig gelernt?«

Der heftige Anwurf machte selbst die Freunde der Kuritzkes-Brüder sprachlos. Sie waren so kinoerprobt, dass sie nicht einmal den realistischsten Film für einen Spiegel der Wirklichkeit genommen hätten, und stimmten zu, als jemand dagegenhielt, ein Film müsse seine Botschaft verallgemeinern.

Unter den Anwesenden war ein Mann, von dem es hieß, er sei Dina Gelbkes große Liebe gewesen. Es kam nicht oft vor, dass eine Frau sich von einem Mann wie Kuritzkes, der es ihr an nichts fehlen ließ, scheiden ließ, um sich in eine Affäre mit einem mittellosen, bohemienhaften Goi zu stürzen, die sie nicht einmal vor den Kindern geheim hielt. Die zweite Ehe mit Doktor Gelbke habe diesen drei armen Kindern dann wenigstens ein sicheres Dach über dem Kopf beschert, hatte der Kommentar von Willys Mutter gelautet. Willy hatte nichts auf das Gerede gegeben. Schon als er noch Gymnasiast war, hatten ein paar neugierige Freundinnen ihn wegen dieser Geschichte mit jenem faszinierenden Mann gelöchert, und er hatte sie mit einem brüsken »Ich weiß nichts« abserviert. Sowieso wusste Willy nur, dass die Kuritzkes-Brüder seit jeher einen gewissen Sas erwähnten, der irgendwann vor ihrer Tür gestanden hatte. Ein Freund der Familie und ehemaliger Arbeiter, der es zum Schul- und Musiklehrer gebracht hatte. Er war gern mit den jungen Leuten zusammen und sie mit ihm. Das war alles.

Deshalb war es nicht ungewöhnlich, dass Sas ihnen in die Mansarde folgte, um weiter mit ihnen zu diskutieren. Doch bei dem Gerede über *Kuhle Wampe* war ihm der Kragen geplatzt. Goldrichtig, an die Jugend zu glauben, brüllte er, euch betrifft der Krieg gegen die Arbeiterklasse am meisten! Aber es ist Wahnsinn, auf andere zu zeigen und sämtliche Arbeiter abzuschreiben, die ihr gegenwärtiges Elend einfach nicht wahrhaben wollen. Sein offener Dissens mit der Kommunistischen Partei, mit dem er in diesem Moment zweifellos nur aus Rücksicht auf Dina hinter dem Berg hielt, war ein weiterer Grund, ihn zu bewundern. Und weil sie spürten, dass hier eine sehr private Beziehung unter einer doppelten – politischen wie affektiven – Spannung stand, verhallte das Gekicher in betretener Stille. Am schnellsten reagierte die, die sich von sentimentalen Verlegenheiten niemals um ihre Schlagfertigkeit bringen ließ. Gerda hatte angefangen, von ihrem letzten Besuch bei Georg zu erzählen. *Kuhle Wampe* war gerade angelaufen, und man musste halb Berlin durchqueren und viel Zeit einplanen, weil sich vor dem Wilmersdorfer Atrium-Palast, dem einzigen Kino, das den Film zeigte, ewig lange Schlangen bildeten. Das bunt gemischte Publikum, das herbeigeströmt war – Arbeiter und Kulturgrößen, Theaterleute und Verkäuferinnen, Animiermädchen und dergleichen –, hatte sie tief beeindruckt, und dann die Musik, die Dialoge, der rasante Schnitt! Die Szene in der U-Bahn, die mit dem *Solidaritätslied* begann, der Refrain, den man einfach nicht mehr aus dem Kopf bekam! Aber dann dieses Wettrudern der

Frauen, als wäre Rudern – *eins zwei hopp hopp* – das Beste und Vergnüglichste, was man tun konnte, um die Welt zu verändern. Ich habe es schon zu Georg gesagt und sage es glatt noch mal: Wie soll die Szene gegen den getanzten und mitgetrillerten Walzer in *Der Kongreß tanzt* anstinken?

»Stopp! Wie kannst du diesen reaktionären Schmalz in einem Atemzug mit dem musikalischen Genie von Hanns Eisler nennen!«, war Sas entrüstet aufgebraust.

»Was willst du machen, wenn Kommunismus im Kino so langweilig daherkommt«, hatte Gerda zufrieden versetzt, »werden die Reaktionären sowieso immer gewinnen, Hindenburgs Wiederwahl hat's gezeigt …«

Mit einem Aufblitzen seiner schmalen Brillengläser hatte Sas klein beigegeben. »Würdest du denn in meiner Musikschule einen waschechten Debütantinnen-Tanzkurs geben?«

»Für dich immer! Oder zur Erziehung der Massen, wenn dir das lieber ist …«

Das helle Lachen, das Gerdas Antwort verschluckte und die anderen mitriss, hatte die Luft in der Mansarde endgültig gereinigt.

Lachen, was sonst: damals wie später, in Leipzig wie in Paris. Besser, dem Unglück die Schwere zu nehmen, als sich weiterhin in Diskussionen zu verstricken, die durch Hitlers Unterdrückung der gesamten Linken jeden Sinn verloren hatten und dennoch allenthalben wieder aufflammten: in den Vereinen und Redaktionen im Exil, in den zu Flüchtlingswohnheimen umfunktionierten Kasernen, in der Schlange vor der *préfecture* oder in den Suppenküchen, wo Sozialdemokraten und Kommunisten einander den angeschlagenen Napf der ersten entwurzelten Vertreter des jüdischen Bürgertums in die Hand drückten. Doch vor allem in den Cafés, wo es Zeit im Überfluss gab und das hitzige Stimmencrescendo jeden überrollte, der an einem der Nachbartische Platz nahm. So mancher ehemalige Abgeordnete blieb lange vor seiner leeren Tasse hocken und pochte auf seinen alten Posten, als wäre der das letzte Gut, auf das man noch stolz sein konnte. Besser, man hörte ihnen nicht zu und lachte darüber. Besser, man nutzte das Privileg, ein Studentenleben führen zu können wie der Dackel, oder war dankbar für die Traulichkeit eines verwohnten Hotelzimmers, das man mit einem Arbeiterlied erfüllen konnte, und gewöhnte sich trällernd an die noch ungewohnte Erkenntnis, dass man nun selbst zum arbeitslosen *Weltproletariat* gehörte. Besser, man kam aus der Deckung, wiederholte sein Duett vor einem Publikum, das dankbarer war als die Bettwanzen, und machte daraus eine Hymne für die Genossen, die auf den Terrassen der Rive Gauche angespült worden waren, mit der köstlichen Dreingabe, dass die Pariser lediglich begriffen, dass man auf Deutsch sang und einen Marsch obendrein.

Vorwärts und nicht vergessen, worin unsere Stärke besteht. Beim Hungern und beim Essen, vorwärts und nie vergessen: die Solidarität!

Rund zwei Jahre nach Ruths und Gerdas härtester Zeit hatten sie sich bei einem Abend zur Unterstützung des deutschen antifaschistischen Widerstandes wiedergetroffen. Keiner von ihnen nagte mehr am Hungertuch, Gerda und Ruth mussten sich kein wanzenverseuchtes Bett mehr teilen, und das Lied über die Solidarität beim Essen und Hungern wurde von Brechts Frau Helene Weigel gesungen. Klein, mager, mit wachem Gesicht, das an eine griechische Theatermaske (und ein bisschen an einen Affen) erinnerte, trug sie es mit schauspielerischer Inbrunst und nicht in dem rotzig lauten Ton vor, den seine Freundinnen angeschlagen hatten. All das hatte Willy den himmelweiten Unterschied zwischen Leben und Theater vor Augen geführt. Da er erst spät von seinem Praktikum gekommen war, musste er im Café Mephisto am Boulevard Saint-Germain ganz hinten stehen, doch hatte er die Köpfe seiner Freunde und Bekannten sofort erspäht: Ruth neben dem Setzer Melchior Britschgi, den sie erst kürzlich geheiratet hatte, Gerda zwischen den Steins und daneben ein vielsprachig lärmendes Grüppchen im Schlepptau von André Friedmann, der im Dunkelkammer-Badezimmer in Montmartre inzwischen regelmäßig ein und aus ging. Doch wurde die *soirée* vor allem von deutschen *émigrés* besucht, und obwohl ihn angesichts dieser geballten *Heimat* bisweilen ein leicht klaustrophobischer Widerwille überkam, hatte es ihm diesmal Freude bereitet, so viele Leute zu kennen, eine eitle Freude, wie er sie in den Mienen seiner Eltern gesehen hatte, wenn er sie zu einem Konzert oder einer Theaterpremiere begleitet hatte: Hier ist alles, was Rang und Namen hat, und wir sind mittendrin!

Hier, zwischen den Großen der deutschen Exilkultur, hatte keiner von ihnen Rang und Namen, und draußen im wahren Paris erst recht nicht. Doch sie erkannten einander auf einen Blick, mit einem Kopfnicken, einer leisen Handbewegung. Die Nähe der ersten Jahre hatte ihren primären Orientierungssinn geschärft. Sie hatten eine Solidarität erreicht, die man nicht vergisst, weil sie materiellen Bedürfnissen entsprungen war, und obwohl Willy Chardack nie wirklich an eine neue, sozialistische Menschheit geglaubt hatte, hatte diese Art der Verbundenheit ihnen geholfen, weiterzumachen, *vorwärts* zu gehen, wie es im *Solidaritätslied* hieß, und das mit einer Ausdauer, die sie sonst wohl kaum aufgebracht hätten.

Das rechnete er vor allem Gerda und dem großen Klüngel an, der sich um ihre unwiderstehlich liebenswerte Person gebildet hatte. Und plötzlich fällt ihm wieder ein, dass er sie, wenn er sie auf der Straße traf oder sah, wie sie mit energischer Entschlossenheit den Zigarettenstummel ausdrückte und aufsprang – »so, ich kann nicht länger bleiben, ich muss noch dies und jenes in Erfahrung bringen, da und dort hin« –, *Fräulein Vorwärts* getauft hatte. Er tat es nur insgeheim und im Scherz, als wollte er sich damit beweisen, dass er der Leipziger Eifersuchtsglocke entkommen war, die wie ein bleierner, von Industriequalm verdüsterter Himmel auf ihm gelastet hatte. Doch auch an jenem Abend, da sie im Theater standen und Gerda ihm so nah erschien, konnte er nicht ahnen, wie unaufhaltsam die Triebkraft seines Fräulein Vorwärts war …

Doktor Chardack passiert die geschlossenen Rollgitter eines Supermarktes, einen Damenfriseur, ein Kaufhaus für Haushalts- und Gartenartikel, eine Reinigung und eine geöffnete Tankstelle. Er begegnet für seinen Geschmack zu leicht und zu schrill gekleideten jungen Leuten und Familien, die einem verblichenen alten Foto aus dem Schtetl entstiegen zu sein scheinen, abgesehen von den gummibesohlten Schuhen der Perücke tragenden Frauen. Will er sich mit der Frage, ob das Amerika ist, auf andere Gedanken bringen? Alle sind leger und praktisch und in den gleichen *saddle shoes* unterwegs. Der Kapitalismus fordert zum Kauf der Gleichheit auf, der reale Sozialismus gibt den Getreuesten das Beste. Wer wohl in das Elternhaus in der Gohliser Straße eingezogen ist: zuerst ein Parteibonze der Nazis und jetzt, da möchte er wetten, ein Parteibonze der Sozialistischen Einheitspartei. Vielleicht wäre es besser gewesen, es wäre auch von den Bomben getroffen worden, die Gerda Pohorylles Haus in der Springerstraße zerstört hatten.

»Kalter Krieg«, sagt sich Doktor Chardack häufig, ist ein guter Slogan für ein Land, das nie von einem wirklichen Krieg zerstört wurde, obschon die Kälte des Friedens manche Bande für immer zerstört hat.

Es war nicht schön gewesen, das Visum mit dem Stempel ENEMY ALIEN im Pass zu tragen, doch Krieg war Krieg, das war ihm klar. Aber später hatte der frisch eingebürgerte Amerikaner William M. Chardack auf die Frage antworten müssen, ob er jemals Mitglied in der Kommunistischen Partei oder in der SAP gewesen sei.

»Nein«, hatte er wahrheitsgemäß geantwortet.

Doch er habe mit Mitgliedern dieser marxistisch revolutionären Vereinigung verkehrt.

»Ja«, hatte er zugegeben, »jedoch aus persönlicher Verbundenheit.«

Dennoch sei bekannt, dass er sowohl in Deutschland als auch in Paris verschiedentlich an Aktivitäten besagter Partei teilgenommen habe.

»Das waren antifaschistische Aktionen«, hatte er erklärt.

Schon möglich, doch die Partei galt als trotzkistisch.

Was sollte er darauf sagen: dass sie die Einzigen gewesen waren, die sich für eine linke Einheitsfront starkgemacht hatten? Dass die SAP Stalin kritisch gegenüberstand?

»Ich habe Medizin studiert«, hatte er geantwortet, »und war mit Vorlesungen, Praktika und Examensvorbereitungen beschäftigt. Doch wenn ich von einer Demonstration gegen die Nazis erfuhr, war es mir gleich, wer sie organisiert hatte.«

Schickt mich ruhig nach Palästina oder zurück nach Deutschland, hatte er bei sich gedacht. Doch sie hatten keine weiteren Fragen gestellt.

Einige Jahre später, er war bereits aus Korea zurück, hatten sie ihn abermals einbestellt.

»Wir haben keinen Zweifel, dass Sie den Vereinigten Staaten gegenüber loyal sind, Doktor Chardack. Doch vielleicht könnten Sie noch ein wenig mehr für Ihr Land tun.«

Sie hatten ihn gefragt, ob er einige der mit einer gewissen Fotografin bekannten Personen kenne, von deren Nähe zur Kommunistischen Partei und seiner Person man wisse. Unter den Namen, die man ihm genannt hatte, kannte er nur den von Robert Capa, mit dem er in den USA keinen Kontakt mehr gehabt hatte.

»Sonst niemanden?«, hatten sie nachgehakt. »Überlegen Sie noch einmal.«

In dem Moment hatte sich Doktor Chardack gefragt, ob sie tatsächlich glaubten, einer wie er könnte sich als Informant erweisen.

»Willy Brandt«, hatte er geantwortet, »der jetzige Parlamentspräsident von Berlin, Westberlin natürlich.«

Nicht, dass Willy Chardack und sein Namensvetter sich je nähergekommen wären, doch waren sie sich hin und wieder bei einem der spontanen Abendessen bei den Steins begegnet, bei denen Willy Brandt wie alle anderen Gerdas Charme erlag.

Als die tragische Neuigkeit eingetroffen war, gefolgt von Gerdas Sarg, hatte Brandt die Befürchtung, sie sei nicht versehentlich unter die tödlichen Raupenketten eines Panzers geraten, laut ausgesprochen. Diese danach womöglich von Fred und Lilo in Umlauf gebrachte Äußerung hatte sich die Rive Gauche entlang von Café zu Café verbreitet. Der Verdacht war entsetzlich. Willy Brandt war der aufsteigende Stern, dem die Aktivisten der SAP vertrauten. Allerdings war Gerda im Juli '37 vor den Toren Madrids überfahren worden, und Willy Brandt hatte keinen Fuß mehr nach Spanien gesetzt, seit er den Razzien gegen die »Trotzkisten« in Barcelona rund einen Monat zuvor um Haaresbreite entkommen war. Auf welche Quellen stützte sich sein furchtbarer Verdacht? Dagegen sprach dieser kanadische Journalist, der bei dem für Gerda fatalen Unfall schwer verletzt worden war. Er war nach Paris gekommen, und Ruth hatte ihn getroffen. Er hatte sich in Capas Hotel einquartiert und humpelte mühsam auf Krücken hinter ihm her wie ein Kettenhäftling. Doch die Genossen der SAP hatte das nicht beruhigen können. Eine Beinverletzung war keine Garantie dafür, dass Ted Allan die Wahrheit sprach. Es hatte sich herausgestellt, dass er ein Politoffizier gewesen war, ein Genosse, der über jede Abweichung von der Moskauer Linie auf dem Laufenden war. Das hatte gereicht, um die düstersten Spekulationen und Vermutungen über Gerdas Tod noch lange am Leben zu halten.

Die letzten Male, die Gerda mit braun gebranntem Gesicht und blassen Beinen nach Paris zurückgekehrt war, hatten die in der SAP besonders engagierten Freunde sie zur Vorsicht gemahnt.

»Mir passiert schon nichts!«, hatte sie knapp erwidert. »Ich arbeite für die richtigen Zeitungen, kenne die richtigen Leute …«

Niemand hatte sich zu erwidern getraut, dass ihnen vor diesen »richtigen Leuten« ebenfalls allmählich bange wurde. Gerda hatte ihre Beklommenheit entweder nicht bemerkt oder beschlossen, sie zu ignorieren, denn das beherrschte sie meisterlich. Mit einer behänden Geste hatte sie sich den Fotoapparat gegriffen, der vor ihr auf dem Tischchen lag: Von nun an würde sie nicht nur mit der Leica arbeiten, sondern auch mit einer Filmkamera, die Capa von *Time Life* bekommen hatte, »ihr wisst schon, die berühmte amerikanische Wochenschau …«. Die Neuigkeit hatte die Anwesenden zu Glückwünschen genötigt und ansatzweise beruhigt. Gerda hielt den Fotoapparat in der Hand und betrachtete ihn mit der zärtlichen Wonne, mit der man ein hilfloses Katzenjunges ansieht. »Euch ist doch klar, wie sehr meine Leica der Sache dient, nicht wahr?«, hatte sie mit einem entwaffnenden Lächeln geschlossen.

Ihnen war nicht danach zu fragen, ob Gerda sich nun gänzlich den Kommunisten angeschlossen hatte, schließlich blieben sie in Paris, sie aber würde zurückfahren und sich auf den Schlachtfeldern grillen lassen. Dabei wären viele von ihnen liebend gern freiwillig aufgebrochen, selbst ein so vorsichtiges Mädchen wie Ruth wäre dazu bereit gewesen. Monatelang hatte sie sich die Zeit für einen Krankenschwester-Kursus abgeknapst, doch kaum war sie mit der Ausbildung fertig, hatte man ihr eröffnet, es sei zu spät. »Wer nach Spanien will, tut das ab jetzt auf eigene Faust. Unsere Partei garantiert für niemanden.« Nicht einmal für eine Rotkreuzlerin? Nein, nicht einmal das.

Willy hatte Ruth getroffen, die vor Wut auf die SAP-Führung und die gipsköpfige Logik der großen und kleinen Parteien schäumte, wo doch das spanische Volk tagtäglich unter den Bomben krepierte. »Schau«, hatte sie gesagt und die letzte Ausgabe der *Regards* hervorgezogen, die ein Foto von Gerda auf dem Titel hatte und darunter die anklagende Schlagzeile: »*Guernica! Almería! Et demain?*« Es zeigte Frauen und Männer am Gittertor des Krankenhauses von Valencia, wo man die Opfer des Bombenangriffs von Mitte Mai hingebracht hatte. Die Reportage sprach von einer »Generalprobe für den totalen Krieg«, und auf Gerdas Bildern waren Leichen zu sehen, hingeworfen auf den schwarz-weiß gefliesten Boden: ein kleiner Junge in kurzen Hosen, ein nackter, vom blutgetränkten Laken notdürftig bedeckter Mann, eine Alte in Schwarz, vielleicht lebendig, vielleicht tot, auf einer zwischen andere gezwängten Trage. »Dort unten braucht es mehr als nur Fotografen«, hatte Ruth mit grollender Miene gesagt, unfähig, ihrer Wut und Enttäuschung mit einem »Ach, *Scheiße*« Luft zu machen. Willy hatte nicht gefragt, ob die Anführer der SAP sie von ihrem Vorhaben abgebracht hatten oder ob sie sich selbst schweren Herzens zu einem Verzicht durchgerungen hatte.

Mitunter tun Gedanken einen jähen Sprung, der sie aus ihrer jahrelangen Umlaufbahn katapultiert. William Chardack hatte sich und seiner Frau immer wieder gesagt, er habe unerhörtes Glück gehabt. »Du musst dem Genossen Stalin danken, Liebes, wenn das FBI mir keine allzu großen Scherereien machen kann!« Das Kopfschütteln seiner Frau machte ihm klar, dass es nicht sonderlich nett von ihm war, ihrer Besorgnis mit rabenschwarzem Humor zu begegnen. Dabei war es Zufall gewesen, dass er in Leipzig in den Orbit einer kleinen Arbeiterpartei geraten war, die auf der stalinistischen schwarzen Liste gestanden hatte, und das war auch in den USA kein Geheimnis gewesen. Wie alle seine Freunde hatte sich auch Willy der SAP angenähert. Und alle seine Freunde (nein: fast alle), selbst die ehemaligen Anführer, deren Namen er dem Ermittlungsbüro verschwiegen hatte, waren noch am Leben und hatten es geschafft. Die SAP war ihre Rettung gewesen. Die Argumentation war so stichhaltig wie eine logische Beweisführung. Erst jetzt, mit dem Gedanken an Ruth, die ein paar Leben hatte retten wollen und stattdessen um ihr eigenes gefürchtet hatte, tut sich ein Riss auf. All seine Freunde (ja, alle: er inbegriffen) hatten geglaubt, in Spanien müsse man siegen, siegen um jeden Preis, siegen und sonst nichts. Doch nur Gerda, die Einzige, die sich weder um Gefahren noch um Bedenken oder um sonst etwas geschert hatte und nur zur rechten Zeit am rechten Ort hatte sein wollen, war schließlich dorthin aufgebrochen und dort geblieben.

Doktor Chardack ist ins Schwitzen gekommen, verloren in Erinnerungen, die allmählich keine angenehme Spaziergangsbegleitung mehr sind, und beschleunigt den Schritt, um möglichst schnell an sein Ziel zu gelangen.

Mastman's Delicatessen wird vornehmlich von Familien frequentiert, die ihren Kindern eine Freude machen wollen und sie danach satt ins Bett stecken können. Besonders beliebt sind *delicious kosher hot dog, crispy potato latkes* und die mit Puderzucker bestäubten Rollen des *home-made Apfelstrudel.* Um ein paar Scheiben dieses berühmten Desserts zu kaufen, müsste er an den wenigen Tischen auf dem Gehsteig vorbei, an denen ein paar Mütter ihre Kinder zum Aufessen drängen, die Kleinsten und Schmächtigsten füttern und die bereits vorgeschnittenen Reste selbst aufessen. Er bleibt stehen. Er sieht die großen Strudelbleche in der Vitrine, doch er bleibt stehen. Er riecht die vertrauten Düfte, die ihm entgegenschlagen, sobald sich die Tür öffnet, hört das Stimmengewirr, aus dem Akzente, Worte, Satzfetzen herausklingen. Er sieht die Kinder mit den Kippot auf dem Kopf, die schon damals in Leipzig von klein auf unter sich blieben.

»Ich mache eine Kehrtwende«, denkt er. »Ich gehe rückwärts wie ein Krebs.«

Wenn er jetzt den Laden beträte und *srree pieces of Apfelstrudel* verlangte, würde man ihm erfreut in der Sprache antworten, die man für die gemeinsame Muttersprache hielte.

»Sorry, my Yiddish is very poor«, würde er sagen.

»*No problem*, aber bei Ihrem Akzent würde man das gar nicht vermuten«, würde man ihm antworten.

»I'm from Germany«, würde er der Frage vorgreifen.

»But you are Jewish, right?«

Er ist weder blond noch groß und hat eine recht stattliche Kartoffelnase. Er könnte sogar die Hosen herunterlassen (war das nicht die Feuerprobe des Tausendjährigen Reiches?), doch die anderen würden nicht begreifen, weshalb Doktor Chardack sich für die hohen jüdischen Feste nie auch nur einen Tag freigenommen und keinen Fuß in die Synagoge gesetzt hat.

Wie oft hat Doktor Chardack betont, er sei Wissenschaftler und deshalb von jedem religiösen Kult und

Glauben weit entfernt, bis er kapiert hat, dass seine von zu Hause mitgebrachte und durch Jahrhunderte der Aufklärung beglaubigte Formel in Amerika nicht greift. Wissenschaft ist Wissenschaft, gestand man ihm zu, doch die Gemeinschaft, in der man aufwächst, ist von einer Tagung in Kalifornien himmelweit entfernt. Was sollte er darauf antworten: dass dem nicht so war, dass Gemeinschaft auch ohne Glaubens- oder Rassenzugehörigkeit möglich war? Es half nichts, man kam einfach nicht zusammen. Doch was zum Teufel sollte man machen, wenn man zum Thanksgiving-Truthahn und dann zum Pessach eingeladen wurde?

In Korea hatte er einen jungen Soldaten zusammengeflickt, der ihm, kaum dass er ein wenig sprechen konnte, mit fiebrigen Augen erklärt hatte, das auserwählte Volk sei für Hochverrat bestraft worden, und angesichts der Tragweite der Mission habe der Rest der Welt bedauerlicherweise dazwischengefunkt. Ohne Hitler hätten die Juden die Gesetze des Herrn in den Wind geschlagen, wären rot oder zumindest atheistisch geworden, und die Kommunisten hätten triumphiert, weshalb man sie jetzt mit Fußtritten aus diesem Land am Arsch der Welt verjagen müsse.

Der Sanitätsleutnant William M. Chardack hatte sich gewundert, solche Ideen im Kopf eines Jungen aus einem gottverlorenen Flecken im Corn Belt zu finden, der, ehe er beim Militär gelandet war, noch nie einem Juden begegnet war. Dass auch manch ein Rabbiner ähnliche Abwegigkeiten verzapfte, war ihm bereits von einem in Ellis Island zurückgelassenen Reisegefährten zu Ohren gekommen, der ihn – das muss '47 oder '48 gewesen sein – im Gewühl des Manhattaner Garment District wiedererkannt hatte.

Nachdem er sich erkundigt hatte, wie es ihm gehe, hatte Sussmann ihm seinen Seelenschmerz ausgeschüttet.

Seine Gebrechen, seine Einsamkeit: er war nie gläubig gewesen, doch mit dem Alter und unter dem Zureden der orthodoxen Nachbarn hatte er sich bemüht, wieder einen Fuß in den Tempel zu setzen. Er war ihnen am Jom Kippur gefolgt und war niedergeschmettert gewesen von der Rede des Rabbiners: Die Auslöschung Israels sei gescheitert, *baruch Ha-shem*, doch welcher Tag wäre geeigneter, um in diesem entsetzlichen Martyrium eine Mahnung von oben zu erkennen?

Zitternd vor Erregung, stand Sussmann im dichten Gedränge auf dem Gehsteig der Seventh Avenue, während links und rechts Kleiderständer zu den überall parkenden Lastwagen geschoben wurden.

»Die gießen Wasser auf ihre Mühlen wie alle Priester, Herr Sussmann, lassen Sie's gut sein …«, hatte ihn Doktor Chardack unterbrochen.

»Ich bitte Sie, lassen Sie mich ausreden!«, hatte Sussmann gefleht.

Dieser Rabbiner war davon ausgegangen, dass die menschliche Intelligenz den Wegen des Herrn niemals gewachsen wäre, *but some facts are facts.* Die Übertritte und gemischten Ehen hatten in Deutschland überhandgenommen. Und damit war es mit den unbestreitbaren Fakten nicht getan. Marx war deutscher Jude, Freud ein Wiener Jude, und Einstein hatte für seine Entdeckung, dass alles relativ ist, sogar den Nobelpreis gewonnen. »Überlegt einmal, wie viele unserer Kinder ihre Jünger und Schüler geworden sind!«, ereiferte sich der Rabbiner. »Alles hat dort angefangen, wo die Thora am meisten in Vergessenheit geraten ist; und es hat nicht viel gefehlt, und die Katastrophe wäre der Sintflut gleichgekommen.«

Sussmann hatte bis 1918 in Belgien gekämpft und war wie durch ein Wunder lebend zurückgekehrt, er hatte einen Handwerksbetrieb in Köln eröffnet und sich nach dem Inkrafttreten der Rassengesetze einvernehmlich von seiner Frau scheiden lassen, die dann dort im Bombenhagel gestorben war, während er sich gerade in Amerika einlebte.

Diese Tränen eines flüchtigen Bekannten (wie alt mochte er sein: ungefähr so alt wie sein Vater?) waren Doktor Chardack unangenehm gewesen. Er hatte sich von Sussmann verabschiedet, ihm abermals beteuert, Idioten gebe es überall, und sich in einen Laden verdrückt, wo er sich in seinem neuen, dreiknöpfigen Anzug im Spiegel betrachtet hatte, ein freier Mann aus einem Guss. Die Religion war *not my problem.* Und die Probleme, die sich seine neuen Landsleute bezüglich seiner Herkunft, seiner Lebensgewohnheiten und seiner Ansichten machten, waren lächerlich im Vergleich zu dem, was er in Europa erlebt hatte. Fürs Erste genügte es, auf den Strudel zu verzichten und noch ein Stück die Hertel Avenue hinunterzuwandern. Wozu noch mehr Zeit verplempern.

Allmählich wird Doktor Chardack bewusst, dass sein Leben in Buffalo dieser glatten Straße gleicht, in der es an nichts fehlt und die ihn immer weiter geradeaus führt. Hier kann ihn niemand wiedererkennen wie Sussmann in Manhattan, um ihn an Dinge zu erinnern, von denen die Ostjuden, die an den Tischen des Mastman's sitzen, nicht einmal im Traum reden würden. Zudem lässt sich seine Geschichte nicht auf eine Auflistung derer reduzieren, die in den Begrifflichkeiten von Deportation, Internierung, Ende verloschen oder verblichen sind. Von vielen weiß er nicht einmal, ob sie durch den Schornstein oder lediglich aus seinem Blickfeld verschwunden sind. Für die jüdischen Angestellten seines Vaters gab es wenig Hoffnung, wie auch für den Pelzhandel insgesamt, jenes Hinterhofuniversum entlang der breiten Hauptstraße, dem Leipziger Brühl. Sein Fall war nicht einmal mit denen der zahlreichen Reisegefährten vergleichbar, die in der

Kategorie RACE or PEOPLE der New Yorker Hafeneinwanderungsbehörde als *Hebrew* registriert worden waren, eine handschriftliche Korrektur, die ihn weniger aus der Fassung gebracht hätte, hätte er nach dem Verlassen der Schlange der *alien passengers* nicht die riesige Freiheitsstatue vor sich gehabt.

Wer weiß, wie viele Schulkameraden, Onkel und Cousins unterschiedlichen Grades in den Konzentrationslagern geendet waren, wer weiß, wie es den Eltern und Verwandten von Gerda Pohorylle ergangen war. Doch sie hatte sich ihre Arbeit und ihren Namen ausgesucht und war bei einem dämlichen, grausamen Unfall ums Leben gekommen, wenngleich in einem Krieg, den sie mit ihren Bildern für alle gewinnen wollte. Sie war mit den Kameraden gefallen, die losgezogen waren, um gegen den Faschismus zu kämpfen, ganz gleich, welcher RACE oder welchem PEOPLE sie angehörten.

Wie viele von den Leipziger Freunden und Bekannten waren nach Spanien gegangen? Von den Stammbesuchern der Friedrich-Karl-Straße, von den Studenten und jungen Arbeitern, die sich um Georg Kuritzkes tummelten? Wie viele waren den Lagern und deren extremen Folgen nicht entkommen? Doktor Chardack hat keine Ahnung. Doch da ist ein Name, der sich ihm dort auf der Hertel Avenue entzieht, obwohl er fast wie ein amerikanisches Slangwort klingt: Sas.

Reuiger Freiwilliger des Großen Krieges, der Körper von der Arbeit gestählt (Stahlwerke in Sachsen, Schiffswerften in Hamburg), Hände, die ihre proletarische Anatomie und Geschichte zu überwinden wussten, um sich auf eine Klaviatur zu legen und eine Musikschule zu gründen. Der Dackel hatte ihm nur das Zündapp-Motorrad geneidet, auf das Gerda irgendwann aufgestiegen war, um illegale Flugblattaktionen durchzuführen. Er hatte sich gewundert, dass seine Eifersucht sich nicht bemerkbar machte, wenn er sah, wie sie sich mit einem »Bis später!« an Sas' Rücken schmiegte und dann auf der abschüssigen Pfaffendorfer Straße wie zu einer Landpartie davonbrauste. Doch in jener Zeit war alles so dringlich gewesen, und außerdem verstanden sich Sas und Gerda trotz ihres unterschiedlichen Aussehens und Lebenswandels bestens. Wer hätte je gedacht, dass diese Nähe ihnen ein ähnliches Schicksal bescheren würde.

Sas war '33 in Leipzig verhaftet worden (wie auch Gerda kurz darauf), für ein Jahr in Sachsenhausen gelandet, dann aus dem Konzentrationslager entlassen und abermals in Berlin verhaftet worden. Man hatte ihn zusammen mit einer Handvoll junger Leute, denen er Harmonie, Solfeggio und den illegalen Gebrauch des Hektografen beigebracht hatte, in Berlin-Plötzensee mit dem Fallbeil hingerichtet. Ruth hatte es Willy in einem Brief vom Mai 1943 mitgeteilt. Er war Anarchist, radikaler Sozialist, Mitglied der KPD gewesen (angeblich auch aus Liebe zu Dina) und wegen Dissidententums von der KPD ausgeschlossen worden. Wie sollte man den Amerikanern das erklären? Wenn man von deutschem Widerstand sprach, rechneten sie einen, wenn es gut lief, dem Grüppchen adeliger Offiziere zu, die erst am 20. Juli 1944 versucht hatten, den Führer aus Vaterlandsliebe in die Luft zu sprengen. Wie sollte man ihnen erklären, dass der geringe Widerstand, den es gegeben hatte, den Kommunisten zu verdanken war oder Menschen, die die Amerikaner dafür hielten?

Einer wie Gelbke beispielsweise. Er wurde der »rote Arzt« genannt, genoss jedoch in ganz Leipzig einen guten Ruf und hatte seine florierende Praxis zu einem Drehkreuz für Menschen gemacht, die sich verstecken oder ins Ausland fliehen mussten. Ihm war es gelungen, und er war mit Dina heil davongekommen. Allein die Entscheidung, an seiner jüdischen Frau festzuhalten, verlangte einen Schneid, der bei einem Großteil der Deutschen unter den ersten Strahlen der Hakenkreuzsonne verpufft war.

Nein, die Amerikaner konnten nicht verstehen, dass alles sehr viel früher losgegangen war, als es noch nicht um Leben und Tod ging und die Haltungen, mit denen man der Nazi-Lüge entgegentrat, mehr waren als nur eine Abwehrreaktion.

Für Georg Kuritzkes mit seiner revolutionären Erziehung war es leicht gewesen. Doch bei Willy und den jüdischen Freunden aus gutem Hause hatte sich die Abwehrhaltung gegen die eigenen Eltern gerichtet. Sie hatten deren Duckmäusertum um des lieben Friedens willen (wer sorgt denn dafür, dass die Geschäfte laufen, wer bezahlt die Lieferanten und die Löhne?) als beschämend, ihre unerwiderte Liebe zu Deutschland als lächerlich, ihre Überzeugung, der Ausschluss von gewissen Kreisen sei nichts weiter als ein unerfreulicher Schlamassel, als blinde Schönrederei verurteilt. Sich den Alten überlegen zu fühlen war ebenso selbstverständlich, wie sich mit gleichgesinnten Gleichaltrigen zusammenzutun. Und dann war da noch sie, die junge Frau, die ihren Kopf nur für ein fesches Käppi zu benutzen schien und sich binnen kürzester Zeit in eine Kämpferin verwandelt hatte. Wie hatte sie das angestellt? Seit sie nach Leipzig gekommen war, steuerte die Zeit geradewegs auf die Endstation zu. Doch sie spazierte luftigen Schritts nebenher und konnte jeden Augenblick um die nächste Ecke biegen und verschwinden wie ein Traum, ein todschickes Trugbild. Das war das Mädchen, das ihn bezauberte. Und wenn ein Funke einer noch entflammbareren Substanz an die Oberfläche drang, zog Willy Chardack es nach einer kurzen Verstörung vor, ihn nicht zu beachten.

Einer dieser erhellenden Momente ereignete sich ganz zu Anfang, es muss 1930 gewesen sein, und es war noch kalt. Das großartige Mädchen aus Stuttgart hatte sich noch nicht daran gewöhnt, im Schneidersitz auf dem Parkett von Georg Kuritzkes' Mansarde zu sitzen (in dem Licht, das durch die Dachluke fiel, kamen ihre Beine noch besser zur Geltung als auf Dina Gelbkes staubigem Teppich), und Willy betrachtete sie verstohlen. Der schlanke, vom perfekt frisierten Garçon-Schnitt betonte Hals, die rot nachgezogenen Lippen, die wie bei einem aufmerksamen Schulmädchen eine schmale Linie bildeten, das empörte Aufflackern auf dem Grund ihrer grünen Augen.

Während sie über die Schwierigkeit diskutierten, den Nationalen Tag der Jugend in Leipzig zu organisieren, in den es die progressiven Studenten über die Parteigrenzen hinaus mit einzubinden galt, war Georg gereizt aufgesprungen. Sie könnten unmöglich so blind und vernagelt sein, während ein Großteil der Arbeiterschaft der drittgrößten Industriestadt noch immer nicht daran dachte, sich zwischen der Seite derer, die ihre Arbeit behielten, und derer, die sie verloren hätten, aufteilen zu lassen, sondern noch in dem Bewusstsein vereint blieb, ihr Elend sei dem Kapital und dessen eifrigen Handlangern geschuldet. In Deutschland hatten die Kapitalisten sich am Krieg bereichert, von der Hyperinflation profitiert und in den goldenen Jahren floriert. Doch Reichskanzler Brüning hatte weder die Eisenbarone für die Schäden der daraus erwachsenden Krise zur Kasse gebeten noch Hindenburg und die anderen Generäle, die man allesamt ihrer Güter hätte berauben und auf die letzte Klitsche hätte verbannen müssen, wo sie nur noch auf Wildschweine hätten schießen können. Aber nein! Die Parasiten in Uniform und die Kanonenfabrikanten waren sich einig, die von ihnen befeuerten Kriegsschulden auf das gesamte deutsche Volk abzuwälzen. Und da Brüning ihr willfähriges Werkzeug war, zwang der Schraubstock seiner drakonischen Maßnahmen die Arbeiterklasse ebenso in die Knie wie die Kriegsheimkehrer, die man als Kanonenfutter an die Front geschickt hatte und die mit dem Leben davongekommen waren.

Georg sah Gerda an, Gerda sah Georg an, sie schaute zu ihm auf, und ihr Blick war weich geworden, als harrte sie der Fortsetzung eines Märchens, vorgetragen von einem großen Erzähler, der seine Zuhörer und deren entfachte Urangst bis zum Ende der Geschichte nicht aus dem Griff ließ.

Also waren die Wölfe gekommen. Sie hatten sich vermehrt, da man sie irrtümlich unterschätzt, für ebenso wilde wie primitive Tiere gehalten oder sie mit dem Deutschen Schäferhund verwechselt hatte, den man gefügig machen und nach Belieben ausnutzen konnte. Sie hätten sich den Häusern nicht genähert, wäre das Land nicht so ausgehungert gewesen. Jetzt waren es nicht mehr nur die Kleinbürger, die Versehrten, das Lumpenproletariat und der kriminelle Filz, die sich von den Braunhemden keschern ließen. In jeder Fabrik und jedem Warenlager, auf jeder Baustelle und an jedem Hochofen, die geschlossen wurden, die Produktion und das Personal herunterfuhren, löste sich die proletarische Masse auf. Der Hunger war ein schlechter Ratgeber, und die Verzweiflung erst recht. Hunger und Verzweiflung arbeiteten für die Faschisten und ihre inzwischen nicht mehr ganz so heimlichen Unterstützer. Schon wetteiferten die Damen der feinen Gesellschaft darum, wem es gelingen würde, Hitler zu kröpfen, und das angesichts der Arbeiter, die von ihren Gatten an den Bettelstab gebracht worden waren.

»Der soll an einer Gräte ersticken!«, hatte Gerda gerufen.

»Bekanntermaßen nimmt der zartbesaitete Schlächter weder Fisch noch Fleisch zu sich …«, hatte ein Mitschüler vom Gymnasium erwidert und für heftiges Echo gesorgt.

»Schluss jetzt!«, blaffte Kuritzkes entnervt. »Wenn wir alles so gut könnten wie reden, wäre die Luft jetzt nicht mit seinen Fürzen verpestet.«

Nachdem er Gerdas glühende Aufmerksamkeit gewonnen hatte (sogar ihre Knie hatten sich aufgerichtet und den Rocksaum hochrutschen lassen), wusste er nicht, wie er weitermachen sollte.

»Mein Vater hat geschäftlich mit Italien zu tun und ist recht häufig dort. Jedes Mal, wenn er zurückkommt, sagt er zu meiner Mutter: ›Hat das, was der einstige Sozialist Mussolini mit euch gemacht hat, euch denn gar nichts gelehrt, Dina? Glaubt ihr etwa, mit diesem österreichischen Giftzwerg in einem Land voll antisemitischer Revanchisten seid ihr besser dran?‹ Und sie schimpft zurück, von ihm lasse sie sich gar nichts sagen, wer habe denn seine drei Kinder allein großgezogen ...«

Willy meinte, aus diesem merkwürdigen Bekenntnis einen Rest Verlorenheit herauszuhören, doch alle Blicke waren weiter auf Georg gerichtet.

»Mein Vater hat recht. Wir müssen sie schnellstmöglich aufhalten, und zwar gemeinsam«, mahnte er nüchtern, und Gerda war sofort Feuer und Flamme, sie grub die spitzen Fingernägel in die Handballen, runzelte die Stirn, presste entschlossen die Kiefer aufeinander, und in ihren Augen flackerte unberechenbare kindliche Wut.

Woher kommt bloß diese Wut? fragte sich Willy bang und fasziniert.

Georg hatte sich eine Zigarette angezündet und überließ den anderen das Wort. Gedankenverloren ruhte sein sanft leuchtender Blick (der berühmte Kuritzkes-Blick!) auf Gerda, und der Dackel wollte seinen Augen nicht trauen.

Der bildet sich tatsächlich ein, wenn er das Fräulein Pohorylle für den Kampf gewinnt, haben wir die Revolution schon halb in der Tasche und er kann sie ihrem kapitalistischen Verlobten ausspannen, hatte er sich gesagt.

Sogleich hatte er sich dafür geschämt. Was bin ich für ein Freund, wegen einer Frau derartig gehässig zu werden?

Er musste sich wieder auf den Redner konzentrieren, alles auslöschen.

Kuritzkes hatte zu seiner üblichen Lässigkeit zurückgefunden, doch Willy hatte den Freund verloren, den er bewundern und beneiden konnte. Georg war genau wie die anderen, wie ein Insekt hatte er sich von Gerdas Flamme anlocken lassen, die erste Flamme, die es fertiggebracht hatte, ihn in den Schatten zu stellen.

Jeder nach seinen Fähigkeiten, jedem nach seinen Bedürfnissen.

Georg hätte alles getan, um das Mädchen aus Stuttgart zu gewinnen. Willy hatte geahnt, dass er dafür nicht nur begabter war, sondern sie auch dringender brauchte. Georg Kuritzkes brauchte Gerda Pohorylle so sehr, weil er so große Absichten und Ziele hegte. Und sobald Gerda in der Nähe war, erschien alles plötzlich machbar.

Der Mann, an dem die Autofahrer auf der Hertel Avenue gemächlich vorüberrollen, ist augenscheinlich nicht hier geboren, sieht aber dennoch anständig aus. Mit dem weißen Hemd und der Jacke über dem Arm könnte er ein Kellner auf dem Weg zur Arbeit sein, aber warum ist er dann plötzlich stehen geblieben? Hat er etwas zu Hause vergessen? Findet er seine Autoschlüssel nicht mehr?

Der Gedanke kommt der Wahrheit ziemlich nahe. Doktor Chardack hat unvermittelt auf dem Gehweg angehalten, weil ihm ein Wort nicht einfällt. Worte kommen ihm öfter abhanden als der Wagenschlüssel. In Gesellschaft häufiger als allein. Solang die Erinnerung an Leipzig dahinschnurrte wie die schnurgerade Hertel Avenue, ist Doktor Chardack in seiner Parallelwelt reibungslos vorangekommen. Gerdas unvergessliches Lachen hat seinen Schritt beflügelt wie ein Stoß Sauerstoff in der abgasgesättigten Luft. Doch jetzt ist Doktor Chardack über dieses Wort gestolpert, das er in seiner neuen Sprache nicht finden kann. Er grübelt, durchwühlt sein Gehirn, doch *Freiraum* gibt es im Englischen nicht. Es gibt nur *free* und *room*, passende Worte, um in einem MOTEL mit blinkendem Neonlicht am dunklen Highway nach einem Zimmer zu fragen. Plötzlich sieht er sich wieder zwischen New York und Buffalo pendeln und mit dem Sekundenschlaf und der vollkommen berechtigten Furcht kämpfen, dass ihm über Stunden niemand zu Hilfe käme, wenn er die Kontrolle über das Steuer verlöre. Doch auch diese Hertel Avenue, länger und breiter als die Champs-Élysées, bekräftigt den Gedanken, der sich in seinem verschwitzten Schädel formt. Wenn es Raum im Überfluss gibt und man ihn verschwenden kann wie Lebensmittel im Restaurant, kann er sich nicht mit einem abstrakten Wert füllen. In Deutschland, wo die Freiheit zu ersticken drohte, war nicht nur Georgs freie Mansarde *Freiraum* oder die große Wiese im Rosental, diese unberührte Waldzunge, von der sie seit Kindertagen jeden Pfad kannten. Es bedeutete etwas Umfassenderes, Vertrackteres und dennoch Selbstverständliches, denn schließlich gab es ein Wort, um es zu benennen.

Als sein Geschichts- und Philosophielehrer ihn in Gedanken erwischte, blaffte er: »Chardack, träumen Sie?! Dann werden Sie wohl auf die Pause verzichten müssen.« Und es machte keinen Unterschied, ob Willy sich den Kopf darüber zerbrach, wie er ein gewisses Fräulein wiedersehen konnte (ob sie immer den gleichen Weg nahm?), oder über die Bedeutung des kantischen Begriffs vom »Ausgang des Menschen aus seiner selbst verschuldeten Unmündigkeit« nachsann. Genau das war der Punkt: Wenn man versuchte, der Unmündigkeit zu entkommen und sich einen *Freiraum* zu erobern, riskierte man, im Nichts zu enden. Doch besetzte man ihn gemeinsam mit anderen, nahm dieser Freiraum Gestalt an: Die gedachten oder geschriebenen Worte wurden zu ausgesprochenen Sentenzen. Der nutzlose, in verräterischer Haltung auf der Schulbank zusammengesunkene Körper wurde eins mit den zahlreichen unterschiedlichen (und mitunter durchaus bemerkenswerten) Körpern, die einander begegneten, sich bewegten, einen gemeinsamen, größeren, inwendigen wie geografischen Raum besetzten. Und gemeinsam hatten sie nichts mehr von verschraubten Bolzenankern, die eine starre Konstruktion zusammenhielten, sondern glichen Einzelteilen eines feinen Uhrwerks, das Spiel haben musste, um funktionieren zu können. *Spielraum*: das war es, was sie erlangten, ein noch unübersetzbarerer Begriff als *Freiraum*.

Doktor Chardack hat sich den Schweiß von der Stirn gewischt und sich, nachdem er die vage aufflackernde wörtliche Übertragung des letzten Wortes, *room to play*, sofort verworfen hat, nachdenklich wieder in Bewegung gesetzt. Sie waren jung, keine Frage, doch mit einem eingezäunten Spielplatz hatten diese Räume nichts zu tun.

»Werde erwachsen, Wilhelm, hör auf, den Revoluzzer zu spielen!« Bei diesem völlig unangebrachten väterlichen Vorwurf ging er regelmäßig in die Luft. Als dieses »Spiel« erschreckend ernst geworden war, hatte der Dackel nicht gezögert, nach Paris aufzubrechen. Und spielten etwa Gerdas jüngere Brüder, die untergetaucht waren? Spielte Georgs Bruder Soma, den die SA, als er erst dreizehn oder vierzehn gewesen war, mit Fausthieben und Fußtritten traktiert hatte? Spielte Georg, der sich monatelang hatte verstecken müssen, oder Ruth, die in der Studentengewerkschaft aktiv war, oder Gerda, die nachts mit dem Motorrad ohne Licht unterwegs war, um in der Leipziger Peripherie Flugblätter aufzuhängen?

Nein, das war kein Spiel, für keinen von ihnen. Bei Gerda allerdings lagen die Dinge für gewöhnlich etwas komplizierter.

Gerda schien niemals bange zu sein. Wenn sie in Leipzig von ihren Fahrten nach Berlin erzählte, wo gewaltsame Zusammenstöße an der Tagesordnung waren, oder wenn sie in Paris verkündete, dass sie allein nach Spanien aufbrechen würde, ergingen sich die anderen – und sogar Capa – in ängstlichen Ermahnungen. »Keine Sorge!«, lachte sie beschwichtigend. Und wenn jemandem »Gerda, das ist kein Spiel« herausrutschte, wurde sie fuchsteufelswild. Sie sollten aufhören, ausgerechnet sie wie ein Kind zu behandeln, die Buchführung aus dem Effeff beherrschte, im Handumdrehen Wechselkurse überschlug, die Ladenpreise auf Heller und Pfennig auswendig kannte, sie schaffte es schließlich immer irgendwie.

»Ich habe einen kühleren Kopf als ihr alle zusammen«, fauchte sie. Einen Dickschädel obendrein.

Doch es half nichts: Gerda war und blieb leicht in jeder Hinsicht, auch im übertragenen und weniger schmeichelhaften Sinn. Ihre trügerische Leichtigkeit entsprang dem Zauber, den sie verbreitete, dem Paradox einer unbeugsamen Anmut, dem Eindruck, sie sei eine Gabe, bisweilen eine Begrenztheit, und nicht das Ergebnis einer Willensanstrengung oder eines unermüdlichen inneren Kampfes.

»Ach, Willy, das Leben ist zu ernst, um es ernst zu nehmen.«

Er war nicht der einzige Adressat dieses Satzes, dessen Quelle er in Amerika auf einem Stickbildchen entdeckte (oder war es ein Sofakissen gewesen?): *Life is far too important to be taken seriously.* Oscar Wilde.

Dieser Sinnspruch passte ihr wie ein Zauberpantoffel, Gerda machte ernst, auch wenn es nicht den Anschein hatte. Vielleicht tappte sie in ihre eigene Falle.

Den Ungarn mit der Leica hatte sie von Anfang an ins Auge gefasst (»Friedmann? Sympathischer Angeber«) und sich einen Spaß daraus gemacht, ihn zu foppen (»Rasier dich mal, die Mode der *maudits* ist Schnee von gestern«), und schon bald hatte sie die Rolle der welterfahrenen Freundin mit Durchblick inne. Dass André Friedmann in der einzigen Metropole groß geworden war, die es mit Paris aufnehmen konnte, dass er in einem Modeatelier im eleganten Herzen Budapests geboren worden war, in den Spelunken und verrufenen Gassen der Stadt seine Erfahrungen gesammelt hatte und jedes klare und trübe Gewässer des *savoir-vivre* befahren hatte, machte auf ein Mädchen wie Gerda, das seine Erziehung in der Schweiz genossen und in den revolutionären Wohnzimmern Leipzigs den letzten Schliff erhalten hatte, keinen Eindruck. Doch diesen Pygmalion-Effekt auf ihn zu haben (er nannte sie *arbitra elegantiae* und manchmal Zeremonienmeisterin) erfüllte sie mit Stolz. Gerda spielte »den Balkanzigeuner zurechtstutzen«, André spielte mit, und den *copains* und *camarades* bot sich ein surrealistisches, mit bürgerlichem Habitus bemänteltes Schauspiel. Die Cafés von Saint-Michel und Montparnasse wurden zu Theaterbühnen. Zu manifestem *Spielraum.*

Dort konnte man nach Herzenslust glanzvollen Träumen nachhängen, sie waren nicht rationiert wie die Zuckerwürfel, die aus der silbernen Dose auf dem Tischchen in Friedmanns Ärmel wanderten, wenn der *garçon* nicht hinsah. Inzwischen tat er es eher, um in Übung denn auf den Beinen zu bleiben, doch die Kellner im La Coupole, im Capoulade und im Dôme kannten ihn, für sie machte es keinen Unterschied, ob die Taschen, in denen die nahrhafte Beute verschwand, zu einer speckigen Lederjacke oder einem adretten beigefarbenen Regenmantel gehörten, der unter Gerda Pohorylles Diktat gekauft worden war. Es war ein Spiel, es war Theater, und sie genossen es genauso wie die anderen. Häufig hatten Gerda und André nicht einmal genug Geld für eine Kinokarte in der Tasche, also dachten sie sich selbst eine Vorstellung aus. Die Freunde, die als Publikum herhielten, glaubten, früher oder später müsse die Komödie ein Ende haben, weil die hinreißende Gerda Pohorylle irgendwann keine Lust mehr haben würde, mit André Friedmann aufzutreten. Doch stattdessen hatte sie sich in ihn verliebt.

Im Sommer '35 waren sie per Anhalter aufgebrochen, um auf einer beinahe unbewohnten, herrlich duftenden Insel in Südfrankreich zu kampieren. Gewisse Dinge hatten es fernab von Paris mit seinen zahllosen Zwängen und Versuchungen leichter, doch Gerda war so offensichtlich in André Friedmann verliebt, dass Willy sich plötzlich wie befreit gefühlt hatte.

Eines Morgens war er die beiden suchen gegangen, um sie zu einem Ausflug nach Cannes zu überreden; die Fähre fuhr in etwas mehr als einer Stunde. Barfuß (der Nagellack auf Gerdas Zehen war abgestoßen, Andrés Füße waren tiefbraun gebrannt) hockten sie auf einer Klippe und versuchten, die Tagesration Dosensardinen um ein wenig Frischfisch zu bereichern. Schweigend kauerten sie nebeneinander und starrten gebannt auf den Haken mit dem Schwimmer. Es war ungewöhnlich, Friedmann so still und reglos zu sehen, nur seine Finger streichelten sacht durch Gerdas rötliche Mähne, und mit katzenhaftem Behagen gab sie sich ihnen hin.

Willy war auf dem Pfad stehen geblieben und sich plötzlich sehr viel indiskreter vorgekommen, als wenn er sie eng umschlungen im Wasser dümpeln oder mit schweißfeuchter Haut und verklärtem Blick aus dem Zelt kommen sah.

»*Merde*, er hat sich den Köder geschnappt und ist abgehauen!«

Gerda hatte die Angelrute mit dem leeren Haken hochgehoben, und André hatte helfend die Hand ausgestreckt.

»Siehst du, ich hätte sie eher einholen müssen.«

»Ach was, *Schatzi*, das passiert. Fische sind schlau, sie leben lieber im tiefblauen Meer und machen Millionen Kinder. Kann man doch verstehen.«

»Eier, Dummkopf.«

»Eier oder Fischchen, wie es meinem Chef beliebt.«

»Mir würde es belieben, wir kriegten einen an den Haken. Möglichst größer als eine Sardelle und essbar.«

»Beim Fischen braucht es eine Menge Geduld und Hunger. Glaub mir, ich weiß, wovon ich rede.«

»Na klar. Mit kaum dreizehn Jahren hast du einen zwanzig Kilo schweren Hecht geangelt, der dich mit seiner unbändigen Kraft fast in die Donau gezogen hätte.«

»Was redest du da? Das war doch kein Hecht, mein Goldfischchen, höchstens ein Karpfen. In dem zarten Alter ist das völlig unmöglich.«

»Na schön, dann warst du schon älter, und es war ein Wels, den du aus dem Landwehrkanal gezogen hast, nachdem du das Eis mit einem in Gedenken an die Zusammenstöße vom Dezember '32 aufgehobenen Pflasterstein zertrümmert hast. Damals bin ich in Berlin gewesen und kann mich noch lebhaft erinnern …«

»Machst du dich etwa über mich lustig? Pass bloß auf, sonst kitzele ich dich durch, bis du die Angel ins Meer fallen lässt. Dann kannst du deine hübschen Lauscher spitzen und sämtliche Fische der Côte d'Azur lachen hören.«

»Hör schon auf! Hier hast du die Angel, und den hier kriegst du auch. Zufrieden?«

»Ich will noch einen. Dann erzähle ich dir, wie die Sache wirklich gelaufen ist …«

Willy hatte zugesehen, wie Gerda André die Angel aus der Hand nahm (behutsam, um die schlenkernde Angelschnur zu bändigen und zu verhindern, dass sich der Haken in irgendjemandes Fleisch bohrte), sie vorsichtig neben ihren Geliebten legte, ihm langsam und feierlich die Arme um den Hals schlang und ihn küsste. Friedmann hatte sie fest an sich gezogen, seine Hand geschmeidig die Wirbelsäule entlang über den nackten Rücken bis zu ihrem Hinterteil in dem gestreiften Badeanzug hinunterwandern lassen, ihre Taille und ihre Pobacken gestreichelt, seinen Griff zu einer sanften Umarmung gelockert, den Mund von Gerdas Lippen gelöst und den Kopf auf ihre Schulter gelehnt. Gut möglich, dass er die Augen geschlossen hielt, doch von dort, wo Willy stand, war das nicht zu sehen. Doch er sah Gerda, die ihm mit den Fingerspitzen über die Stirn fuhr, ihm eine Strähne aus der Stirn schob und durchs Haar streichelte.

Wie vom Donner gerührt stand Willy auf der roten Erde der Île Sainte-Marguerite. Nicht einmal aus Mitleid hatte Gerda ihn je mit einer solchen Geste bedacht. Georg schon, auch wenn er sich nicht mehr erinnerte, wo und wann. Vielleicht lag das an der Sonne, die ihm auf den Schädel brannte, während die leichte Brise nicht nur die Stimmen, sondern auch den tröstlichen Duft der mediterranen Macchia zu ihm herübertrug. Er hatte auf seine Schuhe und Socken hinabgestarrt, doch die Erinnerung an die Zärtlichkeiten, die ihm so häufig in den Sinn gekommen waren, um ihn zu quälen, war verblasst. Jetzt waren die Küsse und Umarmungen zwischen Gerda und Georg in ein Archiv gewandert, zu dem er den Schlüssel verlegt hatte.

Unterdessen hatte André angefangen, von sich zu erzählen, und Willy war stehen geblieben und hatte zugehört. Von seinen ersten Angelerfahrungen in Budapest, wo man von solch warmen, behaglichen Klippen nur träumen konnte, und der Nebel, wenn er kam, einem in die Knochen kroch und man die Hand nicht mehr vor Augen sah. Doch die Geschichten der alten Fischer entschädigten reichlich für die Langeweile und den mageren Fang, den Gestank nach öligem Wasser und faulem Fisch. Der Legende nach tauchten zur besten Angelzeit nach Sonnenuntergang riesige Kreaturen in der Donau auf und regten sein bangbüxiges Kinderhirn zu den wildesten Fantasien an.

»Das war das Schönste. Und während ich mir in die Hosen mache, beißt der Karpfen an. Anderthalb Kilo, für einen kleinen Knirps gar nicht übel. Das gab vielleicht ein Donnerwetter, als ich ihn meiner Mutter brachte! Wie hatte ich bloß glauben können, dass dieses unter der Elisabethbrücke herausgezogene Viech als *gefilte fish* oder Fischsuppe mit Paprika auf unserem Tisch landen würde? Das war's mit dem Karpfen, Ende der Geschichte.«

»Heißt das, deine Mutter hat ihn vor den Augen ihres Lieblingssohnes weggeworfen? Unglaublich …«

»Schlimmer noch. Sie hat ihn einer besonders bedürftigen Näherin gegeben. Natürlich vor meinen Augen.«

»Und da hast du beschlossen, dass du nicht großer Fischer, sondern Fotograf im Kampf gegen Ungerechtigkeit und Ungleichheit werden würdest. Stimmt's?«

»Ich hatte keine Ahnung, was ich werden wollte. Aber ich wusste, dass ein redliches Spießbürgerleben nichts für mich war. Leider bin ich nicht als Prinzessin geboren wie du, mein Schatz.«

Dieses Geplänkel hatte Willys Verlegenheit schwinden lassen. Einen so innigen Moment zwischen Gerda und Georg hatte er nie erlebt, nur Gerdas sprunghaften Witz kannte er nur zu gut. Natürlich war sie Georg bei seiner Rückkehr aus Berlin entgegengestürmt oder in Turin aus dem Zug gesprungen und ihm in die Arme gefallen, derweil Willy die Koffer aufs Gleis wuchtete und den Wachhund spielte. Ungeachtet seiner Gegenwart hatte sie Georg oben an der Seilbahn von Sestriere geküsst, sie hatte ihn auf den Wiesen des Rosentals und am Ufer der sächsischen Seen vor den Augen von Sas und der ganzen Clique geküsst, sie hatte mit ihm herumgeknutscht, wenn sie bei ihren kleinen Mansardenpartys miteinander tanzten. Vielleicht galt das hippokratische Prinzip *contraria contrariis curantur.* Willy hatte das ungesunde Gefilde des Begehrens verlassen, nachdem Gerda ihm eine schmerzhafte Rosskur verpasst und nach einem Monat Therapie »es reicht!« gesagt hatte. »Es reicht«, hatte der Dackel bekräftigt und war am Ende so kuriert, dass er es kaum abwarten konnte, ihr den Koffer hinunter zum Hoteleingang zu tragen und ein Taxi zu rufen.

Inzwischen machten ihm solche Szenen kaum noch etwas aus. Er hatte den Blick über die Steilwand und die Silhouette der dunkelgrünen Hügel wandern lassen und sich frei und geheilt gefühlt.

Im Juni hatte Gerda ihn auf der Terrasse eines Universitätscafés getroffen, das Semester war um, und man sprach über die Ferien. Sein Praktikumskollege Raymond hatte ein Inselchen vorgeschlagen, das durch *Der Mann mit der eisernen Maske* und *Die drei Musketiere* berühmt geworden und so eng mit seinem literarischen Ruhm verwoben war, dass junge Franzosen es nicht als Urlaubsziel in Betracht zogen. Gerdas Begeisterung hatte den Dackel nicht erstaunt (»Das habe ich als Kind gelesen: Die Festung gibt es wirklich?«), und so hatte er ihr vorgeschlagen, mitzukommen. Er wollte ihr beweisen, dass sie gute Freunde geblieben waren, aber dass sie sich zwei einfachen Medizinstudenten anschließen würde, war unwahrscheinlich. Bestimmt würde sie mit ihren Fotografenfreunden oder mit Georg aufbrechen, der ihr womöglich geschrieben hatte, sie solle die Episode als Ausrutscher betrachten, als Intermezzo, das sich mit einem Sprung ins Ligurische Meer fortwaschen lasse.

Deshalb hatte Willy nicht schlecht gestaunt, als Gerda am verabredeten Tag pünktlich mit Rucksack und Béret vor seinem Hotel stand. Er war sich sicher gewesen, sie habe sich ihrem Duo *faute de mieux* angeschlossen, bis sich am Straßenrand der *Nationale N° 7* herausgestellt hatte, dass André Friedmann sich beruflich in Marseille aufhielt und an der Côte d'Azur zu ihnen stoßen würde. Gerda hatte es wie nebenbei fallen lassen, als sie gerade die in den Burgunder Weingärten geklauten Trauben naschten, und war sogleich wieder aufgesprungen, um den Autos den hochgereckten Daumen entgegenzuhalten. Willy hatte sich also wieder neben Raymond in den Straßengraben gekauert und plötzlich alles begriffen, einschließlich der Tatsache, dass diese erst auf der Höhe von Lyon verkündete Neuigkeit eine Liaison vermuten ließ, die bereits während ihres Logis in seinem Hotelzimmer begonnen hatte – und ich Blödmann habe nichts davon mitgekriegt.

In Cannes, wo sie ihn treffen sollten, war beim Weg über die Croisette ein derartig verschwitzter, zerlumpter André Friedmann aufgetaucht, dass man ihn, wäre die Leica nicht gewesen, für einen spanischen Küchenjungen aus einem der Grandhotels hätte halten können. Mit dem typischen »Hallo, hallo!«, das die Köpfe mancher Passanten *en promenade* herumfahren ließ, war er auf sie zugelaufen, und Gerda war mit ihrem strahlendsten Lächeln aus dem Schatten einer Palme getreten. *Gut, jetzt ist er dran,* hatte Willy bei sich gedacht und sich an den Strand verdrückt, wo Raymond auf ihre Habseligkeiten aufpasste. Er hatte sich ausgezogen, war ins Wasser gesprungen und hatte sich eine Weile treiben lassen, verwundert über dieses *Gut, jetzt ist er dran* und ungetrübt wie der Himmel über ihm.

Ja, nur er, der Dackel, war für Gerdas Verlockungen taub geworden. Das zeigte die Gelassenheit, mit der er nun Andrés schwadernder Stimme lauschte, der erzählte, in Berlin wäre ihm nicht einmal in den bittersten Zeiten in den Sinn gekommen, sich mit einer Angelrute zu behelfen (»Und wenn die Polizei einen Angelschein verlangt hätte? Sich für einen Fisch, der womöglich nicht einmal anbeißt, aus Deutschland rausschmeißen lassen! Bei euch ist doch alles *verboten* ...«), doch in Paris waren er und sein Freund Csiki Weisz so verzweifelt gewesen, dass sie einen Versuch gewagt hatten.

»Besser als Klauen, haben wir uns gesagt. Inzwischen kannten uns die Flics der halben Stadt, von den Händlern ganz zu schweigen. Wir schleppen uns also bis hinter die Place de la République, und als wir endlich dort sind, können wir uns vor Hunger kaum noch auf den Beinen halten. Da bemerken wir ein paar Gestalten, die im Canal Saint-Martin oder in der Seine angeln. Im Vergleich dazu ist die Donau das reinste Trinkwasser. ›Vergessen wir's‹, sagt Csiki und hat sogleich eine Menge Einwände parat, angefangen bei der fehlenden Ausrüstung. Kaum haben wir uns eine Angel geliehen, hocken wir uns auf den Quai de Tournelle und ziehen, steif gefroren bis auf die Knochen, zwei plumpe Fischchen heraus. Klein, aber nicht klein genug, um uns zum Weitermachen zu animieren. Wären sie ein bisschen größer gewesen, hätten wir jeder einen zum Abendessen gehabt. Also haben wir auf eine bereits erprobte Strategie zurückgegriffen. Ich verwickle den Fischer mit dem dicksten Fang in ein Gespräch, und während er sich in Ratschlägen ergeht, vertauscht Csiki unsere Fische. Zufrieden kehren wir ins Hotel zurück und stellen fest, dass wir keinen Tropfen Öl mehr haben. Aber da ist dieser stutzerhafte Kerl, von dem man ahnt, was er in einem hässlichen Hotel im sechsten Arrondissement verloren hat. Edelmütig überlässt er uns seine Brillantine-Dose. Wir haben den Fisch gebraten und gegessen. Er schmeckte nach Parfum und Schlamm: unmöglich zu sagen, was von beidem widerlicher war. Moral von der Geschichte? Nie wieder!«

»Und jetzt bist du doch rückfällig geworden … nur dass wir hier nicht tauschen können.«

»Aber jedes noch so kleine Fischchen, das die Freundlichkeit besitzt, anzubeißen, wird eine Delikatesse sein.«

Gerda antwortet mit einem Schmatzer auf seine Lippen, den André möglichst lange halten will, auf eigene Gefahr. Die Angelrute in seinen Händen biegt sich zitternd Richtung Klippe. Widerstrebend und ohne den Blick von ihr abzuwenden, löst er sich von Gerdas Lippen, um die Angel wieder in den Griff zu kriegen.

»Glaubst du mir? Glaubst du, dass ich diesen Fisch in Brillantine gegessen habe, oder heißt es wieder ›*Ja, ja,* der verrückte Ungar mit seinen Räuberpistolen‹?«

Lachend zerrauft Gerda ihm das Haar: »Was willst du von meinem Leben, André?«

»Keine Ahnung. Schwör, dass du mir glaubst.«

Es folgt ein Moment oszillierender Stille: das Rollen und Branden der Wellen auf den Felsen, ein leises Rascheln, vielleicht Eidechsen und Insekten, die durch das spröde Gestrüpp huschen, vielleicht nur der Wind, der nicht mehr als eine leichte Brise ist.

»Ich schwöre«, flüstert Gerda und schließt die Augen.

Der Dackel ist sprachlos. Friedmann ist wie zu einer Momentaufnahme erstarrt, sein Blick zu erstaunt, um in Rührung zu zergehen.

Jetzt schlägt sie gleich wieder die Augen auf und lacht, denkt Willy schluckend. Aber nein.

In ihrem matrosenhaften Badeanzug, mit dem kleinen Busen, der sich unter den Streifen wölbt, den geschlossenen Lidern, den gekräuselten Lippen, sieht die kleine Gerda aus wie ein scheues Kind.

André murmelt kaum hörbar etwas auf Ungarisch.

»Was?«

»Nichts.«

»Du weißt doch, das gilt nicht.«

»*Életem.* Das heißt so viel wie ›mein Schatz‹ … so ungefähr.«

Gerda sieht ihn an, während sie das Wort mit duftiger Leichtigkeit wiederholt.

»War das gut?«

»Perfekt.«

»Das ist leicht, dafür dass es Magyarisch ist. Was habe ich gesagt?«

»›Mein Leben‹«, antwortet Friedmann und holt tief Luft.

Als sich ihr Gekicher Minuten später noch immer nicht legen wollte, hatte Willy sich bemerkbar gemacht. Der Ausflug nach Cannes wurde verschoben und er war zum Zeltplatz zurückgekehrt und hatte sich unter einem knorrigen Bäumchen in den Schatten gelegt, während die Touristen mit der letzten Fähre aufbrachen. Nur das ferne Geräusch der Segelboote und der intensive Lavendelduft erfüllten die Luft. André und Gerda waren mit genug Fischen zurückgekehrt, um die Ration ihrer eingedosten Artgenossen in eine Vorspeise zu verwandeln. »Ich spring ins Wasser«, hatte Gerda gesagt und Friedmann hinter sich hergezogen, und während sie auf dem Pfad Richtung Meer verschwanden, hatte Raymond die Essensreste von den Tellern gekratzt und den Verliebten *»ils s'en fichent de tout«* nachgeknurrt.

Doktor Chardack weiß nicht recht, ob er sich über diese vollkommen unversehrte Erinnerung wundern soll. Er kann sich nicht entsinnen, sie je heraufbeschworen, geschweige denn geteilt zu haben. Seit damals ist ein Vierteljahrhundert vergangen, doch die Jahre sind nicht von Bedeutung. Was zählt, ist, dass man die Vergangenheit ruhen und die Toten an ihrem Platz lassen sollte, doch nun ist diese Erinnerung so glasklar zurückgekehrt, dass er sogar den Lavendel riecht. Was man nicht benutzt, nicht verschleißt und sorgfältig wegpackt, kommt unversehens völlig unverändert wieder zum Vorschein.

Robert Capa, hatte er seiner Frau eröffnet, als sie damals auf dem Broadway im Stau standen und die unglückselige Nachricht hörten, war kein Italiener, sondern die Pariser Schöpfung eines Mädchens, das er *back from Germany* kannte. In Wirklichkeit hieß er Friedmann, Vorname André, bestimmt eine angepasste Form, die Ungarn haben seltsame Namen. Er hatte das Radio brüsk abgeschaltet und ein paar knappe Erklärungen folgen lassen, aus denen seine Frau schließen konnte, dass es um die Juden und Hitler ging und um einen aus den Augen verlorenen Freund aus Kindertagen, der tatsächlich in Italien gelebt hatte. Doch angesichts seines bekümmerten, starr auf die Windschutzscheibe gerichteten Blicks hatte sie nicht weiter nachgefragt.

Die folgende Nacht auf der Insel war wie alle anderen gewesen. Als Raymond zu schnarchen aufhörte, machte sich die übliche Mücke bemerkbar, und als die Mückenstunde vorüber war, verstummte auch das Treiben im Nachbarzelt. All das hatte Willys Schlaf nur in den ersten Tagen gestört, als er sich einen ordentlichen Sonnenbrand geholt hatte. Gerda und André waren nicht der Hauptgrund gewesen, weshalb er kein Auge zugetan hatte. Wenn es Gerda doch jetzt bloß erwischt hätte! Immer und immer wieder hatte er sich das mit geradezu euphorischer Erregung gesagt. Doch wem konnte er sich anvertrauen? Ruth, die Knall und Fall allein im Hotel gesessen hatte, weil Gerda zu ihm gezogen war, und die Straßenseite wechselte, sobald sie sie erblickte? Oder Georg, dem man sämtliche Rechte und Rücksichtnahmen des Sitzengelassenen zuerkannte? Dabei hielten es alle offenbar für unwichtig, dass er, der Dackel, Gerda Pohorylles erste Beziehung nach Georg Kuritzkes gewesen war.

Auf dieser Insel hatte sich jedoch etwas Unglaubliches ereignet, dessen Zeuge er gewesen war: der einzige und zugleich unwürdigste Zeuge.

Im Zelt im Schatten einer Festung, in der der Legende nach ein unschuldiger Mann gefangen gehalten worden war, fühlte sich Willy allein mit Raymonds pfeifendem Atem, den Mücken, Gerdas spitzen Schreien (und dem gedämpften Kichern danach) und der Schuld, sich auf das Mädchen seines besten Freundes eingelassen zu haben. »Jetzt hat es sie erwischt!«, das hätte er niemandem sagen können.

Doch plötzlich ist aus dieser begraben geglaubten Vergangenheit Doktor Kuritzkes wiederaufgetaucht.

Und jetzt rennt Willy fast die Hertel Avenue entlang, fest entschlossen, keine Zeit mehr zu verlieren, am Ende weder Gebäck zu kaufen noch sich wie zur Rechtfertigung immer wieder aufs Neue zu beteuern, dass Gerda mit Georg gebrochen hatte, ehe sie ihn richtig geküsst hatte. Und bestimmt wusste Georg das, denn sonst hätte er sich nicht dazu hinreißen lassen, ihn mit jener ungebrochen herzlichen Spontaneität anzurufen, die bei alten Freunden über Jahre und Kontinente hinweg bestehen bleibt.

Aber die Schuld ist noch da, ebenfalls unverändert. Aus ideologischer Überzeugung oder aus Stolz hatte Georg ihn nie etwas gefragt, und er hatte ihm nie sagen können, dass er nicht nur ein Träumer, sondern ein Feigling gewesen war. Damit war die Freundschaft eigentlich gestorben, und auch das heutige Telefonat konnte sie nicht wieder lebendig machen.

Jetzt hastet Doktor Chardack wie ferngesteuert auf das nur wenige Schritte entfernte italienische Restaurant zu, das erst kürzlich eröffnet hat und in dem er noch nicht gewesen ist. Kurz darauf verlässt er es mit einer Packung Cannoli und einer Packpapiertüte, die nach amerikanischem Gesetz die Flasche eines Weins verhüllt, dessen Sorte er vergessen hat. Egal, er wird zu Hause nachsehen. Es ist unbequem, den papierumhüllten Flaschenhals festzuhalten und auch die andere Hand nicht frei zu haben, und das ist ein Grund mehr, einen Schritt zuzulegen.

Fünfundzwanzig Jahre, um eine Schuld anzuerkennen, die es nicht gibt, und sich zu verzeihen.

Doch er hatte recht gehabt in jener Nacht auf der Île Sainte-Marguerite, als er mit euphorischer *Schadenfreude* in das schummerige Zeltdunkel gestarrt hatte, bis die ersten Möwenschreie ertönten und ihn mit wehmütiger Ruhe erfüllten. Diesmal – hätte er Georg gern gesagt – war es müßig, zu hoffen, zu warten und sich heimlich zu quälen.

Auch zwei Jahre später hatte er recht gehabt (es war wieder Sommer, doch Ferien würde es nicht geben), als er in der kopflosen Verstörung anlässlich der Beisetzung, die die Kommunistische Partei für die im Kampf gegen den Faschismus gefallene Pariser Tochter organisiert hatte, etwas wahrgenommen hatte, das sie alle aus der Bahn geworfen hatte und über die Stoßwelle dieses unfasslichen Verlustes hinausging.

Sie wussten seit Tagen, dass Gerda tot war, drei Tage lang hatten sie in Paris auf sie gewartet und drei weitere Tage an ihrer Seite gewacht, ehe der Sarg auf den Friedhof gebracht worden war.

In erschöpften, versprengten Grüppchen, die neben den Kolonnen aus den Fabriken und den Partei-Ortsgruppen winzig wirkten, folgten sie in einigem Abstand der Spitze des Zuges – er mit Raymond, die Freunde der SAP in zwei geschlossenen Reihen, Csiki Weisz im Kreis der Ungarn, Cartier-Bresson, der Chim weit überragte, sodass der neben ihm fast verschwand (oder war Chim gar nicht da, war er in Spanien geblieben?). Verhalten suchten sie einander mit den Blicken, hielten Ausschau nach Capas Hinterkopf an der Spitze des Zuges oder nach Ruth, die Gerdas Vater durch die immer steileren Straßen schleppte, neben sich seinen Sohn (Karl oder Oskar? Er hatte es vergessen ...), der ihn aus dem serbischen Städtchen, in dem Gerdas Familie nach der Flucht aus Deutschland gestrandet war, herbegleitet hatte.

Mit der quälenden Langsamkeit riesiger Umzüge und zermürbt von den Blechbläsern, die fortwährend den Trauermarsch spielten, überquerten sie die Place de l'Opéra, folgten ein Stück den Grands Boulevards, überquerten den Kanal, an dem André Friedmann die angelnden Rentner beneidet hatte, schleppten sich Richtung Ménilmontant und stauten sich am Eingang von Père Lachaise und in den schmalen Friedhofsalleen, die zu den Gefallenen der Pariser Kommune führten.

Rings um das Grab drängten sich die Menschen mit Spruchbändern und roten Fahnen und versperrten den Blick auf die Redner. Der Schweißdunst der Arbeitermassen mischte sich mit dem schweren Geruch der nach dem stundenlangen Marsch durch die Sonne bereits welken Kränze und Blumen. Feierliche, kämpferische Reden, Telegramme, Verse (oder waren es poetische Phrasen?) für eine in Brunete gestorbene Lerche, deren Gesang niemals verstummen würde. Irgendjemand erinnerte daran, dass »unsere Gerda«, die furchtlose Genossin, die ihr junges Leben für einen Kampf geopfert hatte, von dem sie wusste, dass er über die Zukunft aller bestimmen würde, an diesem Tag, dem 1. August 1937, siebenundzwanzig Jahre alt geworden wäre. Man hörte zu und wartete nur darauf, dass das Reden ein Ende hatte und die gebührend betäubten Anwesenden sich in die Abschiedsschlange reihten und mit ebenso fühllos gewordenen Fingern Blumen oder eine Handvoll Erde in die Grube warfen. Zumindest die Beerdigung war vorüber.

Als sie sich am Morgen zwei Tage zuvor am Gare d'Austerlitz eingefunden hatten, waren sie nur ein winziger Bruchteil der Hunderttausend gewesen, die am Sonntag durch Paris ziehen sollten: Die Hälfte waren prominente Persönlichkeiten, die andere Hälfte befreundete Gesichter, fast dieselben, die, nachdem sie das schwarz umrandete Foto von Mademoiselle Taro in der Zeitung gesehen hatten, zur Redaktion von *Ce Soir* geströmt waren.

In die Redaktion zu gehen war Willy erst in den Sinn gekommen, nachdem er zum Hotel in der Rue Vavin gerannt war, um Capa zu suchen, und stattdessen Soma Kuritzkes in die Arme gelaufen war, der völlig neben sich vor Kummer aus Neapel eingetroffen war. Er hatte ihn mit zu Ruth genommen, in der Hoffnung, sie könnte ihn ein wenig beruhigen. Aber die Concierge hatte ihm mitgeteilt, die Dame sei mit diesem Fotografen fortgegangen, der in völlig verwirrtem Zustand aufgekreuzt sei, als das ganze Haus – um nicht zu sagen, die ganze Stadt – noch geschlafen habe. Wohin, Madame? Um Ihre arme Freundin abzuholen, hat Herr Melchior gesagt …

Weil schon Mittag war, war Willy mit Soma etwas essen gegangen. Er hatte gut daran getan, den Boulevard de Montparnasse zu meiden und ein abgelegenes kleines Lokal aufzusuchen. »Geht auf mich«, hatte er gesagt, als Georgs Bruder nach seiner Brieftasche gekramt hatte. Stattdessen hatte Soma einen Zettel für Gerda hervorgezogen: *Monsieur Capa a rappelé a 9 heures.* Offenbar hatte man ihn im Hotel für einen Angehörigen gehalten und ihm den Zettel in die Hand gedrückt. Willy konnte ihn unmöglich allein in dieses Hotel zurückkehren lassen. Also hatten sie die Metro bis zur Rue du Quatre-Septembre genommen und waren zur Redaktion von *Ce Soir* gegangen.

Der Erste, dem sie dort über den Weg liefen, war einer von Capas großen *copains*. Der Freund, der sie in jenem glücklichen Sommer häufig nach Cannes eingeladen hatte (auf der Fähre schlüpfte Gerda in ihre Schuhe und schminkte sich die Lippen), um an seiner Seite vermögende Touristen zu spielen, hockte rauchend auf den Fersen, den Kopf gegen die Wand gelehnt.

Wie betäubt hatte er erzählt, noch am Tag zuvor sei Capa völlig außer sich gewesen vor Freude (»er hat Champagner aufs Zimmer bestellt«), weil *Life* ihn zusammen mit Gerda nach China schicken wollte. Dann war er in Tränen ausgebrochen und weinte mit einer seltsam orientalischen Apathie, derweil die Asche seiner Zigarette, ohne herunterzufallen, zu den Fingerspitzen emporkroch. Plötzlich war er aufgestanden. »Inoue Seiichi, *Mainichi Press*, Tokyo«, hatte er sich Soma mit einer Verbeugung vorgestellt und war die Rue du Quatre-Septembre hinauf davongegangen, um am übernächsten Morgen tadellos gekleidet, mit aufgeräumter Miene und unfehlbar pünktlich am Gare d'Austerlitz wieder aufzutauchen.

Für die Flüchtlingsbohème und die Pariser Intelligenzija, die meistens die Nacht zum Tag machten, war das eine ungewöhnliche Zeit am Gare d'Austerlitz. Doch an diesem Morgen waren alle zu früh. Und als die Genossen Eisenbahner den von einer Fahne der Spanischen Republik verhüllten Sarg herausgehievt hatten, blieb nichts, als die linke Faust zu ballen und die Zähne zusammenzubeißen.

Dann war Gerdas Vater an den Sarg getreten und hatte angefangen, das Kaddisch zu beten, und der eine oder andere war mit eingefallen, *yitgadal v'yit-kadash sh'mei rabba'*, eine wispernd wiedererinnerte Wortfolge. Herr Pohorylle hatte den hundert Versammelten den Rücken zugewandt und sich im Rhythmus des Gebets wie besessen vor und zurück gewiegt. Plötzlich hatte er innegehalten, war vorwärts getorkelt und zusammengebrochen. Hingestreckt auf der weichseidenen roten Fahne, die die sterblichen Überreste seiner Tochter umhüllte, hatte er das *Kaddisch* beendet.

Auch Capa wäre jetzt zusammengebrochen, wäre der Freund an seiner Seite ihm nicht beigesprungen. Willy sah, wie die beiden sich aneinanderklammerten, und musste plötzlich an Andrés Streits mit Gerda denken, wenn sie ihn vor die Tür setzte und Seiichi ihn sturzbesoffen mit zu sich nach Hause schleifen musste. Obendrein waren Fotografen da, die Reporter von *Ce Soir.* Dies war das letzte Bild gewesen: der zerraufte, unrasierte Capa (wie hätte Gerda es gehasst, ihn so zu sehen!), der aschfahl zwischen einer Moskauer Muse und einem hocheleganten Japaner hing.

Capa war weggebracht und die Trauerfeier fortgesetzt worden. Es ist vorbei, hatte Willy gedacht. *C'est fini.* Wie im Leerlauf kreiselte dieser Satz in seinem Kopf und fischte andere Sätze aus der Leere, *C'est fini, fini, rien ne va plus, les jeux sont faits.* Soma hatte gefragt, ob sie hinterher zu den Pohorylles ins Hotel gehen sollten.

Schluss, hatte sich Willy gesagt. Ab morgen würde er sich wieder um seinen eigenen Kram kümmern: zur Uni gehen, Soma bei der Einschreibung und der Aufenthaltserlaubnis helfen. Vorbei war sowieso gar nichts: Madrid war noch immer belagert, Hitler bereitete sich auf den Krieg vor, Japan hatte China überrannt, der Front populaire löste sich auf, die Kommunistische Partei nutzte ein tragisches Unglück, um eine Heldin und Märtyrerin zu erschaffen.

Auch André Friedmann war tatsächlich am Ende, ganz egal, was Robert Capa nun anfangen würde. Die Räume, die sich André und Gerda mit ihrem komödiantischen

Talent in den Cafés und Zeitungen erobert hatten, waren verschwunden und unter der stählernen Wirklichkeit eines Panzers geendet.

Rette sich, wer kann.

Willy war nicht mehr vollkommen neben sich, sondern unendlich leer, klar und ruhig. Egal, welche Entscheidungen wir treffen oder welchen Grund zum Kämpfen wir verfolgen oder schließlich aufgeben, hatte er sich gesagt, von nun an werden es nur unterschiedliche Wege sein, sich selbst zu retten, jeder nach seinen Fähigkeiten und Bedürfnissen.

»Ich glaube, gleich ist es vorbei«, hatte er zu Soma gesagt. Dieser Junge, der Chemie an der Sorbonne studieren wollte, würde davonkommen und vielleicht auch sein Bruder im fernen Spanien. Doch weder Soma noch Georg hatten mit einer Flasche Champagner im Hotelzimmer auf Gerdas Rückkehr gewartet.

Doktor Chardack geht die baumbestandenen Straßen entlang, die ihn zurück nach Hause bringen, der Schatten seiner kleinen Gestalt hat den ganzen Gehsteig eingenommen. Er bleibt stehen, um wieder in die Jacke zu schlüpfen, ein umständliches Unterfangen, wenn man beide Hände voll hat. Seine unbeholfenen Gesten erscheinen ihm lächerlich, und er kommt sich wie der typische linkische *Herr Professor* vor. Trotzdem ist er recht zufrieden mit dem, was aus ihm geworden ist.

Er hat recht gehabt. Auch Georg hat sich gerettet und einen ähnlichen Weg eingeschlagen wie er, ein Leben für die wissenschaftliche Forschung. Die Vergangenheit wird fein säuberlich vor der Tür gelassen. Doch wenn sie klopft oder klingelt wie an diesem Morgen, muss man sie eben hereinlassen, und das hat er getan. Sobald er wieder zu Hause ist, will er sich nur noch der *New York Times* widmen.

Ein überbordender Schmerz erfüllt ihn jetzt, drängt aus ihm heraus wie die cremige, weiche Füllung aus den Cannoli.

Dieser dumme Tod stand in so krassem Gegensatz zu Gerdas Talent für das Leben. Neben dem Schock und der tiefen Trauer war dieses Unglück ein schriller Weckruf gewesen. Und sie hatten sich gerettet. Georg war in Rom, Soma in Colorado, Ruth in der Schweiz … Auch die Steins und Csiki Weisz und die anderen, bis auf Capa und Chim, der von einem Heckenschützen in Ägypten getötet worden war, waren alle am Leben und gerettet.

Und Seiichi?

Ausgerechnet er, der sich einen unvergesslichen Moment lang mit Capa gefreut hatte, zusammen mit Gerda den japanischen Krieg in China fotografieren zu dürfen, und während der ganzen entsetzlichen, endlosen Begräbnisfeier wie ein Schatten hinter ihm gestanden hatte, ausgerechnet Seiichi war womöglich der Einzige der Pariser Freunde, der die Uniform seines Landes hatte anlegen müssen, der gefürchtetsten und verhasstesten im ganzen Pazifik.

Es war nicht unwahrscheinlich, dass ausgerechnet Seiichi Inoue tot war.

Wenn dies der Tag der Erinnerungen ist, sagt sich Doktor Chardack, während er, die Flasche in der einen und das Päckchen Cannoli in der anderen Hand, nach Hause strebt, dann sollte man sie lieber auf etwas so absurd Komisches lenken, dass das, was für immer jenseits des Ozeans geblieben ist, nur mehr distanzierte Verwunderung hervorruft. Absurd wie der Abend in Cannes, als Willy Seiichi kennengelernt hatte, sie sich alle zusammen auf Kosten des Landes der aufgehenden Sonne an *plateau de coquillages* und billigem Champagner gütlich getan und dann auf dem Weg entlang der Croisette bis zum taghell erleuchteten Palm Beach Casino eine deutsch-ungarische Operettenarie gegrölt hatten, mit Seiichi, der sich von André und Gerda demonstrativ in die Mitte hatte nehmen lassen.

Meine Mama war aus Yokohama,
Aus Paris war der Papa.
Meine Mama ging nur im Pyjama,
*Weil Papa das gerne sah.**

Jetzt gilt es nur noch, den Hausschlüssel nicht aus der Hosentasche ziehen zu müssen. Das Küchenfenster steht offen, er nimmt den Weg durch das Rasenbeet, tritt möglichst nah ans Fensterbrett und ruft nach seiner Frau. Das Geschirrklappern verstummt. Doktor Chardack geht zur Tür und wartet, dass sie ihm öffnet.

Er hatte recht gehabt, doch es hätte nicht so kommen dürfen.

* Aus der Operette *Viktoria und ihr Husar* von Paul (Pál) Abraham (Musik), Alfred Grünwald und Fritz Löhner-Beda (Libretto), Uraufführung: Budapest, 21. Februar 1930 (Anm. d. A.)

ZWEITER TEIL

RUTH CERF
Paris, 1938

Wenn die beste Freundin
Mit der besten Freundin,
Um was einzukaufen,
Um sich auszulaufen,
Durch die Straßen latschen,
Um sich auszuquatschen …

»Wenn die beste Freundin« (1928)
von Spoliansky/Schiffer,
gesungen von Marlene Dietrich

Ich bin der Immerdüstre, der Witwer trostverwaist,
Der Aquitanenfürst vom Turm, der nicht mehr steht:
Der Sternenlosen Laute, mit Sternen übersät,
Sie trägt die Schwermutssonne, die schwarze,
die da kreist.

Gérard de Nerval, El Desdichado

Der Himmel hat sich in unveränderliches Grau gehüllt, und die vom Regen durchnässte und des Hastens durch die Pariser Straßen überdrüssige Ruth trägt etwas mit sich herum, von dem sie nicht weiß, wie sie es Capa beibringen soll.

Ende November ist er erschöpft und nach der Anstrengung und Kälte krank aus Spanien zurückgekehrt, und obwohl das Fieber endlich gesunken ist, wagt er sich noch immer nicht aus dem Hotelzimmer, seinem Bau. Doch die alten und neuen Freunde geben sich dort ein zahlreiches Stelldichein: Seiichi erscheint mit sündigen Schachteln voll luftiger Macarons von der Place de la Madeleine (eine war geöffnet, zwei standen unangerührt auf dem Nachttisch, als Ruth vorgestern im Hotel vorbeigeschaut hat), Chim kommt jeden Tag, wenn er nicht wegen eines Fototermins unterwegs ist.

Ruth trifft ihn häufig auf dem Weg zu Robert Capas Atelier, in dem auch Chim von Beginn an ein und aus geht. Auf diesem Weg, der über den Friedhof von Montparnasse führt, den, abgesehen von Pilgergrüppchen an einem der berühmten Gräber, nur wenige Besucher frequentieren, haben ihre Wortwechsel (»Wie geht es Capa?« – »Besser.« – »Schönen Tag.«) einen vertraulichen Flüsterton.

Cartier-Bresson hat sie nur einmal gesehen, mit überschlagenen Beinen saß er auf dem Bett des Kranken und hielt eine Zeitung in seinen langen Kinderfingern, um ihm einen drolligen Artikel daraus vorzulesen.

Doch Ruth hat dieser Tage keine Zeit für Besuche, auch in der Rue Froidevaux hat sie sich rargemacht, denn wegen Capas Bettlägerigkeit ist im Atelier weniger zu tun.

Csiki Weisz hingegen schaut morgens und abends im Hotel vorbei, für gewöhnlich zur Abendbrotzeit, »dann isst und trinkt er wenigstens was, sonst wird er nie gesund«, und bringt ihm die neuesten Neuigkeiten. Vor allem die Zeitungen, die Capas jüngsten Reportagen über den Spanischen Bürgerkrieg immer mehr gut bezahlten Platz einräumen: Die Fotostrecken über die Verabschiedung der Internationalen Brigaden und über die Schlacht von Rio Segre sind von allen namhaften Presseorganen einschließlich *Life* gekauft worden. Doch Csiki sagt immer wieder, nicht einmal das könne dem Freund wieder Kraft geben, er fühle sich vielmehr wie ein Leichenfledderer, der am Unglück anderer verdiene. »Das legt sich«, sagt Ruth. »Hoffentlich bald«, sagt Csiki.

Ruth ist nicht da, als Capa im Atelier vorbeischaut und den üblichen Spaßmacher gibt: Er küsst die Sekretärin, hängt sich ans Telefon, hantiert mit seinem Freund und Assistenten in der Dunkelkammer und verbreitet trotz der noch immer schwarz umschatteten Augen gute Laune.

Csiki braucht Ruth nicht zu erklären, dass er dem Schein nicht traut, auch wenn man ihn respektieren muss. Auf ihr »*bonjour, c'est moi*« antwortet er wie ein beflissener Laufbursche, der eine begonnene Arbeit nicht liegen lassen kann, mit einem kurzen »*j'arrive tout de suite*«.

Doch als er heute auftaucht, sind seine Hände nicht feucht wie sonst. Kaum hat er ihr die Tür geöffnet, hält er ihr eine Illustrierte unter die Nase.

»*Regarde ici.*«

»Warte, ich ziehe mir eben den nassen Mantel aus.«
»Zwölf Seiten in der *Picture Post* aus London.«
»Fantastisch.«

Ihre begeisterten, mit Superlativen gespickten Dialoge hatten ihren Anfang genommen, als Capa beschlossen hatte, nach China aufzubrechen. Ruth und Csiki verbrachten viel Zeit miteinander, um das von Capa geschickte Material zu bearbeiten. Die Bilder sprachen unmissverständlich von der rücksichtslosen Gewalt, mit der die Japaner Städte zerstörten und ihre zahllosen Bewohner massakrierten. Doch es beruhigte sie, Capa so weit weg zu wissen, in Begleitung von Joris Ivens, dem in Spanien kennengelernten Regisseur, und John Fernhout, dem Mann von Eva Besnyö, die mit ihm im selben Haus in Budapest aufgewachsen und fast wie eine Schwester war. In der brandneuen Pilvax-Passage hatte die Schneiderei der Friedmanns an der Innentreppe und die Wohnung der Besnyös in den oberen Stockwerken gelegen. Die Familie war so reich, dass sie der sechzehnjährigen Eva ihren ersten Fotoapparat schenken konnte. Diese alten Hierarchien waren für Csiki eine Garantie, dass die Truppe auf seinen Freund aufpassen würde. Vielleicht war es nicht recht, sich angesichts der Ereignisse fast ausschließlich um Capas Unversehrtheit zu sorgen, doch nach dem, was Gerda zugestoßen war, konnten sie nicht anders. Sie wurden nicht einmal den abergläubischen Gedanken los, dass, wäre Gerda aus Madrid zurückgekehrt, sie dort im fernen Orient sicher gewesen wäre. Doch es hatte keinen Zweck, darüber nachzugrübeln. Das Atelier in der Rue Froidevaux war »mein Pariser Hauptquartier«, hatte Capa von der asiatischen Front geschrieben, und so widmeten sie sich dankbar ihren Rollen und Aufgaben und versäumten es nicht, jede Veröffentlichung mit einem »Fantastisch« zu kommentieren.

Dann hatte sich abermals alles geändert. Capa war aus Hankou zurückgekehrt (»Entschuldigt, ich wurde den Dünnpfiff einfach nicht los«), und fast hätten sich die Bakterien der Gattung *Shigella* schneller als jede Nachrichtenmeldung auf die Assistenten übertragen. Frankreich und England hatten die Sudeten Hitler überlassen, nachdem Wien gefallen war, weil die Bevölkerung mehrheitlich beschlossen hatte, sich den Nazis auszuliefern. »*Scheißaustriaker!*«, war es Ruth entwischt. Csiki wurde immer wortkarger und gab nur noch ein paar lakonische Kalauer (»*Anschluss-Schluss*«) oder einen ebenso unvermittelten wie allgemein verständlichen Kommentar (»*katasztrófa*«) von sich. Budapest, die zweite Hauptstadt des nunmehr aufgelösten Reiches Österreich-Ungarn, drohte zusehends im Rachen des neuen Reiches zu verschwinden, und die Angehörigen von Weisz und Friedmann saßen dort in der Falle.

»Ihr steht bestimmt nicht als Nächstes auf der Speisekarte«, versuchte Ruth ihn zu beruhigen. »Zu viele Magyaren, zu viel Paprika. Außerdem habt ihr den Faschismus doch schon!«

Csiki gab ein kurzes, dankbares Lachen von sich.

Mit Csiki Weisz zu arbeiten war Ruth ebenso leichtgefallen, wie ihn zu verstehen. Ihnen waren die Rollen von vormals André und Gerda zugefallen – Capas Freund war für die Dunkelkammer zuständig, Taros Freundin für die Bildunterschriften –, gerade so, als wären sie deren Doppelgänger, die Hilfstruppen in der Etappe.

Ruth war immer für Gerda da gewesen, nur die Geschichte mit Willy hatte das Fass der Freundschaft zum Überlaufen gebracht. Es ging nicht darum, dass sie keine Ahnung hatte, wie sie das Hotel bezahlen sollte (für praktische Probleme fand sich immer eine Lösung), sondern um das Vertrauen, auf das sie stets gezählt hatte. »Mir ist es gleich, was du mit den Männern treibst«, hatte sie zu

Gerda gesagt, »ich habe nie gefragt, dich immer gedeckt und dir geholfen, schon als du ganz verrückt nach Georg warst und nicht wusstest, was du mit deinem Stuttgarter Verlobten machen solltest. Du ziehst einfach zum Dackel, ohne mir etwas zu sagen, und dann kommst du hierher, holst deine Sachen ab und lässt mir Geld für das Hotel da. Das macht man mit einer Freundin nicht!«

Als sie wieder angefangen hatten, sich gelegentlich zu treffen, und der Aschenbecher des jeweiligen Cafés vor ihren Zigaretten überquoll, hatte Ruth angesichts Gerdas offenkundigem Unverständnis, was sie so verletzt hatte, klein beigegeben. Letztendlich, schloss sie, ging es nur um banale Gewohnheiten des Zusammenlebens mit den unvermeidlichen Macken, wie sie sich inzwischen auch bei ihr und Melchior zeigten. Und dieser Gedanke machte es ihr leicht, Gerdas stets erfreuliche Gegenwart für eine kurze Stunde zu genießen. Man musste sich nur Gerdas aufrichtiger Begeisterung für ihre neuen Gelegenheitsarbeiten für das Kino hingeben (»Max Ophüls? Großartig! Sieh bloß zu, dass du eine kleine Rolle bekommst!«) und ihr zuhören, wenn sie von den Gästen der Steins, von den Ideen Willy Brandts und der anderen namhaften Genossen, die dort verkehrten, erzählte oder von ihren großen Fortschritten mit dem Fotoapparat. »Drück mir die Daumen, Ruth, ich habe eine Stelle gefunden, oder besser gesagt, unglaublicherweise hat Friedmann sie für mich gefunden.«

»Tatsächlich? Herzlichen Glückwunsch.«

»Alliance Photo vertritt die besten deutschen Fotografen, und ich stelle mich gut an und lerne dazu. Mir ist es wurst, dass meine Chefin mich nicht sonderlich mag und natürlich André anhimmelt. Maria Eisner hat eine Assistentin gesucht, die mehrere Sprachen spricht und gut in Buchhaltung ist. Tja, nun hat sie sie gefunden. Was kann ich dafür, wenn ich besser bin als gedacht.«

Ruth musste sich lediglich entspannen und den Zucker auf dem Tassenboden mit dem Kaffeelöffel zusammenkratzen, die Aufmerksamkeit halb auf die Passanten und halb auf Gerda gerichtet. Auf die mit anmutigem Nachdruck herausgeblasenen Rauchkringel, auf den Mund, der, ohne den Lippenstift zu verwischen, am Kaffee nippte. Auf den von hellen Lachern durchsetzten Redefluss, der wie das Zwitschern eines verschossenen Mädchens klang. Vielleicht war sie es ja: nur dass das Objekt ihrer Schwärmerei gerade eine Fotoagentur war. Sie hatte der Eisner sofort gesagt, dass sie ein Händchen für geschäftliche Dinge hatte und sich damit auskannte. In Leipzig hatte sie die Buchhaltung ihres Vaters gemacht und ihrem Verlobten in Stuttgart geholfen, nach dem Zusammenbruch des amerikanischen Baumwollmarktes einen Kaffeehandel aufzuziehen. Fotografien zu verkaufen war fraglos spannender, als mit Eiern zu handeln oder ein paar Kaffeemischungen an den Mann zu bringen, von denen die Kunden für gewöhnlich die gängigste kauften.

»Ich weiß, wie der Hase läuft.«

»Ach ja?«, antwortete Ruth halbherzig, weil die theatralische Pause danach verlangte.

»Es reicht nicht, auf Zack zu sein und so weiter. Man muss die richtigen Namen parat haben oder sie erfinden. Glaubst du, ein Chefredakteur kann beurteilen, ob ein Bild einfach nur gut ist? Wohl kaum. Fotografie ist nichts, sie ist inflationär, verderbliche Ware. Man muss sie zu verkaufen wissen«, schloss sie und schaute mit verschmitzt triumphierendem Blick Richtung Straße.

Während sie ihre Freundin betrachtete, war Ruth eine Eingebung gekommen: Sieh sie dir an, hatte sie gedacht, diese kleine Person, die sämtliche Blicke auf sich zieht, dieses Inbild an Eleganz, Weiblichkeit und Koketterie, bei dem niemand so etwas vermuten würde, fühlt und handelt wie ein Mann. Eine allzu bequeme Ausrede, um ihr zu verzeihen, doch vielleicht eine triftige Erklärung dafür, weshalb die Wut nicht sämtliche Zuneigung fortgewischt hatte. Und als Gerda aufgestanden war und sie neben die Wangen geküsst hatte, um den Lippenstift nicht zu ruinieren, hatte Ruth das leise Bedauern nicht mehr verspürt, vermischt mit einem Hauch Mitsouko, den sie mit geschlossenen Augen wiedererkannt hätte.

Gerda war verblüffend. Sie hatte nichts von den Mädchen, die Ruth sonst aus Leipzig kannte: Weder gehörte sie zu denen, die wie sie selbst keinen anderen Mann mehr anschauten, kaum dass sie sich verliebten, noch zu denen, die nichts anderes im Sinn hatten, als der Männerwelt den Kopf zu verdrehen. Zweifellos war sich Gerda ihrer Wirkung bewusst und ganz in ihrem Element wie ein Zierfisch im Aquarium, jedoch auf ihre eigene Art. Offen, ohne jedes Kalkül, arglos geradezu. Es gefiel ihr nun einmal, attraktiv und umworben zu sein, und vor allem gefielen ihr bestimmte Jungs, doch machte sie daraus weder einen Hehl noch eine große Sache. (»Findest du Georg nicht umwerfend? Ist mir noch nie passiert, dass mir so ein Grünschnabel gefällt. Hast du ihn schon mal in Betracht gezogen?« – »Der schaut mich nicht einmal an …« – »Du kannst es mir ruhig sagen, na los, ich bin auch nicht beleidigt.« – »Was willst du hören? Dass die anderen mit Kuritzkes nicht mithalten können?« – »Er gefällt dir, was? Aber ich überlasse dir gern Willy Chardack.« – »Den Dackel? Na, schönen Dank!«)

Sie wären nicht Freundinnen geworden, hätte sich zwischen ihnen nicht in kürzester Zeit diese Offenheit eingestellt und Ruths ersten Eindruck bröckeln lassen. Das Püppchen aus Stuttgart war nicht nur viel lustiger als all die anderen gerüschten Gänse am Gymnasium, die nichts anderes im Kopf hatten als Mode, Filmstars und Verehrer (wenn möglich, gut aussehend oder aus gutem

Hause, damit man sich mit ihnen schmücken konnte, ansonsten allesamt lächerlich). Sie war anders. Worin genau, hatte Ruth nicht benennen können (war »vorurteilslos« das Gleiche wie »skrupellos«? Nicht ganz), doch die Beharrlichkeit, mit der Gerda ihre Gesellschaft suchte, war Beweis genug gewesen, dass sie keine hochnäsige Zimperliese war. Und so hatte sie sich von ihrer sprudelnden Sympathie und Strahlkraft mitreißen lassen.

Sie hatten sich über Georg Kuritzkes im Schwimmbad des *Sportvereins* Bar Kochba kennengelernt und nach der Badesaison in derselben Runde wieder getroffen. Nach den ersten kleinen Vertraulichkeiten hatten sie festgestellt, dass sie auf dieselbe Schule gingen. Ruth besuchte die Gymnasialklassen und Gerda die Stenografie- und Hauswirtschaftskurse: nicht weil sie auf den Abschluss etwas gab, doch war sie bereits in Stuttgart auf einer Handelsschule gewesen.

»Wenn ich nichts zu tun habe, werde ich verrückt, weißt du«, hatte sie eines Tages fallen lassen, als sie mit einem Buch in der Hand und auf ihren Absätzen balancierend vor einem Klassenzimmer auf den Beginn des Unterrichts wartete.

»Ich bin immer zu früh dran, ich gehe nun mal gern zur Schule«, hatte sie gelacht.

»Die Gaudig-Schule ist bekannt für ihre fortschrittliche Pädagogik«, hatte Ruth gesagt, eine lahme Feststellung, die Gerdas Begeisterung zuwiderlief. »Wir sollen dazu erzogen werden, eigene Persönlichkeiten zu entwickeln und zu einer geistigen Reife gelangen, die über den Lehrstoff hinausgeht, aber das haben sie dir bestimmt erklärt, als …«

»Ich kann nur sagen, dass die Lehrer hier besser sind als in Stuttgart«, war Gerda ihr ins Wort gefallen, »und umgänglicher als auf meinem Schweizer Internat. In meinen Kursen ist es mit geistiger Reifung sowieso nicht weit her, die sind Zeugs für Mädchen, die auf eine gute Partie aus sind, oder für Verwaltungssekretärinnen.«

Ruth hatte ihr erzählt, wie engagiert, gewissenhaft, offen und beschlagen einige ihrer Lehrer seien. Manche erlaubten sogar, dass die Schülerinnen politische Versammlungen abhielten, und stellten dafür die Aula zur Verfügung. Vor ein paar Jahren war ein stattlicher junger Mann aus Berlin gekommen (»ein Hüne, den hättest du niemals für einen Studenten gehalten«), der vom Klassenkampf in der Schule gesprochen hatte. Kurz darauf hatte eine Gruppe Mädchen eine Abteilung der sozialistischen Studentengewerkschaft gegründet, in der Ruth noch immer aktiv war.

»An einer Mädchenschule! Für uns war es schon eine große Sache, den Weihnachtsmarkt mit unseren Handarbeiten auszurichten. Oder das klassische Musikkonzert, entsetzlich. Aber natürlich wollten wir alle die Besten sein.«

»Was das angeht, sind wir hier am Gymnasium auch nicht alle dickste Freundinnen.«

Vielleicht war ihr Einklang in diesem Augenblick besiegelt worden, mit Gerdas prustendem Gelächter, an dem sich selbst die fortschrittlichste Pädagogik gestoßen hätte, wäre es nicht im Läuten der Schulglocke untergegangen.

Doch Ruth hätte sich niemals träumen lassen, dass Gerda von dem Tag an jedes Mal, wenn eine ihrer Lektionen in Kochen oder der Gabelsberger'schen Methode in die Unterrichtszeit des Gymnasiums fiel, vor dem Tor an der Döllnitzer Straße auf sie warten würde. An das schmiedeeiserne Gitter gelehnt, stand sie da, manchmal unter dem aufgeklappten Regenschirm, der meist jedoch an ihrem Arm baumelte, und fast immer rauchend: wie eine große Schwester oder als wartete sie auf ein Rendezvous. Das Gebäude warf seinen asymmetrischen, von Staffelgiebeln und Tympana verlängerten Schatten auf sie, neogotisches Blendwerk, dessen Anmut den grauen Schulbau übertrieben in die Höhe zog. In ihrer unbefangen rastlosen Art hob sie sich allein und winzig von dem Strom der Gymnasiastinnen ab: die menschgewordene Autonomie.

Ruth gesellte sich zu ihr, und sie blieben einen Moment lang plaudernd vor dem Schultor stehen, ehe sie sich zu ihren Unterrichtsräumen begaben oder schwatzend den Heimweg antraten. Mit den gewagtesten Schuhen, die sie in der Schule trug, reichte ihr die Freundin kaum bis zur Schulter. Doch zusammen waren sie zwei schöne, unbeschwerte Mädchen, die einander erstrahlen ließen.

So hatte sich Ruth ihr Schülerleben nicht vorgestellt. Das Erste, was ihr auf dem Weg in die Döllnitzer Straße nun ins Auge sprang, waren ihre Schritte, oder, besser gesagt, ihre großen Füße in den zweimal jährlich neu besohlten Halbschuhen, blank geputzt mit Erdal aus der Originaldose mit dem roten Frosch. Und dann ihre Kleider, die die Mutter für sie ausbesserte oder, wenn es ihre besten Stücke waren, von der Schneiderin umarbeiten ließ. Der Trenchcoat ihres Vaters (auch seine Schlipse, seit die in Mode gekommen waren), den sie aus seiner nach Mottenkugeln riechenden Schachtel gezogen hatte. »Meinen Brüdern passt er nicht, außerdem trägt man das heute so«, hatte sie den mütterlichen Protest abgewehrt und den eng geschnürten Gürtel zurechtgezogen. »Siehst du, er ist perfekt.« Dann war sie mit gesenktem Kopf aus der Wohnungstür geschlüpft. In diesem Trench hatte sie sich geschützt und besonders gefühlt. Mit ein wenig wohlmeinender oder schwärmerischer Fantasie konnte man sie und Gerda für einen provinziellen Abklatsch der Garbo und der Dietrich halten. Doch das Wichtigste war, dass sie einander gefunden hatten.

Es sei wirklich eine Erleichterung, Capa wenigstens gelegentlich im Atelier zu sehen, sagt Csiki Weisz noch einmal, drückt ihr die *Picture Post* in die Hand und verschwindet wieder in der winzigen, der Dunkelkammer geopferten Küche. »Moment!« Weil Ruth genau weiß, wie lang dieser Moment dauern kann, ruft sie zurück: »Ich mach schon mal Kaffee, willst du?«, und fängt an, mit dem kleinen Topf und dem Eltron-Tauchsieder zu hantieren, den Weisz und Friedmann sich in Berlin geleistet und wohlverpackt zwischen ihren wenigen, abgetragenen Klamotten mit nach Paris genommen hatten. Inzwischen ist er kalkverkrustet wie ein Meeresfossil, man muss vorsichtig damit umgehen und die auf dem Schreibtisch liegende Zeitschrift aus der Reichweite der Spritzer bringen. Als das Wasser beginnt, durch den Filter zu tröpfeln, wirft Ruth einen Blick in das Vorratsschränkchen. Milch ist da, die wird morgens gebracht, doch von den Heudebert-*Biscottes* ist nur noch die Blechschachtel übrig. Sie findet zwei Äpfel, eine fleckige Birne, einen trockenen Rest Baguette, die Zuckerdose.

»Hast du gefrühstückt?«

Sie wiederholt die Frage, bis Csiki endlich antwortet: »*Merci, pas de problème*«, und nimmt sich den Brotkanten vor, um ihn in halbwegs mundgerechte Stücke zu zerteilen.

Csiki vergisst zu essen, er kommt nie zum Einkaufen (»Die Läden schließen so früh.« – »Aber die *boulangerie* um die Ecke hat auch am Sonntagmorgen geöffnet!« – »Ach ja? Das wusste ich nicht …«), und Madame Garai, die Sekretärin des Ateliers, ist der Ansicht, diese Sache falle nicht in ihren Aufgabenbereich. Seit Ruth nicht mehr täglich in die Rue Froidevaux kommt, lebt Csiki Weisz' hauptsächlich von den Abendessen mit seinem Freund »Bandi« Capa (»Eine Mahlzeit am Tag reicht mir, schau, ich habe ein Gebiss wie ein Pferd«), die bald ein Ende haben werden. Kaum ist der Kranke wieder bei Kräften genug, um endgültig den Sprung von den Bistros in Hotelnähe zur Feldküche der republikanischen Einheiten in Spanien zu schaffen, zu denen er unbedingt zurückwill, ist damit Schluss. Und dann, fragt sich Ruth besorgt. Dann wird Csiki sich irgendwie durchschlagen, oder die Landsleute aus Budapest nehmen sich seiner an, von denen es in Paris eine ganze Menge gibt. Es ist absurd, dass sie sich noch immer um Csiki sorgt. Lächerlich, dass sie nach schmutzigen Tellern und nach Krümeln unter dem Tisch Ausschau hält, als wäre ihr in den vergangenen Monaten nicht aufgefallen, dass der Fußboden stets gefegt, das Geschirr ordentlich weggestellt und sogar das Bett im Hängeboden mit soldatischer Akkuratesse gemacht ist.

»Die Glückliche, die dich mal kriegt«, frotzelte sie gern, was Csikis lange Nase jedes Mal leicht erröten ließ, obwohl der Scherz so alt war wie der Baguetterest. Und auch sie kann froh sein, denn als sie sich gerade eine Tasse Kaffee einschenkt und eine Zigarette anzündet, öffnet Csiki die Tür einen Spaltbreit und sagt, »pardon, ich bin in zwei Minuten da«. Sonst würde sie zwischen einem Zug und dem nächsten wieder nervös werden wegen dieser Sache, die sie Capa sagen muss, nichts wirklich Dringendes, aber doch etwas, das man loswerden will.

Wie soll sie es anstellen? Die Cafés von Montparnasse nach ihm absuchen? Ihm ins Hotel schreiben? Besser, sie redet sofort mit ihm, ohne auf seinen Zustand und die Freunde Rücksicht zu nehmen, die sich in seinem Hotelzimmer tummeln. Sobald er wieder ganz hergestellt ist, wird er vollauf damit beschäftigt sein, seine neuen *copains* zu beeindrucken, die ihn Bob (»Baab«) nennen, als wäre er einer von ihnen, ein Amerikaner in Paris, wie Gerda es sich vorgestellt hatte, und kein Ohr mehr für sie haben …

»*C'est l'Atelier Robert Capa*«, hatte sie am Telefon wiederholt, als ihr dieser Spitzname zum ersten Mal untergekommen war.

»*Oui*«, hatte jemand mit schleppendem Akzent beharrt, »*j'ai un message pour Bob … Bob Capa.*«

»*Ah … sorry, Monsieur, dites-moi, je note …*«

Inzwischen hat sie sich damit abgefunden, doch das irritierte Befremden wird sie nicht los. Wenn André nach *coiffeur* oder Kellner klingt, wonach klingt dann Bob? Nach einem lustigen Onkel, nach dem Lulatsch, mit dem man die Schulbank drückte, nach einem Durchschnittsspießer mit einem Durchschnittsberuf? Kaum zu glauben, dass ein Pseudonym ein Eigenleben haben kann. »Robert Capa« ist ihr wie allen anderen *à la française* ins Ohr gegangen, und deshalb war es leicht, sich daran zu gewöhnen: ein Name ungewissen Ursprungs, ein Künstlername. Seine Erfinder Gerda und André hatten nicht damit gerechnet, dass echte Amerikaner ihn hervornuscheln könnten, als wäre er echt, aber sie waren von ihrer Schöpfung nun einmal so begeistert, dass ihnen jede Gelegenheit recht war, sie in Umlauf zu bringen.

Am Ersten Mai des glorreichen Jahres 1936 bewegte sich ein Fotograf im Zickzack gegen die Laufrichtung des fast auf der Stelle tretenden Umzuges, und Ruth hatte sich, ungeduldig ob des quälenden Schneckentempos, auf die Zehen gestellt und mit den Armen gerudert, um ihn auf sich aufmerksam zu machen. Sie hatten Paris eingenommen, und das in so großer Zahl, dass der zwei Tage später bekannt gegebene Sieg der Volksfront nur mehr wie das Endergebnis einer bereits in friedlichen, fröhlichen, nach Maiglöckchen und Nelken duftenden Menschen gemessenen Wahrheit erschien: Einheitsblumen für die Einheitsdemonstration, für die mit der handfesten, revolutionären Gewerkschaftsforderung nach der Vierzigstundenwoche unter dem Motto »*pour le pain, la paix et la liberté*« auf der Place de la Bastille einberufene rote Prozession.

»Komm, wir suchen Gerda«, hatte André gesagt, »es gibt Neuigkeiten!«

Von der Neugier und der Hand, die sie am Mantel hinter sich herzog, hatte Ruth sich mitreißen lassen.

»Ich bin gleich wieder da!«, hatte sie Melchior zugerufen.

Während sie sich auf der mühsam zurückgelegten Strecke seitlich zwischen den Demonstranten hindurchschob, hatte sie verschiedene Möglichkeiten durchgespielt. Die erste – sie hätten geheiratet – hatte sie sogleich wieder verworfen: dass Gerda heiratete, und obendrein Friedmann, war unwahrscheinlich. Sie gehen nach Amerika, schoss es ihr durch den Kopf, ja, das musste es wohl sein. Die Luft war gesättigt vom sozialistischen Frühling, doch in der sich stauenden Menschenmenge drängte sich der Gedanke auf, dass es nur ein paar Chaoten brauchte, um alles wie im Februar '34 mit zehn Toten enden zu lassen. Würde es zu Ausschreitungen kommen, musste Ruth bereit sein zu fliehen, streng genommen hätte sie keinen Fuß in dieses Gedränge setzen dürfen.

Zunächst hatten sie den Japaner erblickt, dann erst Gerda neben ihm am Bordstein.

»Da ist sie«, hatte André gesagt. »Erklär du es ihr«, hatte er sich an Gerda gewandt, »und lass mich so lang eine rauchen.«

Seiichi hatte allen eine Zigarette angezündet und Gerda sich das Feuerzeug gegriffen, als könnte das Drehen des Reibrädchens ihr die zündende Idee für den richtigen Einstieg liefern.

»Nein. Du musst dich vorstellen.«

André hatte an dem Filter zwischen seinen Lippen gezogen, Ruth theatralisch angesehen und sich die Tolle zurechtgestrichen.

»Wie sagte der verfemte Dichter: *Je est un autre.* Ab jetzt müsst ihr mich Robert Capa nennen.«

Das war alles?

Seiichi hatte einen Applaus angedeutet. Friedmann strahlte. Gerda wiederholte »Robert Capa«, mit französischem, englischem und deutschem Akzent und befand nachdrücklich, er klinge in keiner Sprache komisch und sei sehr einprägsam. Niemand beachtete Ruth und ihr beklommenes Lächeln. Stockend zog eine Gruppe Metallarbeiter vorbei.

Das war alles, André hatte sich ein Pseudonym ausgedacht. Gerda glaubte, sie habe sich die professionellen Tricks bei Maria Eisner abgeschaut, doch wenn sie wirklich meinte, es brauche nur einen Namen, um sich einen Namen zu machen, blieb sie eine Anfängerin.

»Ihr seid eben doch Spießer«, hatte Ruth befunden, doch Träumen kostete nichts.

»Es klingt *marseillais* oder so«, hatte sie gemeint, »jedenfalls ganz gut.«

»*Cápa* heißt Hai auf Ungarisch«, hatte André erwidert, taub für Ruths Ironie.

»Ach was, das ist Amerikanisch wie Frank Capra«, hatte Gerda gesagt, »Amerikanisch mit italienischen Wurzeln oder so ähnlich, aber es passt zum Gesicht … Es reicht, wenn die Franzosen drauf reinfallen.«

Ruth war verwirrt. Der Name machte zwar mehr her als das beliebige André Friedmann, aber welchen Vorteil konnte er sonst noch haben? War den Franzosen ein falscher Marseiller oder gar ein Amerikaner lieber als ein *petit juif* aus Budapest? Zweifellos. Doch wie sollten sie darauf hereinfallen, wenn sie den Fotografen bereits kannten?

Gerda, André und Seiichi strahlten sie mit verschwörerischen Kinderaugen an.

»Er ist besser als Frank Capra«, hatte Ruth zugegeben.

»Er hat so einen noblen Touch, so wie Don Diego de la Vega in dem berühmten Film …«

»Wie kommst du denn darauf!«, hatte André versetzt. »Wir haben an Robert Taylor und bei ihr an Greta Garbo gedacht. Schluss mit Pohorylle. *Voilà*, von heute an bist du Gerda Taro.«

»Ebenfalls Amerikanerin, nehme ich an.«

»Ganz egal, international«, hatte Gerda erwidert. »Nur Robert Capa muss Amerikaner sein.«

Ein Protestbanner GEGEN TEUERUNG war aufgetaucht, auf einem anderen hieß es GEGEN DEUTSCHE WIEDERBEWAFFUNG, derweil Gerda Dinge sagte, die nicht weniger absurd klangen als Ruths vergeblicher Versuch, sie vorzuführen. Robert Capa wohnte im Ritz, hatte eine Limousine und einen Rennwagen, war stattlich, sportlich, liebte das gute Leben.

»Junggeselle?«, hatte Ruth gefragt. »Dann musst du aufpassen, dass keine ihn dir wegschnappt …«

»Klar ist er Junggeselle!«, hatte sich André ereifert, der keinen Spaß mehr zu verstehen schien. »Wie soll er sonst einen Tag in Monte Carlo, am nächsten in Deauville und dann in Genf sein, um seinen Kontostand zu überprüfen. Ganz zu schweigen von den lästigen Rückreisen nach Amerika, auf denen man ihn unmöglich erreichen kann, weil er mit dem Privatflugzeug unterwegs ist. Ein Typ, der immer alles hatte, verstehst du? Der Großvater ist während des Goldrausches nach San Francisco gekommen, hat seine Nuggets gegen die übelsten Gauner verteidigt, wurde dann aber von einem betrunkenen Gläubiger umgebracht. Die Witwe hat sich vom Leben zurückgezogen, um Blumen zu züchten und Romane zu lesen. Drei literaturbegeisterte Töchter, ein botanikaffiner Sohn. Der Junge wurde ein tüchtiger Agronom und hat die Tochter des größten kalifornischen Obstkonservenherstellers geheiratet.«

»Du solltest Romane schreiben«, unterbricht ihn Gerda. »Komm zum Punkt!«

»Die Geschichten, *Schatzi*, müssen Hand und Fuß haben, sonst sind sie nicht wasserdicht.«

»Der Konservenerbe«, hatte Friedmann weitergeredet, »also Robert Capa, hat die Nase voll von Kalifornien und eingedosten Pfirsichen. Er verkauft alles, kommt nach Paris, gibt das Geld mit vollen Händen aus, doch das reicht ihm nicht. Die Fotoreportage nährt die abenteuerlustige Ader, die in der Familie fließt, den Drang, die Langeweile zu besiegen. Natürlich arbeitet er nicht wegen des Geldes, doch als guter Kapitalist denkt er gar nicht daran, irgendjemandem was zu schenken. Deshalb nimmt er sich Gerda als persönliche Agentin. Kraft ihres Charmes lässt sie meine Wenigkeit als Faktotum einstellen. Und da sind wir.«

»Robert Capas Arbeit muss ich natürlich zu einem schwindelerregenden Preis anbieten …«, hatte Gerda hinzugefügt.

Ruth hatte so laut losgelacht, dass die Genossen Arbeiter ringsum ihr verdutzte Blicke zuwarfen. »Ihr seid vollkommen übergeschnappt!«

Nein, nicht unbedingt. Wie es aussah, hatten Gerda und André die Absicht, den Köder diskret auszuwerfen.

»Die Pariser halten sich für so furchtbar schlau! Selbst Zeitungsdirektoren, die auf unserer Seite sind, stellen sich wer weiß wie an, wenn es darum geht, einem armen antifaschistischen Flüchtling das Honorar um zwei Centimes zu erhöhen. Aber wenn man von einem Amerikaner erzählt, der in der *beau monde* ganz Europas unterwegs ist, können sie es gar nicht abwarten, ihn zu treffen. *Très désolés*, er hat seine neueste Eroberung nach Venedig entführt, wir haben keine Ahnung, wann er zurück sein wird. Und wer ist das Mädchen, eine Berühmtheit? Das dürfen wir natürlich nicht sagen.«

Plötzlich hatte Gerda dem flachen, silbernen Feuerzeug eine Flamme entlockt. Sie ließ sie so lang wie möglich brennen, schnappte den Deckel abrupt zu und gab es Seiichi zurück. Die Lautsprecher krächzten, die Kundgebung begann.

»Was ist das für eine Marke: amerikanisch?«, hatte Gerda gefragt.

»Ich habe es bei Cartier an der Place Vendôme gekauft.«

»Wunderschön. Ich weiß schon, unser Bluff klingt wie ein Dummerjungenstreich. Doch die Leute glauben, was sie glauben wollen. Zumindest für ein Weilchen. Und ein Weilchen reicht uns. Denn danach kehren wir ganz bestimmt nicht zum Anfang zurück.«

Csiki Weisz zuckte jedes Mal die Achseln, wenn Ruth sich über Robert Capas neuen Spitznamen aufregte (»Bob, ein Wort mit drei Buchstaben, und selbst das verstümmeln sie noch!«), nachdem sie es aus dem Mund irgendeines Amerikaners gehört hatte. Eines Tages, als Chim an dem Tisch, auf dem jetzt Csikis Café au lait wartet, gerade sein fotografisches Material ordnete, war sie ihre Frage an ihn losgeworden. Unter welchem Kriterium habe er sich sein Pseudonym ausgesucht? Und tue es ihm nicht leid, nicht mehr bei seinem echten Namen genannt zu werden?

»Ach was. ›Chim‹ klingt doch nett, findest du nicht? Für einen, der aussieht wie ein Uhu.«

Ruth hatte genickt und auf Chims Erklärung gewartet, die er mit einem Phlegma hervorbrachte, das dem Klischee des rasenden Fotoreporters spottete. Er habe lediglich die erste Silbe seines unaussprechlichen Nachnamens »Szymin« leicht verändert, sagte er. Außerdem hatte er auch in Warschau bereits einen Spitznamen weggehabt, genau wie Capa Bandi war und es für einige ein Leben lang bleiben würde.

»Und dieses ›Bob‹, das mir nicht über die Lippen will, kommst du damit klar?«

Mit einem feinen Lächeln hatte Chim von seinen Negativen aufgesehen.

»Jedenfalls kommen die Amerikaner damit klar, und nicht nur die. *¡Llegó Roberto Capa, el fotógrafo, mira, tenemos suerte!*, heißt es bei den Truppen. Von Andalusien bis zum Baskenland nennen sie ihn so.«

Dass Capa in Spanien als Glücksbringer galt, hatte sie sprachlos gemacht. Doch um der mild funkelnden Ironie hinter den Brillengläsern des Befragten etwas entgegenzusetzen, hatte sie noch einmal die kleine Farce um die Heldenerschaffung wieder aufleben lassen. Übrigens, was war eigentlich aus dem amerikanischen Millionär geworden?

»Der gefiel vor allem Gerda«, hatte Chim in einem Ton gesagt, der die übliche Gelassenheit unterschritt. »Er ist fast sofort aufgeflogen.«

Er hatte sich wieder darangemacht, Probeabzüge und Negative zu ordnen, und ihr von dem Scoop bei den Vereinten Nationen erzählt, der sich ein paar Monate nach der Kundgebung am Ersten Mai ereignet hatte. Die anderen Reporter fotografierten Haile Selassie, der Sanktionen forderte, doch nur Capas Leica hatte den spanischen Pechvogel festgehalten, der zusammen mit den wie Squadristen herumkrakeelenden italienischen Journalisten festgenommen worden war. Jeder wollte dieses Foto, egal zu welchem Preis, obwohl alle ganz genau wussten, dass es von André Friedmann stammte. Deshalb war er zu dem Schluss gekommen, als Robert Capa zu arbeiten sei eine gute Idee.

»Wieso lässt er sich dann nicht immer Robert nennen anstelle dieses albernen ›Bob‹?«

Sie hatte patzig geklungen, doch Chim hatte nicht einmal aufgeschaut.

»Ein Name ist ein Name«, hatte er gesagt, »letztlich gehört er den anderen.«

Ruth war anderer Meinung: Sagte man im Französischen nicht *donner un nom*? Und gehörte er dann nicht dem, der ihn »geschenkt« bekommen hatte, der sich ebenso gut einen anderen aussuchen konnte?

Chim hatte genickt, ohne seine Arbeit zu unterbrechen.

»In Ordnung, entschuldige: Ich lasse dich in Ruhe.«

Mit einem Fingerzeig auf seine Probeabzüge hatte er sie zurückgehalten.

»Angenommen, wir nähmen ein Foto … keines von diesen, sondern eines, wo du drauf bist. Wie würdest du dich nennen?«

Nach einem ratlosen Moment hatte sie erzählt, dass Gerda, die stets bereit war, aus jeder Erfahrung das Beste zu machen, ihr eines Tages einen Artikel von René Spitz referiert hatte: von der Phase, in der ein Kind beginne zu lächeln, sich im Spiegel zu erkennen, mit dem Fuß aufzustampfen und »Nein!« zu brüllen, die ebenso entscheidend sei wie die Entdeckung des »Ich«. Doch in der Praxis passte es dem Professor gar nicht, eine selbstbewusste junge Frau als Sekretärin zu haben. »Ein bedauerlicherweise recht verbreiteter Makel.«

Chims Freundlichkeit besaß eine unvermutet galante Spielart, eine schüchterne Liebenswürdigkeit, bei der sich jede Frau sogleich wohlfühlte.

Und so hatte Ruth ihm gestanden, dass sie sich auf ihren Modellaufnahmen kaum wiedererkannte, was weder nach falscher Bescheidenheit noch scheinheilig klang.

»Ich finde mich schön, aber das ist Reklame, Kommerz … In meiner Familie gibt es schon genug Schauspieler, vielleicht gebe ich deshalb nichts auf Schminke und Posen.«

»Das hast du auch nicht nötig.«

Wie um das Kompliment zu unterstreichen, hielt Chim ihr eine Zigarette hin.

»Wie dem auch sei«, hatte Ruth geantwortet, »ein bisschen hat er an diese Geschichte vom großen amerikanischen Lebemann Capa geglaubt, oder? Und wenn er sich jetzt mit diesem albernen, drei Buchstaben kurzen Spitznamen zufriedengibt, dann vielleicht auch, weil er es zumindest in der Hinsicht zu Glaubwürdigkeit gebracht hat.«

»*Sie* haben es dazu gebracht«, hatte Chim sie verbessert, und Ruth hatte nichts mehr erwidert.

Während Chim sie (nicht, ohne sich die Brille zurechtzurücken) damit tröstete, die Zeit heile alle Wunden, hatte sie bei sich gedacht, dass es diesen Bob ohne Gerda nie gegeben hätte. Zu Beginn des Märchens spielte sie mit André wie mit einer papiernen Anziehpuppe, und statt mit dem Fuß aufzustampfen, ließ er sie wie ein artiges Kind gewähren. Am Ende hatte er dank Gerda einfach sich selbst in die Welt gesetzt: Robert Capa.

Jetzt ist das Atelier in der Rue Froidevaux von gleichförmig milchigem Licht erfüllt, der graue Himmel lässt nichts anderes zu: perfektes Licht für einen Künstler, aber nicht für ein Fotoatelier. Csiki beklagt sich nicht, dass er in die winzige Küche verbannt ist und danach mit dem Behälter voller Abzüge die Wendeltreppe hinauf- und hinunterbalancieren muss, um im Klo »die Wäsche aufzuhängen«, die im Laufe des Vormittags wieder daraus verschwinden muss. Es wäre nicht schön, müsste Madame Garai vor den Augen spanischer oder chinesischer Truppen pinkeln, und wenn ein Kunde nach der Toilette fragt, sollte man ihm diese allzu große Nähe mit den soeben entwickelten Fotos ersparen, meint Csiki.

Damit hat er nicht ganz unrecht, und ebenso wenig lag er falsch damit, dass Capa sich für dieses Atelier entschieden hatte, weil es ihn an die goldenen Jahre über der

Pilvax-Passage in Budapest erinnerte, obwohl das natürlich etwas ganz anderes gewesen war: nur zwei Schritte von der Váci utca entfernt, wo die schönen Damen ihre Besorgungen machten und in der es ein berühmtes Café gab, das den patriotischen Revolutionären 1848 als Treffpunkt gedient hatte. Die Pilvax-Passage hatte das historische *Kaffeehaus* in der geschäftigen Eleganz der Zwanzigerjahre wieder aufleben lassen, doch hatte es dort keine großen Fensterfronten auf die Rue Froidevaux gegeben, die Gerdas sparsame, ausgesuchte Möblierung besonders zur Geltung brachte. Der kleine schwarze Sessel mit den geraden, luftigen Linien, die beiden eckigen, bequemen Stühle, die den schmalen Tapeziertisch mit rationalistischer Harmonie einrahmen.

Eigentlich sollte sich Ruth hinsetzen und die *Picture Post* durchblättern, während sie auf Csiki wartet, doch stattdessen verliert sich ihr Blick jenseits der Fenster, sie ist leicht nervös wegen der Sache, die sie Capa sagen muss, und hat es satt, auf den einen und den anderen zu warten, als sich endlich die Tür der kleinen Küche öffnet.

»Hast du den Beitrag in der Zeitschrift gesehen?«, fragt Csiki und tunkt das Brot in seinen Milchkaffee.

Auf die Tischplatte gelehnt, sieht Ruth ihn an, nippt an ihrem Kaffee, zieht an ihrer Zigarette und entspannt sich ein wenig.

»Ist das Brot in Ordnung? Ich glaube, es war kein Schimmel dran.«

»Es ist ganz wunderbar, in Budapest haben wir das auch gegessen …«

Ruth will nach der Zeitschrift greifen, hält inne und mustert Csiki, der mit gesenktem Kopf bedächtig vor sich hin kaut, den Ellenbogen auf den Tisch gestützt. Vielleicht hätte sie für Gerda das sein sollen, was Weisz für Friedmann war: ein Gefährte voll steter Dankbarkeit, dass die Wahl auf ihn gefallen war, ein treuer Schatten.

Es ist nicht das erste Mal, dass sie das denkt und sich an die Anfangszeit zurückerinnert, als André sich im Dôme an ihr Tischchen setzte, eine Zigarette schnorrte oder, wenn er selbst ein Päckchen besaß, ihnen beiden eine anbot, zuerst jedoch Gerda. Irgendwann, normalerweise nach dem Kaffee, fing er an, seine Jugendabenteuer zum Besten zu geben, »wir waren eine wilde Bande, so ähnlich wie *Die Jungen von der Paulstraße*: Aber bei uns waren auch Mädchen mehr als willkommen ...«. Ruth spürte, dass diese Geschichten extra auf ihre Freundin zugeschnitten waren, und Gerda fand sie amüsant und war empfänglich für dieses ihr zu Ehren ersonnene Feuilleton, das ein wenig nach magyarischer Heldendichtung klang. »Was kümmert's mich!«, erwiderte sie, wenn Ruth abends, ehe sie das Licht löschten, anmerkte, diese Geschichten seien doch recht romanhaft, um nicht zu sagen, rechte Lügenmärchen. Jetzt muss sie einsehen, dass sie ihm unrecht getan hat.

Nicht Capa hat sie das erkennen lassen, sondern seine rechte Hand mit diesem mageren Arm, der sich jetzt schützend um die Kaffeeschale legt. Csiki Weisz, der über seine eigene Kindheit kein Wort verliert und sie lediglich in den täglichen Gesten aufscheinen lässt, die ihn als den von seinem fantasievollen Altersgenossen adoptierten Kriegswaisen verraten.

Als Ruth Csikis Geschichte erfahren hatte, war Gerda noch dabei gewesen, und weil André sie zu rührselig fand, hatte er sie mit ein paar possenhaften Anekdoten gewürzt: Vater Weisz war für Kaiser Ferenc József gefallen, allerdings vom Pferd, gleichsam von einem Habsburger Huf erschlagen; der Erstgeborene wurde ins Waisenhaus gesteckt und für die Jahre am *Gymnasium* wieder nach Hause geholt, in das Haus der Mutter, das sich schon bald in ein Nachtquartier verwandelte, weil ein gewisser Bandi

Friedmann Csiki dauernd hinter sich herschleifte und den Radius ihrer Streifzüge weit über das Gebiet zwischen der Elisabethbrücke und der Schule ausdehnte, die gleich neben dem jüdischen Viertel lag. Dann waren da noch die Freundinnen, die so süß und für alles zu haben waren – Eva, die Anwaltstochter, und Kati, die Bankierstochter – und den Jungs das erste Rüstzeug mitgaben, »und ich sage euch nicht, was sonst noch …«. Als bereits in den richtigen Kreisen verkehrende Fotografinnen waren sie Csiki und Bandi in Berlin Hilfe und Vorbild gewesen. Auf Menschen, mit denen man in gewissem Alter gewissen Unfug getrieben hat, kann man immer zählen, egal, was passiert.

Ja, im Unglück zeigen sich die wahren Freunde. Kati Hornas Beileidsbrief in die Rue Froidevaux, der aus Spanien kam, wo sie als Fotografin für die anarchistische Presse arbeitete. Éva Besnyös Telegramm aus Amsterdam, das erst Csiki und dann Ruth beruhigt hatte, als Capa nach der Beisetzung spurlos verschwunden war (BANDI IST HIER STOP KEINE SORGE STOP), woraufhin Ruth losgerannt war, um den besorgten Freunden Bescheid zu sagen.

Im Unglück erkennen wahre Freunde einander. Dank Csiki Weisz hatte Ruth Bandi entdeckt, als er sie kurz nach der Beisetzung in sein Atelier geholt hatte.

Sie hatte lange gebraucht, bis sie ihn ernst nehmen konnte, zumindest so sehr, wie er es verdiente. Aber war es Gerda anfangs nicht genauso gegangen?

»Der ist ja kaum zwanzig!«, hatte sie geschnaubt.

»Und Georg Kuritzkes? Jetzt werd' wegen einem Jahr Unterschied bloß nicht pingelig …«

»Aber der hier hat ja noch Pickel im Gesicht.«

Dann hatte sich Gerda gegen Ende '34 mit dem Dackel zusammengetan und damit klargemacht, dass André Friedmann auf ihrer Anwärterliste wirklich ganz unten stand.

Wie hätte Ruth damals ahnen können, dass dieses von späten Akneschüben geplagte Bürschchen seiner Jugendbande zutiefst verbunden blieb? Diese Budapester Jungs waren wahre Freunde geblieben: Jemand dachte an Csiki, Csiki dachte an Bandi, und selbst jetzt und als Robert Capa würde Bandi seinen Freund aus Kindertagen nicht vergessen. Und Gerda?

Gerda hatte sie von einem Tag auf den anderen sitzen lassen … Schluss mit den alten Geschichten, Ruth! Wie kannst du einer Toten noch grollen, bei allem, was es zu tun und zu denken gibt! Schau nach vorn, und schätz dich glücklich. Du hast ein paar Ersparnisse beiseitegelegt (nicht genug), du hast ein Ziel, zwei große Brüder, die dir jederzeit unter die Arme greifen würden, einen Mann, einen Schweizer Pass und nur eine Mutter, die noch in Deutschland festsitzt. Ihre Mutter, deren Mann an der Spanischen Grippe gestorben war, als Ruth fünf Jahre alt gewesen war, hätte sich lieber die zusammen mit dem alten Bühnenrepertoire ausgegrabene Federboa um den Hals gelegt um vor dem Neuen Theater ein paar Groschen zusammenzuschnorren, als ein Kind ins Waisenheim zu geben, und sie war sich nie zu fein gewesen, sich in fremden Haushalten zu verdingen.

Zu ihrer Glücksliste gehört auch, sich nicht um diesen großartigen Jungen sorgen zu müssen: Csiki kommt allein zurecht, um ihn braucht sie sich keine Gedanken zu machen. Zur eigenen Beruhigung kann sie ihn sogar in die Sache einweihen, die sie Capa sagen muss. Immerhin ist er derjenige, der den Schuppen am Laufen hält.

»Schau dir die Zeitschrift ganz in Ruhe an, Ruth, ich bin damit schon durch. Ich mache eben sauber.«

Schon ist er mit Schwamm und Lappen zur Stelle, um den Tisch abzuwischen und die *Picture Post* gemäß dem gewohnten Ritual zum Öffnen des ersten im Atelier eingetroffenen Exemplars auf die leer geräumte Fläche zu legen. Bei den an Mr. Capa adressierten Umschlägen mit den Illustrierten muss man lediglich ein wenig Vorsicht walten lassen, nur bei den Tageszeitungen hat sein Assistent eine ausgefuchste Technik entwickelt, um zu kaschieren, dass er sie bereits geöffnet hat: typisch für Csiki, sich für Bandi solche Mühe zu geben, der die Briefbanderole dann ohne jede Rücksicht aufreißt, um die gedruckten Fotos zu sehen. Mit der Zeit hat sich Capas brennende Neugier gelegt, doch in der ungestüm nachlässigen Geste lebt das Schöne und Gute einer Arbeit fort, die die Augen der Welt berühren will.

Auch hier würde Ruth gern etwas wiedergutmachen und sich bei Capa für ihre verständnislose Miene entschuldigen, sobald Gerda in immer höheren Tönen von André Friedmanns Talent schwärmte.

»Ich kann mir schon vorstellen, welches Talent du meinst.«

»Nein, kannst du nicht. Und glaub bloß nicht, dass ...«

»Ich will's gar nicht wissen«, lachte Ruth, doch Gerda ließ nicht locker.

»Aber wenn ich's dir doch sage. Wir tun nichts anderes, als durch Paris zu laufen und zu reden und in den Cafés weiterzureden, wenn wir das Fotografieren leid sind oder uns kalt ist oder sonst was. Ich will nicht schuld sein, wenn seine Leica wieder im Pfandhaus landet. Und außerdem habe ich ihm in sämtlichen Sprachen gesagt, dass er von mir nichts anderes bekommt als reine, ehrliche Freundschaft. Reicht dir das?«

»Hoffentlich. Du weißt schon, worauf er aus ist, oder?«

»Na schön. Aber es war nur ein einziges Mal. Das war vielleicht leichtsinnig, aber ...«

Der Rest löste sich in der *perlage* ihres Gezwitschers auf. Gerda strahlte beglückt über jede ihrer kindlichen Ungehörigkeiten und heimlichen Vergnügen, und Ruth konnte nicht anders, als sich von ihr mitreißen zu lassen. Wenn es selbst ihr so erging und sie der Verführungskraft ihrer Freundin erlag, die in ihrem Fall nicht von den gesprenkelten Iriden, dem herzförmigen Mund und erst recht nicht von den kleinen Brüsten, der rotblonden Scham und den ephebischen Schenkeln ausging, die Gerda jeden Morgen mit kaltem Wasser und Kernseife schrubbte, welchen Vorwurf konnte sie ihr dann wegen Georg, Willy, André oder all der anderen Männer machen, die sie einfach nicht loslassen und vergessen konnten?

Wäre Gerda noch gewesen, die in jeder ihrer Rollen (Geliebte, Agentin, Freundin) als Publikum für den von Friedmann stets so dringend benötigten Applaus genügte, wäre sein Lechzen nach Anerkennung niemals zu solch begeisterungslosen kleinen Routinen verkommen. Obschon Capa jetzt reichlich Beifall und reichlich Schulterklopfen von Ernest Hemingway erntet und die gemeinsamen Abenteuer reichlich begießen, die Tiefschläge vergessen und den Faschismus zum Teufel jagen kann, sind sein Hauptclaqueur Csiki Weisz und das waschechte Künstlerkind Ruth Cerf trotzdem noch immer da, um das kleine Theater am Laufen zu halten und »Bravo!« zu rufen. Zwölf Seiten in einer Zeitschrift mit Millionenauflage sind der Beweis für einen spektakulären Erfolg. Doch für Robert Capa ist Erfolg inzwischen kaum mehr als eine Bestätigung dafür, seine Aufgabe erwartungsgemäß erfüllt zu haben. Dennoch überschlagen sich Ruth und Csiki mit Adjektiven und Superlativen, die er wegschluckt wie Wasser. Nur Gerda hätte ihm etwas sehr viel Substanzielleres geben können, sie besaß Ehrgeiz und Überzeugung für beide und genug, um das freie, rote und republikanische Spanien zu verteidigen.

Ruth gibt sich einen Ruck, um die *Picture Post* anzusehen, damit Csiki zufrieden ist und sie mit ihm über ihre Pläne reden kann. Sie legt die Illustrierte auf den Tisch und will sie gerade aufschlagen, als ihr Blick an dem Titelmädchen hängen bleibt. Es sieht nicht aus wie ein Modell, sondern wie ein echtes Mädchen mit einem echten Lächeln (*The Girl with a Smile*) und einem hübschen Kurzhaarschnitt, weiß wie Pudelfell. *Life* würde so ein Titelblatt niemals bringen, deren Covergirls sind immer Standardschönheiten. Doch die *Picture Post*, die entstanden ist, um der Konkurrenz in fast identischer Aufmachung die Britischen Inseln wegzuschnappen, will als progressives Blatt daherkommen. Der Herausgeber ist einer von uns, hat Csiki ihr erklärt, einer aus Budapest, der seine Berliner journalistischen Erfahrungen nach London mitgenommen hat. Offenbar schlägt sich diese Erfahrung nun in einem Mädchen nieder, das neugierig macht, ohne den Käuferblick zu irritieren. Spanien ist im Innenteil versteckt und wird es erst, wenn es gefallen ist, wieder auf die Titelseiten der bürgerlichen Presse schaffen. Die in Ruth aufsteigende Bitterkeit bringt sie zu Capa zurück, der ausgelaugt ist von den Nachwehen des Rio Segre und von Csiki, Chim und den anderen wie ein Sultan umsorgt wird. Und du, Gerda, würdest du ihn bei Laune halten können? Unwillkürlich presst sie die Lippen aufeinander, denn plötzlich hört sie Gerdas hell sprudelnde Stimme: »Kommt schon, nur nicht den Mut verlieren!«

Ruth hatte nie erlebt, dass Gerda sich Vorhaltungen oder Gewissensbisse machte. Das einzige Mal, dass sie in ihrer Gegenwart länger als ein paar Wimpernschläge geweint hatte, war im Herbst '34 während einer Soirée der Association des écrivains et artistes révolutionnaires gewesen, der Gerda wenige Jahre später als Fotografin beitreten sollte. Doch damals hatten sie keine Einladung, um sich auf dem Samt des Théâtre Adyar niederzulassen, und Ruth hatte nicht die geringste Lust gehabt, bis hinter den Eiffelturm zu hetzen. Nur weil Gerda der Meinung war, den neuesten Film eines Regisseurs zu sehen, der mit der Zensur, den Produzenten und jedem Avantgarde-Verächter über Kreuz lag, sei ein notwendiger Tribut, den man Jean Vigo und seinem revolutionären Kino zollen müsse.

»Das wird ungefähr so lustig wie eine Beerdigung …«

»Wir sehen den Film umsonst, Ruth, da kann's dir doch egal sein.«

Als die Hauptdarstellerin von *L'Atalante* die Bühne betrat, um daran zu erinnern, unter welch schwierigen Bedingungen dieser von der Tuberkulose geschwächte *homme extraordinaire* den Film fertiggestellt hatte, war der Saal in Rührung zerflossen, diejenigen, die dem Verstorbenen am nächsten gestanden hatten, weinten.

Gerdas ernste, gefasste Miene ließ nicht vermuten, dass ein leichtes Räuspern nach der Hälfte des Films in haltloses Schluchzen ausarten würde. Doch diese Juliette, die vom Frachtkahn ihres Jean in die Lichter, Attraktionen und Verlockungen von Paris flieht, war für ihre Freundin nun einmal die perfekte Heldin. Wären sie nicht gezwungen gewesen, jeden Pfennig abzuzählen, wären ihre Tränen der Rührung vermutlich bei irgendeiner anderen Vorstellung geflossen. In jener Zeit mussten sie auf die Garbo im melodramatischen *Der bunte Schleier* und auf die waidwunde Dietrich in *Die scharlachrote Kaiserin* verzichten, doch eines regnerischen Sonntags hatten sie sich die Wiederholung von *Die Jungen von der Paulstraße* gegönnt und sich vom Dackel begleiten lassen, der nur darauf gewartet hatte. Aber die seltenen Male, die sie sich zu einem Kinoabend hinreißen ließen, bevorzugten sie Komödien: wie in alten Zeiten, als das hochelegante Stuttgarter Mädchen sich zum ungläubigen Erstaunen ihrer neuen Leipziger Freundin vor Lachen über Dick und Doof ausgeschüttet hatte. Außerhalb der Kinosäle glommen zwischen Gerdas Lidern nur winzigste Funken von Wut, Bedauern oder verletztem Stolz auf. Tränen der Sorge, des Schmerzes oder der Ohnmacht hätten bedeutet, der Weltuntergangsstimmung nachzugeben, die man sich in jener Zeit lieber vom Leib hielt.

Nur einmal war sie müde und griesgrämig nach Hause gekommen, hatte Schuhe und Strümpfe ausgezogen, sich die Knöchel massiert, sich angekleidet auf dem Bett ausgestreckt und einen Moment lang die Augen geschlossen.

Am nächsten Tag hatte Ruth die Frage nicht mehr unterdrücken können.

»Schlechte Neuigkeiten? Probleme bei der Arbeit?«

»Das Übliche«, hatte sie gesagt, »dazu eine dumme Übelkeit, die ich einfach nicht loswerde.«

»Vielleicht solltest du zum Arzt gehen.«

»Stimmt. Das mache ich morgen.«

Als Ruth am Nachmittag zurückgekommen war, war Gerda bereits zu Hause gewesen: ungeschminkt und blass, doch mit einem fiebrigen Leuchten in den Augen.

»Jetzt ist es amtlich: Ich bin schwanger. Aber Freitag Morgen lösen wir das. Die Ärztin meint, das Wochenende reicht, um sich zu erholen. Die weiß, was Frauen brauchen. Und sie verlangt so wenig dafür, dass man fast noch mal den gleichen Mist bauen könnte …«

Gerda lachte über ihren Witz, als wäre die Sache bereits so gut wie erledigt. Doch Ruth war die Bemerkung derart gegen den Strich gegangen, dass sie ein finsteres Gesicht gemacht hatte.

»Habe ich dich schockiert? Solche Unfälle passieren nun mal …«

»Das weiß ich auch«, hatte Ruth mit einem Liebreiz versetzt, der ihrer Schuhgröße neununddreißig entsprach.

Gerda war gekränkt, inzwischen kannte sie sie. Und plötzlich hatte Ruth die fünf Jahre Altersunterschied gespürt und war erschrocken: nicht nur vor dem, was alles schiefgehen konnte, und was zum Teufel hätte sie dann gemacht, hier, in Paris, ohne Geld und gültige Papiere? Willy angepumpt? Ein Telegramm nach Stuttgart geschickt? Die Vorstellung einer Schwangerschaft war doch schon entsetzlich genug.

Seltsam, schließlich hätte sie die gleiche Entscheidung getroffen und auf die Freiheit bestanden, sie umzusetzen. Außerdem hatte ihre Mutter bereits früh und ganz offen mit ihr über gewisse Dinge und wie sie zu vermeiden oder anzugehen wären gesprochen.

Im Laufe des letzten Jahres war Ruth in die Höhe geschossen und fraulich geworden. Sie hatte sich einmal hoffnungslos verliebt und ein paarmal flüchtig verguckt, was von einem oder zwei Schulkameraden der Kuritzkes-Brüder erwidert worden war. Sie hatte sich zu einem Kuss aufgeschwungen, der nicht der Rede wert gewesen war und den sie der Mutter tunlichst verschwiegen hatte, als die ihre Enttäuschung ob des Angehimmelten hatte durchblicken lassen. Hin und wieder ließ sie Namen fallen, tat ihr Urteil kund und erläuterte, beeinflusst vom Ideal ihrer bildhübschen Brüder, die sich einen Spaß daraus machten, sie damit aufzuziehen, ihre Vorlieben (»blond, mittelbraun vielleicht, mindestens eine Handbreit größer als ich und aus den obersten Gymnasiumsklassen«).

Ihre Brüder waren verwöhnte Jungs, die vor allem an sich dachten (und daran, sagt sich Ruth, hat sich leider nichts geändert: In dem Viertel, in dem ihre Mutter wohnt, ist die Judenjagd so leicht, als würde man Äpfel vom Baum schütteln. Kurt will, dass Hans das nötige Geld aufbringt, damit sie die Stadt verlassen kann, doch Hans ist nach der Kristallnacht aus Leipzig geflohen und hockt jetzt ohne einen Pfennig in Schweden. Ein Lebenshintergrund, den sie Csiki und Capa erzählen sollte).

Jedenfalls war Hans damals auf Geschäftsreise gewesen und Kurt bereits in Manhattan – es muss das Jahr '29 gewesen sein. Ruth hatte Mutti von einem Jungen erzählt, sie entsinnt sich weder, von wem, noch wie sie auf ihn gekommen waren. Doch sie erinnert sich an das Gesicht ihrer Mutter im Lichtkreis der Küchenlampe, die Schönheit darin, die dem Alter und der Ermüdung widerstand, das erhobene Kinn über den Resten des einfachen Essens, das sie für ihre mittägliche Heimkehr von der Arbeit vorbereitet hatte: Buttermilch, Pellkartoffeln, Erdbeeren zum Nachtisch.

»Versprich es mir, Ruth: Es ist wichtig. Wenn du den Verdacht hast, es könnte so sein, musst du es mir sofort sagen. Mit einer Dummheit werden wir fertig, aber weitere können wir uns nicht erlauben, verstanden?«

War sie damals schon vierzehn gewesen? Wohl eher nicht, denn sie wäre am liebsten in den Erdboden versunken. Doch ehe sie ihrer aufsteigenden Entrüstung hatte Luft machen können, war die Mutter ihr zuvorgekommen. *Mein Herz*, hatte sie gesagt, lieber vorher nachdenken, als hinterher bereuen.

Bei ihnen zu Hause war nicht einmal das Quäntchen Heimlichkeit erlaubt, mit dem man sich erwachsen fühlen durfte, hatte Ruth gedacht. Doch ihre Schulkameradinnen, die einen lebenden, wohlhabenden Vater und eine *echte Dame* zur Mutter hatten und nicht eine ehemalige Schauspielerin und Tochter eines Straßenhändlers, über deren Hochzeit man sich in den Höfen am Brühl monatelang das Maul zerrissen hatte, konnten von solcher Vertrautheit nur träumen.

War Gerda im Grunde nicht dieser Typ Mädchen, fragt sich Ruth und betrachtet die seltsame Gestalt auf dem Titel der *Picture Post*, die ihrer Freundin gefallen hätte. Ja, anfangs vielleicht, dann aber hatte sie diesen Stempel mit der gleichen Entschiedenheit abgeschüttelt, mit der sie den Samen hatte ausschaben lassen, der ihren Bauch aufgetrieben hätte. Gerda war ein harter Knochen, von ihrer Herkunft ganz abgesehen.

Allein bei der Vorstellung einer geschwängerten Tochter wäre die sanfte, zierliche Frau Pohorylle vor Schreck und Scham gestorben. Gerda hatte ihre Statur geerbt, die weißen Zähne, die im Winter alabasterne Haut. Doch Gerdas Mutter schien eher mit dem jungen Hausmädchen verwandt zu sein (vielleicht war sie es?), das Ruth den Regenmantel abgenommen hatte, nachdem sie das erste Mal die Treppe in der Springerstraße hinaufgestiegen war – auch wenn das Hausmädchen einen mausbraunen *sheitel* trug und die Hausherrin nach der vorletzten Mode frisiert war. Doch offenbar herrschte zwischen den beiden Frauen ein tieferes Einverständnis, als Ruth es beim hastigen Bekanntmachen auf der Schwelle des Salons, den sie leicht befangen betreten hatten, wahrgenommen hatte.

»Darf ich Ihnen ein *stikele* von meinem Plumcake anbieten, Fräulein Cerf? Ich habe ihn heute gebacken, und er scheint recht gut gelungen zu sein. Oder achten Sie wie meine Tochter auf Ihre Figur und hätten lieber ein wenig Obst?«

»Danke, Frau Pohorylle, ich koste Ihren Plumcake sehr gern.«

»Für mich nichts, Mutti, nur Wasser!«, rief Gerda ihrer Mutter nach, machte es sich mit überschlagenen Beinen und der ersten Zigarette zwischen den Fingern auf dem Sofa bequem und bedeutete Ruth, sich zu ihr zu setzen. Als Frau Pohorylle kurz darauf mit bedachtsamen Schritten zurückkehrte, erinnerte sie an ein von einem silbernen Rechteck zerteiltes spitzes Oval: Auf dem Tablett balancierte sie ein Tellerchen für das Gebäck, ein weiteres mit Apfel- und Orangenschnitzen, Kuchengabeln, eine Kristallkaraffe, zwei Gläser, eine goldgeränderte Teekanne mit passender Zuckerdose und einer Tasse desselben Services. Als Ruth aufstehen wollte, um ihr zur Hand zu gehen, hielt ein »*Bleiben Sie do zitsn!*« sie davon ab, derweil Gerda sich lediglich bequemte, die Schachtel Muratti und den Aschenbecher auf den Beistelltisch zu räumen. Umständlich stellte Frau Pohorylle das Tablett ab und forderte sie auf (»*Bitte schön*!), sich zu bedienen. »Wenn du etwas brauchst, ich bin mit Rivka in der Küche«, sagte sie, an ihre Tochter gewandt.

Ruth nahm sich zwei Scheiben Plumcake und überließ Gerda das Obst. Dann, aus Höflichkeit und Gewohnheit und weil sich sonst niemand darum kümmerte, griff sie sich das Tablett und machte sich auf die Suche nach der Küche. Als sie die Tür öffnete, fiel ihr Blick in einen großen Raum mit Balkon, von dem frische Luft und Licht hereinströmten: An den Wänden, auf dem Marmortisch und in den nagelneuen, strahlend weißen Schränken türmte sich ein buntes Durcheinander grüner und karminroter Gläser. Gerdas Mutter und Rivka waren gerade dabei, Gurken und Rote Rüben »wegzuschaffen«, sie zu Stücken und zu rotem Kren zu verarbeiten und einander die Einmachgläser und Deckel anzureichen.

»*Oj, dos Fräulein hot gebracht di teler!*«, rief das Mädchen, als es Ruth bemerkte, und Frau Pohorylle murmelte ihm zwei unverständliche kleine Sätze zu, mit denen die Einmachgläser neben der Spüle im Handumdrehen verschwanden.

»Das wäre doch nicht nötig gewesen«, sagte sie, doch ehe sie sich die Hände an der Schürze abwischen konnte, hatte Ruth ihre Fracht bereits mit einem »Keine Ursache« abgestellt und sich wieder auf den Weg ins Wohnzimmer gemacht. Durch die geschlossene Tür konnte sie hören, wie die beiden Frauen sich wieder auf Jiddisch unterhielten. Der frisch aus Galizien eingetroffenen Rivka erging es hier besser als ihrer Mutter bei den Kaufmanns, schoss es Ruth durch den Kopf.

»Bei euch geht es recht liberal zu«, bemerkte sie zu Gerda.

»Ziemlich, ja. Warum?«

»So, wie deine Mutter das Hausmädchen behandelt.«

»Sie hat darin eben keine Übung. Wir sind nun mal nicht die Chardacks!«

Ruth erinnert sich nicht, ob es eine Cousine des Dackels oder die eines anderen Freundes gewesen war, doch sie weiß noch, dass die Botin, die zu den Pohorylles entsandt worden war, nachdem die SA deren Wohnung an jenem entsetzlichen 18. März '33 auf den Kopf gestellt und Gerda mitgenommen hatte, aus einer namhaften Pelzhändlerfamilie stammte. Die Brüder von Georg, der zu dem Zeitpunkt in Berlin war und Medizin studierte, hatten sogleich eine Versammlung hinter den *Schrebergärten* des Rosentals einberufen, wo ihnen, abgesehen von ein paar Hunden und Kindern im Kinderwagen, die man voller Ungeduld, wieder ins Warme zurückzukehren, an die frische Luft gebracht hatte, nicht viele Menschen begegnen würden. In der Friedrich-Karl-Straße hatten die Braunen bereits eine völlig sinnlose und einzig der Einschüchterung dienende Durchsuchung durchgeführt. Sie wussten, welche Kanäle sie anzapfen mussten, um an Informationen zu gelangen, und wollten der Familie klarmachen, dass die in *Schutzhaft* genommene Gerda der Zugehörigkeit einer illegalen gewerkschaftlichen Vereinigung beschuldigt wurde.

Wussten die Pohorylles, diese kleinen Kaufleute, die sich fragten, wie ihre Tochter sich in gewisse Kreise hatte verirren können, dass die Schutzhaft den Nazis ein probates Mittel war, um jeden willkürlich festzuhalten? Dass man Gerda auch ohne formelle Anklage in ein anderes Gefängnis verlegen oder in ein Konzentrationslager stecken konnte? Jemand musste sie umgehend davon in Kenntnis setzen. Aber das konnten weder Dina noch ihre Söhne tun, deren nunmehr illegale Kontakte bekannt waren. Die unverdächtigsten Mitglieder ihrer Gruppe hatten sich – allen voran der Dackel – bereits ins Ausland abgesetzt. Also hatte sich Ruth trotz ihrer gewerkschaftlichen Aktivitäten an der Gaudig-Schule bereit erklärt und darauf spekuliert, dass eine zehnminütige Stippvisite relativ ungefährlich wäre.

»Schließlich haben sie mich schon öfter gesehen …«

Tatsächlich hatte sie ziemliches Herzklopfen – die gleiche Muffe, die sie jetzt, wenn sie nach Berlin fuhr, um den Angehörigen der gefangenen Genossen Informationen und Hilfe zukommen zu lassen, den Schweizer Pass unters Kopfkissen schieben ließ. Manchmal wachte sie sogar in Paris nachts auf und vergewisserte sich, dass er noch auf ihrem Nachttisch lag, ehe sie weiterschlief.

Damals hatte die erfahrene Dina Gelbke befunden, dass Ruth nicht die geeignete Kandidatin sei. Wen konnten sie dann zu den Pohorylles schicken?

Schließlich waren sie auf diese Else, Ilse oder Inge gekommen. Eine echte Notlösung, denn die Kleine war höchstens dreizehn Jahre alt, doch Georgs kleine Schwester Jenny hatte früher mit ihr gespielt und behauptete, sie sei ein pfiffiges Mädel.

Vielleicht sollten sie ihr eine Gegenleistung anbieten, eine Entschädigung.

»Glaubst du etwa, so eine lässt sich mit einer lumpigen Tüte Bonbons kaufen? Hör doch auf!«

»Wieso nicht? Von wegen Bonbons, das ist eine Auszeichnung«, sagte Jenny.

»Eine Tapferkeitsmedaille …«

»Na sicher, Soma. Deinen Sarkasmus kannst du dir sparen.«

Sie beschlossen, dass es einen Versuch wert sei. Im Pausenhof sprach Jenny mit Else, Ilse oder Inge, die höchst pragmatisch befand, sie könne nach der Schule kurz verduften, aber zu viel Zeit dürfe sie nicht verlieren, denn ihre Eltern würden allmählich nervös. Neuerdings wurde sie von ihrem arischen Fräulein sogar zur Gymnastik und zur Klavierstunde gebracht, und wenn der Unterricht spät endete, holte der Fahrer des elterlichen Geschäfts sie ab.

»Ich bringe dich mit dem Rad hin und warte an der Ecke auf dich«, hatte Jenny sie beruhigt. »Aber du musst dich beeilen.«

»Ist es denn gefährlich?«

»Für dich nicht.«

»Weil ich wie ein kleines Mädchen aussehe?«

»Genau. Und weil Süßigkeiten dich bestimmt mehr interessieren als alles andere.«

»Das ist nicht wahr. Wenn ich was gegen *die* machen kann, tue ich's sogar umsonst.«

Lachend hatte Jenny ihren Erfolg verkündet, der wie aus einem Kinderbuch klang. Gut möglich, dass ihre Botin *Emil und die Detektive* und die anderen Romane von Erich Kästner gelesen hatte. Jedenfalls hatte sie getan, was getan werden musste.

Artig hatte sie sich vorgestellt (der richtige Nachname hatte die gewünschte Wirkung gezeigt) und war mit der Ausrede, sie müsse heim zum Mittagessen, sogleich mit ihrer Botschaft herausgerückt. Sämtliche Freunde, hatte sie gesagt, würden Gerda und ihrer Familie zur Seite stehen. Die Pohorylles hatten sie verwundert angesehen, aber keine Fragen gestellt, und das Mädchen hatte sich das ratlose Schweigen zunutze gemacht und nachgeforscht.

»Können wir Ihnen irgendwie helfen?«

Da hatte Gerdas Vater offenbar verstanden. »Danke«,

hatte er gesagt, als redete er mit einer Erwachsenen. »Unser Konsul, der polnische Konsul, kümmert sich darum. Er wird einen schriftlichen Protest beim Außenministerium einreichen. Richten Sie das aus, mein Fräulein.«

Als wäre die Situation nicht schon absurd genug, wollte Frau Pohorylle die Botin nicht ohne eine handfeste Dankbarkeitsbezeugung ziehen lassen, hatte in diesem schweren Moment jedoch nichts Passendes da. Schließlich war sie mit einer eingewickelten Zehnerschachtel Eier zurückgekommen.

»Das sind unsere A-Klasse, ganz frisch von heute. Wo jetzt bald Ostern ist, kommen sie bestimmt gelegen.«

Die Eier waren in der Friedrich-Karl-Straße geendet, wo sie als gottloses, deftiges Abendessen, zu Spiegeleiern verbraten, auf einem Stapel Graubrot mit Schinken gelandet waren.

Anfang April, wenige Tage vor dem Pessachfest, war Gerda freigelassen worden. Doch der *Judenboykott* hatte auch solche Händler und Geschäftsleute in ungläubige Angst versetzt, die weder physische Gewalt noch Plünderungen und Vandalismus wie zerschlagene Schaufenster erlitten hatten. Der Grossist Heinrich Pohorylle hatte seine Tochter wiedergehabt. Er hatte dem Herrgott gedankt, die verlorene Ware nachgekauft und das Eierlager sauber gemacht. Doch die Mädchen wussten, dass nichts sich wieder beruhigen würde. Sie mussten fort.

Von einem Nazi gewordenen Verehrer hatte Ruth den Rat erhalten, so bald wie möglich aufzubrechen (Zum Glück habe ich ihn nicht schlecht behandelt, hatte sie sich gesagt), und keine Zeit verloren. Auch Gerda war klar, dass sie, fiele sie diesen Verbrechern ein weiteres Mal in die Hände, bestenfalls nach Polen abgeschoben werden würde, in ein Land, von dem sie nur noch den vagen Geruch nach warmer Milch und Holzfeuer, das vielleicht nur geträumte Auftauchen eines Fuchses und die wohl ebenso imaginäre Furcht vor den Kosaken in Erinnerung hatte. »Verstehst du, Ruth, ich war seit meinem fünften Lebensjahr nicht mehr dort. Die einzigen Worte, die ich kenne, sind die in meinem Pass, und ich weiß nicht einmal, wie man sie ausspricht.«

Später in Paris, als André und Gerda einander ihre Gefangenengeschichten erzählten, erschien es Ruth, als wäre da ein freundschaftlicher Wettstreit im Gange, ein Händel unter Liebenden, für den sie den Schiedsrichter abgeben sollte.

»Sie haben mir dermaßen das Fell versohlt, dass mir noch jeder Knochen wehtat, als ich in den Zug nach Wien gestiegen bin, und mein Hintern hat so heftig gebrannt, dass ich die ganze Zeit rauchend im Gang stand. Wir waren noch nicht an der Grenze, da hatte ich meinen gesamten Zigarettenvorrat aufgebraucht.«

»Wir konnten die Schreie der Männer hören, die beim Verhör von der SA halb totgeschlagen wurden. Dann bin ich dahintergekommen, wie man den Polizeialarm auslöst. Laut wie eine Schulglocke, das gesamte Gebäude hat gezittert.«

»Was haben sie mit dir gemacht?«

»Nichts. Beleidigungen. Kaum kamen sie die Treppe herunter, habe ich aufgehört zu klingeln. Aber die Genossen konnten uns hören, und außerdem gingen wir diesen Mistkerlen gehörig auf die Nerven.«

»Entweder du flunkerst, oder du hast mal wieder deinen Charme spielen lassen.«

»Klar. Ich habe sogar ein paar Tränchen verdrückt ...«

War es möglich, dass Gerda sogar hinter Gittern so souverän geblieben war? So zupackend und ermutigend und natürlich von Chic und Anmut umweht wie ein Wesen aus einer anderen Welt?

»Als sie mich festgenommen haben, wollte ich gerade tanzen gehen ...«

»Mit wem?«

»Ach, keine Ahnung, Georg war schon in Italien.«

»Sagst du das, um mich zu ärgern?«

»I wo! Ich wollte nur sagen, das war ein hübscher Vorteil, weil es den Bullen einfach nicht in den Kopf wollte, wie eine in Seidenfummel und passenden Trittchen eine fanatische Rote sein kann.«

Glaubte Gerda wirklich, ihr süßes Lächeln und ihr Aufputz seien ein undurchdringlicher Panzer, und hatte diese Überzeugung genügt, um unversehrt davonzukommen? Oder war sie tatsächlich unempfindlich gegen Angst und Panik (in der Folterkammer, Herrgott!) und das unerbittliche Gefühl der Niederlage?

Leben, aber nicht um jeden Preis, das wollten sie alle. Georg und seine Brüder ebenso wie sie und Melchior und ihre Freunde von der SAP. Das wollten auch Chim und Kati Horna und Csiki Weisz und jeder, der nach Spanien aufgebrochen war, und sei es nur kurz, um den republikanischen Kampf mit der Kamera zu begleiten. Wie konnte Gerda nur so unendlich viel besser gewappnet sein als die anderen? Denn das war sie zweifellos, war es immer gewesen. Sie mussten die *Pariser Tageszeitung* vom Tag nach ihrer Beerdigung gar nicht erst aufschlagen, um sich von einem Artikel bestätigen zu lassen, dass sie bereits im Frühjahr '33 eine furchtlose und gewiefte Zellengenossin gewesen war, die Zigaretten verteilt und den Mitgefangenen amerikanische Hits vorgesungen hatte, bis aus der argwöhnisch beäugten Außenseiterin (gewiss hatten sie sie selbst im Gefängnis für eine »aufgedonnerte Gans« gehalten) sogar eine Anführerin geworden war.

Kaum zu glauben, dass es sich tatsächlich so zugetragen hatte, doch die Schilderungen einer Leipziger Mitgefangenen und all jener, die Gerda in Spanien kennengelernt hatten, bestätigten es. Bei ihren heimlichen Kurierfahrten mit Melchior nach Deutschland hat Ruth am eigenen Leib erfahren, dass es gegen Lampenfieber kein besseres Mittel gibt als die reine, nackte Angst.

Tatsächlich besaß das Fräulein Pohorylle, gebürtige Stuttgarterin mit polnischer Staatsbürgerschaft, sämtliche martialischen Tugenden, die Hitler von der deutschen Jugend forderte: flink wie ein Windhund, zäh wie Leder und manchmal hart wie Stahl. Doch Gerdas Zähigkeit und Härte waren aus ganz anderem Holz geschnitzt: Sie waren weder kriegerisch noch tödlich. Leben, koste es, was es wolle, jedoch nicht um jeden Preis, danach strebte Gerda mehr als sie alle zusammen. Sie überwand die Hindernisse und Hürden, die sich diesem Verlangen in den Weg stellten, mit einer Unbändigkeit und einem Elan, die nur der eiserne Koloss eines Panzers hatte zerquetschen können.

Am Freitag hatte Ruth sie zum Arzttermin begleitet. Sie waren in aller Frühe aufgestanden, um sich in Ruhe fertig zu machen und die halbe Stadt zu durchqueren. In der Metro hatten sie Zeitung gelesen und die Nachrichten flüsternd kommentiert, um die arbeitende Bevölkerung nicht zu stören, die sich in den frühmorgendlichen Zügen drängte und noch ein wenig Schlaf nötig hatte. Bei Filles du Calvaire waren sie ausgestiegen und in einem Haus an der Ecke Rue Oberkampf die Treppe hinaufgestiegen. »*Voilà*«, hatte Gerda gesagt, als sie den Empfangsraum betreten hatten, der aussah wie jedes andere Wartezimmer, zu dieser frühen Stunde aber noch vollkommen leer war.

Kurz darauf war die Ärztin aufgetaucht, und nach dem kurzen Eindruck, den Ruth von ihr hatte, war sie sympathisch: mittleres Alter, halblanges Haar, eine kleine Perlenkette unter dem Kittel, gepflegter Lippenstift. Im Zeitschriftenstapel auf dem Wartezimmertischchen hatte sie einige Ausgaben von *Vu* und *Regards* entdeckt, dann aber doch zu den Frauenmagazinen gegriffen. Sie hatte sich in die neueste Mode im *Le Petit Écho de la Mode* vertieft (die einzige nachahmenswerte Anregung waren die großen, schottisch karierten Schleifen gewesen, die man über dem Kragen trug). Sie hatte das »*bonjour, Madame*« eines jungen Paares erwidert und den melonengroßen Bauch gesehen, der sich unter einem hellen, wollenen Schultertuch wölbte. »*Voyez, il y en a deux, là-dedans*«, hatte der Junge gesagt, der seine Mütze aufgelassen hatte, und gefragt, ob er einen Blick in die *Humanité* werfen dürfe, die Gerda auf ihrem Stuhl hatte liegen lassen.

»*Bien sur*«, sie könnten die Zeitung behalten.

»*Merci, camarade!*«

»*De rien. Et beaucoup de félicitations, camarades.*«

»*Ce sera dur, putain, mais on va se débrouiller.*«

Das Mädchen hatte einen Knuff mit dem Ellenbogen angedeutet und sich instinktiv über den Bauch gestrichen.

Sie hatten sich zu einem Lachen durchgerungen, von Sonderschichten geredet und wie sie für die Zwillinge sorgen würden und dass die Ärztin sie umsonst behandelte, denn schließlich hatte auch eine Arbeiterin wie jede zukünftige Mutter das Recht, möglichst gefahrlos zu gebären. Und als die erste Patientin aus dem Behandlungszimmer trat, hatte Ruth sich keine Sorgen mehr gemacht.

»*On y va!*«, hatte Gerda verkündet, leichten Schrittes das Wartezimmer durchquert und sich erst im Fahrstuhl gegen das speckige Holz der Kabine sinken lassen.

Ruth wollte ein Taxi suchen, doch Gerda hatte sie angefahren: »Bist du blöd? Ausgerechnet hier?«, und auf die U-Bahn bestanden. Als ihre schmerzgeplagte Freundin in das erstbeste Café geschlüpft war, um sich ein Glas Wasser geben zu lassen, hatten sie sich auf einen Kompromiss geeinigt.

»Du bleibst hier«, hatte Ruth gesagt, »ich hole dich im Taxi ab.«

Während der Fahrt hatte Gerda aus dem Fenster gestarrt. Auf dem Weg die Treppe hinauf hatte sie Ruths Arm ignoriert und kein Wort gesagt, bis sie in ihrem Zimmer waren.

»*Merde*, das brennt vielleicht. Das nächste Mal werde ich als Mann geboren!«

Ruth hatte sie tamponiert, die Binde gewechselt, den mit roter Brühe gefüllten Nachttopf geleert, ihn gespült und ins Zimmer zurückgebracht. Sie war losgegangen, um Besorgungen zu machen, und wieder zurückgekehrt, um nach Gerda zu sehen, die noch immer reglos und zusammengekrümmt dalag. Schwer zu sagen, ob sie schlief. Irgendwann hatte sie von ihrer Matratzenseite zu Gerda hinübergespäht, und sie hatte ihr leidgetan: Wie ein kleines Knäuel aus weiblichen Gliedmaßen lag sie da und schnarchte mit leicht geöffnetem Mund leise vor sich hin. Der Schlaf entwaffnet selbst die zähesten Kämpfer. Tags darauf hatte Gerda behauptet, sie fühle sich zwar noch scheußlich (»wie ein ausgenommener Fisch kurz vor dem Kochtopf«), aber es gehe ihr gut und sie brauche keine Hilfe mehr.

»Ich brauche nur Aspirin.«

»Habe ich dir besorgt, es steht mit einer heißen Tasse Tee auf dem Nachttisch.«

»Du bist ein Schatz. Dann sehen wir uns gegen Abend.«

Das war alles.

Nein, nicht ganz. Kurz nach dem Triumph des Front Populaire waren sie sich zufällig im Café Capoulade begegnet, und Gerda hatte ihr unter anderem erzählt, sie sei noch einmal bei dieser guten Ärztin in der Rue Oberkampf gewesen: keine Nachwirkungen, keine Komplikationen, und obendrein seien die Flics so mit dem Generalstreik beschäftigt gewesen, dass sie sich gleich ein Taxi gegönnt habe, nicht wie das letzte Mal …

Es war zu vermuten, dass André der Urheber dieses Unfalls gewesen war, doch diese Frage hatte sich Ruth auch beim ersten Mal verkniffen, als sie noch mit Gerda zusammengewohnt hatte.

Der arme Capa, muss sie jetzt unwillkürlich grinsen, er wird heilfroh gewesen sein, dass er sich unter die Arbeiter mischen konnte, die sich im Renault-Werk verschanzt hatten, und die streikenden Verkäuferinnen der Galeries Lafayette fotografieren durfte, statt sich mit weiblichen Körperstellen befassen zu müssen, die er unter diesen Umständen noch nie berührt hatte. Doch kaum war er zurück aus der Rue Vavin, ist er bestimmt losgelaufen, um Mull und Aspirin zu kaufen, und hat Gerda mit Streicheleinheiten, Schokolade und vielleicht sogar mit frischen Blumen umsorgt. Sein armes verwöhntes Kätzchen hat es gewiss genossen, sich seiner Fürsorge hinzugeben, während draußen in der herrlich lauen Junisonne das ganze Land in Aufruhr war. Aber irgendwann wird sie ihn angefaucht haben, »lass mich in Ruhe, André, ich will ein bisschen allein sein«, und so unsanft auf den Boulevard de Montparnasse gesetzt, wird er sich nach einem anderen Trost umgesehen und sich schließlich selbst damit getröstet haben, einen Gutteil des Vorschusses für die Exklusivreportage über das Renault-Werk Billancourt zu vertrinken. Das von der Blumenverkäuferin am Dôme zusammengestellte Versöhnungsbouquet ist entweder im Café vergessen worden oder sonst wo gelandet, nur nicht im Wasserkrug auf dem Schreibtisch. Wenn die Blumen nicht schon völlig hinüber waren, wird Gerda am nächsten Tag davon gerettet haben, was noch zu retten war, doch abgesehen von einem Rüffel, weil Trunkenheit keine Entschuldigung ist, sich angezogen ins Bett zu werfen, wird sie wie immer großartiger Laune gewesen sein. Großartig wie sie selbst, die souverän und willensstark alles herschenkt, was heil an ihr ist, und den Zwist, den brennenden Schmerz, die welken Blumen und alles andere hinter sich lässt.

Einen Moment lang verliert sich Ruth in diesen hellen Gedanken, doch die *Picture Post* holt sie in die Wirklichkeit zurück, der man ins Gesicht sehen muss. THIS IS WAR!, ist die Reportage in großen Lettern übertitelt, dann folgen Bilder fast ohne Text, eines sogar doppelseitig, fünf Soldaten, die unter einem Felsvorsprung kauern und zu einer kargen, von Bomben zerfetzten Hochebene spähen. Von dieser in London erstellten Fotomontage abgesehen, kennt sie sämtliche Bilder bereits. Sie hat sie an diesem Tisch eingetütet und adressiert und dann auf Zeitungsstapeln wiedergesehen, prominent platziert, an den Kiosken ausgehängt. Zwei Wochen zuvor hat die *Regards* seinen Rücktitel denselben kampfbereiten Männern gewidmet.

Attaque sur le Sègre! Toutes les phases du combat. Photographies par CAPA.

Als sie das Drehbuch von *Ohne ein Morgen* abgeholt hatte, um es auf dem schnellsten Weg in der abgetippten letzten Version zu Max Ophüls zu bringen, hatte sie sich in aller Eile die *Regards* besorgt. Es war keine Zeit gewesen, im Atelier vorbeizuschauen oder den Kranken zu besuchen. In der U-Bahn war jeder Platz besetzt, und als sie schwankend im Stehen die Seiten der Zeitschrift durchgeblättert hatte, hatten diese Fotos ihr abermals Gänsehaut bereitet.

Und jetzt findet sie diese Männer, die gebückt wie Dromedare in versetzter Linie über den steinigen Untergrund vorrücken, in der *Picture Post* wieder. Den Mann, der mit dem schwarzen Felsgestein verschmilzt, vollkommen allein in der vom weißlichen Rauch der Explosionen ausgelöschten Welt. Die drei Schatten: zwei stützen den Kameraden in der Mitte des Bildes, ihre Schritte vom vernebelten Nichts verschluckt. Den Schwerverletzten. Den Mann, der vor dem Objektiv stirbt.

La victoire du Rio Sègre; un document unique et exclusif.

Victoire, victoire, victoire: ganz oben auf jeder Seite.

Ein heroischer Sieg, doch geändert hat er nichts. Die letzte Offensive liegt bereits in der Luft, man kann sie überall riechen, selbst in Rom, wo der Papst voller Zuversicht, bei General Franco Gehör zu finden, um einen weihnachtlichen Waffenstillstand gebeten hat. Es ist die letzte Unbekannte: Wird dem Papst der Aufschub gewährt? Wenn sie zu Hause darüber sprechen, sagt Melchior »scheinheilige Mistkerle«, Csiki »hoffen wir mal«, Chim empfindet es als Beleidigung des Anstands, ließe man *los moros* im Dienst der vermeintlichen Kreuzritter wie immer pünktlich zum Fest laufen, um unter der Zivilbevölkerung ein Blutbad anzurichten. Capa wollte zu Weihnachten unbedingt nach Katalonien zurück. Bis dahin sind es noch zwei Wochen.

Joyeux Noël! Joyeuses Fêtes! Joyeux Noël et Bonne Année 1939!

Seit in Deutschland alles immer noch schlimmer wird, kommt sich Ruth jedes Mal, wenn sie nach der Stille der Rue Froidevaux und dem winterlichen Dunkel des Friedhofs von Montparnasse auf die erleuchteten Boulevards, die geschmückten Schaufenster und die mit Tüten und Weihnachtsgeschenken beladenen Menschen stößt, wie eine Stadtmaus vor, die verschreckt innehält und davonhuscht.

Die entscheidende Wirklichkeit ist woanders. Und sie ist schlimmer als Capas schonungslosestes Foto in den Zeitungen. Also gönnt Ruth sich eine Pause, schaut sich die Reportage mit dem weißhaarigen Mädchen an und achtet nicht auf Csiki, der hinter ihr steht und fragt: »Hast du gesehen?«

»Grandios!«, ruft sie reflexhaft aus.

Csiki reagiert nicht. Auch nicht, als Ruth sich umdreht und ihm ins Gesicht blickt: eine Pierrotmaske, blass und angespannt.

»Nein«, flüstert Csiki, »schau genauer hin.«

»Was ist, was soll ich gesehen haben? Die Fotomontage, das Bild des sterbenden Soldaten?«

»Ein anderes.«

Nervös wendet sich Ruth wieder den zwölf Seiten von THIS IS WAR! zu, blättert sie bis zu der Seite durch, die ihr entgangen ist und die ein Porträt des Fotografen zeigt. *The Greatest War Photographer in the World: Robert Capa.*

Endlich versteht sie. Sie versteht Csikis Dringlichkeit, ihr die *Picture Post* zu zeigen. Ihr schwant, dass er nicht den Mut hatte, sie Capa zu geben, und nun bei ihr Rat sucht.

Die Seite mit dem Porträt, die *The Greatest War Photographer in the World* gewidmet ist, markiert einen von keinem Fotografen je zuvor erreichten Gipfel, doch wenn Capa das Gleichgewicht verliert, könnte er in den Abgrund zurückstürzen, aus dem er gerade erst wieder aufgetaucht ist. Sie haben den Sturz direkt vor Augen, dort auf dem Tisch.

Gerda hat dieses Foto gemacht. An der Front von Segovia unweit des Navacerrada-Passes, als sie mit der Leica und er mit der von *Time Life* zur Verfügung gestellten Eyemo arbeitete, um eine Filmreportage umzusetzen, die den großen Wendepunkt markieren sollte. »*The March of Time* ist eine Wochenschau, die in über tausend Kinos gezeigt wird. Auf nach Hollywood, Genossin!« So ähnlich musste Robert Capa es ihr wohl gesagt haben, denn genauso hatte Gerda Taro ihn porträtiert: konzentriert, unerschrocken, das Profil an die Filmkamera geschmiegt, die wie ein metallenes Horn mit Nachtfalterflügeln aus seinem Brauenbogen hervorwächst.

Der größte Kriegsfotograf ohne Fotoapparat. Das ist dermaßen absurd, dass Ruth eine gewagte Bemerkung entschlüpft: Hätte Gerda nicht über diesen Widerspruch gelacht, schon um zu kaschieren, wie glücklich dieser Erfolg sie machte?

»Vielleicht«, seufzt Csiki, »aber damals fand sie es überhaupt nicht lustig.« Wie üblich war er derjenige gewesen, der Capa die schlechten Neuigkeiten überbringen musste. »Wenn Sie ihn sprechen, erklären Sie ihm, dass ein Film keine Abfolge von Fotos ist«, hatte ihm der Kerl von *Life* am Telefon mitgeteilt und wollte schon auflegen.

»*D'accord, d'accord*«, hatte Csiki in den Hörer genuschelt, »*mais écoutez, my boss is back in Spain avec the camera, he will do better, il est en train d'apprendre …*«

»*Well, keep on trying*!«

Die Letzte, die die Eyemo verwendet hat, war Gerda, murmelt Csiki. Die Leica, die unter dem Druck der Panzerketten weggesprungen war, hatte man mit unversehrter Filmrolle wiedergefunden, doch von der Filmkamera war nichts übrig geblieben. *Time Life* hatte einen Beileidsanruf im Atelier getätigt, Capa war in Amsterdam unerreichbar. Csiki hatte befürchtet, wenn Capa ihnen sagen würde, dass in Brunete auch die Eyemo verschwunden war, würde die Rechnung dafür nicht lange auf sich warten lassen, womöglich gefolgt von einer Verwarnung, weil nur der vertraglich verpflichtete Reporter sie benutzen durfte.

Ruth sieht, wie Csiki mehrmals schluckt und seinen Adamsapfel hüpfen lässt, als hätte er eine Glühbirne hinuntergewürgt, und fügt beklommen hinzu, dass Gerda es liebte, sich für Robert Capas bessere Hälfte zu halten. Sie pflegte allen zu sagen, sie könne besser filmen als er. Doch die Sache mit der Eyemo, nein, die habe sie nicht gewusst …

Die kleine Glühbirne in Csikis Kehle hält inne. Irgendwann, erzählt er müde, habe Capa die Redaktion zurückgerufen.

»*I'm very sorry, but your camera c'est kaputt … perdue avec ma femme.*«

Ruth hat die Zeitschrift auf den Tisch gelegt, um Csiki davon abzuhalten, wieder in der Dunkelkammer zu verschwinden (will er nicht zeigen, dass er weint?), und ihm zu sagen, dass sie sich wieder der Aufgabe widmen wird, die er ihr gegeben hat.

»Danke. Du weißt ja, wo die Negative sind. Wenn es zu wenig weißes Papier gibt, nimm das mit dem Briefkopf.«

Draußen hat es wieder angefangen zu regnen, das Wasser läuft in steten Rinnsalen über die Scheiben. Vielleicht würde ein weiterer Kaffee gegen die kalten Füße helfen, schaden würde er jedenfalls nicht.

»Ich mache noch einen Kaffee, willst du?«, ruft sie ihrem Freund zu.

Csiki besteht darauf, das Kaffeekochen zu übernehmen, fordert sie auf, es sich bequem zu machen, und läuft in seine *Wunderkammer*, um Wasser zu holen. Ruth lässt sich in den rationalistischen Armstuhl fallen und überlegt kurz, ob sie die Schuhe ausziehen soll.

Entschlossen, der Last, die er mit seinem Geständnis losgeworden ist, etwas Gutes abzugewinnen, bringt Csiki ihr den Kaffee. Es hätte Gerda stolz gemacht, ihr Foto in der *Picture Post* zu sehen. »Das sollte Capa auch sein, meinst du nicht?«

Ruth nickt und nippt an der kochend heißen Tasse, während Csiki sich mit der seltenen Redseligkeit wortkarger Menschen von den Erinnerungen forttragen lässt.

»Du kannst dir nicht vorstellen, wie begeistert Bandi war, als *Time* ihm die Eyemo gegeben hat. Bestimmt hat er dir vom Navacerrada-Pass erzählt, was für eine tolle

Zeit das für sie war, sie haben mitten im Wald kampiert und ständig Seite an Seite gearbeitet.«

Ruth muss nur nicken, damit er weiterredet.

Zwei unterschiedliche Blitzleuchten, reichlich Film, ein Vorrat an Kaffee und Schokolade: alles, was Gerda per Telegramm aus Valencia bestellt hatte (Weisz hatte das Fotomaterial besorgt, Capa hatte sich um das leibliche Wohl gekümmert), hatte im Rucksack diesem klobigen, wertvollen Gegenstand weichen müssen, aber es war das Opfer des Würfelzuckers und das mühselige Suchen nach den kleinsten Ritzen für die aus der Stange gelösten Päckchen amerikanischer Zigaretten wert gewesen.

Ist das nicht ein großartiger Apparat, hatte Bandi ausgerufen, ehe er die Eyemo in einen Pullover gewickelt hatte, der sie auf der Reise schützen sollte. Sieht sie zusammengebaut nicht aus wie ein scheeläugiger kleiner Roboter, ein weiblicher zumal (»Schau mal, Csiki, sie hat Titten!«), oder wie ein von Picasso erfundenes Kinderspielzeug?

Bandi war nicht zu halten. Er konnte es gar nicht abwarten, nach Madrid zu kommen und die Überraschung vor Gerdas Augen auszupacken. Er ertrug es nicht mehr, fern von ihr und von Spanien zu sein, also war er zu Louis Aragon marschiert, um ihm zu sagen, dass er kündigte. Mit dem Exklusivvertrag für Frankreich hatte *Ce Soir* ihm zweifellos ein Privileg gewährt, doch nun, da der Weg nach Amerika geebnet war, brauchte er ihn nicht mehr. Er wollte es Gerda sagen, ihr sogleich den Beweis präsentieren, dass er sich das alles nicht ausgedacht hatte, und die Eyemo in ihre schönen, ungläubigen Hände legen, und dazu wollte er sie in die Arme schließen, ihren Hals küssen und dann eng umschlungen mit ihr durch das Zimmer torkeln wie betrunkene Polkatänzer.

Ja, all das kann Ruth sich vorstellen. Den Rest kennt sie bereits, Capa hat mehr als einmal davon erzählt.

Tags darauf waren sie aus Madrid aufgebrochen und hatten eine Zwischenstation eingelegt, ehe sie den Navacerrada-Pass erreichten. Gerda sah ihn über die staubige Tenne eines Bauernhofes streifen, den Fotoapparat um den Hals und die Filmkamera auf der Schulter, erfüllt, glücklich, stolzgeschwellt bis zum Rand seines dicken Rollkragenpullovers, sie hatte ihm »Schau zu mir!« zugerufen und als Antwort seine schalkhafteste Miene bekommen.

Doch sie war mit der Aufnahme nicht zufrieden.

»Dummkopf, du sollst keinen Eindruck bei den Mädchen schinden, sondern der Welt zeigen, dass du ein Regisseur bist: Nimm die Eyemo – gut so, ein wenig höher … Konzentrier dich, du bist Robert Capa, du fürchtest dich vor nichts, nicht einmal vor diesem Schäferhund, der nur zwei Schritte von deinem Hintern entfernt Wache hält«, stichelte sie. »*Ça va*, ja, jetzt hast du gut ausgesehen, du kannst sie runternehmen.«

Capa war lässig auf Gerda zugeschlendert und hatte sich erst umgedreht, als er bei ihr war. Der Schäferhund saß tatsächlich dort und war nicht einmal angebunden, doch so lammfromm, als wüsste er genau, wann und bei wem er zum Angriff übergehen musste.

»Das ist ja einer von uns! *Szép kutya, jó kutyus, sei ein braves Hundchen, Un perro alemán pero también un camarada valeroso. ¿Te mandan a buscar minas fascistas, perrito guapo*? Was glaubst du, in welcher Sprache muss man mit diesem Hund reden?«

Angeblich war just in dem Moment, als Capa auf den Hund zugegangen war, um ihn zu streicheln, ein belgischer Soldat des Bataillons *La Marsellaise* mit einem Befehl von General Walter aufgetaucht: Sie sollten sein Eintreffen bei dieser Finca abwarten, wo er sie beherbergen und von wo er sie am nächsten Morgen in die Kampfgebiete bringen lassen würde.

»*Ah, et ce chien maintenant c'est le chien personnel du commandant*«, hatte der belgische Genosse gesagt. »*Mais si le commandant lui parle en sa langue maternelle, le polonais, je ne sais pas …*«

Gerda indes konnte mit dem Deutschen Schäferhund polnisch reden, und der Hund war glücklich, hinter ihr herzutrotten und zu tun, was sie verlangte. Gerda konnte fast alle Interbrigadisten in ihrer jeweiligen Sprache ansprechen, mit ein paar Sätzen eroberte sie Bataillone und Generäle, betörte Politkommissare und Zensoren. Die von den Korrespondenten der Auslandspresse, den Dichtern und Schriftstellern so geliebte Gerda; Rafael Alberti und Gattin bereiteten ihr stets einen überschwänglichen Empfang, wenn sie im Haus der Alianza in Madrid Station machte. »Du hättest den Blick von John Dos Passos sehen sollen, Ruth, als sie ihm eines Abends im Hotel Florida ein paar Passagen aus seinem Roman rezitiert hat. Von da an hat Hemingway sie gehasst, aber wäre er ihr noch ein paarmal begegnet, hätte er seine Meinung bestimmt geändert …«

Wenn Capa derart ins Schwärmen geriet, hörte Ruth ihm nickend zu, wie um seine Schilderungen Schluck für Schluck auszukosten, den Aromen von Blumen und reifen Früchten dieser flüssiggoldenen *perlage* nachzuschmecken, ohne sich jedoch einen Reim darauf machen zu können, ob der saure Abgang und das heftige Prickeln bedeuteten, dass er ihr einen Billigsekt als Grande Cuvée Reserve angedreht hatte.

Wie kann man bei Capa Wahres und Falsches auseinanderhalten, fragt sie sich, während Csiki gerade wie immer auf Ungarisch mit ihm telefoniert.

Dieses Buch von Dos Passos hat es wirklich gegeben, überlegt Ruth, es war ein Geburtstagsgeschenk gewesen, und Gerda hatte es einen Sommer lang mit ins Schwimmbad des Bar-Kochba-Vereins geschleppt und zwischen einem Sprung ins Wasser und dem nächsten verschlungen. Ab und zu verlor sie den Faden, blätterte zurück und schnaubte, außer *Berlin Alexanderplatz* habe sie noch nie einen derartig sperrigen Roman gelesen. Doch die verheißungsvolle Widmung entging ihr nicht:

Der größten Tänzerin der Welt
dieser große amerikanische Roman,
in dem das Orchester der Revolution
zum Rhythmus des wildesten Hot Jazz spielt.
Dein glücklicher Partner (bei jedem Tanz)

Georg
Leipzig, 1. August 1932

Gerda hatte den Umschlag abgemacht, damit er nicht nass wurde, und nun ähnelte das Buch einer konstruktivistisch gestalteten Lenin-Ausgabe: eine rote Bibel mit drei eng gesetzten schwarzen Streifen, in der Mitte der strenge Titel, *Auf den Trümmern.* Besagte Trümmer des Großen Krieges schienen alles andere als hot, jazzig oder wild zu sein, doch Gerda war von diesem Ziegelstein fasziniert und lag in der brennenden Sonne, um ihn zu Ende zu lesen. Sie brannte für alles, was Georg ihr gab, ehe er wieder nach Berlin aufbrach. Sie war auf dem Gipfel der Verliebtheit. Genoss sie diese Momente, obwohl sie wusste, dass sie bald ein Ende haben würden? Steigerte das bevorstehende Ende gar den Genuss? Nein, für endliche Dinge hatte Gerda nichts übrig. Sie hatte nie zugelassen, dass sich einer ihrer Menschen ihrem Radius entzog. Nicht einmal, als ihre Freundschaft im Keller gewesen war, war sie taktvoll genug gewesen, für den richtigen Abstand zu sorgen, was Ruth derartig wütend gemacht hatte, dass sie bei jeder ihrer Begegnungen die Straßenseite gewechselt hatte, und der Einzige, der einen zerknirschten Blick für sie übrig gehabt hatte, war der

Dackel gewesen. Nein, es wollte Gerda einfach nicht in den Kopf, dass etwas für immer kaputtgehen konnte: Es gab nur Übergänge, Phasen, Kapitel, in denen sie selbst den Schlusspunkt setzte, um endlich eine neue Seite aufzuschlagen. Denn Gerda liebte Veränderungen.

Spanien war die einschneidendste und aufregendste Wende gewesen. Gut vorstellbar also, dass Gerda zu Hochform aufgelaufen war, als sie sich plötzlich in der mit einer Ausgangssperre belegten Madrider *beau monde* wiederfand und auf den weltberühmten Schriftsteller traf, der sie durch ihren letzten Leipziger Sommer begleitet hatte. »Das Orchester der Revolution spielt zum Rhythmus des wildesten Hot Jazz: genau so sind Ihre Romane!« Dos Passos war tief beeindruckt, und Capa war beeindruckt von dem Eindruck, den Gerda auf Dos Passos machte, nicht ahnend, dass ihre Liebe für Dos Passos einer deutschen Ausgabe zu verdanken war, die ihr der geliebte Georg Kuritzkes geschenkt hatte.

Auch wenn es sich nicht haargenau so zugetragen hatte, prahlte Capa nicht aufs Geratewohl. Sobald er auf einen Kratzer stieß, der seine strahlenden Erinnerungen zu trüben drohte, schwang er sich zum Meister der Retusche auf. Jedoch ertrug er es nicht, wenn andere ihn korrigierten, von den Erinnerungsfotos ganz zu schweigen.

Das mit dem Schäferhund zum Beispiel.

Csiki Weisz, der wusste, wie sehr Bandi an den beiden Fotos hing, die Gerda von ihm gemacht hatte, hatte sich eines Tages in den Kopf gesetzt, die Ganzkörperaufnahme zu beschneiden und zu retuschieren. Man sah, wer Robert Capa war, man sah den Fotoapparat und mehr nicht: ein schwarzes Brustbild vor einem gekalkten Hintergrund, ohne Schmutzflecken auf der Hose, ohne die klobigen Halbstiefel, die staubige Tenne, die von einem Schäferhund bewachte Bauernkate. Doch Bandi war fuchsteufelswild geworden: »Ein Foto von Gerda rührst du nicht an! Das sollen die in der Redaktion machen, wenn sie unbedingt wollen.«

Csiki war sauer gewesen. Es sei dumm, den Zeitungen ein Porträt mit einer Filmkamera und eines mit einem vierbeinigen Eindringling zu schicken, hatte er geknurrt. Doch er hatte sich dreingefügt und die Fotos wie verlangt abgezogen, und Ruth hatte den Stempel PHOTO TARO auf die Umschläge gedrückt. Was ein wohlgenährter Deutscher Schäferhund in diesem ländlichen Winkel Spaniens verloren hatte, hatte sich Ruth gar nicht gefragt, bis Capa es ihr verraten hatte.

Die Geschichte hinkte beträchtlich. Dass der Schäferhund zu militärischen Zwecken abgerichtet war, mochte noch angehen. Doch keinesfalls gehörte der Hund General Walter. Dass Gerda ihm ausgedachte Befehle auf Polnisch erteilt hatte, das sie in Wahrheit kaum beherrschte, war ein Märchen, das Capa sich ausgedacht hatte, und er hielt daran fest. Der Kommandant bewunderte sie und betete sie laut Capa so sehr an, dass er ihr höchstpersönlich befahl, sich unverzüglich aus dem Kampfgebiet zurückzuziehen. Und Gerda, die auf General Walter pfiff, hatte weiterfotografiert, bis es zu spät war.

Einen Moment lang meint Ruth, im rationalistischen Sessel wie in einem Grab zu versinken, ihre Füße schnellen auf den Boden und tasten Halt suchend nach den Schuhen.

Csiki ist noch immer am Telefon, und Ruth versteht nichts außer Hotel, Bandi, Rue Froidevaux und noch ein paar Worte, die sich selbst auf Arabisch erraten ließen.

Sie trinkt einen Schluck Kaffee, starrt enerviert in den Regen und versucht, einen klaren Gedanken zu fassen.

Capa besaß Fertigkeiten und Taktiken, die er in den Straßen Budapests perfektioniert hatte, einschließlich der Aufschneiderei, und diese harte Schule hatte ihn gelehrt, sich nicht die Finger zu verbrennen. Zugleich waren Capas Capa-Märchen ein Spiel mit dem Feuer, wilde Flunkereien, über die man lachen konnte wie Kinder, die sich im Kasperltheater vor Lachen ausschütteten, wenn die freche Handpuppe ihnen eins überbriet und die märchenhafte Gretel in der Versenkung verschwand, und mit offenen Mündern dasaßen, um an ihrem atemlosen Staunen nicht zu ersticken.

Ruth weiß sehr wohl um Bandi Friedmanns pikareske Fähigkeiten, doch sie traut ihnen nicht mehr. Sie hat gesehen, was passiert, wenn sie ihn verlassen, sie hat es aus nächster Nähe erlebt an jenem Tag, als sie ihn nach Toulouse begleitet hat, um Gerda oder das, was von ihr noch übrig war, heimzuholen.

Im Zug nach Toulouse hatte Capa acht oder neun Stunden lang schluchzend geweint, hie und da unterbrochen von einem »Ich hätte es nicht tun sollen, Ruth, ich hätte es nicht tun sollen«, und sich auf seinem Zweite-Klasse-Sitz kraftlos vor und zurück gewiegt. Ehe sie zum Gare d'Austerlitz aufbrachen, war er auf einem ihrer Küchenstühle zusammengesackt und hatte nicht einmal einen Schluck Wasser trinken wollen, während sie sich fertig machte und aufpassen musste, sich mit den zitternden Fingern nicht die Strümpfe zu zerreißen. »Sag der Concierge Bescheid, dass ich überraschend verreisen musste!«, hatte sie zu Melchior noch in der Tür gesagt, als sie sich vom unzeitigen Schellen der Klingel ein wenig erholt hatte, bei dem sie wegen ihrer Verbindungen zum Widerstand jedes Mal sofort an Hans gedacht hatte – dass sie ihn verhaftet hätten oder Schlimmeres. Es war schlimmer, doch ging es nicht um ihren Bruder.

Während die Stunden und Kilometer dahinzogen, war das Schluchzen matter und dumpfer geworden und schließlich zu einem gedämpften Seufzen verebbt. Den Blick in die Landschaft jenseits des Fensters geheftet, wisperte Capa hin und wieder ein paar ungarische Sätze, doch seine Augen blieben matt wie die Asphaltdecke der Straße, die die Schienen säumte. Ruth wusste nicht, wie sie ihn trösten sollte. Sie versuchte, seine Hand zu nehmen, sie zu drücken. Sie versuchte, beide zu nehmen, sie auf den Knien zu halten, doch er zog sie mit einer kindlichen Kopfbewegung zurück, wie um zu sagen, *das verdiene ich nicht.* Sie hatte ihm zu sagen versucht, dass es nicht seine Schuld war. Doch in Wahrheit konnte sie nichts tun. Sie konnte nichts weiter tun, als dieser stundenlangen Qual beizuwohnen und zu hoffen, dass es Gerda selbst als Toter gelänge, seinen Schmerz zu lindern und ihm die Kraft zu geben, sich an ihren Sarg zu klammern wie an ein Floß auf der alles verschlingenden stürmischen See. Vielleicht hätte sie diese bleierne Last, die er in sich trug, ein wenig schmelzen können. Vielleicht hätte er auch bei ihr stundenlang geweint, aber auf andere Weise.

Sie hoffte es, rechnete jedoch nicht damit. Auch sie war voller Unruhe und Angst, Gerda zu begegnen, die man in Madrid mit sämtlichen Ehren verabschiedet hatte (wie hatten sie es in einer seit fast einem Jahr belagerten Stadt bloß geschafft, ein winziges, unter einen Panzer geratenes Persönchen nach allen Regeln der Kunst wieder zusammenzusetzen?) und der auch in Valencia von einer riesigen Menschenmenge gehuldigt worden war. Um nicht darüber nachdenken zu müssen, versuchte sie, den Faden der Unterhaltung mit dem Mann wieder aufzunehmen, der sich am Gare d'Austerlitz als Genosse Paul Nizan vorgestellt hatte, mit den Fahrkarten für das von *Ce Soir* reservierte Abteil in der Tasche und der Aufgabe, *notre jolie camarade et chère amie* nach Paris zurückzubringen. Ein dünnes Fädchen. Plötzlich kam Ruth jedes französische Wort schwer und falsch über die Lippen. Irgendwann verkroch sich Paul Nizan wieder hinter dem Ries

Zeitungen, die auf dem freien Platz zwischen ihm und ihr lagen, und ließ nur noch den Rand seiner großen, runden Brille sehen.

Ich war zwanzig Jahre alt. Niemand darf sagen, dass dies das schönste Lebensalter ist, hatte er in einem Buch geschrieben, von dem Ruth nur diesen berühmten Anfang kannte. Ein angesichts der Umstände treffender Satz für jemanden, der wie sie einundzwanzig war. Ganz zu schweigen von dem zwei Jahre älteren Capa. Ruth konnte sich den Autor von *Aden Arabie* mit dem Habitus des Pariser Intellektuellen beim besten Willen nicht als Zwanzigjährigen vorstellen, geschweige denn beim Diktieren eines Artikels im Madrider Wolkenkratzer der Telefónica, der unter den täglichen Bomben schwankte, bebte und grummelte. Nizan war von der Nachricht ebenfalls zutiefst erschüttert und fühlte sich in Capas Gegenwart sichtlich unwohl, hatte er dessen Lausbubengesicht doch unter gänzlich anderen Umständen kennengelernt.

Dennoch versuchten sie und Nizan, so zu tun, als hätten sie einander etwas zu sagen, und Capa nach Möglichkeit miteinzubeziehen. Der längste Wortwechsel war ihnen auf der Höhe von Limoges geglückt.

»Wir haben fast die Hälfte geschafft«, verkündete Nizan.

»*Ah bien*«, gab Capa zurück und kauerte sich wieder zwischen die Armlehnen.

»Limoges, die Porzellanstadt?«, hatte Ruth gefragt.

Gewiss, hier komme das wertvolle Porzellan her, doch seit der *grande révolution* hätten die Handwerker ihren Herren das Leben schwergemacht. Während Nizan sich über das Limousin, seine tüchtige Arbeiterklasse und die Porzellanerdevorkommen ausließ, blickte er sie mit geradezu flehentlichem Ernst an.

»Die Herrschaften, für die ich arbeitete, als ich frisch nach Paris gekommen war, besaßen ein Haviland-Service.

Ein zerbrochenes Tellerchen, und ich wäre auf der Straße gelandet, denn sie bezahlten mich schwarz, wie alle Emigranten …«

Wieso gab sie, selbst um des Redens willen, diese Episode zum Besten, die so abgeschmackt klang wie eine Salonkomödie, von der sich das spießbürgerliche Publikum einen pikanten Abend versprach? Das deutsche Fräulein, das die Kinder zur Schule brachte und bei der Rückkehr den Hausherrn nackt unter seiner *robe de chambre* antraf, woraufhin es mit einem entsetzten »*C'est dégoûtant!*« aus dem Schlafzimmer und der Wohnung flüchtete, nicht wusste, wo es hinsollte, weinend auf einer Parkbank zusammenbrach, ein Telefon suchte, um seine Mutter zu erreichen, schließlich zurückkehrte und seine Koffer packte und am Ende erfuhr, dass man es als illegale *étrangère* bei der Polizei angezeigt hatte, was endlose Scherereien nach sich gezogen hatte. Doch dann war Gerda aufgetaucht, und sie waren zusammengezogen …

Capa war so heftig zusammengezuckt, dass auch Nizan hochgefahren war. Doch weil sich Gerdas Name schwerlich wieder zurücknehmen ließ, musste sie das Schweigen, das sich über das Abteil gesenkt hatte, um jeden Preis brechen.

»Wissen Sie, ob die Besitzer der Haviland-Manufaktur mit Olivia de Havilland verwandt sind?«, hatte sie Nizan gefragt.

Kinostars seien nicht sein Fachgebiet, hatte er erwidert und sie durch seine runde Brille angesehen, doch er habe gelesen, dass die Schauspielerin mit den Eigentümern der Flugzeugindustrie verwandt sei: »Es handelt sich *quand même* um kapitalistische Großdynastien, *n'est-ce pas, Madame?*«

Unter anderen Umständen hätten sie es bei diesem lächerlichen Wortwechsel belassen, um trotz der Förmlichkeit, die Frankreich seine Kinder jeder Herkunft und

Gesinnung lehrte, keine weiteren Taktlosigkeiten zu riskieren. Doch weil die Stille allzu beklemmend war, hatte Paul Nizan weiter übers Kino geredet. Als *Captain Blood* herausgekommen sei, habe man gleich gesehen, dass Olivia de Havilland es weit bringen werde; ganz zu schweigen von Errol Flynn, der nach seiner Glanzleistung als edler Pirat und Rebell nach Spanien gegangen sei, um sich auf die richtige Seite zu stellen …

»*Un con total, ce Flynn-là!*«, hatte Capa zutiefst verächtlich eingeworfen. Eine Witzfigur mit Diven-Allüren, die sich die spanische Sache und vor allem die Spanierinnen zunutze mache, und ein Schisser obendrein.

Niemand hatte mehr etwas gesagt.

Vielleicht kannte Nizan den Hintergrund nicht, der ihn in diesen Fauxpas hatte tappen lassen. Oder vielleicht wusste er, dass Errol Flynn auch mit Gerda geflirtet hatte, aber hatte auf dieses Gerücht nichts gegeben. Noch vor zwei Tagen hätte Capa ihn mit einem Schwall irrwitziger Anekdoten statt mit dieser giftigen Bemerkung niedergebügelt.

Im Abteil herrschte eisiges Schweigen. Berge, Viehherden, drei in ihre Sitze eingepuppte Reisende. So hatten sie den Bahnhof von Toulouse erreicht.

In Toulouse hatte Capa Haltung bewahrt, bis bekannt wurde, dass es keine Genehmigung gab, um den Leichnam per Flugzeug in die Heimat zurückzuführen (aber konnte man es *Rückführung in die Heimat* nennen, hatte Ruth überlegt). Gerda blieb in Valencia und wartete darauf, in einen Waggon geschoben zu werden, der bei jeder Kontrollstation und jedem katalanischen Provinzbahnhof haltmachen musste. Nach mehreren Telefonaten zwischen Paul Nizan und Louis Aragon wurde beschlossen, dass sich der Korrespondent von *Ce Soir* nach Portbou begeben würde, um den Papierkram zu erledigen (brauchte man auch für die Leiche eine *carte de séjour*?), und dann zusammen mit dem Sarg den Sonderzug der französischen Eisenbahn zu nehmen. Capa, der sich wieder in einen Sack Blei verwandelt hatte, musste unverzüglich zurückgebracht werden: zum einen, um ihm die unabsehbare Wartezeit an der Grenze zu ersparen, zum anderen, weil so glücklicherweise Madame Cerf zur Stelle wäre, um Gerdas aus Belgrad anreisenden Angehörigen gleich nach ihrer Rückkehr nach Paris beizustehen.

Il arrive que des civils survécus à un bombardement plombent dans un état catatonique, hatte Ruth während einer Erste-Hilfe-Stunde zur Erkennung innerer Verletzungen notiert. Doch sie wusste nicht, wie sie diesem *état catatonique* begegnen sollte außer mit Erleichterung, dass es auf der Strecke Toulouse–Paris nur wenige Stationen gab. Lass ihn schlafen, er hat es nötig, sagte sie sich und schloss selbst die Augen, nur um sie schon in Cahors wieder aufzuschlagen. Wenigstens ein bisschen ausruhen, redete sie sich zu und schloss sie abermals in dem sinnlosen Versuch, den Schmerz zum Schweigen zu bringen. Wieso ich?, fragte sie sich erneut. Wieso nicht Chim oder Cartier-Bresson oder aber die Steins, die dem Paar stets nahegestanden hatten? Ja, warum eigentlich nicht Lilo Stein, wenn Capa sich unbedingt an einer Frau festklammern musste? Wir sind nicht einmal Freunde, wirkliche Freunde, überlegte sie, was in letzter Zeit womöglich auch für Gerda gegolten hatte. Sieh ihn dir an, dieses Häufchen Elend, grollte sie derjenigen, die sich nicht mehr wehren konnte, und kniff die Lider noch fester zusammen. Und deine Familie? Du hast nie erwähnt, dass deine Mutter krank ist und ich mich jetzt um deinen Vater kümmern muss, dem ich in meinem Leben nur ein paarmal Guten Tag gesagt habe. Was hast du denn geglaubt, Gerda, dass du unverwundbar bist?

Ruth hatte sich nach einem Moment ganz für sich allein gesehnt, doch nun zog sich dieser Moment mit jeder Bahnstation mehr in die Länge und kreiste durch ihre dröhnenden Gedanken, während die aufwogende Erschöpfung ihr wie unter Wasser auf die Trommelfelle drückte. Unverwundbar, ja sicher. Es ist leicht, sich unverwundbar zu fühlen, wenn man sich um die anderen nicht weiter schert. Aber wir sind noch hier und tun, was wir nur können, und ich kann mich nicht einmal gehen lassen, weil er mir gegenübersitzt. Du kannst ihn nicht sehen, du kannst nicht wissen, wie dreckig es ihm geht. Er könnte sich aus dem Zug werfen – nein, jetzt wäre er dazu nicht in der Lage, doch ich würde meine Hand dafür nicht ins Feuer legen. Hast du je daran gedacht? Hast du je an die gedacht, die zurückbleiben?

Diese Grübeleien hatten nichts Befreiendes, sie fühlte sich noch elender, noch gefangener in der Angst, die der Groll in ihr aufrührte und zu einem drückenden Klumpen in der Kehle ballte, der sich in einem Schluchzer Luft machen wollte. Ruth spürte ihn wie das Jaulen einer streunenden Katze vom Zwerchfell aufsteigen, und ihn zu unterdrücken machte sein inneres Echo noch lauter, gellender und entsetzlicher. Mit zitternd zusammengepresstem Kiefer und geschlossenen Lidern hatte sie zu weinen begonnen. Schluckend wischte sie sich die Tränenspuren mit den Händen fort, zwang sich, wieder gleichmäßig zu atmen, und sank darüber in einen kurzen Schlaf.

Als der Zug hielt, hatte André sie angesehen.

»Wo sind wir?«

»Orléans, hat ein Herr mit viel Gepäck gesagt.«

»Dann dauert es noch etwas mehr als eine Stunde. Jemand von *Ce Soir* wird dort sein, um dich ins Hotel zu bringen. Ich kann das leider nicht tun, aber das haben sie dir ja gesagt.«

André musterte sie teilnahmslos. Hatte er bemerkt,

dass sie geweint hatte? Waren ihre Augen gerötet, wenn auch längst nicht so sehr wie die, die nun den Blickkontakt suchten? Instinktiv hatte sie die Nase hochgezogen.

»*Entschuldige*, Ruth.«

»Was denn?«

»Bestimmt hättest du anderes zu tun, die Arbeit … das Kino.«

»Ach was, die sind alle damit beschäftigt, den Regisseur wegen der Premiere von *Yoshiwara* zu beruhigen. Statt in Tokio zu drehen, musste Ophüls auf einen japanischen Garten in Porte de Saint-Cloud ausweichen.«

»Wie ist der Film?«

»Eine eingedampfte Melange aus *Madame Butterfly*, *La Bohème* und *La Traviata*. Das klingt vielleicht ungerecht, aber wenn ich an die Versionen denke, die ich abgetippt habe – ein sowjetischer Film über ein ukrainisches Imker-Kollektiv würde mehr berühren.«

War dieses Zucken in Andrés Gesicht ein Lächeln gewesen? Eine winzige Ahnung nur, die den *état catatonique* jedoch widerlegte. Ruth hatte gelernt, dass eine zuverlässige physische Reaktion auf äußere Reize den Verdacht auf bleibende Schäden zerstreute. Ihr Leben würde weitergehen: selbst Capas irgendwie.

Sie musste weiterreden, ihm etwas erzählen, ganz gleich was. Ob dieser exotische Garten vor den Toren von Paris wohl geeignet war? Ein ganz bezaubernder Ort, mit Steg, Lampions, einer Pagode, einem *pavillon de thé* und kleinen Häuschen mit Wänden aus Reispapier, und keine zwei Schritte entfernt floss die Seine vorbei, und man hörte das Klingeln der Fahrräder auf ihren Spritztouren in den Bois de Boulogne …

»Kann sein, dass Seiichi mir davon erzählt hat …«

»Den Park kennt so gut wie niemand, er wurde erst kürzlich fürs Publikum geöffnet.«

Daraufhin hatte Ruth André nicht das Melodram von *Yoshiwara* zwischen der Geisha und dem russischen Offizier erzählt, sondern die Geschichte des Viehhändlersohns Albert Kahn, der im Paris der Belle Époque eine Bank gründete. Mit den sprudelnden Einnahmen kaufte er eine Villa und ein Stück Land, um einen Park zu erschaffen, in dem sich sämtliche Orte wiederfanden, die er je geliebt hatte. Wälder wie in den heimatlichen Vogesen oder im fernen Colorado, ein französischer Garten, ein englischer und ein japanischer, der größte von allen, denn schließlich hatten ihn die vom Kaiser ausgegebenen Wertpapiere zu einem der reichsten Männer seiner Zeit gemacht. Doch diese Jardins du Monde reichten ihm nicht. Er war ein Weltenbummler, ein Philanthrop, ein Pazifist, der sein Vermögen dafür ausgab, um die Begegnung mit anderen Völkern und Kulturen zu fördern und Verständnis und Brüderlichkeit in die Welt zu bringen. Der Sommer 1914 sollte zeigen, wie grausam naiv seine Idee war, doch Kahn ließ sich nicht entmutigen. Er gründete ein Hilfskomitee, um die Flüchtlinge, deren Schicksal er als Kind geteilt hatte, mit Nahrung und Unterschlupf zu versorgen. Kaum ließen sich die Kontinente wieder bereisen, nahm er seine Pläne wieder auf. Die Welt hatte die Kehrseite des zivilisatorischen Fortschritts erfahren, an den Monsieur Kahn glaubte – unwiederbringliche Zerstörung, fortschreitenden Verfall –, doch immerhin konnte er versuchen, ihre zerbrechliche Vielfalt und den Abglanz ihrer Wunder zu bewahren. Die Idee war ihm vor dem Krieg auf einer Japanreise gekommen, als er seinem Pariser Chauffeur im Gebrauch eines Fotoapparates und einer Filmkamera unterwiesen hatte.

»Der Chauffeur? War ein Fotograf für seinen Geldbeutel zu teuer?«

»Hör zu. Kahn war es gewohnt, über seine erreichten Ziele hinauszugehen. Also engagierte er ein Dutzend

Fotografen und Kameraleute und schickte sie in rund fünfzig Länder.«

»Samt Spesen, Honorar und dem ganzen Drum und Dran?«

»Ob er sie bezahlte, weiß ich nicht, aber sie waren ausgestattet mit Filmen und Autochromplatten, so viel sie wollten. Es ging darum, ein Archiv des menschlichen Lebens zu erstellen, ein Weltarchiv. Sie haben ihm rund hundert Stunden Film und über siebzigtausend Farbplatten zurückgebracht …«

»In Farbe? Ein Irrsinn.«

»Wären keine öffentlichen Gelder geflossen, wären die Archives de la Planète verloren gegangen. Sie sind kein Porzellanservice, dessen Wert jedem einleuchtet …«

»Auch einem schönen *Fräulein* nicht, das es aus Rache zerdeppert … Das hätte dir damals einfallen sollen.«

Und ob es das ist, hatte sie mit einem kurzen Auflachen versetzt, so verblüfft war sie, dass er ihr zugehört hatte. Als hätte ihr Gicksen die flüchtige Betäubung seiner Qual zunichtegemacht, waren bei Capa wieder die Tränen geflossen.

Die Geschichten des Lebens lassen sich nicht mit einer hübschen Anekdote geradebiegen. Auch die des Bankiers war schlecht ausgegangen, und Ruth konnte sie nur so wiedergeben, wie sie sich zugetragen hatte. Albert Kahn hatte Krieg, Hass und Vorurteile gefürchtet, aber nicht die Seilschaften, deren Teil er war, das globale Netzwerk, das zwischen Krieg und Frieden keinen wirklichen Unterschied macht. Die französischen Banken glaubten sich vor dem Sturm aus der Wall Street sicher. Als sie 1931 ins Wanken gerieten, war die Banque Albert Kahn den Märkten schutzlos ausgeliefert und zu klein, als dass die Banque de France ihr unter die Arme gegriffen hätte. Kahn nahm eine Hypothek auf die Immobilien an der Seine und die Villa an der Côte d'Azur auf und ging am

Ende doch unter. Nach der Pleite seiner Bank und der Beschlagnahmung seiner Güter wurde ihm nur die leihweise Nutzung seiner Bleibe in Boulogne gewährt.

»Und die Platten, die Filme?«

»Die landeten, wie ich schon andeutete, in einem städtischen Archiv …«

Ruth merkte, dass der wundersame Zufall ihr eine Geschichte eingegeben hatte, die wie dafür gemacht erschien, den kümmerlichen Rest Neugier eines Fotografen zu wecken, doch blieb ihr nichts weiter zu sagen, als dass Ophüls, nachdem er erfahren hatte, dass der Bankier das Tokio von *Yoshiwara* kannte und einige Bilder davon besaß, unbedingt in dessen Haus empfangen werden wollte. Kahn, der bis auf seinen Gehstock noch immer ein rüstiges Männchen war, genoss es, mit der jungen Hauptdarstellerin Michiko ein paar Worte zu wechseln, bedachte den Rest der Truppe jedoch nur mit einer halben Verbeugung und verschanzte sich in seiner Bleibe.

Das war die Wahrheit, die Wahrheit hatte ihr eine Kunstpause verschafft. Und nun harrte Capa der Lösung der Geschichte.

»Eines Tages nimmt mich Ophüls beiseite und stellt mir Kahn vor. ›Madame Cerf hat, wie Sie sich vielleicht denken können, elsässische Wurzeln und entstammt einer alten rabbinischen Familie – im Gegensatz zu mir, einem stinknormalen Oppenheimer aus Saarbrücken, hätte ich mir nicht einen Künstlernamen zugelegt.‹ – ›Saarbrücken ist mir wohlbekannt‹, erwidert Kahn, ›ich pflegte dort mit meinem Vater auf den Markt zu gehen.‹ Die Eingebung, hat Ophüls mir hinterher erklärt, sei ihm gekommen, als sein Blick an der langen Tannenreihe hängen blieb, die das Land der aufgehenden Sonne mit den Wäldern seiner Kindheit verband. Jedenfalls waren wir seit jenem Tag für Monsieur Kahn allesamt *Landsleut*, mit denen er sogar das eigentümliche *Jeddischdaitsch* seiner Kindheit entstauben konnte. Am liebsten unterhielt er sich mit dem Kameramann, der recht gut Jiddisch spricht, weil er aus Breslau stammt. Es war lustig, die beiden über cineastische Tricks fachsimpeln zu hören, die Kahn begeisterten und die Eugen Schüfftan meisterlich beherrschte. Er war es, der sich die Spezialeffekte von *Metropolis* ausgedacht hat, und seit Fritz Lang nach Amerika gegangen ist, prügeln sich Ophüls und sämtliche deutschen und französischen Regisseure in Paris um ihn.«

Ruth wollte gerade erzählen, wie Ophüls und Schüfftan schließlich doch noch zu einer Vorführung der spektakulären Autochromplatten eingeladen wurden, als Capa ihr ins Wort fiel. Der erste Film, den Fritz Lang in Hollywood gedreht habe, was für eine Enttäuschung! Spencer Tracy sei großartig, aber an Peter Lorre reiche er einfach nicht heran. *Blinde Wut* sei mit *M* gar nicht zu vergleichen. Das Mädchen, mit dem er *M* gesehen hatte, war dermaßen verschreckt aus dem Kino gekommen, dass er sein letztes Kleingeld für ein Taxi geopfert hatte, das es nach Hause bringen sollte. Daraufhin sei er kilometerweit durch finstere Berliner Viertel gewandert, verfolgt von den geisterhaften Schatten irgendwelcher Triebmörder und der ziemlich handfesten Gefahr, wegen Landstreicherei verhaftet zu werden.

Allmählich beruhigt er sich, hatte Ruth gedacht. Doch er klang, als redete er von einem anderen.

»Vor ein paar Monaten saßen wir in Paris fest«, fuhr André tonlos fort. »Ich sollte eine Zivilschutzübung fotografieren, die im Vergleich zu Spanien, wo die Fronten erstarrt waren, wie ein Gasmaskenball anmutete. Gerda hatte wenig Aufträge und wurde allmählich unleidlich …«

»Kann ich mir vorstellen.«

»Wir gingen ins Kino, saßen ganz hinten, ich hielt sie wie immer im Arm, bis die Lichter wieder angehen und die Leute sich zum Gehen fertig machen. ›*M* war was ganz anderes‹, sage ich zu ihr und bringe sie mit meinem Berliner Erlebnis zum Lachen. Gerda hatte ihn auch gesehen, mit Kuritzkes, nicht wahr?«

»Ich weiß es nicht«, hatte Ruth geantwortet, »ja, wahrscheinlich …«

Hörte Capa ihr zu?

»Während der Abspann läuft«, hatte er weitererzählt, »eröffnet Gerda mir, dass sie Georg besuchen fährt. Ich habe mich gefühlt wie Spencer Tracy, ich war stinkwütend, am liebsten hätte ich sie verprügelt. Als die ersten Bomben auf Madrid gefallen sind, war sie noch unten mit Georg auf Capri.«

Nachdem er sich Luft gemacht hatte, war Capa wieder in Tränen ausgebrochen, hatte sich abermals in schützendes Schweigen gehüllt und Ruth ihren Grübeleien überlassen.

Dieser Besuch in Neapel war länger ausgefallen als geplant, und Ruth kannte Gerda, und sie kannte Georg. Der Fauxpas mit Willy Chardack war Schnee von gestern, inzwischen hatten beide nur noch den Spanischen Bürgerkrieg im Sinn. Was hatten sie noch zu verlieren, außer ein paar Momenten, die es zu genießen galt?

Nach ihrer Rückkehr aus Italien war Gerda sogleich mit fliegenden Fahnen nach Spanien aufgebrochen. Arme Freundin, was hast du getan, hatte es Ruth mit fatalistischer Gleichmut durchzuckt.

Der Zug war langsamer geworden und vor den Toren von Paris zum Halt gekommen. Jetzt, da die Lichter, Häuser und Reklameschilder das nahe Ziel verkündeten, blickte André sie bang an.

»Ich rufe dich im Hotel an, sobald ich kann«, hatte sie ihm versprochen.

»*Lass gut sein*, ich brauche nichts!«, hatte André mit einer übertriebenen Handbewegung geantwortet, die ihm aus Budapest geblieben war.

Doch das Gegenteil war der Fall. Beiden war klar, dass er Ruth auch weiterhin aufsuchen würde, und Ruth würde sich von ihm finden lassen, sooft sie konnte, sie würde ihm zuhören und zusehen, wie seine Tränen allmählich versiegten und er seine Sprache wiederfand. Um von Gerda zu reden. Die Reise nach Toulouse hatte sie einander nähergebracht, als sie es zu Gerdas Lebzeiten je gewesen waren.

Weisz ist noch immer mit Capa am Telefon, doch Ruth kann nicht ewig im Sessel sitzen bleiben und sich in Gedanken verlieren, mit denen sie nicht weiterkommt.

Sie springt auf und legt die Zeitschrift beiseite, um auf dem Tisch für Papier und Stift Platz zu machen. Sie hat gerade angefangen, auf den oberen Regalfächern nach den Negativen zu suchen, als Csiki endlich einhängt. Jetzt weiß sie, was sie ihm antworten muss: Besser, wir zeigen Capa nichts und warten ein paar Tage, bis er sich wieder vollständig gefasst hat.

Csiki stimmt nachdenklich zu, dann schüttelt er den Kopf, aber nicht, weil er an ihrem Vorschlag zweifelt.

»In Spanien bricht alles zusammen. Und wir halten uns mit diesen Albernheiten auf.«

»Aber nein, ich verstehe dich.«

»Für ihn ist das eine Katastrophe.«

»Ich weiß, und das tut mir sehr leid, aber ich habe gerade anderes im Kopf. Melchior hat Arbeit in Bern gefunden, wir ziehen dort hin, dann kann meine Mutter endlich aus Leipzig fort.«

Csiki nickt matt, doch dann fragt er, ob es wegen der *Reichskristallnacht* sei. Sein ungarischer Singsang schlingert über die geballten Konsonanten.

»Zwei Tage später hätte mein Bruder heiraten sollen«, antwortet Ruth seufzend, »stattdessen hat er seine Braut geschnappt und ist abgehauen. Er hat sich gerade erst aus

Stockholm gemeldet, eine Riesenüberraschung. Solange Hans noch in Deutschland war, hätte sich meine Mutter nicht von der Stelle gerührt. Jetzt ist das Geld das Problem. Die Summe, die mein Bruder ihr hinterlassen hat, nachdem er den Betrieb und die Wertsachen Hals über Kopf verkauft hat, kann die Ausreisegebühr nicht decken. Die Nazis sind gierig. Geld oder Leben. Allein der Gedanke macht mich fertig.«

»Und der andere Bruder, der dich besuchen gekommen ist?«

»Ich habe ihm geschrieben, doch von ihm ist nicht viel zu erwarten. Kurt war der Erste, der gegangen ist und unsere Mutter aufgefordert hat, zu ihm nach Amerika zu kommen. Hans hätte ihr die Reise zahlen sollen, er war der Geschäftsmann der Familie, und die vermaledeiten Geschäfte an der Pelzbörse haben ihn in Leipzig festgehalten. Doch '34 landet der tüchtige Hans als Häftling in Sachsenburg, und Kurt, tja, der nimmt es übel. Weil unsere Mutter von Hans abhängig war und sich am Ende verschuldet hat, um ihn aus dem Konzentrationslager zu holen. Zu den Nazis gesellte sich der alte Bruderzwist. Nicht zu fassen.«

Womöglich hat sie sich zu sehr mitreißen lassen, doch Csikis aufmerksames, schwermütiges Schweigen wirkt nicht gerade besänftigend. Wie viele Brüder hat er in Budapest? Wie viele Jahre hat er sie nicht gesehen?

»Kurt wird darauf beharren, dass Hans zuerst an unsere Mutter hätte denken müssen, statt seine eigene Haut zu retten. Hätte er sie nicht mit nach Schweden nehmen können? Und er wird darauf herumreiten, dass das Leben in New York für einen Schauspieler zu teuer ist. Im Moment hat Hans keine Arbeit, doch wie ich ihn kenne, wird er bald etwas finden: Ich weiß nicht, was wir damals, als Papa gestorben ist, ohne ihn gemacht hätten. Doch Kurt ertrug es nicht, dass Hans sich zum Familienoberhaupt aufschwang, weil er das Geld nach Hause brachte, und Hans ertrug es nicht, dass Kurt tun konnte, was er wollte, nur weil er jünger war. Also habe ich jetzt beiden die exakte Summe meiner lächerlichen Ersparnisse geschrieben. Ich versuche, sie in ihrem Stolz zu treffen, davon haben beide reichlich. Irgendwie werden wir die Sache schon lösen.«

»Brichst du sofort auf?«

»Nein, nein«, erwidert Ruth.

Eile ist jetzt nicht angebracht, dazu gilt es noch zu viele Probleme zu lösen, ehe sie die größte Hürde nehmen muss. Und das muss sie von einem Schweizer Wohnsitz aus tun, als Ehefrau eines Schweizers, damit sie, wenn alles so läuft wie erhofft, ihre Mutter in die Schweiz holen kann.

»Ich möchte es Capa sagen, bevor er wieder nach Spanien abhaut, und werde versuchen, in den nächsten Tagen öfter hereinzuschauen, um möglichst da zu sein, wenn du beschließt, ihm die Zeitschrift zu zeigen. Auch wenn du mich dafür gar nicht brauchst.«

»Danke.«

»Gern.«

Erleichtert kehrt Ruth zu dem Regal mit den Negativen zurück, und Csiki begleitet sie, statt sich wieder in der Dunkelkammer zu verkriechen.

»Heute schaut Capa nicht vorbei. Kati Horna ist im Hotel. Ich habe ihr geraten, sich nicht von der Stelle zu rühren, bis er aufwacht, dann kann sie ihn nicht verpassen.«

»Ich wusste gar nicht, dass sie in Paris ist«, sagt Ruth und merkt sofort, wie falsch dieser banale Satz angesichts der Ereignisse klingt, auf die er anspielt: die Flucht mit Sack und Pack aus Barcelona, der republikanische Exodus, der sich zu dem Strom von Österreichern und Deutschen gesellt, während man in Frankreich die große Trommel gegen die jüdisch-bolschewistische Invasion rührt.

»Sie ist erst seit Kurzem hier. Ich habe ihr gesagt, sie soll die Anrufe, die sie tätigen muss, auf Bandis Zimmer anschreiben lassen«, antwortet Csiki.

Es fehlt an Geld, an Arbeit, an Unterkunft. Katis Mann, der sich, obwohl er Anarchist ist, freiwillig gemeldet hat, ist von den Franzosen in den Pyrenäen in ein Lager gesteckt worden und hat sich dort eine halbe Lungenentzündung geholt, dabei hatte er nur den Flüchtlingsmassen helfen wollen – diesen armen Genossen, die nichts mehr haben oder nie etwas hatten. Sie sind ohne ein warmes Kleidungsstück von der Küste gekommen, haben in ihrem Leben noch keine Flocke Schnee gesehen und erfrieren jetzt in den Bergen.

Wir sollten dort unten sein, denkt Ruth bei sich. Doch das ist ein Luxus, den sie sich nicht mehr leisten kann.

Csiki redet über Präfekturen, Verfahren und Genehmigungen, und sie hängt ihren eigenen Gedanken nach, der Furcht, dass die Schweiz ihr die Staatsangehörigkeit verweigert, wenn herauskommt, weshalb sie und Melchior nach Berlin fahren.

»Mit der Zeit werden sich die Dinge schon richten«, schließt Csiki, und Ruth nickt, auch wenn sie nicht genau weiß, weshalb.

»Entschuldige, ich war in Gedanken.«

»Ich habe gesagt, jetzt, da Kati und José Horna hier sind, wird sich alles finden. Und damit verschwinde ich wieder in meinem Kämmerchen.«

Ruth greift sich ein paar Schachteln, und das Hin und Her zwischen Tisch und Regal, das ihr Gedankenpendel begleitet, lässt ihr Georg in den Sinn kommen. Sie hat nichts mehr von ihm gehört, doch bestimmt ist auch er in einem Internierungslager gelandet: erschöpft, den Krankheiten ausgesetzt, von den *gendarmes* und den Wachen drangsaliert, die es auf Leute wie ihn abgesehen haben.

Als sie Georg im Februar '37 wiedergesehen hatte, war er ihr in jenem Pariser Winter strahlend schön erschienen. Seine italienischen Kameraden, die sich bei der Einberufungsstelle der Internationalen Brigaden gemeldet hatten, waren begeistert, in einem berühmten Café an der Rive Gauche zu sitzen und diese freie, müßige Luft zu atmen. »Vielleicht trifft man sich wieder, wenn ihr dort unten als Ärzte arbeitet und ich als Krankenschwester«, hatte Ruth überlegt und erzählt, dass sie sich bei einem Kursus des Roten Kreuzes eingeschrieben habe. Ein pomadisierter junger Bursche hatte eine Bemerkung gemacht, die für allgemeine Erheiterung sorgte, und Georg hatte pflichtschuldig übersetzt: »Du musst ihnen verzeihen, du kannst dir nicht vorstellen, was es bedeutet, im katholischen Patriarchat und im Faschismus groß zu werden. Mein Freund hat gestern auch Gerda gesehen und sich gefragt, ob alle Leipziger Mädels so sind wie ihr ... Ein armer Verletzter würde sofort in Ohnmacht fallen, sobald er die Augen aufschlägt und eine wie dich vor sich hat.«

Die Stimmung war ausgelassen und zuversichtlich, Madrid widerstand den abscheulichen Bombenangriffen, und Gerda war wieder an die Jarama-Front aufgebrochen, an der die neuerliche Offensive gegen die Hauptstadt abermals zurückgeschlagen werden würde. »Ich warte auf dich«, hatte sich Georg verabschiedet und sie umarmt.

Seit dieser Begegnung waren Monate vergangen, Gerda ward in Paris nicht mehr gesehen. Eines Abends war Melchior grimmig von einer Parteiversammlung heimgekehrt. »Schlechte Nachrichten: Georg Kuritzkes ist um Haaresbreite der Erschießung entgangen. Man hat ihm aufgelauert und ihn beschuldigt, ein faschistischer Spion zu sein, aber dann hat ein italienischer Arzt zu seinen Gunsten ausgesagt. Hier bei der Einberufungsstelle haben sie seine Mitgliedschaft beim Kommunistischen

Jugendverband nicht anerkannt und seinen Antrag nur unter Vorbehalt angenommen …«

»Machst du Witze? Er ist der geborene Kommunist!«, hatte Ruth gerufen und sich fast am Feuerzeug verbrannt, mit dem sie sich eine Zigarette angezündet hatte.

»Die in Leipzig sagen das Gleiche, sie glauben, jemand von der KPD dort habe ihm das angehängt.«

Melchior hatte sich in der Küche auf die Suche nach etwas Essbarem gemacht und ihr dabei den Rest erzählt. Man hatte Kuritzkes die Erlaubnis verwehrt, als Arzt zu arbeiten, und ihn vor die Wahl gestellt, entweder schleunigst wieder zu verschwinden oder als einfacher Soldat zu kämpfen, und er hatte sich an die Front schicken lassen.

»Vielleicht steckt gar nichts Politisches dahinter«, hatte Ruth gesagt und sich Melchior gegenübergesetzt, damit sie ihm ins Gesicht sehen konnte. »Die Mädchen haben Georg immer zu Füßen gelegen. Vielleicht war es Eifersucht, oder jemand, dem Georg das Mädchen ausgespannt hat, wollte es ihm heimzahlen. Immerhin ist die Sache im Februar passiert, als die Luft noch nicht so verpestet war. Wer immer für diese Schweinerei verantwortlich ist, hat sich dadurch vielleicht nur ein wenig Genugtuung verschaffen wollen.«

»Ich hoffe, du hast recht.«

Nach den entsetzlichen Ereignissen von Barcelona war die SAP mit den Kommunisten übereingekommen, dass sich deren Freiwillige den Internationalen Brigaden anschließen durften, denn den Krieg zu gewinnen hatte für beide oberste Priorität. Daraufhin hatte sich die Lage ein wenig entspannt, dennoch war Ruth die Angst nicht losgeworden, ein zurückgewiesener Verehrer könnte sie ebenfalls verpfeifen oder erpressen, wenn sie nach Spanien aufbräche, ganz anders als ihr inzwischen in die SS eingetretener Verehrer, der ihr geraten hatte, das Land zu verlassen. Die Vorstellung, sich nicht vor den Nazis, sondern vor den Genossen in Acht nehmen zu müssen, war so unerträglich, dass es Melchior nicht schwerfiel, sie davon zu überzeugen, dass die einzige antifaschistische Front, die sie etwas anging, die Aktivitäten in Deutschland waren.

Ruth beugt sich über den Tisch und schlägt Taros und Capas Notizbücher auf – verletzte Kleinkinder, auf der Straße schlafende Flüchtlingsmassen, berittene Milizionäre mit bäuerlichen Strohhüten aus längst vergangenen Zeiten – und überlegt, wann sie das letzte Mal von Georg gehört hat.

»*El doctor* Kuritzkes lässt dich grüßen.« Fast ein Jahr war vergangen, seit Capa sie nach seiner Rückkehr aus Teruel mit dieser Bemerkung überrascht hatte. »Gerda hatte recht: ein hübsches Kerlchen, ein wunderbarer Mensch, wenn auch ein bisschen verkrampft, aber – nimm's mir nicht krumm – ihr seid ja auch Deutsche …«

»Vielleicht war es ihm unangenehm, dass du ihn suchen gegangen bist.«

»Er war verlegen und deshalb verkrampft? Kann man den Einwand gelten lassen?«

Ruth war wie vor den Kopf geschlagen, doch immerhin gelang es ihr, ihm die entscheidende Frage zu stellen, ehe er hinter Csiki verschwand.

»Willst du damit sagen, man hat ihn endlich als Arzt zugelassen?«

Das war eine großartige Neuigkeit, doch darüber, wie er auf Georg gestoßen war, hatte sich Capa ausgeschwiegen. Und er war nicht mehr nach Spanien gefahren, seit er beim letzten Mal als Schatten seiner selbst zurückgekommen war. Wusste er, was inzwischen aus *el doctor* Kuritzkes geworden war?

Sie könnte ihn fragen, überlegt Ruth, während sie mit den Negativen hantiert, oder ihn bitten, sich zu erkundigen, sobald er in Barcelona ist. Das wäre ein guter Einstieg, um ihn wissen zu lassen, dass er sie bei seiner Rückkehr nach Paris womöglich nicht mehr antreffen wird.

Außerdem muss sie sich mit Soma in Verbindung setzen, der doch nach Neapel zurückgekehrt ist, und ihn bitten, ihr an die Atelieradresse zu schreiben, damit die Informationen, wie man Georg helfen kann, nicht von einem Land zum nächsten irren.

Jetzt, da er wieder in Neapel ist, kann er seine Sorgen mit Jenny teilen, doch den Tiefpunkt hatte er in Paris erlebt. Sie hatten sich im Café getroffen, und er hatte einen Brief von Georg hervorgeholt, geschrieben auf irgendeinem verlorenen Vorposten in Andalusien, und auf einen Satz darin gedeutet: »Man soll mich nicht vergessen«. Der Imperativ hatte Soma erschüttert.

»Tu einfach, worum er dich bittet: schreib ihm«, hatte Ruth gesagt.

Doch sie war derartig beunruhigt, dass sie in der Rue Vavin vorbeigeschaut hatte, um wenigstens nachzusehen, wie es Capa ging. Der Concierge hatte sie in das kleine, verlassene Foyer geschickt, wo zwei Männer zusammengesunken in den Sesseln saßen und sich von Billie Holiday betäuben ließen.

A cigarette that bears a lipstick's traces,
An airline ticket to romantic places
And still my heart has wings
These foolish things remind me of you

Immer wieder setzte André die Grammofonnadel auf. Ted Allan, der Typ, der mit Gerda in Brunete gewesen war, saß wie ein Häuflein Elend da, die Krücken gegen die Armstützen gelehnt, und weinte, als hätte man ihm das Lieblingsspielzeug kaputt gemacht. Eine *folie à deux*, dieses Witwerbündnis, hatte Ruth gedacht, und der verrücktere von beiden war Capa. Doch als sie später hörte, dass er sich auf die Suche nach Georg gemacht hatte, hatte sie in seinem Wahnsinn Methode entdeckt – sich seiner einstigen Rivalen anzunehmen war der Versuch, sich selbst zu kurieren und, auf eine ebenso verschrobene wie schlüssige Art, Gerda treu zu bleiben.

Ruth geht auf, dass sie noch etwas tun kann, ehe sie die Koffer für die Schweiz packt, etwas, um sich gegenüber den Kämpfern in Spanien weniger schuldig zu fühlen. Sie muss die Katalogisierung der Bilder dieses verlorenen Krieges zu Ende bringen. Gerade weil er verloren ist, muss sie es tun, und zwar richtig. Der Faschismus wird nicht ewig dauern, egal wie viele Verbrechen und Katastrophen er noch anrichten mag, also muss es weitergehen, sagt sie sich entschieden. Der Gedanke hat eine Zigarette verdient. Die aufgeklärten Demokratien werden auch weiterhin handeln, wie es ihnen passt, doch sie können nicht behaupten, sie hätten nicht geahnt, was Hitler und seine Kumpane im Schilde führten. Hier sind die Beweise des *hors d'œuvre*: die Beweise des Volkswiderstandes, die Beweise der systematischen Zerstörung.

Février 1937: réfugiés de Málaga, après le bombardement fasciste de la ville d'Almería, schreibt sie in die erste Spalte eines weißen Blattes, grimmig entschlossen, auch alle anderen zu füllen.

Sie ist so in ihre Arbeit vertieft, dass das Klappen der Tür sie zusammenfahren lässt. Csiki kommt aus der kleinen Küche und strebt mit seinen Touristencafé-Kellnerschritten federnd auf den Eingang zu.

»Ich muss los und was abgeben. Sehen wir uns morgen?«

»Klar, und auch die nächsten Tage. Mit '36 bin ich durch, und bevor ich fahre, bin ich mit allem fertig, versprochen. Ich muss nur die Abweichungen vermerken, richtig?«

»Nur die wichtigsten: Daten, Orte, Umstände.«

»Ich dachte, ich fange mit den Arbeitsbüchern an, verzeichne die Bilder, die gedruckt worden sind, in der Spalte daneben und dann sämtliche Filme aus derselben Zeit.«

»Perfekt. So kann ich die Negative nach und nach richtig ordnen, die sind das Wichtigste und am meisten durcheinander.«

Eingemummt in Mütze, Schal und hochgeklappten Kragen, die Tasche über der Schulter und die Fahrradschlüssel in der Hand, winkt Csiki ihr liebevoll zu.

»*À tout à l'heure*«, erwidert sie den Gruß und wendet sich wieder ihrer Aufgabe zu.

Als sie das Atelier verlässt, ist in der Rue Froidevaux keine Menschenseele unterwegs. Das Wetter ist so scheußlich, dass Ruth es nach den ersten schlitternden Sprüngen über den von Schlackerschnee überzogenen Weg kaum erwarten kann, das Metro-Schild auftauchen zu sehen. Bald werde ich nicht mehr über einen Friedhof zur Arbeit gehen müssen, versucht sie sich zu trösten, den schweren Geruch von nasser Erde in der Nase. Nun weiß Csiki Bescheid, sie muss nur noch mit Capa reden. Sie brennt darauf, das Melchior zu erzählen, und tatsächlich ist sie noch nicht aus dem Mantel, da ist es bereits raus.

»Gut. Soll ich dir ein bisschen Wasser heiß machen, damit du deine Füße aufwärmen kannst?«

»Das wäre schön ...«

»Lass dir Zeit, zieh dich um, wir haben ein frisches Baguette und noch einen Rest Suppe.«

In Flanellschlafanzug und dickem Pulli, die Füße in der Waschschüssel unter dem Tisch, knabbert Ruth an einem Brotkanten (»Ich habe einen Bärenhunger!«) und hört sich die Neuigkeiten des Tages an. In Bern hat man eine Zweizimmerwohnung für ihn gefunden, erzählt Melchior, und die will er sich auf keinen Fall durch die Lappen gehen lassen. Auch wenn Bern nach Berlin und Paris ein echtes Kaff ist. Ein wenig blutet ihm schon das Herz, aber was soll's, man muss es nehmen, wie es ist.

Ruth sieht sich bereits die Kuckucksuhr an einer Wand durch ein Pariser Foto ersetzen. Die Berliner Schnauze, mit der Melchior sich gegen Gefühligkeiten sträubt, erinnert sie daran, dass diese Heimkehr in ein Land, in dem er nie gelebt hat, für ihn ebenso schwer ist wie für sie das Gefühl, nunmehr überall eine Fremde zu sein.

»Wann fängst du in der Druckerei an? Nach den Feiertagen?«

»Ja, vorher bin ich noch ein paarmal unterwegs, um alles zu regeln. Um Weihnachten herum fahre ich nach Berlin und komme nach Silvester zurück. Diesmal solltest du besser hierbleiben, um auch meine letzten Angelegenheiten zu erledigen. Vorher schreibe ich mich beim Meldeamt ein. Im Falle einer Festnahme kann Bern dann direkt meine Auslieferung beantragen. Wie klingt das?«

Ihre Lippen verziehen sich zu einem gefährlich breiten Grinsen, während sie den Löffel zum Mund führt. Eigentlich gibt es nicht viel zu lachen, doch es ist lustig, dass ein Schweizer, dessen väterliche Sippe seit Jahrhunderten dort verwurzelt ist, sein Heimatland im Gegensatz zur verlorenen *Heimatstadt* Berlin wie ein Wartezimmer behandelt.

»Das klingt gut. Die Suppe ist jetzt auch heiß. Ich bin froh, aufzubrechen.«

»Ach ja?«

»Ich bin froh, abzuschließen, was abzuschließen ist. Nicht länger zu warten. Dann sehen wir weiter, mit meiner Mutter, dem Geld und allem anderen.«

Ruth überlässt sich der wohligen Wärme, die aus zwei gegensätzlichen Richtungen zur Körpermitte strömt, und erzählt von Capas und Gerdas Aufnahmen von '36 bis zu den letzten Schlachten. Wie ihr beim Katalogisieren der gesamte Umfang klar geworden ist und der Wert. »Wenn man sich die Aufnahmen nacheinander ansieht, wird deutlich, wie die nazifaschistische Gewalt immer barbarischer wird ... die Sauerei des totalen Krieges ... Madrid, Málaga, Almería, Guernica, Bilbao, Valencia ...«, sagt sie mit wütender Erregung, der sie hier endlich Luft machen kann.

Melchior hat nach den Gläsern gegriffen, um den Rest Wein aufzuteilen, fast drei Fingerbreit für jeden, und will mit ihr anstoßen. Er wirkt beinahe glücklich.

»Auf die loyalste Genossin der Loyalisten!«

Er ist froh, sie bei sich zu haben, rosig von den Füßen bis ins Gesicht, entschlossen und grundsolidarisch, und Ruth fühlt sich bestärkt. Der *vin de pays* ist leicht sauer geworden, es ist kein Frevel, ihn mit Wasser zu strecken, und die Pause, um ihn an die Lippen zu setzen, lässt den Unmut verpuffen und befeuert ihre Gedankensprünge.

»Siehst du Sas in Berlin?«, fragt sie. »Du könntest ihm etwas von mir geben, ein Foto von Gerda. Im Atelier gibt es wunderschöne und ganz aktuelle, ich weiß auch nicht, wieso ich nicht eher darauf gekommen bin.«

»Weil du ein umsichtiges Mädchen bist.«

»Nimmst du mich auf den Arm? Vielleicht wollte ich ihn nur nicht traurig machen. Aber Sas lässt sich nicht so leicht niederdrücken, im Gegenteil, und deshalb ...«

Melchior hat sie unterbrochen, um ihr zu sagen, wenn sie ein von Gerda gemachtes Foto im Sinn habe, komme das nicht infrage, zumindest wolle es sorgfältig ausgewählt sein.

»Sas und Gerda haben sich auf den ersten Blick verstanden«, meint Ruth und kippelt voll kribbelnder, zukunftsfreudiger Zuversicht auf dem lädierten Stuhl mit dem wackeligen Bein herum, der nur darauf wartet, unter einem beleibteren Benutzer zusammenzubrechen. Bei der Vorstellung muss sie grinsen.

Das Foto will sorgfältig ausgewählt sein, hat Melchior gesagt, und Ruth lässt die Bilder Revue passieren, die sie dem Mann, mit dem Gerda auf dem Motorrad zu den ersten antifaschistischen Aktionen unterwegs war, gern zeigen würde. Zwei Aufnahmen: auf der einen duckt sie sich hinter einen Soldaten, auf der anderen lehnt sie schlafend auf einem Meilenstein mit der Inschrift PC. Das Foto, auf dem sie ein Maultier am Zügel hält, kommt wohl leider genauso wenig infrage, weil der *mono azul* sowohl das Sujet als auch seinen Besitzer verraten würde.

Seufzend pflichtet Melchior ihr bei.

»Ich hab's: Ich gebe dir ein schönes Porträt mit, und wenn man dich fragt, sagst du, es sei deine Verlobte.«

»Frau«, verbessert Melchior.

»Richtig, Frau, so steht es ja in deinem Pass.«

Ruth versucht, ihre plötzliche Verlegenheit abzuschütteln. Auf dem Foto, das sie Melchior mitgeben möchte, kauft Gerda gerade Maiglöckchen, wie es in Frankreich am Ersten Mai üblich ist. Bestimmt war sie mit Capa zur Place de la Bastille unterwegs. Doch den Deutschen kann man eine andere Geschichte verkaufen. Man behauptet einfach, sie suchte gerade ihren Hochzeitsstrauß aus, zusammen mit ihrer Mutter, die in Wirklichkeit die Blumenverkäuferin ist. Auf dem Bild ist Gerda leger und schlicht gekleidet, wie sie es sich in Spanien angewöhnt hat. Und doch hat sie diesen Stil, das auf die Kappe abgestimmte Halstuch, dieses strahlende Lächeln …

»Sas wäre stolz, sie so zu sehen«, schließt sie mit Nachdruck.

»In Ordnung«, sagt Melchior, »Hauptsache, du hast kein kompromittierendes Detail übersehen.«

»Nein, es ist perfekt«, erwidert Ruth und muss plötzlich lachen. »Capa dreht es den Leuten als ihrer beider Hochzeitsfoto an!«

Er war wahrhaftig mit einem Stapel Abzüge nach

China gefahren und hatte das Foto verschenkt wie Missionare ihre Heiligenbildchen.

Später hatten die zerknirschten, sensationsheischenden Journalisten im Atelier nachgefragt: »*What about the beautiful wife he lost in Spain*?«. Tatsächlich war das Gerücht, sie seien Mann und Frau, bereits in Spanien in die Welt gesetzt worden, um Gerda zu schützen, wenn sie allein mit den Soldaten unterwegs war. Und zu guter Letzt hielt Capa, der mehr als alle anderen dazu neigte, Wirklichkeit und Fiktion zu vermischen, einen Beweis in den Händen: die weißen Blumen, die lächelnde Blumenverkäuferin, Gerda in seiner Wildlederjacke. »Wir waren ein Mensch, ein Körper«, nuschelte er im traurigen Suff. Wie hätte Gerda ihm ins Gesicht gelacht! Aber war sie nicht trotzdem an jenem Morgen des Ersten Mai in seiner fleckigen, heiß geliebten Jacke mit ihm losgezogen?

»Weißt du, dass die beiden von Weitem ein wenig an Charlie Chaplin und Paulette Goddard auf dieser Landstraße erinnerten?«

»Findest du?«

»Du kennst sie doch.«

Eben, hält Ruth dagegen, der Schein trügt. Capa konnte es nicht lassen, sie auf zahllose Bilder zu bannen, im Gewühl einer Kundgebung, in einem Madrider Schützengraben; sie hat ihm kaum zwei Porträts gewidmet.

»Ließ er sich nicht gern fotografieren, oder war sie nicht verliebt?«, grinst Melchior.

»Nein, nein, warte«, erwidert Ruth hitzig, obwohl ihre Gedanken kaum hinterherkommen – keine sonderlich beruhigenden Gedanken, denen sie angesichts der unmittelbaren Zukunft und im Beisein des Mannes, mit dem sie die beginnen wird, dennoch Raum geben will. Also erzählt sie Melchior von Capas Porträt in der *Picture Post* und von der in Brunete begrabenen Eyemo. Wie viel Zeit (Stunden? Minuten?) mag zwischen Gerdas Aufnahme von einem brennenden Fahrzeug und dem Augenblick, als das Fahrzeug, mit dem sie unterwegs war, von einem Panzer gerammt wurde, vergangen sein? Sind die Insassen des lodernden Lastwagens bei lebendigem Leib verbrannt? Hat Gerda sie schreien hören? Wie viele Menschen hat sie sterben sehen, ehe sie starb? Sehr viel mehr, als sie verewigt hat. Die verletzten Soldaten in der Sierra de Guadarrama, manche so übel zugerichtet, dass es für sie keine Hoffnung gab … Und im Krankenhaus von Valencia waren bereits alle tot … Gerda mischte sich unter die gepeinigten Leiber, bückte sich, um auf den Auslöser zu drücken, sie hatte einen auf die Fliesen geworfenen Leichnam ohne den winzigsten Fetzen als Leichentuch fotografiert, einen Jungen oder ein Mädchen, fünf, sechs Jahre alt, mit entstelltem Gesicht.

»Ich wäre weggelaufen oder hätte geweint oder mir die Seele aus dem Leib gekotzt. Doch sie knipste, knipste drei Mal, dann ging sie zur nächsten Leiche, ein Toter, der weniger grausig anzusehen war und den manche Zeitungen druckten. Ich frage dich, weil du weniger betroffen bist: Was ist aus meiner Freundin dort unten in Spanien geworden?«

»Eine sehr mutige Frau«, sagt Melchior zögernd und beklommen.

Mit einem riesigen Kloß im Hals schüttelt Ruth den Kopf: »Das habe ich nie bestritten. Mutig, in der Lage, sich zusammenzureißen, ihre Ziele ins Visier zu nehmen.«

»Und was verstört dich dann?«

Ruth weiß nichts zu erwidern, sie ist noch ratloser als ihr Mann, dessen Blick ihre eigene Verwirrung spiegelt.

»Sie schleppte den Fotoapparat mit sich herum, die Filmkamera, das Stativ, kilometerweit. Ted Allan hat erzählt, ihre letzten Worte galten der Frage, ob ihre Filme unversehrt seien. Inmitten des Wahnsinns knipste sie wie besessen, die winzige Leica über dem Kopf, als könnte sie

sie vor den Bombern schützen. Der brave Soldat Gerda: das bezweifle ich nicht. Aber nein, ich verstehe es nicht.«

»Was, Ruth?«

»Ich verstehe nicht, was sie empfand. Offenbar keine Angst, na schön. Aber sonst?«

Die Zehen sind schrumpelig geworden, das Wasser in der Waschschüssel wird allmählich kalt, und Melchior scheint sich in ihre lauten Grübeleien dreinzufügen.

Sie kehrte aus Madrid, Valencia, Barcelona zurück, fährt Ruth fort. Sie trug wieder hohe Absätze, Lippenstift und ihr Lächeln. Sie kam nach Paris zurück und schien ganz die alte, fröhliche und überschwängliche Gerda, und sie erzählte von Spanien und erwähnte im Eifer ihrer abenteuerlichen Schilderungen hie und da den erlebten Horror: die von *los moros* verübten Grausamkeiten, die Erschöpfung der Menschen, die von den Bomben geschaffene surreale Landschaft. Doch waren das alles Worte, die wie ihre Fotos der Sache dienten. Die Internationale Solidarität musste klar und deutlich sagen, dass die Nichtintervention ein Verbrechen war. Das war Gerda Taros Meinung, und ich verstehe sie.

»Und ich, wie habe ich mich verhalten? Erinnerst du dich an das kleine Fest bei den Steins im Mai '35, Melchior? Das schummrige Spelunkenlicht der bunten Lampions, die über dem Topf ausgekellte Mitternachtssuppe, um die sich die Betrunkenen scharten. Und ich, wem hatte ich erzählt, dass Hans wieder in Sachsenburg war? Gerda, die mit André Friedmann und den anderen Gästen flirtete, jedenfalls nicht. Ich hatte es niemandem gesagt, weil es einfach nicht passte. Besser, so zu tun, als wäre nichts. Als ich sie Monate später auf der Straße traf, wechselten wir ein paar Worte. ›Du siehst gut aus, Ruth, wie geht's denn so?‹ – ›Ich heirate, wir sind umgezogen.‹ – ›Herzlichen Glückwunsch! Könnte wohl nicht besser laufen.‹ – ›Mein Bruder ist im Konzentrationslager.‹ – ›Kurt?‹ –

›Nein, der Ältere, Hans, der in Leipzig geblieben ist.‹ – ›*Ach so*, ich verwechsle die beiden immer. Wie schrecklich, aber Kurt ist ja in Amerika, da wird sich bestimmt was machen lassen. Kopf hoch.‹«

»Eine normale Unterhaltung unter Freundinnen, deren Freundschaft sich abgekühlt hat«, befindet Melchior, der wohl allmählich die Geduld verliert.

»Ja, normal. Aber verstehst du, was ich mit ›so tun, als wäre nichts‹ meine? Über gewisse Dinge zu sprechen, als wären sie normal, weil sie normal sind und es keine andere Art gibt, mit ihnen umzugehen …«

»Weil sie normal geworden sind.«

»Na schön. Reich mir mal das Geschirrtuch, jetzt ist's genug.«

Während sie sich die Füße abtrocknet, die Schüssel leert und in ein frisch gewaschenes Paar Kniestrümpfe schlüpft, hat ihr Mann den Tisch abgeräumt und mit dem Abwasch angefangen.

»Steh doch nicht so bedripst da«, sagt er, als er sie im Türrahmen sieht, »setz dich, und führ deinen Gedankengang zu Ende.«

»Gedankengang ist vielleicht ein bisschen hochgegriffen …«, lächelt Ruth und setzt sich, aber nicht auf den wackeligen Stuhl. »Andererseits, was bliebe uns denn anderes übrig, als so zu tun, als wäre nichts? Wenn echte Gefahr droht, bei einer Reise nach Berlin beispielsweise, oder auch hier, wo alles so friedlich scheint. Und die Spanien-Heimkehrer? Sollten die bis in alle Ewigkeit an die Schande erinnern?«

Schweigend über das Spülbecken gebeugt, hört Melchior ihr zu.

»Trotzdem hat Capa das letzte Mal einen Zusammenbruch gehabt«, fährt Ruth fort. »Er war immer schon schwächer als Gerda. Das hat nichts mit Mut zu tun, schließlich hat er ständig im Bombenhagel gearbeitet. Es ist eine Frage von Beherrschung und Willenskraft. Sie war diejenige, die die Hosen anhatte … Ach was, was rede ich denn da, Hosen haben rein gar nichts damit zu tun …«

Melchior hält mit dem Abwasch inne und dreht sich mitfühlend zu seiner Frau um.

»Weißt du, was das Absurde ist?«, durchblitzt es Ruth. »Das Absurde ist, dass es für eine Frau einfacher ist. Jedenfalls für ein Fräulein wie Gerda, die darin glänzte, ihre guten Manieren und die Fassade aufrechtzuerhalten. Du lächelst, schäkerst herum, beherrschst deine Rolle, auf die du dein Leben lang getrimmt wurdest. Welcher Mann würde bei einem unbekümmerten Mädchen misstrauisch werden? Man muss nur den Schein wahren und so tun, als wäre nichts. Durchhalten und so tun, als wäre nichts, durchhalten und Theater spielen. Die Männer glauben, nur sie seien zu Disziplin fähig, nach der Auflösung der Frauenmilizen wurden wir nicht einmal als Etappenhelferinnen zugelassen. Aber Gerda hatte schon lange trainiert, ehe sie sich wie ein Soldat aufs Schlachtfeld stürzte. Und steckt im Blaumann, im schmalen Rock oder in der Uniform nicht stets ein *Mensch*?«

»Gerda war von Natur aus furchtlos, du hättest sie übermütig genannt«, versetzt Melchior, und das Schmutzwasser, das er aus dem Spülbecken laufen lässt, gurgelt beifällig.

»Und ob sie das war. Capa verzeiht sich niemals, dass er in Brunete nicht bei ihr war. Dabei lassen sich die Mädchen nicht zählen, mit denen er unterdessen ins Bett gegangen ist … Für euch ist es einfach.«

»Der Mann ist ein simples Tier, das weiß man doch.«

»Und wenn schon.«

»Ist er denn nicht genug gestraft?« Melchior fährt so energisch zu ihr herum, dass das Geschirrtuch in seiner Hand einen flatternden Bogen vollführt. »Er hat sich sogar eine Ohrfeige von Gerdas Bruder eingefangen, mitten ins Gesicht, am Gare d'Austerlitz vor der versammelten roten Journalistenwelt. Hätte er sich einen Bart wachsen lassen und den fleischlichen Freuden entsagen sollen wie ein Chassid?«

»Du irrst, mein Schatz. Martin Bubers Ermahnungen zu deiner Bar-Mitzwa und das ganze alte religiöse Zeugs kannst du behalten ...«

Sie lachen mit der Einvernehmlichkeit eines Paares, dessen Plänkeleien einem Ritus zu folgen scheinen: Sie hat nie eine wirkliche Zugehörigkeit zu irgendetwas empfunden, er ist zu Zionismus und libertären Utopien erzogen worden.

Melchior sprach wenig darüber, was Ruth typisch für einen zupackenden Mann wie ihn erschien, der sich für einen Beruf entschieden hatte, und dazu für eine Partei und für eine emanzipierte Frau wie sie. Vor allem war er ein verlässlicher Freund: »Du hast geglaubt, dir einen Bilderbuchschweizer geangelt zu haben«, pflegte er zu sagen, »und bist an einen staatenlosen, abtrünnigen Juden geraten.«

»Das Problem ist«, fährt Ruth weniger spöttisch als gewollt fort, »dass ich eine simple Frau bin: Ich traue nur dem, was ich sehe. Das gilt für dich ebenso wie für Capa.«

»Mag sein«, pflichtet Melchior bei, »aber gerade hast du behauptet, Capa sei ein unverbesserlicher Aufschneider. Du bist vielleicht ein bisschen blauäugig, aber leichtgläubig bist du nicht.«

»Ein paar Monate nachdem wir Gerda beerdigt hatten, habe ich ihn im Select mit seiner Tänzerin gesehen, dem arabischen Panther, und ich habe mir gesagt: Das ist das Leben, das wahre Leben. Die Erinnerungen, mit denen Capa mich aufhält, sind zum Untergang verdammte Gespenster. ›Die Menschen glauben, was sie glauben wollen‹, sagte Gerda immer. Leichtgläubig in diesem Sinne.«

»Das meinte ich nicht.«

»Wieso gönnst du dir nicht eine Zigarette, und ich mache den Rest?«

»Rede nur weiter, ich bin fast fertig.«

Ein Tunichtgut wie Bandi Friedmann hatte die Gefahr verinnerlicht, sie hatte sich in seinen fünf Sinnen eingebrannt. Ein Mädchen wie Gerda nicht: sie war eine Anfängerin. Sie wusste sich nicht zu schützen, der Mut war ihr zu Kopf gestiegen wie ein kühn hinuntergestürzter Schnaps. »Ist das nicht absurd?«.

»Kein bisschen.« Melchior hat sich neben sie gesetzt und mustert sie mit entnervter Zärtlichkeit.

»Aber diese Geschichte findet nun ihr Ende. Es war gut, dass du an ein Foto für Sas gedacht hast. Unsere Genossen, die den Widerstand am Laufen halten, haben mehr Mumm als alle Kriegsfotografen zusammen.«

Im Päckchen ist noch eine letzte Zigarette. Nach ein paar Zügen hält Ruth sie Melchior hin und nickt: »Das bezweifle ich nicht. Aber ebenso wenig bezweifle ich, dass Gerda noch leben könnte, wäre er an dem Tag dort gewesen. Hier zu Hause kann ich es ja sagen.«

Eine Rauchwolke wallt zu ihr herüber. »In der Rue Froidevaux hoffentlich nicht einmal andeutungsweise.«

Ruth nickt leise. Sie hat Capa allen Grund zur Absolution gegeben: das Pech, die Tragödie, die Unmöglichkeit, Gerda ihren eigenen Kopf zu verbieten. Doch jedes Mal, wenn sie ihn im Select trifft, fällt ihr Blick auf die Veranda des Coupole gegenüber, wo sie eines schönen Tages im September '34 ein Kerl angemacht hatte, der so abgebrannt war, dass sie ihm aus Mitleid den Kaffee spendiert hatte. »*Mein wunderschönes Fräulein*, so eine große Naturblonde wie Sie kommt mir wie gerufen. Sie sind das Mannequin, ich der Fotograf, der Auftraggeber ist eine Schweizer Versicherung, und bei einer Schweizer Versicherung können Sie getrost sein, dass Sie neben dem

Honorar noch mehr von mir zurückbekommen werden als nur einen *petit café.*«

»Ist das nicht nur eine Capa-Geschichte?«, meint Melchior.

»Nicht doch: habe ich dir das nie erzählt?«

»Nicht in der Ausführlichkeit ...«

»Friedmann nahm den Mund genauso voll, wie Capa es bis heute tut. Zu Hause musste sich Gerda meinen geballten Argwohn anhören. ›Begleitest du mich?‹, habe ich sie ganz verzagt gefragt, ›Auch wenn es um neun Uhr morgens ist?‹ – ›Natürlich! Am besten gehen wir zeitig los und genießen die frische Luft: dann siehst du hübsch rosig raus, wenn er dich verewigt ...‹ – ›Falls er mich verewigt ... Vielleicht hat er gar keinen anderen Apparat dabei als den zwischen seinen Beinen.‹ – ›Brauchst du das Geld? Dann gehen wir mal davon aus, dass es diesen Fototermin wirklich gibt und sich der Kerl außerdem an dich ranmachen will, wovon auszugehen ist. Schlimmstenfalls machen wir ihn an der gesamten Rive Gauche lächerlich‹«.

Das Gelächter auf Kosten des mutmaßlichen Verführers blonder Schönheiten und die Gewissheit, dass Gerda sie begleiten würde, hatten Ruth den Fotografen in einem freundlicheren Licht sehen lassen. Sie begreife nicht, hatte sie zu ihrer Freundin gesagt, woher er diese Vermessenheit nehme, doch er war amüsant, und wenn man ihm glauben konnte, war es ihm '32 gelungen, Trotzki in Kopenhagen zu fotografieren.

»Im Ernst? Trotzki lässt die Presse nie an sich heran, aus Furcht, man könnte ihm einen Mörder auf den Hals hetzen. Ich würde zu gern wissen, wie er das geschafft hat ...«

Gerda und André Friedmann hatten sich auf Anhieb verstanden und Ruth lauthals Anweisungen zugerufen: Nein, übereinandergeschlagen ist zu viel, stell die Beine wieder nebeneinander, ein bisschen schräg, wir müssen die kilometerlangen Haxen meiner Freundin zur Geltung bringen, aber mit Diskretion und Eleganz. *Natürlich, meine Liebe*, aber mit Verlaub, deine sind auch nicht übel.

Über alles, was folgte – Gerda, die dank Friedmann fotografieren lernte, Friedmann, der sich dank Gerda einen vorzeigbaren Anstrich verpasste –, hatte Ruth sich gefreut. Und sie hatte sich nicht gewundert, als Gerda ihr eröffnete, sie sei mit Friedmann zusammengezogen, denn nach der Liaison mit dem Dackel wunderte sie nichts mehr.

Jetzt erscheint ihr die Zeit, die André und Gerda miteinander verbracht haben, wie eine Ewigkeit: genau zwei Jahre, eines in Paris, eines in Spanien, größtenteils unter einem Dach und sogar in einem Schlafsack.

Jeder Topf hat seinen Deckel oder versucht, einen zu finden, der einigermaßen passt, sagt Melchior müde.

Und wenn der Topf den Deckel nicht erträgt?

»Lass uns ins Bett gehen, Ruth.«

»Ich war diejenige, die sie zusammengebracht hat.«

DRITTER TEIL

Georg Kuritzkes
Rom, 1960

Der Krieg wird nicht mehr erklärt,
sondern fortgesetzt. Das Unerhörte
ist alltäglich geworden. Der Held
bleibt den Kämpfern fern. Der Schwache
ist in die Feuerzonen gerückt.
Die Uniform des Tages ist die Geduld,
die Auszeichnung der armselige Stern
der Hoffnung über dem Herzen.
Er wird verliehen,
wenn nichts mehr geschieht,
wenn das Trommelfeuer verstummt,
wenn der Feind unsichtbar geworden ist
und der Schatten ewiger Rüstung
den Himmel bedeckt.
Er wird verliehen
für die Flucht von den Fahnen,
für die Tapferkeit vor dem Freund …

Ingeborg Bachmann, Alle Tage

Rom, 18. September 1960

Meine liebe Ruth,

Willy Chardack ist ein Rauhaardackel geblieben, doch er hat sich über meine Glückwünsche gefreut. Genau, wie Du es vorausgesehen hast: Deshalb danke für Deine Hilfe und Deinen Rat.

Hier lässt sich endlich wieder atmen. Die italienischen Freunde sind zurück, mit denen ich mich ebenfalls in ein Experiment gestürzt habe – es wird keine bahnbrechenden Erkenntnisse für das Wohl der Menschheit liefern, doch es würde die Aufgabe, unsere Welt in Farbe zu zeigen, erleichtern. Wir sind ein bunt zusammengewürfeltes Team, jedoch mit hervorragenden Kompetenzen; ich bin für den neurowissenschaftlichen Bereich verantwortlich, um den technischen Teil kümmert sich ein äußerst gefragter directeur photo, *und alles geschieht unter der Leitung eines Professors von der Universität Rom.*

Es tut mir gut, aus dem Trott von panem et circenses herauszukommen (die FAO liegt direkt am Circus Maximus, wo zu Julius Cäsars Zeiten Wagenrennen abgehalten wurden). Um eine Arztpraxis aufzumachen, muss man sich mit endlosem Behördenkram herumschlagen, der sich nur durch Beziehungen, Schmiergelder etc. um-

gehen lässt, was ich dermaßen verabscheue, dass ich es vor mir herschiebe.

Derweil habe ich mir eine Vespa gekauft. Laut meinem Mechaniker ein echtes Schnäppchen.

Wie schade, dass bei Euch schon wieder die Schule losgegangen ist (hier fängt man erst im Oktober wieder an!), denn jetzt wäre die ideale Zeit für einen Rombesuch. Komm, wann Du willst, mit den Kindern und mit Deinem Mann, wenn er sich eine Auszeit erlauben kann. Ich würde mich freuen, für Dich den Fremdenführer zu spielen und Dir das angesagteste Verkehrsmittel zu leihen, um die Sehenswürdigkeiten und das berühmte Dolce Vita von heute zu erkunden!

Es grüßt Dich sehr herzlich
Dein

Das Klappern der Schreibmaschine, die einsam durch die Stille des FAO-Gebäudes schallt, klingelt Doktor Kuritzkes noch in den Ohren, als er seine Unterschrift auf den aus der Olivetti gezogenen Bogen setzt: ein energisches G, übergroß wie der Kopf einer Kaulquappe mit unleserlichem Schwanz, der übliche Krakel, der ihn innehalten lässt, ehe er seinen vollständigen Namen auf den Umschlag tippt. Giorgio Kuritzkes, c/o PUTTI, Via della Purificazione 47, Roma, ITALIA. Ruth wäre »Georg« geläufiger, nicht aber der Nachbarin, die den Brief, sollte er zurückkommen, womöglich entgegennähme, und für ihn, der seit Ewigkeiten seinen Namen ändert, macht es keinen Unterschied.

Das Schreiben hat lange gebraucht, und nun muss er den Brief schleunigst in die Mappe stecken, die er demonstrativ dem Pförtner zeigen muss, den er um den Gefallen gebeten hat, ihn (»ganz ausnahmsweise«) am Sonntag ins Büro zu lassen. Es ist ein rituelles Rollenspiel (»Aber machen Sie schnell, Dotto'«), das es einzuhalten gilt. Und es tut nichts zur Sache, dass ihm die Idee des Anrufs erst kam, nachdem er beschlossen hatte, ins Büro zu gehen und ein paar Unterlagen zu holen, und dass er den Apparat noch nie für persönliche Gespräche benutzt hat, erst recht nicht an einem Ruhetag.

Es war eine gute Idee, Willy an einem amerikanischen Sonntagmorgen anzurufen, und eine Freude, ihn gleich beim ersten Klingeln zu erreichen, mit einem alten Freund auf einem anderen Kontinent zu sprechen, während die spätsommerliche Stille vom rhythmisch schwellenden Zirpen der Grillen gellt, das selbst den Verkehrslärm auf dem Viale delle Terme di Caracalla übertönt. Versunken in den Anblick der dichten Pinienwipfel, der Ruinen, der paradiesischen Gärten des Aventin, als sähe er all das zum ersten Mal. Schwerelos, privilegiert, extraterritorial. Umgeben von der geometrischen Klarheit des achtstöckigen Marmorbaus, eines Wunderwerks der faschistischen Architektur, die wie dafür geschaffen scheint, ihren Ursprung vergessen zu machen. Eigentlich war es als Sitz für das Kolonialministerium geplant und hatte seine Türen 1952 den Vereinten Nationen geöffnet. Eine einverständliche Wiedergutmachung zum symbolischen Mietpreis von einem Dollar jährlich.

Ja, das Schreiben des Briefes hat zu viel Zeit gekostet, und der Pförtner wird sich mit den auf den Tresen gelegten Zigaretten nicht mehr zufriedengeben, zusätzlich braucht es ein Weihnachtsgeschenk. Eine Stange Zigaretten, Zigarren, eine Flasche? Er muss sich erkundigen. Manche Kollegen werden sich ins Fäustchen lachen, dass er sich von gewissen Gepflogenheiten hat korrumpieren lassen, aber was soll's.

Zufrieden verlässt er den Aufzug. CONFERENCE EUROPE, 10–15 OCTOBER, ROME, steht auf der Mappe unter seinem Arm, die, sollte der Pförtner Fragen stellen, unverzüglich in die Botschaft eines der Länder gebracht werden muss, die man auf den letzten Drücker eingeladen hat, als Gegengewicht zu den Vereinigten Staaten, die als Beobachter teilnehmen wollen.

Doch Oreste ist von einem kleinen Jungen abgelenkt, der nicht stillhalten will, sich vom Tresen aber nicht forttraut. Er muss um die zehn Jahre alt sein. Er ist noch in einem Alter, in dem man sich an Verbote hält, was in gewissem Sinn auch für den Pförtner gilt, der gerade einen Pfirsich schält und tunlichst darauf achtet, nicht neben das Geschirrtuch zu tropfen, auf dem sein Mittagessen steht.

»Um drei geht das Spiel los, und diese Mistkerle warten nicht auf mich. Die lassen einen anderen spielen, wenn ich nicht komme!«

Oreste blickt auf: »Noch ein Schimpfwort, und du fängst dir ein paar«, knurrt er dem Jungen zu, und sofort straffen sich seine strengen Züge und die Uniform, die sich um seinen Oberkörper spannt.

Aha, er hat mich gesehen, denkt der Doktor. Der Klang seiner Absätze, der einsam durch den langen Flur hallt, bestärkt, wie ungelegen sein Auftauchen ist. Orestes Sohn dürfte eigentlich nicht hier herumlungern, und Oreste lässt sogar in Windeseile das Geschirr verschwinden, späht ihm entgegen und empfängt ihn am Tresen mit einer so todernsten Miene, dass ihm wieder einfällt, was er kürzlich erzählt bekommen hat: das als kleiner Junge verlassene Dorf, die beschwerlichen Jahre auf dem Bau, der Unfall, der Invaliditätsantrag, der Dank an die Madonna, denn es hätte viel schlimmer ausgehen können, und schließlich (»ohne Empfehlungen!«) diese Anstellung, mit der er seine Familie ernährt. Doch der Doktor denkt nicht im Traum daran, darüber Meldung zu machen, das die erhabenen Hallen der Food and Agriculture Organization von einem Teller Nudeln entweiht wurden.

Er und der Portier kennen sich beim Namen, und das will etwas heißen: Es bedeutet, dass Dottor Giorgio, wie Oreste ihn nennt, nicht zu den Beamten gehört, die kommen und gehen und bei ihrer Versetzung noch immer kein Italienisch können. Nein, als er aus Paris hier ankam, war sein Italienisch bereits so fließend, dass kaum jemand es bei einem Kompliment beließ und ihn zu der Erklärung zwang, er habe als Student in Italien gelebt. »Hier in Rom?«, hatte auch Oreste gefragt. »Nein, in Florenz«, hatte der Dottore erwidert, um es kurz zu machen.

Deshalb weiß der Pförtner nicht, dass Dottor Giorgio, der außerdem in Mailand, Turin und obendrein in Neapel studierte, sogar gelernt hat, die Dialekte zu unterscheiden. Seinerzeit beschränkte sich dieses Lernen auf das Leben in den Vierteln, denn an den Universitäten wurde das hochtönende Italienisch des Regimes gesprochen, doch in Spanien, in das die aus allen Landesteilen herbeigekommenen italienischen Freiwilligen ihre Mundarten mitgebracht hatten, war das anders.

Diese Freiwilligen konnten lesen und schreiben, viele hatten es heimlich an einem bäuerlichen Lagerfeuer gelernt und fast alle im Erwachsenenalter. Die aus Stolz auf dieses prometheische Unterfangen zu Aktivisten gewordenen Männer lauschten dem Politkommissar mit einer Ernsthaftigkeit, die verriet, dass Bildung und Kommunismus für sie ein und dasselbe waren. Eines Tages, als das Radio gerade eine Rede des Genossen Nicoletti übertrug, hatte jemand »Peppino Di Vittorio!« gerufen, und der Spitzname dieses Tagelöhners, der aufgebrochen war, um den Süden zum Aufstand zu führen, erfüllte die Italiener mit zuversichtlicher Befreiungslust. Mit ein wenig Übung lernte jeder, zu schießen und Befehlen zu gehorchen, und dass ein lombardischer Mechaniker zum Pionier, ein ligurischer Hafenarbeiter zum Panzerfahrer, sardische

Bergleute zu Munitionstechnikern wurden, war nur der erste Schritt hin zur klassenlosen Gesellschaft der Internationalen Brigaden. Doch die Worte waren vom jeweiligen Zungenschlag verzerrt und in den Dialekten gefangen, die außerhalb des Kreises von Landsleuten, die sie in das Ausbildungslager von Albacete mitgebracht hatten, niemand verstand. Georg Kuritzkes war sich sehr wohl bewusst, dass er diesen Genossen gegenüber im Vorteil war. Er war mit vermutlich falschen Papieren gekommen und obendrein staatenlos, doch er hatte keinerlei Mühe, zu verstehen und sich in mehreren Sprachen verständlich zu machen.

Am Ende hatte man ihn der 86. Brigada Mixta unter dem Kommando von Aldo Morandi zugeteilt, einem sizilianischen Genossen, dessen militärisches Talent mit einer steilen Karriere belohnt worden war, und ihn dann an die Front in die andalusische Bergbauregion geschickt. Er hatte Gerda geschrieben – nicht mehr als zwei Zeilen über die karge Schönheit der Sierra Morena und einen sehr liebevollen Gruß –, rechnete jedoch nicht damit, dass der an das Madrider Zensurbüro geschickte Brief sie so bald erreichen würde.

Eines Tages, er kehrte gerade von einer Erkundung zurück, der Kopf leer von der Bergsonne, die auf den Helm brannte, hatte er von Weitem einen Menschenauflauf erblickt und angenommen, der belagerte *campesino* verkaufe seltene Ware, vielleicht sogar *jamón serrano*, doch hatte es wohl keinen Zweck, sich zu beeilen. Er war in seinem Tempo weitergegangen, bis, lautlos wie ein Luchs in den typisch spanischen Stoffschuhen, Gerda vor ihm aufgetaucht war. Sie hatte sich die Mütze vom Kopf gerissen, die blond gewordene Mähne geschüttelt, ihm ein »Erkennst du mich?« entgegengerufen und ihn belustigt über seine offenbar sprachlose Miene gemustert.

Sie war am vorigen Tag spätabends angekommen. Man hatte sie in der *casita* empfangen, die als Hauptquartier diente, und ihr eines der beiden Feldbetten in dem Zimmer gegeben, das dem Kommando vorbehalten war. Sie hatte sich gut ausgeruht, doch es hatte ihr ein wenig leidgetan, dass sie ihr Lager außer mit den Offizieren und den Zecken, dem einzigen Mangel des Heuschobers, mit dem spanischen Vizekommandanten hatte teilen müssen, einem echten *hidalgo*. Ungeachtet der Referenzen, die sie ihm vorgelegt hatte, und trotz seiner persönlichen Anordnung, ihr abwechselnd die Pritsche zu überlassen, hätte Morandi es jedoch lieber gesehen, wenn sie unverzüglich wieder abgereist wäre.

Die Kameraden seiner Gruppe hatten sich entfernt, halb aus Disziplin, halb aus Diskretion, aber vor allem, um sich über das sensationelle Auftauchen dieser mit einem Fotoapparat bewaffneten *rubia* in ihrem entlegenen Vorposten auszulassen. Er und Gerda waren allein. Das wäre der ideale Moment gewesen, um miteinander zu sprechen, schließlich hätte niemand die kleinste Silbe mitbekommen. Es hätte genügt, ihr von der Verhaftung und dem Prozess zu erzählen – »wie bei Kafka« –, natürlich in ironischem Ton. Doch er war sich wie ein perfekter K. vorgekommen und hatte sich noch immer entsetzlich befangen gefühlt. Bei dem Gedanken an ihre letzte Umarmung in Paris (»Ich wusste, auf dich ist Verlass«) wäre Gerda zur Salzsäule erstarrt, und sie traf für das, was ihm zugestoßen war, keine Schuld. Auf dieser von zähem Gras überwucherten Schotterpiste durch die staubige Luft neben ihr herzugehen, hatte die magische Unergründlichkeit eines Traums. Vor allem wollte er die Freude dieses unverhofften Wiedersehens nicht verderben (sie waren am Leben: genügte das nicht?), das Vergnügen, sie im kargen Nichts dieser vom Krieg zerfetzten Berge so entspannt zu sehen.

Während Gerda noch immer gegen Morandi wetterte,

hatten sie die Genossen im Lager langsam eingeholt. Armer Georg, der bei diesem verbohrten Kommisskopf gelandet war, dem eine Frau an der Front entsetzlicher war als Dünnpfiff (»Ich schlafe in diesem verdreckten Overall, verstehst du, den Gestank rieche ich schon gar nicht mehr«), diesem gestrengen Vater in Uniform, in dem eine Gluckenmutter steckte.

Obwohl Georg hatte lachen müssen (an dem, was Gerda sagte, war etwas Wahres dran, und es lag all ihre vertraute Verve darin), war ihm ein unbedachter Rüffel entschlüpft: »Hätten wir mehr Befehlshaber wie ihn, wären wir dem Sieg näher …«

»Morandi hat so einiges gesehen, er war schon im Großen Krieg dabei …«, hatte er dann zu relativieren versucht.

»Hat er dich von der Kampflinie zurückgezogen? Lässt er dich als Arzt arbeiten?«, hatte Gerda gefragt und war plötzlich weich geworden.

Wusste sie bereits etwas und versuchte, um den heißen Brei herumzureden, hatte er sich mit einer Erleichterung gefragt, die ihm den Stein vom Herzen gewälzt hatte.

»Das kann er nicht. Doch er benutzt mich als Dolmetscher, als Kurier zwischen den Abteilungen, als Hilfsfunker.«

Das hatte Gerda äußerst spaßig gefunden (»Die werden dir noch den Kampfnamen Berlitz verpassen«), womöglich um der Zielscheibe ihres Spotts keine Dankbarkeit bezeigen zu müssen.

»Du kannst dir nicht vorstellen, was uns die Verständigungsschwierigkeiten zwischen Franzosen, Engländern und Deutschen und bei der Koordination mit den Spaniern gekostet haben. Einen Haufen Verluste, und ich fürchte, auch einige Niederlagen!«

Gerda hatte ungläubig und irritiert erwidert, keiner der großen Generäle, zu denen sie ein sehr herzliches Verhältnis habe (»im Gegensatz zu deinem unausstehlichen Morandi«), habe jemals dergleichen erwähnt, und auch keiner der Soldaten, deren Vertrauen und Respekt sie gewonnen habe.

»Ein schlechter Witz«, hatte sie abfällig gemeint und ihn mit fragender Miene gemustert.

»Aber es ist so«, hatte Georg gesagt, »auch wenn es wie ein schlechter Witz klingt.«

»*Scheißdreck merde shit … mierda!*«

Der Drang, sich dem internationalistischen Geist der Kaserne anzupassen, war einfach zu stark. Wären die Kameraden nicht gewesen, die genau im Auge behielten, was er dort noch immer mit dieser Blondine zu schaffen hatte (»Eine gute Freundin von mir«, hatte er später hastig erklärt – ein eklatanter Fehler), hätte er sie sofort geküsst, aber nicht auf den Mund, um keinen Fehler zu machen. Er hatte einen Schritt zugelegt und bangen Herzens auf eine nächste Gelegenheit gehofft. Doch für viele Tage sollte es das einzige Mal bleiben, dass er Gerda allein gesehen hatte.

Im Gebäude der FAO hat Doktor Kuritzkes nie von Spanien oder den in den Bergen der Haute-Savoie wiedergetroffenen Genossen erzählt, aber in Paris wusste jeder, dass er *maquisard* gewesen war.

Die Nachkriegszeit schleppte sich überall hin, vor allem in der Avenue Kléber, in der sich der behelfsmäßige Sitz der UNESCO befand. Mit der wiedergefundenen Nonchalance schlenderten die Pariser am wuchtigen Hotel Majestic vorbei und bemerkten kaum, dass die Hakenkreuze und die zum Schutz des Militärbefehlshabers der Wehrmacht geschulterten Waffen durch die Fahnen der Siegermächte ersetzt worden waren. Doch wer das Foyer betrat, um sich in eine der mit Schreibtischen bestückten Suiten oder in eine zum persönlichen Büro umfunktionierte *salle de bains* zu begeben (mit Aktenordnern in der Badewanne und dem Klodeckel als Abstelltisch), kam nicht umhin, sich noch immer als Besatzer zu fühlen. Als benachteiligter Besatzer obendrein, war ein Grandhotel doch eher für die brutalen Anforderungen einer Kommandantur denn für die vielfältigen Aufgaben in den Bereichen Bildung, Wissenschaft und Kultur der neuerlich befriedeten Welt geschaffen.

Doktor Kuritzkes war nach Rom gekommen, ehe die Kollegen in das Gebäude an der Place de Fontenoy übergesiedelt waren, dessen von drei Architekten unterschiedlicher Nationalitäten entworfene und von einem hochkarätigen Komitee (Le Corbusier, Gropius, Saarinen, Rogers, Markelius, Costa) abgesegnete dreiflügelige Konstruktion die perfekte Verkörperung der weltumspannenden Aufgabe darstellte, für die das *Maison de l'UNESCO* geplant worden war.

Obwohl man in Rom seinen Lebenslauf kannte, sprach niemand mehr von der Zeit, aus der die neue Weltordnung hervorgegangen war und von der die Vereinten Nationen gekündet hatten wie die Taube nach der Sintflut. Mit Ausnahme des jugoslawischen Kollegen Doktor Modrić, der seinen Abschluss in Biologie in Triest gemacht und sich an der Moskauer Lomonossow-Universität auf Ichthyologie spezialisiert hatte. Bei den Forschungen zur Verbesserung der Fischfangmethoden arbeitete Doktor Kuritzkes häufig mit dem hageren Gelehrten zusammen. Unter vier Augen erwähnte Modrić den Krieg seltsamerweise nie. Lieber ließ er sich über unerforschte aquatische Ökosysteme aus, die die Wissenschaft vor immer neue Herausforderungen stellten, und plauderte über Privates, wenn sie mit ihrem Tagespensum fertig waren. Die schwierige Beziehung mit einer gewissen Signora Carla, die in einer Bank an der Piazza Fiume arbeitete. Die Sehnsucht nach den Kindern, die bei der Ex-Frau in Zagreb geblieben waren und eine Ganztagsschule besuchten, von der man in der kapitalistischen Welt nur träumen konnte, aber eben deshalb während seiner Arbeitszeiten unerreichbar waren. Doktor Modrić hatte ihn darauf gebracht, dass man für ein bescheidenes Bakschisch (»Wir sind hier nicht in Mitteleuropa, lieber Kuritzkes, das ist Ihnen gewiss nicht entgangen«) am Wochenende vom Büro aus telefonieren konnte, statt sich, umgeben von Zigarettenqualm und Geschrei, in eine Telefonkabine zwängen zu müssen, vor der sich irgendwelche Rotzbengel herumdrückten und sich mit jeder Minute, die man am Hörer hing, noch obszönere Gesten einfallen ließen.

Anständiger Kerl, der Modrić. Und im Grunde sehr diskret. »Doktor, ich weiß, dass Sie einer von uns sind, aber erlauben Sie mir die Frage: Sie werden doch jetzt nicht wie so viele lieber als *Atlantiker* durchgehen?«, hatte er ihn gefragt, während er zusammenfasste, was die Neurophysiologie über die ausgeklügelte Intelligenz der Cephalopoden wusste.

»Nein«, hatte er fest geantwortet. »Inzwischen beschäftige ich mich lieber mit dem, was *im* Atlantik ist. Das ist lohnender und befriedigender.«

»*Ça va sans dire*«, hatte Doktor Modrić beigepflichtet.

Eine für ihn so bezeichnende Antwort, dass es umso seltsamer war, ihn die Kollegen in der Kantine mit seinen Partisanenabenteuern belästigen zu hören. Keine Frage, er tat es aus Trotz und um sich Luft zu machen: Die Jugoslawen wurden mit der Kneifzange angefasst – Irredentismus und so weiter –, viel mehr noch als gewisse Deutsche, deren Werdegänge man sich vorstellen konnte (»Nett zu allen, was? Aber im Herzen Faschisten!«).

»Und alles andere siehst du nicht, das geht dich nichts an, oder was?«, versuchte ein Tischnachbar ihn zum Schweigen zu bringen.

Alles andere begann bei dem zyklopischen Balken im Auge, an dem sie jeden Tag vorbeiliefen. Die UNO hatte eine Einigung über die Rückgabe der äthiopischen Kriegsbeute erzielt, doch der Obelisk von Axum stand noch immer vor dem FAO-Gebäude, vierundzwanzig Meter Diebesgut, die sich in den klaren römischen Himmel reckten.

»*Il s'en fichent, les italiens!*«, schloss sein Kollege, »*they don't give a damn*«, nickte ein anderer, die rieben sich vielmehr die Hände, weil die Entkolonisierung den Siegern zugefallen war. Und damit landeten sie bei dem Thema, mit dem sie sich jenseits ihres Fachwissens besser auskannten als irgendwer sonst.

Seit Tagen saßen sie um die in helles Licht getauchten Tische in der Kantine der FAO und verfolgten angespannt die Kongo-Krise, gegen die die soeben zu Ende gegangenen Olympischen Spiele nur eine flüchtige Zerstreuung gewesen waren. Die finsteren Neuigkeiten aus Afrika hatten den Jubel für den äthiopischen Marathonläufer Abebe Bikila, dessen nackte Füße nach der zweiten Umrundung des gestohlenen Obelisken Flügel bekommen und Gold geholt hatten, zunichtegemacht.

Während der Suez-Krise hatte die UNO geholfen, einen neuen Weltkrieg abzuwenden, doch nun hockten zwei lokale Machthaber auf den kongolesischen Bodenschätzen, die Belgien und den Supermächten in der Nase stachen, und setzten die Organisation schachmatt. Die nicht im Entferntesten einer Weltregierung ähnelnden Vereinten Nationen waren nicht einmal in der Lage, im Streit den Schiedsrichter zu geben und für eine Atempause zu sorgen. Eine bittere Erkenntnis, doch noch schlimmer war, dass der Zank inzwischen bis zu ihnen nach Rom gelangt war: Sie waren Experten für Wald und Weiden, für *cultivar* und Lebensmittellagerung, doch der Staatsstreich im Kongo hatte sie entzweit. Der Riss, der sich im Viale delle Terme di Caracalla aufgetan hatte, verlief nicht einmal entlang der Blockgrenzen, waren doch die Sowjetunion und ihre Verbündeten aus der FAO ausgetreten. Der Großteil der Weißen verteidigte die neutrale Rolle, an der die UNO festhielt, die sich für die afrikanischen Kollegen, aber auch für die Türken oder Inder als scheinheilige Farce erwies. Im Kongo hatten Mobutus Soldaten den Ministerpräsidenten Lumumba, der sich für die Einheit seines Volkes, für demokratische Freiheit und eine gerechte Ressourcenverteilung starkmachte, unter Hausarrest gestellt, und die Vereinten Nationen hatten nichts weiter getan, als den Kordon der Gefängniswächter zur Verfügung zu stellen.

»Um ihn zu schützen«, versuchte ein Schwede oder Kanadier einzuwenden und erntete wilde Entrüstung.

Doktor Kuritzkes und Doktor Modrić zählten zu den weißen Raben des farbigen Lagers. Doch wer den Titotreuen Biologen besser kannte, ahnte, dass ihm die geliebten Polypen näher standen als die Bewohner so ferner Gefilde. Derweil kramte Doktor Kuritzkes die alten rhetorischen Waffen der Überredungskunst hervor, die er eigentlich lieber nicht mehr benutzt hätte, zumindest nicht dort. Er wollte nicht abermals an einer Entscheidung zweifeln, politische Spiele waren ihm inzwischen vergällt. Das Emblem der FAO war eine Ähre, »*fiat panis*« ihr Motto. War es zu viel verlangt, zu glauben, er könne unter diesem Zeichen einen ehrlichen Beitrag leisten?

In der vergangenen Woche hatte Georg wieder angefangen, von Gerda zu träumen. Er brauchte ihren Optimismus, ihren unbekümmerten Pragmatismus. Ihr Talent, Unsicherheiten und Enttäuschungen beiseitezuschieben, ihren mühelosen, bisweilen zynischen Realismus, den sie an den Tag legte, um sich nicht geschlagen zu geben. Sogar ihren Spott, dessen Zielscheibe er so häufig gewesen war wie bei keiner anderen Frau.

Was würdest du tun, Gerda? Das ist nicht schwer zu erraten.

»Seid ihr fertig?«, warf sie bei hitzigen Diskussionen in Leipzig dazwischen, die denen jetzt in der Kantine geführten sehr ähnlich waren. »Können wir tanzen gehen, wie du es mir versprochen hast, oder muss ich mir jemand anderen suchen?«, säuselte sie mit einem kleinen Lächeln.

»Ich bin noch nicht fertig, wir reden gerade über wichtige Dinge«, versetzte er unwirsch und war wütend auf die Freunde, die mit den Schuhspitzen wippten und zeigten, dass sie verstanden hatten, die Diskussion sei vertagt. *Ubi maior* …

Doch damals war er gut darin, das Gesicht zu wahren. »In Ordnung«, sagte er, »aber lass mich die Zigarette zu Ende rauchen.« Er bot auch Gerda eine an, und während er das Streichholz ausblies, das er ihr hingehalten hatte (wie viele Zornesausbrüche waren mit solch galanten Gesten erstickt worden?), wandte er sich wieder dem Stand der Dinge zu.

Die Freunde bemerkten seinen Unmut nicht, und Gerda, die sich womöglich nicht darum scherte, ebenso wenig. Ihr genügte es, dass er sie unterhakte und unter seine Jacke schlüpfen ließ, wenn es an der Straßenbahnhaltestelle in der Gohliser Straße zu schneien anfing. Dann schwatzten sie bis zum üblichen *Tanzlokal*, wo die Spannung sich auflöste und die Tanzmusik jeden Gedanken zum Schweigen brachte.

Er mochte das schummrige Licht, die verqualmte, schwitzige Wärme, den Swing, der die Schulterblätter zu verrückten Verrenkungen animierte, und er mochte Gerda.

»Ich mag dich auch. Ganz ehrlich.«

Das hatte sie ihm gesagt, als er es zum ersten Mal geschafft hatte, sie zu umarmen und richtig zu küssen, und ihm ganz schwindelig davon geworden war. Wie hatte sie es fertiggebracht, sich ganz sacht von ihm zu lösen und nur eine Handbreit von seinen Lippen entfernt diesen winzigen Satz zu hauchen? Nein, sie sei wohl nicht das richtige Mädchen für ihn, hatte sie ihm dann gesagt, und außerdem gebe es da Pieter, der ihr viel bedeute.

Georg war schlagartig wieder nüchtern geworden, doch immerhin konnte er sie beim Foxtrott dort berühren, wo man die kleinen Häkchen unter dem Seidenkleid spürte, beim Spurt zur letzten Straßenbahn ihre Hand nehmen, im überfüllten Haltestellenhäuschen ein Lachen auf ihren Lippen ersticken. Er war wie benebelt, bewegte sich im Blindflug.

Doch später, in den zuckelnden, überheizten, von schlechtem Wetter und verpuffender Erregung beschlagenen Straßenbahnen, verhedderte er sich immer wieder in Analysen und Grundsatzfragen. Von einem so bourgeoisen Mädchen sollte ich die Finger lassen, sagte er sich, von der Verlobten eines Kapitalisten, den sie bei jeder Gelegenheit in Schutz nimmt (»Ist es Pieters Schuld, wenn die Amerikaner Sklavenhalter sind?«). Und außerdem wurde Gerda Pohorylle nie müde, sich kokett und oberflächlich zu geben, vielleicht nicht ernsthaft kokett, jedoch stets darauf bedacht, sich ihre unantastbare Unbekümmertheit zu bewahren. Lass dich von diesem sprunghaften hellen Köpfchen nicht aufs Glatteis führen, mahnte er sich und gab weiterhin den Charmeur. Lass dich von ihrem Interesse für deine Buchempfehlungen und deine kritischen Ansichten nicht einwickeln. Du glaubst doch nicht im Ernst, dass sie sich um den Historischen Materialismus oder die Befreiung der Unterdrückten schert. Sie will sich nur nicht langweilen, sich an deinem hübschen Gesicht erfreuen und Spaß haben, das ist alles. Reiß dich zusammen: Amüsiere dich, wenn's sein muss, aber den Rest kannst du dir abschminken.

Der Rest hatte gesiegt. Die Versuchung hatte ihren Weg genommen, die Chemie die Synapsen überschwemmt und den Verstand bezwungen, denn so musste es sein. Georg Kuritzkes war hoffnungslos in Gerda Pohorylle verliebt. Geblieben war nur die Frage, wie es ihm gelungen war, sie zu erobern, bis das, was er für utopisch gehalten hatte, Wirklichkeit geworden war.

Gerda hatte sich verändert. Sie hatte sich gewandelt. Nicht wie die Mädchen, die sich ihm mit so offensichtlicher Hingabe anpassten, dass sie in seinen Erinnerungen miteinander verschmolzen: Hanni, Paula, Trudel, Marie-Luise … An den Scharmützeln mit seiner Mutter, die Gerda anhimmelte und sich bei der kleinsten kritischen Bemerkung auf ihre Seite schlug, hatte sich allerdings nichts geändert. »Was soll das?«, blaffte er. »Ist das der grauenhafte Missionierungseifer, der das zu bekehrende Schäfchen umso schmackhafter macht? Oder schielst du jetzt auch nach dem guten Leben …«

»Reiz mich ja nicht, Georg, du begreifst nichts.«

»Na schön. Dann bitte ich dich, mich aufzuklären!«

Seine Mutter rückte sich die Lesebrille zurecht oder griff sich das Staubtuch, während Georg sie darauf hinwies, Hanni, Paula, Trudel und Marie-Luise seien binnen eines Monats Genossinnen geworden, wenn sie nicht sowieso schon dem Kommunistischen Jugendverband angehört hatten.

»Sag mir, warum ich meine Zeit mit kleinen Mädchen vertrödeln soll, die bei dir sowieso nicht von Dauer sind?«

»Aber *die* schon?«

»Das hoffe ich für dich, *durak*. Ich tue, was ich kann, aber du solltest dich ein bisschen mehr ins Zeug legen als sonst.«

Georg protestierte, niemals würde er den Schmachtlappen spielen, das liefe seiner Erziehung und seiner Vorstellung einer gleichberechtigten Mann-Frau-Beziehung zuwider, und tat so, als wüsste er nicht, was seine Mutter meinte, die ihm bereits den Rücken zukehrte, um nachzusehen, wo sein kleiner Bruder steckte, den sie von Doktor Gelbke hatte. In Wirklichkeit wollte er sie nur dazu bringen, noch einmal zu sagen, wie unglaublich klug und überaus sympathisch und – »das muss ich dir ja nicht sagen« – anziehend Gerda sei. Sobald er ihr diese Bestätigungen abgerungen hatte, gab er Ruhe.

Die Erbauung, die Georg aus seiner Dialektik zog, war sehr viel flüchtiger als der heitere Alltag, der sich dann zwischen ihm, Gerda, der Genossin-Mutter und den anderen Besuchern der Friedrich-Karl-Straße einstellte. Gerda verließ die Mansarde als Letzte, und manchmal ging sie gar nicht nach Hause. Eines Morgens hatte seine Mutter sie wie aus dem Ei gepellt in der Küche vor dem Eisschrank angetroffen.

»Darf ich die Milchflasche nehmen?«, hatte Gerda gefragt.

»Nimm ruhig, für den Kleinen ist noch eine da. Du brauchst gar nicht zu fragen.«

Die im Hause Gelbke verbrachten Nächte mit anschließendem Frühstück hatten sich wiederholt. Gerda trat an den Eisschrank, fragte »Darf ich?«, seine Mutter forderte sie auf, sich zu bedienen, und Georg grinste beim Brotschneiden heimlich in sich hinein (es war albern, aber er freute sich). Dann las Dina laut aus der *Arbeiter-Illustrierte-Zeitung* vor, Gerda angelte nach Fritzchens heruntergefallenem Schnuller und spülte ihn unter dem Wasserhahn ab, und er versuchte, den Kleinen beharrlich davon abzuhalten, auf die Stühle zu kraxeln.

Morgens verabschiedeten sie sich vor der Haustür, abends ging Georg in der Springerstraße vorbei und wartete, bis Gerda herunterkam. Zu seiner Freude war sie überaus pünktlich. Eines Tages, nachdem er sich bereits mehrere Minuten vor der Hausnummer 32 herumgedrückt hatte, hatte er zu früh geklingelt. »Bin gleich da«, hatte Gerda geantwortet und ihn dann gebeten heraufzukommen.

»Georg Kuritzkes, der Medizinstudent«, hatte sie ihn den Eltern vorgestellt. »Aber jetzt müssen wir los, in einer halben Stunde beginnt das Kino.«

»Sehr erfreut, und wenn Sie mehr Zeit haben, beehren Sie uns doch mit einem Besuch.«

»Vielen Dank, Herr Pohorylle, und entschuldigen Sie das kurze Hereinschneien …«

»*Aber bitte*, ihr jungen Leute müsst euch amüsieren!«

Diese Episode in der Diele, während Gerda sich vor einem Spiegel, der über einer bauchigen Scheußlichkeit von Kommode prangte, die Mütze zurechtrückte, hatte ihn nachträglich beruhigt. Spießbürger, hatte er gedacht, kleinbürgerliche Neureiche. Höflich, wie es sich für Kaufleute gehört, aber nicht übertrieben schleimig. Würden sie sich damit abfinden, dass Gerda dem großen Kaffeeimporteur den Laufpass gegeben hatte, um sich auf einen wie ihn einzulassen, der noch keinen Beruf hatte und ein Feind jener Klasse war, der anzugehören sie sich rühmten?

Der Abend war angenehm frisch, und sie hatten Zeit genug, um zu Fuß zum Capitol-Kino zu gehen. Im Schatten der Straßenlaternen, die ihre schmutzig gelben Lichtbahnen auf das Pflaster der Wohnstraßen warfen, waren sie losgezogen. War es der Rhythmus ihrer Schritte gewesen, die Dunkelheit, die auf der Straßenseite entlang des Rosentals noch schwärzer erschien, der Griff ihrer Hände, der sich synkopisch lockerte und wieder schloss? Jedenfalls war ihm eine Frage gekommen, die Schritt um Schritt eine weitere nach sich zog. Hatte Gerda ihren Eltern erzählt, weshalb sie nach Stuttgart fuhr? Oder was hatte sie ihnen sonst gesagt? Dass sie ihre beste Freundin aus Kindertagen besuchen ging? Und was sagte sie, wenn sie nicht nach Hause kam? Dass sie bei Ruth Cerf übernachtete? Oder sagte sie gar nichts?

»Lass uns einen Schritt zulegen, hier ist nichts los, das ist langweilig.«

Georg hätte seine Fragen beiseitegeschoben, hätte Gerda nicht das Tempo beschleunigt. Ihm war, als hätte man ihn in eine jähe Flucht nach vorn gestoßen, die den Herzschlag erhöhte und die Zweifel befeuerte, die sich mit einem Mal mit dem Ehepaar Pohorylle verbanden, das er in glasklaren Standbildern vor sich sah. Die sich wölbende Weste mit der altmodischen Uhrkette ihres Vaters. Die schiefe Brille vor den wässrigen Augen, die zu dem farblosen Bart passten. Die sehr kleine Mutter mit der von ihrer mausgrauen Garderobe unterstrichenen Blässe. Sie hatte den Mund nur aufgemacht, um den Worten ihres Mannes einsilbig beizupflichten.

Hatte Gerda ihn vor ihren Eltern geheim gehalten? Hatte sie nicht nur ihn, sondern alle, die sie kaum eine Viertelstunde die Gohliser Chaussée hinunter mit Bewunderung überschüttete, vor diesen winzigen Autoritäten geheim halten wollen?

Georg hatte nicht darauf geachtet, ob am Türpfosten der Pohorylles eine Mesusa war. Aber er war nun mal der Sohn einer geschiedenen und in zweiter Ehe mit einem Goi verheirateten Frau. Während ihm der abstoßend runde Klang dieses fahrlässigen Wortes durch den Kopf ging, war er abrupt stehen geblieben.

»Schämst du dich für mich?«

»Was?!«

»Schämst du dich für mich und meine Familie?«

Die Wiederholung hatte ihm das Blut ins Gesicht getrieben, vor Scham und vor Wut darüber, dass er sich dafür schämte, doch glücklicherweise war im zausigen Schattengewölk des Rosentals davon nichts zu sehen.

»Würdest du deinen Eltern lieber verheimlichen, was für eine Art von Bekanntschaft wir seit einiger Zeit führen?«

Die Antwort war ein kristallines Lachen gewesen, lang und grausam, und Gerdas Hand hatte sich der seinen entzogen und einen theatralischen Schnörkel in die Luft gemalt.

»Ich pfeife auf meine Eltern: Ich habe schon immer gemacht, was ich wollte.«

Ohne darüber ein weiteres Wort zu verlieren, hatte sie sich wieder seine Hand geschnappt: »Wir kommen noch zu spät ins Kino.« An einer roten Ampel hatte Gerda noch erklärt, diese Geschichte wie auch ihr Zuhause langweile sie nur.

»Ich dachte, du würdest es genauso sehen, aber wenn du willst, lade ich dich zum Abendessen zu uns ein, dann kannst du mit uns Schabbes feiern ...«

»Wie du möchtest.«

Als sie an das Kassenhäuschen des am Wochenende stets gut besuchten Kinos stürzten, war das Thema bereits begraben und ad acta gelegt. Warum hatte er sich in Dinge eingemischt, die ihn nichts angingen? Warum war er in diesen kleinkarierten Moralismus verfallen (nur weil er dem Ehepaar Pohorylle Auge in Auge gegenübergestanden hatte), dabei war Gerda doch eine erwachsene, freie Frau, die jedes Recht hatte, ihr Leben zu leben, wie es ihr passte. Wenn es sein musste, würde er seinen Abschluss machen und den wohlerzogenen jungen Mann spielen, aber bei allem Respekt für Gerdas Eltern würde er keinen Hehl daraus machen, dass er kein einziges hebräisches Gebet kannte, und mit seinen Meinungen nicht hinterm Berg halten. Nicht mehr und nicht weniger.

Dann waren die Prüfungen gekommen, die Ferien, die gemeinsam in Doktor Gelbkes Häuschen in der Dübener Heide verbrachten Tage und schließlich sein Aufbruch nach Berlin. Es hatte keine Einladung zu den Pohorylles gegeben, nichts, was ihrer Zweisamkeit etwas genommen hätte.

Sie hatten ihre glücklichen Gewohnheiten auf neues Terrain ausgeweitet. Und obschon Gerdas kleine Eingeschnapptheiten dort ebenso unvermeidlich waren wie die großen Fragezeichen, die ihn befielen, nahm die Routine den Analysen ihre Schärfe und den Grundsatzfragen ihre Ecken und Kanten. Es herrschte ein Zustand, der den Stillstand der Zeit verordnete, ohne die kein Zweifel reifen konnte. Noch nie war Georg Kuritzkes so glücklich gewesen, und er würde es nie wieder sein.

Die Wehmut, der er sich in den vergangenen Tagen mit den Erinnerungen an die Jahre mit Gerda hingegeben hatte, besaß etwas Tröstliches, und kaum hat er die FAO verlassen, hat er ihr abermals nachgegeben. Mit der Vespa auf dem Heimweg hat er sich überlegt, dass eine Muttersprache und eine Heimatstadt, eine große Aufgabe und eine große Liebe zu haben sich ebenso selbstverständlich anfühlte wie der warme Fahrtwind in seinem Gesicht. Hätte er nicht zumindest damals die Fähigkeit besessen, seine Träume zu leben, wäre aus ihm ein vergrämter Veteran oder ein Verräter geworden, abgekapselt in einer Blase des Vergessens wie diese Andenken, in denen Kunstschnee auf das Kolosseum oder irgendeine andere in ihrem abgeschmackten Idyll gefangene Sehenswürdigkeit der Welt fällt.

Damals war noch nicht alles verloren. Damals war der Widerstand, der zu schwach war, um sich gegen den Winter der Barbarei zu behaupten, noch nicht zu einer Zwangsläufigkeit geworden. Hätte sich der Impuls, sich nicht zu unterwerfen, vervielfachen lassen, hätte dieser Drang, der ebenso belebend war wie seine Freundin, zu einem Aufstand anwachsen können, wäre das tödliche Diktat ins Wanken geraten, bevor seine Niederschlagung eine Welt in Schutt und Asche hinterließ.

In Leipzig und später in Berlin war es zu erbitterten

Zusammenstößen und dramatischen Zerwürfnissen gekommen. Die großen Städte erstickten im Würgegriff des Kleinbürgertums und unter den Massenentlassungen der Arbeiter, die selbst diejenigen in einen inneren Zwiespalt stürzten, die nicht daran glaubten, die Revolution müsse sich wie der arabische Phönix aus den Ruinen der Weimarer Republik erheben. Doch es war etwas anderes, zu kämpfen, solange es noch die Chance gab zu gewinnen. Und Georg organisierte, diskutierte, wich den Hinterhalten der SA aus, machte sich auf Prügel gefasst – und er hatte Gerda Pohorylle an seiner Seite.

Gerda verkörperte das Schöne und das Schwierige jener Zeit, das es mit jedem Tag neu zu entdecken und wiederzubeleben galt. In jener Zeit waren sie das perfekte Paar: Gerda sorgte dafür, dass der Spaß bei ihm nicht zu kurz kam, und er schulte sie im Kampf. Niemand trug Schuld daran, dass diese wunderbare Gegensätzlichkeit in die Brüche ging. Womöglich hätte sie auch geendet, wenn Hitler nicht gekommen wäre, um sie auseinanderzubringen.

Die Erkenntnis hat nichts Betrübliches, vielmehr schiebt sie sein fast fünfzigjähriges Ich, das ein paar Grenzen akzeptiert, um sich nicht allen fügen zu müssen, auf seinen Platz zurück.

Seit Kurzem hat sich seine Mutter aus Überzeugung der Mission verschrieben, die *éducation sentimentale* in Leipzig habe »unsere Gerda« zu einer revolutionären Heiligen gemacht. Georg versucht nicht einmal, ihr zu widersprechen, auch wenn ihm inzwischen Gedankengänge lieber sind, die unter der kalten, strengen Lupe der Neurowissenschaften Bestand haben. Doch wenn es der Genossin Dina Gelbke gelingt, für die Genossin Gerda Taro ein kleines Sträßchen oder einen Zementblock für die Straßentauben herauszuschlagen, die bereits jeden Bronzekopf des verehrten Freundes Lenin verdrecken, kann er nicht umhin, ihr das hoch anzurechnen. Verstand und Erinnerung sind eins, die Ganzheit der Erinnerungen entspricht der Ganzheit eines Menschen, das ist bei den Nomaden nicht anders (und ist er nicht ein Nomade?): Erinnerungen zu pflegen ist kein Privileg bürgerlicher Innerlichkeit. Jeder erinnert sich an das, was ihm nützt, was ihm hilft, im Sattel zu bleiben. Und Doktor Kuritzkes will nur »seine Gerda« behalten, obgleich er weiß, dass es die nicht gibt.

Gerda, die Verwegene, die Unberechenbare, die blonde Füchsin, die sich nicht den kleinsten Happen Glück entgehen ließe, den man der Gegenwart abjagen kann.

In Rom herrschen noch sommerliche Temperaturen und die erste Mitte-links-Regierung versucht sich in Reformen und außenpolitischer Entspannung, doch das politische Tauwetter hat gerade erst eingesetzt, wer weiß, ob es anhält. Das Schicksal Kongos empört ihn, doch würde er sich nicht so sehr in die Ecke gedrängt und von seiner elenden Beamtenverdrossenheit verdrossen fühlen, wenn er nicht jeden Morgen an der Fahne der Vereinten Nationen vorbeigehen müsste. Modrić hat nicht unrecht, wenn er beklagt, die Menschen würden die UNO mit der NATO verwechseln und alles für Ami-Zeugs halten, und überhaupt, »was hat einer von der anderen Seite hier zu suchen, Sie verstehen, Dottore, ein Kommunist?«. Ein ausländischer Kommunist, ein blockfreier obendrein, erscheint in dieser Stadt, die den Zirkus erfunden hat, wie eine Laune der Natur.

Doch immerhin bleiben Doktor Modrić seine sozialistische Heimat und die Vertrautheit mit allem, was sich in Meeren, Seen, Flüssen und Lagunen tummelt. Doktor Kuritzkes hingegen ist ein waschechter Fisch auf dem Trockenen und setzt sich seinem eigenen Sarkasmus aus, als wäre er eine Kur. Morgens im Bad singt er »*Lasciaaate ogni speraaanza … voi ch'entrate!*« und imitiert den heftigen Akzent von Helmut Krebs, dessen hinreißende Interpretation von Monteverdis *Orfeo* ihm an einem Trödelstand an der Porta Portese in die Hände gefallen ist. Die Hinterlassenschaft eines Deutschen? Oder etwas viel Schlimmeres? Ehe er sich die Platte unter den Arm klemmte, hatte er diesen leidigen, einzig von der Marke Deutsche Grammophon heraufbeschworenen Verdacht unter den staubigen Fingern verspürt.

Letzte Woche hat es dann nicht mehr gereicht, sich selbst zu geißeln, vor sich hin zu singen, sich im Büro die Köpfe heißzureden und zu Hause in einem engen Zwiegespräch zwischen Ohrensessel und Plattenspieler *L'Orfeo* oder J. S. Bach zu hören, den strengen Thomaskantor, der durch seine Jugend geisterte. Jetzt muss er rekapitulieren, und das kann er am besten, wenn er verschwitzt und gestärkt vom Dauerlauf an der Villa Borghese nach Hause zurückkehrt, wo er des Morgens nur sportelnden Expats oder ein paar römischen Schoßhunden begegnet, die von Hausangestellten Gassi geführt werden.

Er hat sich nie eingebildet, die UNO könne sich aus den großen Konflikten heraushalten, und er weiß genau, dass es die Neutralität der Wissenschaft nicht gibt. Mit den intellektuellen Kollegen der UNESCO hat er sich so manches Mal über den berühmten Satz aus der *Minima Moralia* die Köpfe heißgeredet: »Es gibt kein richtiges Leben im falschen.« Die UNESCO hat ihm den bestmöglichen Kompromiss geboten, mit dem sich alles in allem leben ließ. Doch nun kann er sich nicht mehr damit abfinden. Wenn er seinem Wahrheitsdrang nachgibt, könnte er noch zu einer richtigen Entscheidung gelangen, auch wenn sie wie ein falscher Schritt erscheint. »Ich gehe, ich kündige.«

Neulich, als er bei seinem Friseur in der Via Sicilia gewesen war und auf dem Weg die Via Veneto hinunter die deutschen Schriftsteller und Akademiker gesehen hat, die die Veranda des Doney zu ihrem Stammtisch erkoren haben, hat er über diese Entscheidung nachgegrübelt. Obwohl das Gehupe der jungen Leute, die ihre beim Aperitif sitzenden Freunde vom Moped aus begrüßten, und das Geschnatter der Amerikaner – Menschen, die sich beim Kino oder bei der Botschaft tummelten und im Café Doney Hof hielten – ihre Stimmen verschluckte, konnte man sie unschwer an ihren Gesichtern und den gesetzten Gesten erkennen, die ihrer in den gefragten Schneidereien erworbenen Garderobe etwas Provinzielles verliehen. Sogar die in Deutschland gefeierte blonde Dichterin nahm sich inmitten dieses unbeschwerten mondänen Trubels wie eine Kärntner Landpomeranze aus. Doch womöglich hatte ihre Befangenheit etwas mit ihrem Schweizer Begleiter zu tun, einem nicht minder berühmten Romanautor, der so anziehend war wie eine runzelige Kröte mit einer Pfeife im Maul. Du solltest dir über Adornos Leitsatz auch einmal Gedanken machen, hatte er gedacht und seinen Zigarettenstummel mit dem Absatz ausgetreten.

Ein Mädchen, das auf das Lokal zuflog, hatte das Bild von Gerda vor ihm aufblitzen lassen. Sie hätte perfekt in diese Umgebung gepasst und sich mit den Kellnern und der bunten Gästeschar in ihrem Element gefühlt: In den Lokalen von Montparnasse war sie zu Hause gewesen, und in Berlin hatte sie ihn dauernd ins Romanische Café zerren wollen (»Geht auf mich! Ich habe noch so gut wie nichts ausgegeben …«), wo man jeden traf, der gerade in aller Munde war. Die junge Italienerin ist auf den einfachen Stoffschuhen an ihm vorbeigeeilt, die Gerda in Spanien trug – *espadrilles* heißen sie jetzt, da sie in Mode sind. Und plötzlich hat er Gerda vor sich gesehen, nicht wie damals, sondern wie sie heute aussähe, mit den figurbetonten Caprihosen, dem Pulli über den Schultern, dem toupierten Haar. Ihre Erscheinung hat seine Grübeleien unterbrochen oder sich vielmehr hineingedrängt. Dieses ewige Brüten über das wahre und das falsche Leben, ich bitte dich, Georg, lass gut sein …

Doch Doktor Kuritzkes bewundert Adorno, der aus dem Exil zurückgekehrt ist, um seinen Frankfurter Lehrstuhl wieder einzunehmen, derweil die deutsche Kulturkritik die Statistenrolle beim Dolce Vita spielt.

Hast du Grund, dir vorzuwerfen, nicht nach Deutschland zurückgekehrt zu sein, um mit denen, die das Eiserne Kreuz in der Schublade haben, Wiederaufbau zu betreiben, hat er sich wie schon so oft gefragt, doch an diesem Tag hat der Gedanke die eindeutig spöttische Klangfarbe von Gerda Pohorylle. Mit belustigter Verwunderung ist er die gewundene Via Veneto hinabspaziert, bis die Piazza Barberini in den Blick geriet. Er hat sich in den Verkehr gestürzt, wie er es in Neapel gelernt hat, und kurz nachdem er in das Sträßchen eingebogen ist, das die Via della Purificazione kreuzt, ist er zu dem Schluss gelangt, dass auch diesmal alles gut ausgehen wird. Wenn es der struppige Dackel geschafft hat, die Medizin zu revolutionieren, wird auch er einen vielleicht bescheidenen, aber eigenen Raum finden, in dem er sich seinen Forschungen widmen kann – wenn nicht in Rom, dann eben irgendwo anders. Man muss nur die Augen offen halten und den richtigen Moment abpassen.

Kaum war er die krummen Steinstufen seines Wohnhauses hinaufgestiegen, hatte Doktor Kuritzkes Ruths Nummer gesucht, um sie nach Willy Chardacks Adresse zu fragen.

Er würde ihm einen Brief mit den aufrichtigsten Glückwünschen schicken. Er würde ihm schreiben, es sei eine große Ermutigung, zu sehen, dass Newtons Apfel noch immer aufs Geratewohl hinunterfalle und dass dieser zufällige Fall, trotz aller Bemühungen, ihn vor irgendeinen Karren zu spannen (nein, das sollte er nicht schreiben), nach wie vor die wichtigste Triebfeder der Wissenschaft sei. Der Zufall war auch ihm beigesprungen, als er bei der Erforschung des durch indirektes Licht geleiteten Orientierungssinns der Fische auf die Theorie des polarisierten Lichtes von Edwin H. Land gestoßen war. Begeistert von dieser hinsichtlich der klassischen Farbenlehre höchst innovativen Theorie, hatte er sogleich mit seinem Freund Professor Somenzi darüber gesprochen, der ihn mit einem äußerst versierten Kameramann bekannt gemacht hatte. In Signor Mario Bernardo hatte er einen Mitstreiter gefunden und die von »Mr. Polaroid« beschriebenen Experimente wiederholt, leider jedoch unter allzu prekären Bedingungen, um zu ähnlich bahnbrechenden Ergebnissen zu gelangen. Die Neuheit ihrer Herangehensweise bestand unter anderem darin, die Farbwahrnehmung auf der Grundlage der neuen Theorie zu untersuchen. Sie hatten einen Artikel für eine Fachzeitschrift geschrieben, und er hatte den Erfinder der Polaroidkamera umgehend darüber in Kenntnis gesetzt.

Vielleicht würde Willy ihm nur zwei Dankeszeilen zurückschreiben. Doch das war nicht der springende Punkt: Es ging darum, sich wieder die gleiche Bandbreite von Möglichkeiten zu verschaffen, wie der Dackel sie hatte.

Als Ruth ihm dann geraten hatte, ihn anzurufen, hatte er sich so erleichtert gefühlt, dass er das Album von Dave Brubeck (ein Geschenk seiner Nachbarin, der er den Freundschaftsdienst erwies, ihre epileptische Nichte zu betreuen) aufgelegt und den Takt von *Take Five* auf den Armlehnen mitgetrommelt hatte.

Und jetzt ist er wieder auf dem Weg hinaus, hat das FAO-Gebäude in Gedanken bereits verlassen, und nachdem er Willy Chardack gerade am Dienstapparat seine Absichten angedeutet hat, ist er nun überzeugt, dass er tatsächlich kurz davorsteht, dem Circus Maximus den Rücken zu kehren. Fehlt nur noch, dass er Oreste zusammen mit den Zigaretten anbietet (»Nehmen Sie sich noch zwei für nachher, ich habe eine ganze Stange«), seinen Jungen mitzunehmen, der anscheinend um drei Uhr irgendwo sein muss. Sollte der Portier nichts gegen die Fahrt auf der Vespa haben, wäre das auch erledigt. »Ich hab doch das Fahrrad, verflixt!«, wendet der Junge ein, ehe der Vater sich die richtige Antwort auf das unausgesprochene Angebot überlegen kann.

Einen Moment lang starren sie verlegen auf den eingewickelten Topf auf dem Empfangstresen. »Das Fahrrad kannst du später holen«, sagt Oreste schließlich zu seinem Sohn, »wenn Doktor Giorgio schon so nett ist …«

Doktor Giorgio ist so nett, den Jungen auf dem Weg zum Tor nach seinem Namen zu fragen. »Claudio«, sagt der und dann nichts mehr. Doch er schaut ihm aufmerksam zu, während er das Bündel mit dem Topf an den Lenker hängt, die Kette verstaut, den Motor anlässt.

»Wo soll's hingehen?«

»Viale di Trastevere, kennen Sie den Weg? Am besten fahren wir da lang, und dann sage ich Ihnen, wie es weitergeht.«

»Na schön. Halt dich fest.«

Am Ende der Via San Francesco a Ripa macht der Junge ihm Zeichen, abzubiegen und gegen eine Einbahnstraße zu fahren, doch zum Glück sind sie so gut wie am Ziel. An dem für Trastevere stattlichen und in einem schlammigen Rot gestrichenen Haus prangt ein Schild, das der Fantasie eines Surrealisten entsprungen zu sein scheint: VIA DELLA LUCE.

»Ich beeil mich.«

Der Junge hat ihn auf dem Sattel der Vespa zurückgelassen, wo er eine Zigarette rauchen und über das Baujahr und die ursprüngliche Nutzung des Hauses

(Unterkünfte für die Dienerschaft irgendeiner Villa?) nachgrübeln kann. Es sind mehr Katzen als Passanten und Fahrzeuge unterwegs, und nicht alle sind räudig. Aber es ist nun einmal Sonntag, und die Stadt hat gerade zu Mittag gegessen. Klapperndes Geschirr, singende und plappernde Radios, offenbar hat die Meisterschaft noch nicht angefangen.

Ein Fensterladen schwingt auf, und eine Frau mit einem beachtlichen Dekolleté beugt sich heraus. »Das wäre doch nicht nötig gewesen!«, ruft sie ihm zu. »Ich wollte noch herunterkommen und mich bei Ihnen bedanken, aber Claudio ist schon weggerannt.«

Erhitzt von seinem Treppenspurt, kommt der Junge mit hochgezogenen Strümpfen und gekämmten Locken aus dem Haus. »Mama will, dass ich zu Fuß gehe«, sagt er mit einem Blick nach oben. »Macht nichts, bis San Cosimato sind es nur ein paar Minuten.«

Der Doktor will etwas einwenden, als die Glocken im üblichen verschleppten Takt zu läuten beginnen. Als der Hall verklingt, geht auch das Fenster im dritten Stock zu.

»Es ist drei Uhr, du kommst zu spät.«

»Keine Sorge, Dotto', die anderen sind auch nicht pünktlich.«

Der Junge will sich in Bewegung setzen.

»Sie sind Deutscher, stimmt's?«, fragt er ihn.

»Hört man das?«

»Wegen der Pünktlichkeit … sonst würde man es nicht meinen«, befindet er und flitzt mit einem kleinen Winken davon.

Es ist drei, Doktor Kuritzkes sollte sich auf den Weg in die Via Asiago machen. Mario Bernardo erwartet ihn, er will ihm ein paar didaktische Kurzfilme für das Fernsehen zeigen. Sie planen einen Film über die Farbwahrnehmung, aber es wird nicht einfach sein, einen Produzenten zu finden. Ob Mr. Polaroid glaubt, er habe ihm nur geschrieben, um ihn anzupumpen, fragt er sich plötzlich, als er zwischen einigen Nonnen und Touristen am Tiber an der Ampel steht. Er würde sich schwarzärgern, wenn ein absurdes Missverständnis die Korrespondenz mit Land im Keim ersticken würde. Er muss mit Mario darüber sprechen und darf sich jetzt nicht verfahren, doch zum Glück ist das in Prati kaum möglich. Er stellt die Vespa vor der RAI ab, wo man ihm mitteilt, Signor Bernardo habe ihm eine Nachricht hinterlassen.

Georges,
entschuldige, mir ist etwas dazwischengekommen. Wie immer beim Kino: die rufen, und man muss spuren. Der Anruf kommt von Fellinis Produzenten. Die Gegend ist unter den Neorealisten sehr begehrt. Komm nach, wenn Du willst. Ansonsten sehen wir uns am Abend.
Mario

Wegbeschreibung: Vom Bahnhof Termini fährst Du über die Piazza Vittorio und nimmst hinter der Piazza di Porta Maggiore die Prenestina. Irgendwann siehst Du auf der linken Seite ein zylinderförmiges römisches Mausoleum. Ab dort folgst Du meiner Skizze.

Von antiker Größe geleitet, biegt Doktor Kuritzkes schließlich in eine Querstraße ein, die hoffentlich mit der Skizze seines Freundes übereinstimmt. Langsam kriecht er durch das Labyrinth dicht bewohnter Gassen, um die Straßennamen zu lesen (Giovenale: Juwenal, einen solchen Dichter haben sie in diese gottvergessene Gegend verbannt?) oder zur Not jemanden nach dem Weg fragen zu können. Während er fast im Schritttempo dahinrollt, den wachsamen Blick nach vorn gerichtet und umgeben von der drückenden Schwüle, die zwischen den Häusern steht, passt sich sein Atem dem verzögerten Rhythmus des Staunens an. Hat er sich verfahren? Vielleicht. Die Vertrautheit dieses Verlorenheitsgefühls verblüfft ihn, es ist die instinktive Reaktion auf eine fremde Stadtlandschaft, die eine in Neapel erlernte und in Marseille aufgefrischte Wachsamkeit auf den Plan ruft. In Barcelona und Madrid war das anders, dort hat er auch für die Freiheit der Diebe gekämpft. Was er sieht, ist ihm fremd, er weiß nicht, wo er es verorten soll, und dennoch meint er, es zu kennen. Vielleicht sind es Erinnerungen an einen Film, den er einmal gesehen hat. Nein. Hier zählt die Wahrnehmung der Farbe, die Substanz der Farbe, der gelbliche Staub, der über der Straße hängt. Der verwitterte, pudrige Putz an den geduckten Häusern. Die eingesunkenen Ziegel, der Rost auf den Blechdächern. Die stumpfe oder lärmende Gleichgültigkeit der Bewohner. Proletariat und Lumpenproletariat, das sich gewiss nicht zu schade ist, für ein mickeriges Tageshonorar die Rolle der römischen Plebs zu übernehmen, aber doch mehr will, als in irgendeinem Monumentalfilm für Masse zu sorgen. Gewaltsam verstädtert, einverleibt wie die letzten Weiden samt den vom Verkehrsdreck der Prenestina geschwärzten Schafen. An der ersten Kreuzung muss er nach rechts, und er fährt sehr langsam. Er ist sich nicht sicher, ob er danach an der ersten oder an der zweiten Querstraße abbiegen muss. Ein Baum versperrt das Sichtfeld, eine Eiche, deren Wurzeln den Asphalt wölben. Man könnte fast auf der Sierra Morena sein, die ganze Siedlung sieht aus wie eines der verwaisten Dörfer, wohin man ihn in ein Feldlazarett versetzt hatte, das diesen Namen kaum verdiente. Und in so einer Hütte war plötzlich wie aus dem Nichts Robert Capa aufgetaucht.

Er trug einen vor Ruß und Schuttstaub starrenden Mischmasch aus Zivil- und Militärkleidung, sodass Georg ihn zunächst für einen Soldaten hielt. In den frühen

Tagen des Jahres '38 herrschte klirrende Kälte, und die in den ersten Etappen gelegene Ortschaft war auf gut tausend Metern. Der Raum, in dem er die Verwundeten zusammenflickte, war nur um wenige Grade wärmer: Um das Tageslicht auszunutzen, konnte man das Fenster nicht mit Lumpen und Zeitungspapier zustopfen. Um ihn loszuwerden, hatte er die üblichen Phrasen heruntergespult, ohne von seinem notdürftigen OP-Tisch aufzublicken. »*Para buscar a unos compañeros heridos vaya a la cocina, si eres herido tu mismo, camarada, busca a una enfermera.*« Sollte ihn doch jemand anders abwimmeln, denn gewiss war er nur erschöpft, stand unter Schock oder wollte sich ein wenig aufwärmen. Der Mann war einen Moment auf der Schwelle stehen geblieben und davongegangen.

Normalerweise sorgte die Dunkelheit für eine Waffenruhe, in der die Verletzten herauftransportiert wurden. Die schweren Fälle wurden im funzeligen Licht von Petroleumlampen operiert, das einem Caravaggio alle Ehre gemacht hätte. Im Schutz der Dunkelheit ließ sich auch das medizinische Personal ablösen, was sonst nicht immer möglich war, doch an jenem Tag hatte Georg eine Pause machen können. Am Eingang hockte der übliche Haufen Krankenträger und verarzteter Soldaten, die in der Finsternis nicht voneinander zu unterscheiden waren. Der Mann von vorhin hatte ihn wiederum sehr wohl erkannt: »Georg Kuritzkes!« Er war zusammengefahren und hatte sich misstrauisch umgedreht. Dort nannten ihn alle nur Jorge, *doctor* oder *camarada*, und er konnte nicht fassen, dass man ihm jemanden nachgeschickt hatte, um ihm Ärger zu machen. Es war nicht seine Entscheidung gewesen, die Offensive ohne die Internationalen Brigaden durchzuführen oder dass man für Ärzte eine Ausnahme gemacht hatte.

»*Was für eine wunderbare Überraschung! Und an einem solchen Tag!*«

»*Sind Sie Robert Capa?*«, hatte er mit einer hier verpönten Förmlichkeit gefragt. Er hatte ihn nicht zuletzt an der Übertreibung erkannt (sogar »wunderbar« war die Überraschung, ihn zu treffen!), doch am selben Tag waren die Kameraden in Teruel einmarschiert, und diese Neuigkeit hatte seinen Verdacht zerstreut, die Emphase könnte ironisch gemeint sein.

»Ein Tag, der uns neue Kraft geben wird«, hatte er zugestimmt.

»Du hast deine Arbeit getan und ich meine, jetzt können wir feiern, oder nicht?«

»Wieso nicht«, hatte er erwidert, »aber nach dieser Nachricht kann ich erst recht nicht von hier fort. Bestimmt ist man in Teruel gerade dabei, Erste Hilfe zu organisieren, sie werden jemanden holen kommen ...«

»*Richtig*«, hatte Capa gesagt. Er hatte die Mütze abgenommen, sie in die Tasche gestopft und war, ohne ihn um Erlaubnis zu fragen, in den Operationsraum getreten.

Georg hatte ihn sich dreist vorgestellt (»So wie die da«, hatte Gerda gemeint und auf die neapolitanischen Straßenjungen auf den Felsen gedeutet), aber jünger. Der Krieg machte alt, erst recht, wenn man bis zum Hals drinsteckte.

»Doktor Kuritzkes«, hatte Capa noch einmal gesagt und sich die Jacke aufgeknöpft, unter der er seinen Fotoapparat verbarg. Er hatte sich entschuldigt, ihm ein paar Minuten seiner Zeit zu stehlen, auch wenn die Eroberung von Teruel eine Freude sei, die man mit *todo el mundo* teilen müsse.

»Aber das hier nicht«, hatte er hinzugefügt, einen Umschlag mit Fotografien aus der Brusttasche gezogen und ihm in die Hand gedrückt.

Das trübe Licht machte das Betrachten der Bilder mühsam, doch immerhin sah Capa nicht, was er nicht sehen sollte: Die Kälte brannte in den Augen, kaum füllten sie sich mit Tränen.

»Darf ich eines behalten?«, hatte er ihn gefragt.

»Auch alle, wenn du willst. Wir sind Fotografen, ein neuer Abzug kostet uns nichts.«

»Wir?«

Capa, Chim und Gerda hatten ein Atelier gemietet: hell, ruhig und groß genug, dass sein Freund und Assistent dort wohnen konnte. Ruth Cerf ging ihnen zur Hand, an Arbeit fehlte es glücklicherweise nicht.

Es war Georg ein Rätsel, wie Capa so herumschwadronieren konnte: Er lud ihn nach Paris ein, bot ihm ein Bett im Atelier an, beharrte, es sei besser als jedes Hotel – die Einrichtung sei Gerdas einzigartigem Geschmack zu verdanken, ihrem ausgeprägten Pragmatismus. Er ging ihm damit so auf die Nerven, dass er sich fragte, ob Capa vielleicht nicht mehr ganz sauber tickte. Schließlich arbeitete er unter Beschuss und riskierte dauernd seine Haut, und vielleicht hatte sein seelisches Gleichgewicht darunter gelitten, auch wenn sich ein Fotograf jederzeit zurückziehen konnte.

»Und geht es Ruth gut?«, hatte er sich erkundigt. »Grüßen Sie sie herzlich von mir, wenn Sie sie sehen.«

Unter den Fotografien hatte Georg ein gestelltes Porträt von Gerda entdeckt, auf dem ihr unverwechselbares Lächeln strahlte. Capa hatte ihm einen vielsagenden Blick zugeworfen.

»Nur keine Hemmungen, *bitte.*«

Ahnte der Fotograf, wie oft er ihr diese Lederjacke ausgezogen hatte?

Und dann war da noch ein anderes Foto, auf dem sich Gerda einen Seidenstrumpf hochzog und eine ihrer typischen Grimassen machte. Man sah alles: den nackten Schenkel, das zerwühlte Bett, die Blumentapete des abgewohnten Hotels, eine Flasche Pastis, einen kimonoartigen Damenmorgenmantel, der hinter einem Waschbecken hing.

Er hätte sich nicht ausgerechnet dieses Foto geben lassen sollen, doch schließlich war es Capa gewesen, der ihm seine Intimität mit Gerda unter die Nase hielt.

Als er ihm den Packen Fotos zurückgab, hatte Capa geweint. Weinend bestärkte er Georgs Wahl mit einem heftigen Nicken und schob den Rest der Fotos umständlich in den Umschlag zurück. Georg hatte geglaubt, er sei inzwischen an Kameraden gewöhnt, die plötzlich die Nerven verloren, zu schluchzen begannen oder wie leckende Wasserhähne in stumme Tränen ausbrachen. Doch es war nichts zu machen gewesen: Er hatte auch zu weinen begonnen.

»*Entschuldigung*, Georg, wir haben keine Zeit zu verlieren …«

»Die Zeit für eine Zigarette sollten wir noch haben«, hatte er zurückgegeben und mit dem tröstlichen Gedanken, dass mit dem Ende der Belagerung auch dem Tabakmangel abgeholfen wäre, nach seiner letzten Ration gesucht.

Capa hatte ihm eine seiner amerikanischen Zigaretten angeboten und versprochen, ihm ein Päckchen dazulassen, ehe er sich wieder auf den Weg machte. Er werde sofort nach Paris und dann nach China aufbrechen, wohin er eigentlich mit Gerda hätte reisen sollen. Inzwischen könne er es nicht mehr aufschieben. Doch nicht nach Teruel zu kommen wäre abtrünnig gewesen, ein Verrat.

Er redete mit der Kippe im Mund, an der er bei jedem Atemzug mechanisch zog, und kramte in den Innentaschen seiner Jacke, bis er eine Feldflasche zu fassen bekam und ihm den ersten Schluck anbot.

»Du musst dich mit diesem aragonesischen *Schnaps* begnügen, mein Brandy-Vorrat ist aufgebraucht.«

So, wie er weiterplauderte (von diesem hausgemachten *aguardiente*, der sogar Steine erweichen konnte; vom großen Ernest Hemingway, der soff wie ein Loch, aber sich der republikanischen Sache mit ganzem Herzen verschrieben hatte; von den endlosen Fragen, die er ihm stellen würde, wenn Zeit dazu wäre), schien er sich wieder gefasst zu haben.

Nach der dritten Runde fühlte Georg sich wie benebelt. Er hatte nicht geschlafen, nur ein paar Löffel von den üblichen Bohnen gegessen. Nachdem er einen weiteren Schluck hinuntergekippt hatte (er kam sich vor wie ein Ethnologe, der gezwungen war, sich mit seinem Forschungsobjekt zu verbrüdern), hatte er Capa die Feldflasche mit entschiedener Geste zurückgegeben.

»Auf Gerda«, hatte er leise gesagt. Nicht betrunken, aber von diesem teuflischen *aguardiente* verführt, auf mögliche Reaktionen zu pfeifen.

Mit einem komplizenhaften Grinsen, das seine gebleckten Zähne im Licht der Funzel geradezu unheimlich aufschimmern ließ, hatte Capa den Trinkspruch erwidert: Auf unsere Gerda, *lechaim*, auf das Leben und auf die Freiheit!

Er hatte geräuschvoll getrunken und, nachdem er sich Kinn und Mund abgewischt hatte, wieder zu reden angehoben: von der Verpflichtung, die ihn in Paris festgehalten hatte, von der Ohrfeige, die er sich bei der Beerdigung eingefangen hatte (»du kennst doch die Pohorylle-Brüder, nicht wahr?«), von der unverzeihlichen Dummheit, sie dort unten allein gelassen zu haben.

»Stell dir vor«, hatte er gesagt, »ich habe geglaubt, im Falle einer Entscheidungsschlacht wäre die gesamte militante Presse sofort zur Stelle, um sie rauszuholen! Ich hatte sie doch gesehen! In Madrid oder beim Schriftstellerkongress in Valencia waren sie wie die Schmeißfliegen. Der Korrespondent vom *Daily Worker*, der Berichterstatter von der *Prawda*, von den anderen ganz zu schweigen. Schmeckte mir das? Nein. Hatte ich eine

Wahl? Nein. Glaub mir, es war sogar meine Idee, sie diesem kanadischen Journalisten anzuvertrauen, für den sie mehr übrighatte als für die anderen. Hübsches Kerlchen, ein properer Zwanzigjähriger, der mit Steak und Milch, Mannschaftssport und dem Glauben an das Gute großgeworden ist, von dem er denkt, es würde nun im Kommunismus triumphieren. Ich dachte, der würde eher sterben, als sie im Stich zu lassen, so verknallt war er. Kannst du dir das vorstellen, Georg? *So ein Idiot*! ›*Teddie, please keep an eye on her*‹. Verstehst du, wie in einem Hollywoodfilm: Er, der schwört und knallrot dabei wird, sie, die uns anstrahlt und vom einen zum anderen blickt. Gerda würde mit ihm machen, was sie wollte, und ich Idiot wollte die Gefahr nicht sehen. Und so ist sie dortgeblieben. Er ist davongekommen, der Ärmste. Ted Allan: Hast du ihn mal kennengelernt?«

Das letzte Mal, dass Georg Gerda gesehen hatte, war tatsächlich auch dieser Journalist dabei gewesen. Die beiden schienen sich ein wenig zu gut zu verstehen, doch das hatte er Capa verschwiegen. Er hatte ihm gesagt, er habe ihn beim Fronturlaub in Madrid kennengelernt, schließlich war Gerda stets daran gelegen, den alten Freunden ihre neuen Bekanntschaften vorzustellen.

Capa hatte ihn lange angesehen und ihm dann eine extravagante Frage gestellt, die den erwartbaren Fragen – beispielsweise welchen Eindruck Ted Allan auf ihn gemacht habe – völlig zuwiderlief.

»Und wie hat sie dich vorgestellt?«

»Den genauen Wortlaut?«

»Wenn du ihn noch weißt …«

»So etwas wie ›*Voilà, je vous présente mon très cher ami, le docteur Kuritzkes*‹.«

Nach ein paar Sekunden des Schweigens hatte sich das, was zunächst wie ein gedämpftes Schluchzen klang, als heiseres, genüsslich unterdrücktes Lachen entpuppt.

»Weißt du, was sie Teddie erzählt hat? Sie hatte ihm gesagt, sie könne sich nicht mehr verlieben, weil Hitler ihre große Liebe ermordet habe. Ach, er war so schön und mutig, dieser heiß geliebte Mann, dieser polnischstämmige Arzt! *Docteur Kuritzkes, mon cher ami*, auf dass du gesund und munter bleibst, bis du hundertzwanzig bist!«

Ehe er etwas erwidern konnte, redete Capa einfach weiter. Und das war besser so, denn diese Preisgabe hatte ihn erschüttert.

Ted Allan war als ein Häufchen Elend auf Krücken in Paris aufgetaucht, und Capa hatte sich um ihn gekümmert und ihm schließlich vorgeschlagen, sich gemeinsam nach New York einzuschiffen, von wo aus Teddie nach Montreal zurückkehren würde. Auf dem Schiff schleppte er sich wie der Glöckner von Notre-Dame von der Kabine zum Speisesaal, klammerte sich bei Seegang dankbar an Capas Arm oder verlor sich mit reuevollem Hundeblick in verliebten Erzählungen.

»Was soll ich dir sagen, Georg? Irgendwie mochte ich das. War das die sprichwörtliche Wirkung von ›geteiltes Leid ist halbes Leid‹? Schon möglich. Ich hörte mir gern von ihm an, wie großartig unsere Gerda war. Ich weiß nicht, wie es dir geht, aber ich war eifersüchtig wie ein Pavian, auch wenn es das Zusammenleben um einiges komplizierter machte. Doch seit sie nicht mehr da ist, ist es mir gleich, wem sie schöne Augen gemacht hat.«

Wie um ihn zu einer Antwort zu ermutigen, hatte Capa ihm noch eine Zigarette angeboten. »Ich war nicht eifersüchtig, so gut wie nie«, hatte Georg ihm entgegnet.

»Ja, das hat Gerda auch behauptet.«

Das Letzte, was Capa ihm anvertraute, ehe man sie vor die Tür setzte und er ihn auf der Schwelle des Operationsraumes umarmte, war, dass Teddie sich nur tagsüber so benahm, doch abends, wenn er getrunken hatte (»Was soll man auf einem Schiff sonst tun!«), schlug er ganz andere Saiten an. Dann faselte er, er habe Gerda mit nach Amerika nehmen wollen, um sie von ihrem Schmerz über diesen polnischen Arzt zu heilen. Nichts außer dem Tod hielt ihn von seinen Träumen ab, und wie im Roman konnte der Tod im Nachhinein alles möglich machen.

»So sind die Amerikaner. Träumen von einem Häuschen, das genauso aussieht wie das des Nachbarn, mit Kindern und Kamin und vielleicht noch einem riesigen roten Stern auf dem Weihnachtsbaum, und in ihrem Kopf ist bereits alles fix und fertig.«

Auf dem Überseedampfer hatte Teddie sich damit gebrüstet, Gerda habe seine Erzählungen brillant gefunden und ihn sogar ermutigt, sie Hemingway zu schicken. Er wollte ihr sein Talent beweisen, denn – *sorry to say, my friend* – der Ruhm eines Schriftstellers stellte den Erfolg eines Fotografen mühelos in den Schatten.

»Das waren keine besonders angenehmen Momente, *mein lieber Georg*. Aber was sollte ich machen? Ihn an China erinnern, und *adiós my friend*? Oder ihm erklären, dass Gerda in den Atempausen zwischen einer Schlacht und dem nächsten Bombenangriff nicht sonderlich wählerisch war? Es war rücksichtsvoll von ihr gewesen, ihm diese Lüge aufzutischen, schade nur, dass Teddie in seiner unverschämten Naivität beschlossen hat, den Wink nicht zu verstehen. Schon möglich, dass sie in ihn verschossen war, doch das war sie in viele junge Kerle, die sie morgens aufbrechen und abends nicht zurückkehren sah. Das Einzige, was Gerda rückhaltlos liebte, waren weder ich noch du oder sonst jemand, sondern alle, die ihr Leben dem Kampf gegen den Faschismus verschrieben haben, es waren Spanien und ihre Arbeit an der Seite des spanischen Volkes.«

Georg hatte genickt.

Er fragte sich, ob sie auch Capas allmählich überdrüssig geworden war, doch eines musste er ihm lassen: Im Krieg ist einem der Kamerad am nächsten, und Gerdas

Kamerad war Capa gewesen, der Einzige, den sie an ihrer Seite gehabt hatte. Es hatte Georg nicht leidgetan, sich das einzugestehen, als er ihn endlich hinter der Straßenbiegung verschwinden sah, den Rucksack auf der Schulter, den Kragen hochgeklappt, die grobe Wollmütze tief in den Nacken gezogen. Leider hatte er vergessen, ihm das Päckchen Lucky Strike dazulassen.

Von den Erinnerungen eingeholt, hat Doktor Kuritzkes auf der Querstraße der Via Giovenale angehalten, die ihn zum Ziel bringen sollte. Er könnte sich jetzt wieder in Bewegung setzen, doch soeben ist ihm etwas Verrücktes aufgegangen: Die Begegnung mit Capa in Teruel ist ihm lebhafter im Gedächtnis geblieben als der Moment, als die von ihrem freien Tag zurückgekehrten Kameraden ihm eine Tageszeitung in die Hand gedrückt hatten. Schlimme Nachricht, hatten sie gesagt. Die Beileidsbekundungen, die sie gewiss für ihn übrig hatten, sind ihm entfallen. *Enterrada en París la camarada Gerda Taro caída en Brunete.* Ein Riss. Eine Lücke, die eine exakte klinische Bezeichnung trägt. Nur das Datum auf dem Zeitungsausschnitt ist geblieben, verwahrt in der Tasche, in der ein Soldat alles zusammenhält, was ihm am teuersten ist: erster August, dabei hätte es ein Geburtstag sein sollen.

Doktor Kuritzkes beschließt, Mario Bernardos Wegbeschreibung hervorzuholen, um festzustellen, wo er ist, doch ist das nur ein Behelf, um sich von den Erinnerungen loszureißen. Ich bin fast da, vergewissert er sich, während der Motor heiser knattert und seine Sohlen sich noch immer nicht von der Fahrbahn lösen.

Bis auf ein Scharmützel Mitte September, an dem er teilgenommen hatte, hatte die Córdoba-Front während dieser ganzen Zeit im Winterschlaf gelegen. Briefe aus

Neapel und Paris waren eingetroffen, und über geheime, verschlungene Wege sogar welche von seiner erschütterten, mit nutzlosen Floskeln und Ratschlägen großzügigen Mutter. Auch Morandi war gekommen, um ihm sein Beileid auszudrücken. Großer Mut erfordert großen Mut, hatte er gesagt und ihm die Hand geschüttelt. Er hatte sich bedankt und den Händedruck erwidert. Erst Monate später, als er sich im Kampf um die Leben seiner Kameraden sein eigenes zurückholte, hatte es ihm gedämmert, dass er seine Versetzung womöglich seinem alten Befehlshaber zu verdanken hatte. Ein Mann wie Aldo Morandi brachte es fertig zu sagen, auf einen Soldaten, der es darauf anlege, sich eine Kugel einzufangen, könne er gut verzichten, vor allem, wenn der sich nützlich machen und den noch tauglichen Soldaten wieder auf die Beine helfen könne. Wer weiß, ob er angefügt hatte, dass besagter Soldat bis zur Todesnachricht Gerda Taros sich keinerlei solcher Schwächen der Moral schuldig gemacht hatte. Eine Glücksritterin als Beispiel für Heldenmut zu feiern, ohne sich klarzumachen, was einen wirklichen Kämpfer ausmacht, soll allen eine Lehre sein.

Dieser Gedanke ist neu, und es ist der erste, der Doktor Kuritzkes aufmuntert. Vielleicht stünde er jetzt nicht hier im Schutz einer Eiche und ließe den Autoverkehr an sich vorbeiziehen, hätten die herzliche Abneigung eines Offiziers alten Schlags gegen Gerda und die anhaltende Vereisung der Córdoba-Front, die mit seiner eigenen Vereisung einherging, ihn nicht hierhergeführt. Er fühlt sich tatsächlich besser. Obwohl in Gedanken noch woanders, geht ihm auf, dass die Autos, die an ihm vorüberfahren – darunter ein glänzend schwarzes – nicht in diese ärmlichen Straßen gehören. Die Filmleute fahren ab, überlegt er, dann können Mario und ich uns endlich unseren Projekten widmen.

Er erblickt eine Menschengruppe, die sich um mehrere Mopeds schart. Geschrei weht in lauten Fetzen zu ihm herüber. Wird da gestritten? Nicht zwangsläufig, in dieser Gegend zetern die Leute wegen allem und jedem. Er hat keine Lust, in einen Streit zu geraten, vor allem nicht in diesem Viertel, in dem es gewiss leicht zu Handgreiflichkeiten kommt. Er stellt den Motor ab und lauscht.

»Haut ab, hier gibt es nichts für euch. Verstanden? Ihr sollt verschwinden.«

Irgendjemand sagt »Krieg dich wieder ein«, doch dann hebt das Stimmengewirr von Neuem an. Wenn er wissen will, was dort los ist, muss er wohl oder übel unter dem Baum hervorkommen.

Ein paar Streitende kehren ihm den Rücken zu, die anderen verschwinden immer wieder hinter den wehenden Eichenzweigen, und trotzdem gibt es keinen Zweifel. Die Kleidung, die Haltung, die Physiognomie dieser Jungs sind eindeutig bürgerlich. Mit quietschenden Bremsen, die das Wortgefecht verstummen lassen, schlingert er auf sie zu.

»Wisst ihr, wo ich Signor Bernardo finde?«, fragt er.

»Der müsste noch in der Bar um die Ecke sein«, antworten sie gleichgültig.

Auch vor der Bar stehen Leute, die sich angeregt unterhalten, nur ein junges Mädchen mit einem Notizblock und einer kleinen Flasche Orangenlimonade in der Hand steht ein wenig verloren daneben. Oben auf den Stufen, die von der Straße zur Terrasse hinaufführen, diskutiert Mario Bernardo mit ein paar anderen, die ihre Kleider und Taschen überall auf die Stühle und Tische verteilt haben.

»Georges, wie schön!«, ruft er, als er ihn sieht. »Ich hoffe, es war nicht allzu mühsam, uns zu finden. Darf ich dir wenigstens einen Kaffee oder ein Getränk anbieten, nachdem du bei dieser Hitze quer durch die Stadt gefahren bist?«

Doktor Kuritzkes fährt rechts ran, schaltet den Motor ab, folgt Mario an ein Tischchen, doch der schnappt sich seine Jacke, die er dort abgelegt hatte, statt ihn zum Platznehmen aufzufordern, was vermuten lässt, dass sein Freund es kaum abwarten kann, von hier zu verschwinden. Einen Espresso nehmen sie trotzdem und stellen sich an den matten Marmortresen, den der Barmann eilfertig abwischt, ehe er die Untertässchen daraufstellt.

»Die machen hier auch Eis, wenn du Lust hast«, schlägt Mario vor, als wollte er sich für seine mangelnde Gastfreundschaft entschuldigen. Die Leute vom Film glaubten wohl, mit Geld lasse sich alles regeln, raunt er ihm zu und schnaubt verärgert.

»Möchtest du noch etwas anderes?«

»Nur einen Schluck Wasser. In Neapel hätte man es gleich dazubekommen. Aber Italien ist kompliziert, ein ganzer Kontinent.«

Sein Freund ist der gleichen Meinung und findet es bemerkenswert, dass ihm das aufgefallen ist. In Rom, meint er, würden allmählich alle glauben, sie seien der Nabel der Welt und alles andere sei unbedeutende Provinz. Dabei würden die echten Römer nicht viel mehr als die paar Straßen kennen, in denen sie sich tagtäglich bewegten.

Der Barmann stellt Georg ein Glas Wasser hin und schaltet sich ein.

»Sie haben recht, Dotto', und Ihr Freund ebenfalls. Wenn er in Neapel gewesen ist, war er vielleicht sogar dort, wo ich herkomme. Ich bin zwar hier geboren, aber meine Verwandten unten in Ciociaria sagen, im Vergleich zu dem, was die anderen angestellt haben, waren die Deutschen echte Gentlemen! Und außerdem, seien wir mal ehrlich: Von den echten Römern, deren Urahnen schon zu Cäsars Zeiten hier gelebt haben, gibt's nur noch ganz wenige!«

Während Mario Bernardo das Restgeld einsteckt, entgegnet der inzwischen an derlei Bemerkungen gewöhnte Doktor Kuritzkes, die Gründe, die ihn nach Neapel verschlagen hätten, seien erfreulicher gewesen als der letzte Krieg.

»Ein Glück, dass du gekommen bist, Georges«, sagt Mario, als sie die Bar verlassen, »jetzt muss ich mir auf der Heimfahrt nicht schon wieder das ganze Gerede anhören. Wer weiß, ob aus diesem Film was wird … Aber immerhin wurde hier das größte Meisterwerk der jüngsten Filmgeschichte gedreht, *Rom, offene Stadt*: die Szene, in der die Magnani erschossen und der Drucker mitgenommen wird. Rossellini hat nichts erfunden. Das hier war ein subversives Nest oder eine Hochburg, wie man's nimmt. Einen haben sie in den Fosse Ardeatine erschossen, drei nach Mauthausen deportiert, von wo sie nie zurückgekehrt sind. Aber sie waren viele, das ganze Viertel, wie alle Arbeiterviertel, und dieses hier ganz besonders. Anders als an der Piazza Barberini mit deinen schwarzen Contessen, die froh waren, einen deutschen Arzt gefunden zu haben, der ihre Nerven kuriert …«

»Nur eine, Mario. Und die hat meine Dienste nicht mehr in Anspruch genommen, seit ich ihr Interesse hinsichtlich meines Lebenslaufes *gründlich* befriedigt hatte.«

Erst seit Kurzem kennt Mario Bernardo diese Anekdoten, was zeigt, dass er inzwischen mehr ist als ein Freund *all'italiana*, nämlich das, was der Doktor unter dem Wort Freund versteht. Außerdem hatte Vittorio Somenzi Mario schon gesagt, dass er ihm vertrauen könne. Er kannte ihn aus dem Krieg, solche dramatischen und glücklicherweise überstandenen Momente verbinden. Es war bekannt, dass der Professor ein Offizier der Luftwaffe gewesen war, doch zugleich galt er als aufrichtiger Progressist und echter Ehrenmann. Mario Bernardo hatte Georg eines Abends, als sie nach der Arbeit an ihrem

Experiment im kühlen Laubenschatten einer schmucken Trattoria auf dem Gianicolo gegessen hatten, von der Begegnung mit Somenzi erzählt.

Vittorio war im Ingenieurkorps der Luftwaffe gewesen, doch bis zum 8. September, als er sich beim Office of Strategic Services gemeldet hatte, das ihn über den Belluneser Voralpen mit dem Fallschirm abgeworfen hatte, um Kontakt mit einer widerständischen, von den Schneemassen auf den Pässen des Cadore-Tals abgeschnittenen Brigade aufzunehmen, hatte er nie ein Flugzeug bestiegen. Ohne Munition und Proviant harrten Bernardo und seine Partisanengruppe dort oben im letzten Zipfel Italiens aus, der dem *Gauleiter* von Tirol unterstand, und der Mann, der wie der verirrte Handelsreisende, als den ihn seine falschen Papiere ausgaben, im feschen grauen Tweedanzug auf der Kuppe aufgetaucht war, konnte unmöglich der sein, den sie beim Kommando erwarteten.

»Du musst wissen«, hatte Mario erklärt und Georg kühlen Weißwein eingeschenkt, »die Gegend hatte sich zwar befreien können, aber wir rechneten damit, unser blaues Wunder zu erleben. Es ging das Gerücht, die Deutschen würden sich auf einen erbarmungslosen Widerstand vorbereiten und geplünderte Schätze, unterirdische Raketenfabriken und sämtliche hohen Tiere mitsamt ihren fähigsten und treuesten Leuten in der *Alpenfestung* zusammenziehen. Im Gegensatz zu uns schenkten die amerikanischen Geheimdienste der Sache Glauben. Wir wussten von der angehäuften Kriegsbeute, doch hatten wir weder deportierte Zwangsarbeiter, die Festungen bauten, noch neue Streitkräfte gesehen. Vittorio hatte seine Vorgesetzten darüber unterrichtet, aber in Sicherheit konnte man sich trotzdem nicht wiegen, denn es war nicht auszuschließen, dass die Deutschen sich weiter nördlich zusammenzogen. Es heißt, dieses Szenario hätte Eisenhower zu dem Entschluss gebracht, Bayern zu besetzen und Berlin den Sowjets zu überlassen. Andererseits beunruhigte uns der Gedanke, die von der Alpenfestung scheinbar so überzeugten Alliierten könnten, da sie den Luftraum beherrschten, von der Bombardierung des Gebietes absehen. Wir wussten, dass ein Großteil der angloamerikanischen Streitkräfte den Beitrag der Italiener an der Befreiung möglichst gering halten wollten, und den von uns kommunistischen Partisanen allemal. Es ging das Gerücht, die nordöstlichen Gebiete würden an Österreich fallen, um sie dem aus dem Aufstand hervorgegangenen roten Italien wegzuschnappen und als Schutzwall gegen Titos Jugoslawien. Also hockten wir dort im Rücken des Feindes, halb erfroren, schlecht bewaffnet und mit der Aussicht, unser Leben zu lassen, ohne zu wissen, wem das alles dienen würde. Am Ende ist alles glattgegangen, doch konnte das unsere Befürchtungen nicht zerstreuen. Im Gegenteil, der letzte Einsatz von Vittorio und den Jungs von der Brigade Calvi hat sie bekräftigt. Es war kurz nach dem 25. April, als der Geheimdienst uns auftrug, eine Gruppe Geiseln der SS ausfindig zu machen, die aus Dachau in das zu unserem Einsatzgebiet gehörende Pustertal transportiert worden war. Vittorio hatte sich vergewissert, dass die kostbare menschliche Fracht, erstklassige Gefangene, die die SS-Führer austauschen wollten und im Falle des Falles ohne Zögern liquidieren würden, Niederdorf erreicht hatte. Vittorio war über die vom Obersten Befehlshaber der Wehrmacht und dem Kommandanten der SS in Italien geführten Verhandlungen teilweise informiert, doch das habe ich erst Jahre später erfahren. Moral der Geschichte: Das Geiseldrama ist gut ausgegangen, weil die blonde Bestie oder zumindest die beiden Rottenführer lieber die Hände in den Schoß legten, als mit blindem Gehorsam Befehle auszuführen. Dabei hätten nur ein paar KZ-Wachleute ihre gewohnte Arbeit tun und die hingerichteten Gefangenen in den Pragser Wildsee werfen müssen, und das Ende des Krieges in Italien hätte auf der Kippe gestanden.«

Doktor Kuritzkes hatte sich beim Zuhören seinem Lammbraten mit Kartoffeln gewidmet, doch plötzlich war ihm eine Eingebung gekommen. Sprach Mario zufällig von der Gefangenenkolonne, die Léon Blum in seinem Erinnerungsbändchen erwähnt? Er hatte es in Paris gelesen, tief berührt von der Treue, die sich das Ehepaar Blum in Buchenwald und während des letzten Transports bewahrt hatte, als der betagte Sozialist so geschwächt war, dass er das Ziel der Reise beinahe nicht erreicht hätte.

»Genau der«, hatte Mario Bernardo erwidert, und es stimmte, Léon Blum war sehr krank gewesen. Nachdem er dem Partisanenkommando für seine Befreiung gedankt hatte, wollte er mit seinen Leidensgenossen auf die Amerikaner warten. Sie hatten sich ehrfürchtig von ihm verabschiedet und waren nach Cadore zurückgekehrt.

»Die Welt ist wirklich klein«, hatte Doktor Kuritzkes bemerkt, und Mario hatte ihm die anderen Gefangenen aufgezählt. Da waren der ehemalige österreichische Kanzler von Schuschnigg mit Frau und Tochter, zwei Neffen Churchills, der Sohn von Badoglio, ein Neffe Molotows, der gesamte griechische Generalstab sowie andere führende Persönlichkeiten des eroberten Europa: viele Deutsche, darunter eine Menge »vons« – die Angehörigen Stauffenbergs und der anderen Verschwörer des Hitler-Attentats, ein Neffe des letzten Kaisers, der Prinz von Hessen, verheiratet mit Mafalda von Savoyen, etliche in Ungnade gefallene hohe Wehrmachtsoffiziere und ein Stahlbaron von Thyssen …

»Also samt und sonders Antifaschisten der ersten Stunde und überzeugte Demokraten!«, war Doktor Kuritzkes ihm leicht gereizt ins Wort gefallen.

Mario hatte gelacht, doch der scharfe Unterton war ihm nicht entgangen.

»Du irrst dich«, hatte er entgegnet und Martin Niemöller erwähnt, den mutigen lutherischen Pfarrer, und Garibaldis Neffen, der sich der »Calvi« sogleich angeschlossen hatte.

»Natürlich«, hatte Georg sogleich eingelenkt, doch waren ihm diese Veteranengeschichten, von denen eine so klang wie die andere, ebenso zuwider wie die vor sklerotischer Wehmut und Verlierernostalgie triefenden Anekdoten der alten Partisanen.

Vielleicht lag es an ihm, dass Marios Eifer allmählich erlahmte, während er schilderte, wie sich dank eines Hauptmanns der Wehrmacht – einer dieser Junker mit unaussprechlichem Namen –, dem es gelungen war, ihm den Schutz der Geiseln zu übertragen, das Blatt gewendet hatte: Die Gefangenen waren heilfroh gewesen, und erst recht, als die SS-Leute sich dem Rückruf in die Heimat fügten, wo ihr Führer drauf und dran war, sich das Leben zu nehmen. Das Hotel Lago di Braies war plötzlich das reinste Idyll aus Militärs, Südtirolern und Deportierten, »fehlte nur der Tanztee«. Doch bis zum Eintreffen der Amerikaner hatten die Hotelbesuche der Partisanen in einem beschlagnahmten Fiat Balilla für Verstörung gesorgt: nicht nur wegen der wenigen Maschinenpistolen, sondern weil »die Herrschaften« hinter allem Schurkerei witterten. Einzig Molotows Neffe, der arme Wassilij, der miterlebt hatte, wie Stalins Sohn in Sachsenhausen ermordet worden war, war für die inständigen Bitten taub geblieben, im Hotel zu bleiben, als müsste man wer weiß was für ein Unglück fürchten. Er war mit ihnen gegangen, in Belluno untergebracht und in Bologna den Sowjets übergeben worden und hatte sich schließlich über Radio Moskau bei seinen Befreiern bedankt. Dafür hatten sie Garibaldis Neffen an der Backe, der sich selbst zum

General des Pustertals ernannt hatte, und mit ihm einen gewissen Davide Ferrero, von den Deutschen gefangen genommener und deportierter Partisanenhauptmann der Langhe. In diesen wirren Tagen ging es ihnen einzig um das freie Italien, das es wieder aufzubauen galt, doch hätten sie gewusst, dass Ferrero seine Männer als Wachleute für die Risiera di San Sabba hergegeben und sich damit an die SS verkauft hatte – von wegen stellvertretender Befehlshaber eines Garibaldi!

Mit einem Mal hatten sie die Rollen vertauscht: Mario bat ihn, das Thema zu wechseln, und er erwiderte, aber sicher, ist gut, verstehe.

»Lass mich nur noch eines sagen, Georges«, hatte Mario geschlossen. »Man wirft uns vor, wir hätten oft kurzen Prozess gemacht, aber hat es danach in Italien je eine gerechte Rechtsprechung gegeben?«

»Lieber Genosse«, hatte Georg geantwortet, »ich würde Nachtisch und Kaffee sausen lassen. Nehmen wir ein Schnäpschen oder einen Bitter?«

»Ich schließe mich dir an.«

Nachdem er Mario Bernardo an dem Abend nach Hause begleitet hatte, hatte Doktor Kuritzkes einen kleinen Spaziergang machen wollen und das Fahrrad die Serpentinen des Gianicolo entlanggeschoben. Vielleicht hatte er bis dahin nie die Via Garibaldi genommen, jedenfalls war ihm das gespenstische Weiß des Beinhauses, mit dem die Faschisten sich – ROMA O MORTE – die Gefallenen der Römischen Republik zu eigen gemacht hatten, nie aufgefallen. Dies war nur ein besonders schamloses Beispiel für ein Phänomen, das ihm ständig begegnete, ein fortwährendes Ineinanderübergehen von Sitten, Gebräuchen und historischen Begebenheiten, das für Georg die Zeit und die Urteilskraft zum Erliegen brachte – bis plötzlich aus der Brust einer hehren römischen Karyatide die Liebe für den Duce hervorbrach oder er aber, im entgegengesetzten Fall, die Wahrheit über Bernardo und Somenzi entdeckte.

Schlagartig wurde ihm klar, was es bedeutete, dass Vittorio nie ein Flugzeug bestiegen hatte, ehe er sich von den Amerikanern mit dem Fallschirm hatte absetzen lassen: Er hatte keine der Savoia-Marchetti gesteuert, die losgeschickt worden waren, um die spanischen Städte zu bombardieren, und auch keine der Fiat BR.20-Bomber der *Aviazione Legionaria*, durch deren Angriff im Tiefflug es den Zusammenstoß gegeben hatte, bei dem Gerda gestorben war. Hätte er nicht, kaum dass dieser Verdachtsschatten beseitigt worden war (waren es nicht doch vielleicht Somenzis Vorgesetzte in der meteorologischen Abteilung gewesen, die befunden hatten, die Wetterbedingungen seien für den Angriff auf Brunete günstig?), das Mausoleum hinter sich lassen, auf dem schnellsten Weg hinunter zum Ponte Sisto sausen und wie alle anderen den Glanz der Ewigen Stadt genießen sollen? Hätte Gerda das nicht bestens gekonnt? Hätte sie die Paraden des Ventennio nicht liebend gern gegen eine Akkreditierung für die Modenschauen von Emilio Schuberth getauscht, um beim Erscheinen der Braut wie wild draufloszuknipsen? Das hatten schließlich Chim und Capa getan, die von Haute Couture nicht halb so viel Ahnung hatten wie von Geschossflugbahnen; aber warum auch nicht, wenn das nach dem Krieg der gefragteste Job für einen Fotografen war …

Georg hatte nichts gegen Anpassungsfähigkeit, vielmehr hatte er Gerda stets darum beneidet. Doch Capas Leichtfertigkeit bei ihrem Wiedersehen nach der Befreiung von Paris hatte ihn enttäuscht, und dabei war es Capa gewesen, der ihn aufgesucht und wieder in die Arme geschlossen hatte. Capa hatte ihm versprochen, sollte er nach Leipzig kommen, würde er in der Springerstraße vorbeisehen und seiner Mutter Lebensmittel und Medikamente bringen. Dann war die *Life*-Nummer von Mai '45 erschienen, mit dem rotzfrechen kleinen G.I., dem Inbild des amerikanischen Soldaten, der auf der Tribüne des Nürnberger Stadions den Arm zum »*Sieg Heil!*« hochreißt: ein Bild von solch triumphaler Respektlosigkeit, dass es nur ein Fotograf gemacht haben konnte. Es war ergreifend gewesen, festzustellen, dass er der Urheber des Fotos war, als wäre dieses Titelblatt, das der ganzen Welt den Triumph des kleinen Mannes à la Capa zeigte, ein Tribut an Gerdas Geist und die angemessene Art, ihr den Sieg zu widmen. Er hatte die Zeitschrift auf den Champs-Élysées aufgeschlagen und im Gehen die letzten Amerikaner auf einem Balkon entdeckt, die ein Maschinengewehr betätigten, und dann das Foto des Soldaten, den der Schuss eines Heckenschützen getötet hatte (»*maybe the last man to die in WWII*«), das Blut, das sich auf dem Parkett einer bürgerlichen Leipziger Wohnstube ausbreitete. Als Capa seine Glückwunschnachricht erhalten hatte, hatte er ihn gleich darauf angerufen. Zu viele dumme Tode bis zum Schluss, entsetzlicher Schlamassel mit einem Mädchen, er hatte weder die Zeit noch den Kopf gehabt, bei seiner Mutter vorbeizuschauen: *c'est dommage, Entschuldigung.* Den Kopf, um einen gerade getöteten Mann zu fotografieren, hatte er allerdings gehabt, und womöglich auch den, zu entscheiden, dass es nicht lohnte, eine alte Bolschewikin zu besuchen, auch wenn Dina es ihm mit erstaunlichen Geschichten über Gerda gedankt hätte, und das auch ohne die milde Gabe irgendeiner *K-ration*, die ihr bestimmt sehr geholfen hätte.

Der Beruf des Fotografen belohnt die Opportunisten und begünstigt die, die an der Oberfläche dahingleiten. Ein Arzt ist dagegen in das Leben seiner Patienten verstrickt, die häufig nicht einmal auf den Röntgenbildern ein eindeutiges Bild liefern. Manche sind geborene Lebenskünstler, andere schlagen sich mehr recht als schlecht durch. Gerda hätte die Souveränität besessen, nicht zurückzuschauen und zugleich nichts zu verleugnen.

Selbst Capa hatte – das musste er zugeben – sein Fähnchen nicht gänzlich nach dem Wind gedreht: Diese Reise mit Steinbeck in die UdSSR war ihm schon '47 nicht gut bekommen. Und die Sache wurde nicht besser, als Paris und Rom sich mit seinen amerikanischen Freunden gefüllt hatten, die auf den schwarzen Listen gelandet waren, im Gegensatz zu ihnen jedoch alles andere als mittellose Exilanten waren und sich keinen Schritt von ihren komfortablen Unterkünften in Montmartre oder Trastevere wegbewegten.

Georg sinnt und grübelt alledem nach, während Mario draußen vor der Bar im Pigneto von einem Mitarbeiter der Filmproduktion aufgehalten wird, der einfach kein Ende findet. Geduldig wartet er auf ihn, raucht derweil eine Zigarette und vertreibt sich die Zeit mit dem Gedanken, wie ähnlich dieses Lokal einer ländlichen *taberna* ist und dass es in Capa und auch in Gerda eine verstecktere Saite zum Schwingen gebracht hätte als die Cafés in der Via Veneto.

Er sollte hinaus auf die Terrasse gehen und seinen Freund aus der Unterhaltung befreien, überlegt Georg.

Endlich sitzen sie auf der Vespa und fahren los. An der Kreuzung mit der Via Prenestina schlägt Mario vor, kurz am Hauptdrehort von *Rom, offene Stadt* vorbeizufahren.

»Fahren wir.«

Der Ort liegt auf der anderen Seite der konsularischen Straße Via Montecuccoli. Die Trümmer und Ruinen, die in den berühmten Filmszenen auftauchen, sind in neuen Mietshäusern aufgegangen, die nicht besser sind als das Vorkriegsgebäude, vor dem Mario ihn anhalten lässt. Die aufgesetzten Stockwerke und vor allem die Größe der Wohnblocks haben das Gesicht des Viertels drastisch verändert: Es ist zwar noch immer Peripherie, und die Straße endet hinter den Bahngleisen, aber eindeutig ein Arbeiterviertel.

»Diesseits der Prenestina liegt die Arbeiterstadt und jenseits ein zeitlos anmutendes Habitat, das einem Gänsehaut bereitet wie die Kleinmafiosi und Lazzaroni, die das Stadtzentrum von Neapel bevölkern«, bemerkt Georg, und sein Freund nickt nachdenklich.

Niemand achtet auf die beiden, die vor der Nummer 17 auf der Vespa lehnen und sich im heiteren sonntäglichen Treiben über abstrakte Dinge, Dichter und Regisseure des Neorealismus unterhalten.

»Durch das Kino wird sich hier nicht viel ändern«, überlegt Georg. »Sondern durch die, die in diesen Mietshäusern leben, die neuen Arbeitergenerationen, die jungen Mädchen, die das Geld nach Hause bringen. Für sie ist es leichter, sich gegen ihren Arbeitgeber aufzulehnen, als sich in den eigenen vier Wänden oder im eigenen Bett zu behaupten, doch wenn sie einmal angefangen haben, kann niemand sie aufhalten. Glaub mir, ich hab's gesehen: in Spanien, das nicht weniger rückständig war als Italien, ganz zu schweigen von Leipzig und Berlin Anfang der Dreißiger. Wusstest du, dass so manche Studentin geradezu neidisch auf ihre proletarischen Kameradinnen war? Denn die Freiheit, die Haare kurz zu tragen oder ein Bier trinken zu gehen – und das taten unsere Arbeiterinnen sogar ohne Begleitung –, hatten sie nicht, weil ein Vater oder ein Verlobter sie ihnen gewährt hat, sondern weil sie sie sich mit den eigenen Händen genommen haben. Es sind langsame Eroberungen, die sich nicht gut eignen, den Kleinbürger zu schockieren oder ihn zu faszinieren, weil sie seine scheinheilige Borniertheit widerspiegeln.«

»Ich hoffe, du hast recht«, erwidert Mario, der wieder auf den Sattel steigt und einwendet, als man für die Freiheit gekämpft habe, habe sich sogar das rückständige Venetien in Bewegung gesetzt, doch jetzt sei es wieder am gleichen Punkt wie zuvor.

»Man kehrt nie wieder genau zum Ausgangspunkt zurück«, sagt Georg, ehe sie losfahren.

Hat der Optimismus des Augenblicks ihm diese Floskel in den Mund gelegt? Dennoch nähren die Straßen dieses Viertels genau wie ganz Italien einen gewissen Fortschrittsglauben, auch wenn der Vergleich mit Deutschland ernüchternd ist.

Georg erhält manchmal Briefe von den Interbrigadisten, die mit ihm in die Berge gegangen sind oder sich bei der Fremdenlegion gemeldet haben, von den Häftlingen aus Buchenwald oder Mauthausen hört er sehr viel seltener. Sie sind in ihre Heimatstädte zurückgekehrt, um ihre gefallenen oder an der Gefangenschaft zerbrochenen Väter oder Brüder zu ersetzen oder dem Ruf dessen zu folgen, was trotz allem *Heimat* blieb. Sie schreiben, sie hätten sich aus der Politik zurückgezogen, weil »man Asthma bekommt, wenn man all die alten Nazis direkt vor der Nase hat«. Ein Munitionstechniker, der an die Drehbank eines Mannheimer Stahlwerkes zurückgekehrt ist, hat ihm geschrieben, »überall atmet man einen *Mief* und eine *Spießigkeit*, denen man nur durch einen Besuch in der *Kneipe* entkommt«. »Wir haben uns um hundert Jahre zurückentwickelt«, bestätigt ein Arztkollege, ein getaufter *Halbjude*, der zwar seine Frankfurter Villa zurückbekommen hat, nicht jedoch die in Generationen von *Kommerzienräten* angehäuften Besitztümer. »Das Land ist in einer dieser Waschmaschinen, von denen jetzt alle träumen, mit Persil gewaschen worden: Jetzt ist es strahlend weiß und gründlich gestärkt.«

Zögernd beschreiben sie ihm ihr Unbehagen. Sie konsultieren ihn als Spezialisten, »denn mein Arzt sagt, mir fehle nichts, doch weil ich insistiert habe, hat er mir diese Tabletten verschrieben«. Welche brieflichen Ratschläge kann er schon geben, wo er doch in der gesamten *Bundesrepublik* nicht einen Kollegen kennt, den er empfehlen kann?

In der DDR, wo die Veteranen des Spanischen Bürgerkrieges wie Helden gefeiert, mit Orden überhäuft und bei der Arbeit bevorteilt werden, ist das anders. Sie schreiben ihm selten und beklagen sich nicht, auch wenn hie und da ein Funke wehmütigen Unmuts aufglimmt.

Doch wenn er an seine Schwester denkt, die eine beachtliche Schönheit geblieben ist und mit ihrer schlanken Figur, den Foulards, die er ihr aus Italien schickt, und der auftoupierten Frisur in Leipzigs grauen Straßen auffällt, nimmt er einen Misston wahr.

Die Empfänge, die Jenny organisiert, wenn er nach Leipzig kommt, lassen erkennen, wie sehnlich diese Besuche erwartet werden. »Trinken wir auf meinen Bruder, der für die Vereinten Nationen arbeitet.« Sie füllt die böhmischen Gläser mit *schampanskoje*, reicht das Tablett mit den Kanapees herum (»Du musst die mit Kaviar probieren, Georg, den bekommen wir geschenkt, haben aber nicht oft die Gelegenheit, ihn zu essen«). Eine perfekte Gastgeberin, die bezaubernde Ehefrau, derer sich der Genosse Professor Doktor glücklich schätzen kann. Doch genügt ein Blick zu seiner Mutter, die mit ihrem Glas bequem in der Ecke sitzt und mit klangvoller Stimme plaudert, um einen unüberwindlichen Wesensunterschied festzustellen, ein epochales Gefälle. »Sie ist glücklich so. Während des Krieges hat sie die hohe Schule eines amerikanischen Diplomaten genossen«, bemerkt Dina knapp, und er hat dem nichts entgegenzusetzen.

Doch Dina hätte sich nie so als die Frau an Prof. Dr. Karl Gelbkes Seite geriert. Soweit er sich zurückerinnern kann, hat seine Mutter stets ihre Kinder zum

Servieren der Getränke und Speisen losgeschickt und war sitzen geblieben, um sich weiter zu unterhalten. Dina wäre nicht im Traum eingefallen, die Gläser auszuspülen, weil nach einem trockenen Wein ein lieblicher gereicht wurde. Kraft der Freiheit, die ihr das Alter und die ehrwürdige Vergangenheit gewähren, kann sie jetzt darüber hinwegsehen und vergessen, wie ihre Tochter in ihrer Jugend gewesen ist: eine edle Wilde, edler, aber nicht weniger wild als ihre Brüder. Und so kann sie sich auch an »unsere Gerda« zurückerinnern, an das barfüßige Mädchen, das in offenem Hemd und Unterrock neben ihr im Garten Unkraut jätet, hackt, Rosen und Salat pflanzt, und sie durch eine inexistente Heldin ersetzen.

Dina trug beim Gärtnern eine geeignetere Kluft, eine verwaschen grüne Schürze, ein Paar alter Sandalen, ein buntes Kopftuch, das sie sich wie eine Bäuerin um den Kopf band und unter dem ein paar grau-schwarze Locken hervorrutschten. Sie waren so in ihren vom Takt eines durch und durch russischen Tanzliedes skandierten Arbeitsrhythmus vertieft, dass sie sein Kommen nicht bemerkt hatten.

An jenem Tag rechneten sie nicht mit ihm, und Georg rechnete nicht damit, Gerda hier vorzufinden. Er hatte ihr gesagt, dass die Zugverbindungen von Berlin miserabel seien, und ihr geraten, abends mit Doktor Gelbke zu ihnen zu kommen. Er würde erst spät aufbrechen, um mit den schweren Koffern (Schuhe, Bettwäsche und Handtücher, Lehrbücher) nicht im Stehen reisen zu müssen, und wusste nicht, wann der Bus am Bahnhof vorbeikäme. Dann hatte ein Genosse Lkw-Fahrer ihn mitgenommen, und trotz der Zwischenstopps in Luckenwalde, Wittenberg und Dessau, wo er ihm geholfen hatte, Osram-Glühbirnen abzuladen, war er am späten Vormittag da gewesen. Er hatte sich an der Gabelung mit dem bergan führenden Sträßchen absetzen lassen, sich mit dem schweren Gepäck (der Koffer mit den Büchern wog schwer als ein Felsbrocken) in Bewegung gesetzt und es völlig außer Atem und mit einer Blase in der rechten Hand bis vor die Tür geschleift.

Seine Mutter und Gerda sangen so laut, dass die Vögel der Dübener Heide verstummt waren, und rechneten nicht mit ihm. Und auch er, der auf der Veranda des Ferienhäuschens stand und ihnen zusah, hatte nicht damit gerechnet, sie zusammen und so geeint in dieser Melodie zu sehen, die zu seinen frühesten Kindheitserinnerungen gehörte. Am liebsten wäre er in ihr *tumbala tumbala tumbalalaika* eingefallen, um sich bemerkbar zu machen. Doch seine innere Stimme, die den Kehrreim vorwegnahm, klang überlaut und unpassend. Sie wiederholten den Refrain, diesmal schneller. Und Georg, der noch immer stumm und reglos dastand, hatte sich nicht mehr wie das fünfte Rad am Wagen gefühlt, sondern als Teil einer Traumsequenz, in der sich Fremdes und Vertrautes vermischen, die unmittelbarsten Dinge unerreichbar erscheinen und einem unversehens bereits gehören, ohne dass man sie berühren muss.

»*Tumbalalaika, spiel Balalaika, tumbalalaika, fröhlich soll sein!*«

Oder war es die zielsicher Strophe für Strophe singende Gerda, die aus diesem Zauber nicht geweckt werden durfte?

Jedenfalls war alles so glasklar geworden wie in einem Traum: das, was Gerda in seiner Mutter sah, und umgekehrt, allem Anschein und der tatsächlichen Unterschiede zum Trotz. Die beiden waren sich ähnlich. Deshalb fand sein hübsches Fräulein so viel Gefallen bei der elften Tochter eines vom Hunger aus einem litauischen Schtetl nach Łódź fortgetriebenen Webers, die von zu Hause fortgelaufen war, um sich der Revolution anzuschließen, mit sechzehn von der zaristischen Polizei gesucht wurde, mit achtzehn aus Russland floh, mit zwanzig

Mutter wurde und sich mit siebenundzwanzig und drei Kindern am Hals hatte scheiden lassen …

Und dann? Dann erklang der Kehrreim ein letztes Mal, so schnell, dass seine Mutter mit der Hacke in der Hand innegehalten, sich aufgerichtet und ihn endlich gesehen hatte. Gerda nicht, die auf einem hohen, gedehnten Tremolo geendet hatte. Dann hatte sie einen hellen Schrei ausgestoßen: »O Gott, bist du schon lange hier? Ich fürchte, ich habe entsetzlich schief gesungen!«

»Gar nicht, das war wunderbar! Ich habe *Tumbalalaika* seit einer Ewigkeit nicht mehr gehört.«

»Wirklich? Komm, ich helfe dir mit den Koffern … Hast du da Wackersteine drin?«

»Bücher, Gerda. Nimm den anderen, wenn es unbedingt sein muss.«

Nach dem ersten Bad im Weiher mit seinen Brüdern waren sie nach Hause zurückgekehrt. Der leicht gebräunte Körper (noch nie war er zu dieser Jahreszeit so blass gewesen, doch Gerda ging regelmäßig ins Schwimmbad), der noch immer beschleunigte Herzschlag des anderen, der Geruch nach Teichwasser und verschwitzter Haut, der sie beide umgab. Er hatte sich aufs Bett gelegt und war eingeschlafen. Gerda lag leise schnarchend auf der Seite, ein Fuß über dem Matratzenrand. Erst als er aufstand, hatte sie ihn zurückgezogen, kurz geblinzelt und sich mit einem »Mmmmhm«, das nicht sonderlich verschlafen klang und ihn leicht aus der Fassung brachte, auf den Rücken gedreht. So war sie liegen geblieben, eine Hand auf dem Bauch, die Beine geöffnet.

Lass sie in Ruhe, jetzt nicht.

Er hatte sie zugedeckt und angefangen, die Koffer auszupacken. Ohne Fragen war der Tag zu Ende gegangen.

Während er auf der Piazza Esedra an der Ampel steht, schwirrt Georg das dämliche Adjektiv »unerreicht«

durch den Kopf, das Gerda in ihm heraufbeschwor, sobald er an jene den Feriengewohnheiten seiner Familie verdankte Orgasmen dachte. Soma und Jenny, die erst spät zurückkamen, Dina, die lesend im Schatten eines Baumes saß und auf Doktor Gelbke wartete, derweil Fritzchen, der vom Spielen und Im-Wasser-Toben mit seinen großen Brüdern erschöpft war, neben ihr im Kinderwagen schlief.

Das Umfeld, in dem er groß geworden war, hatte ihn bevorteilt. Ihm waren die Ängste und Sorgen der Doppelmoral erspart geblieben, die vergifteten Äpfel des Paradieses, die Ur-Lüge, auf der die Herrschaft des Mannes über die Frau und die Ausbeutung des Menschen durch den Menschen gründet, der im Schweiße seines Angesichts dafür sühnen muss. Als Beispiel hatte man ihm eine Affenart genannt, die sich unbeschwert paarte, sich gemeinsam um die Sippe kümmerte und eine Stammesgemeinschaft bildete. »Doch wir leben noch nicht im Kommunismus, und wir sind keine Affen«, schloss Dina, »du musst es langsam angehen lassen und aufpassen, hast du verstanden? Dann machst du auch dem Mädchen Freude.« All das hatte ihn selbstsicherer werden lassen als seine Schulkameraden, selbst diejenigen, die in der Rangordnung ganz oben standen, griffen zum Portemonnaie, um Dampf abzulassen. Jedes Mal, wenn sie sich mit ihren Bettgeschichten brüsteten, bekräftigten sie seine Verachtung für die scheinheilige Gewöhnlichkeit der vermögenden Klassen. Seinen Freunden gegenüber war er jedoch recht tolerant: Schließlich konnte niemand etwas dafür, dass sie vor Hemmungen und Verklemmtheiten strotzten, die ihm gänzlich fremd waren.

Gerda hätte seine Nemesis sein können, doch das war nicht passiert. Das erste Mal war Georg so erregt, auf Erwiderung zu stoßen, dass er sich von keiner Furcht hatte ablenken lassen. Erst hinterher hatte er sich gefragt, ob das Geschehene den Sieg über Pieter bedeutete. Sein Geist war auf der Hut gewesen, bis Gerda nach Stuttgart zurückgekehrt war, sein Fleisch indes vertraute diesem hinreißenden Körper, der unmissverständlich zu ihm sprach. Gerda war Gerda: eine erfahrene Frau, die bei den kleinen Ausrutschern während des Liebesaktes wie ein kleines Mädchen draufloslachte, eine Liebende mit der Anmut einer Prinzessin und der Unbefangenheit eines Zimmermädchens, ein Naturtalent, das weder etwas mit den Bürgerlichen noch mit den Proletarierinnen gemein hatte, und erst recht nichts mit den glückseligen Affen seiner Mutter, die es womöglich gar nicht gab.

Es war pure Lebensfreude. Etwas, das existierte, sich wiederholte, überall geschah, erst in Leipzig und dann in Berlin: in der *Pension* unweit seines Studentenheims, in dem gemieteten Zimmer bei der Kriegswitwe Hedwig Fischer hinter dem Alexanderplatz und schließlich auf der Pritsche von Max und Pauline, genannt Pauli, mitten im Wedding.

Frau Fischer hatte sich nicht an dem *Frollein* gestört, es genügte, dass sie ein Extra zahlten, das sich nach der eleganten Erscheinung des Fräuleins bemaß und dennoch geringer war als die Hotelkosten, die sein Studentenbudget strapaziert hatten. Irgendwann hatte eine Mieterhöhung gedroht, doch die Krise hatte sich so sehr verschärft, dass man sich mit seinen zahlenden Mietern lieber gut stellte. Georg war für Gerdas Anpassungsfähigkeit dankbar: dass sie inzwischen wusste, wie sie in die Berolinastraße kam, wenn er sie nicht am Bahnhof abholen konnte. Dass sie über den abrupten Wechsel von einer Querstraße zu Unter den Linden in eine Gegend, in der es vor Ständen voll billiger Waren und bis spätnachts geöffneten *Kneipen* wimmelte, kein Wort verloren hatte. Gerda war neugierig und nicht im Mindesten eingeschüchtert von den üblen Visagen und unzweideutigen

Frauengestalten. Vielmehr fiel ihr auf, wenn sie irgendein Strichmädchen nicht mehr sah, diese Dicke, wo war die bloß geblieben? War sie an Grippe erkrankt, hatte sie Probleme mit der Sitte bekommen oder gar etwas Schlimmeres?

Und obgleich diese Beobachtungen zum Teil der leicht überzogenen Begeisterung für die schillernde und verruchte Metropole geschuldet waren, sah ihr geschultes Katzenauge auch alles andere. Die wachsende Anzahl der Männer und Frauen, die in jeder Hausnische schliefen, aus der man sie nicht fortjagte. Die Schlangen vor den Suppenküchen, die in umgekehrtem Verhältnis zum Angebot des Lebensmittelladens an der Ecke standen. Die ordentlichen wilhelminischen Fassaden, die immer schwärzer wurden, weil der Schornsteinfeger zu teuer war, die Kanalisation, die immer heftiger stank, genau wie die Menschen, die sich in die U-Bahn quetschten. Gerda bemerkte alles. Sie nannte die Dinge beim Namen, treffend und bissig. Sie bemerkte sogar – und erzählte es ihm höchst belustigt –, dass man sie anstarrte wie eine Erscheinung, manchmal pfiffen sie ihr nach und liefen hinter ihr her, um sie zu fragen: »Haben Sie sich verlaufen, *Frollein*, darf ich Ihnen mit dem Koffer helfen?« Natürlich ließ sie sich helfen, »danke, das ist wirklich sehr nett«. Wenn Georg ihr zur Vorsicht riet, »du machst dir keine Vorstellung, welche Wirkung du in dieser Gegend hast«, antwortete sie ihm mit einem kleinen Lächeln.

»Ich kann einen armen Teufel von einem Ganoven unterscheiden, was regst du dich denn so auf, wenn mir die Arbeiter und Arbeitslosen nachlaufen: Du entpuppst dich doch jetzt nicht als Vertreter der Klassengesellschaft?«

»Blödsinn. Aber wenn es hart auf hart kommt, zählt hier nur die nackte Gewalt.«

»Es kann auch hart auf hart kommen, wenn ich ein Sonnenbad im Tiergarten nehme.«

Wie immer musste sie das letzte Wort haben, um zu tun, was ihr passte.

Eines Tages hatte er sie in Begleitung eines Jungen ankommen sehen, der aussah wie ein Transportarbeiter. Er ging gebückt und nuschelte etwas in sich hinein, das nach schnodderiger *Berliner Schnauze* klang, derweil Gerda ihn mit ihrem von Fragen durchsetzten Geplauder in makellosem Salondeutsch betörte. Georg war kopfschüttelnd vom Fenster zurückgetreten und hatte sich von dem Moment an keine Sorgen mehr gemacht. Gerda war in dieser Gegend kein Eindringling, sondern eine himmlische Kreatur, deren Gutgläubigkeit es der Gefahr beinahe unmöglich machte, sie auch nur anzurühren. Er war stolz auf seine Freundin gewesen und hatte sich zugleich unzulänglich gefühlt: Beides zusammen hatte es ihm unmöglich gemacht zu wittern, dass die Frage in ihrem innersten Kern ein klein wenig komplizierter war.

Es war im wahrsten Sinne des Wortes eine Frage der Witterung, eine Sache, die mit einer Flasche Aqua Velva aufgekommen war, die Gerda ihm vor Monaten geschenkt hatte. Ihm war klar, dass sich dieser liebevoll verpackte Kauf kaum von den anderen Geschenken unterschied, die er zu schätzen gelernt hatte, obgleich er nicht in der Lage gewesen wäre, im Kaufhaus das perfekte Portemonnaie auszusuchen, um ein altes zu ersetzen, oder einen Schal in einem ganz bestimmten Blau. Manchmal waren es Geburtstagsgeschenke, manchmal schleifte sie ihn in den berühmten Ausverkauf, wenn die Konsumtempel sich mit der gesamten Menschheit füllten, die sich für gewöhnlich nie dort hineinwagte, und die Verkäufer die ungerührte Langmut hoher Herrschaften an den Tag legten, die die Huldigungen des gemeinen Volkes über sich ergehen lassen. Doch er musste zugeben, dass es ihn belustigte und sogar ein wenig erregte wie ein verbotenes Spiel, wenn er ihr dabei zusah, wie sie ein Dutzend Hüte anprobierte oder ihm Abendroben vorführte, die sie schließlich mit den Worten zurückgab, sie suche etwas Schlichteres.

Als sie eines Nachmittags aus dem Kaufhaus Tietz gekommen waren, hatten sie einen Streikposten gesehen, der grimmig zum *Polizeipräsidium* hinüberstarrte. Kein anderer Berliner Platz war so heftig in die Protestbewegungen verwickelt gewesen wie der Alexanderplatz, hatte so viele Tote und Verletzte, Barrikaden und Massenverhaftungen gesehen: vom Spartakusaufstand bis zum 1. Mai 1929, dem letzten blutigen Beweis dafür, wie die SPD mit der linken Opposition umsprang. Gerda hatte sich bei Georg untergehakt, wie es Pärchen beim Einkaufsbummel zu tun pflegen, und ihn zu den anklagenden Gesichtern hinübergezogen. Als sie die Faust erhoben hatte, war ihr die halb leere KaDeWe-Tüte in die Armbeuge gerutscht, die ihr für ihre Rolle als luxusverwöhnte Kundin als Staffage diente, und er hatte ihr ins Ohr geflüstert: »KaDeWe für alle, Genossen und Genossinnen: Mit Tietz oder Wertheim geben wir uns nicht zufrieden!«

»Lass das, Blödmann.«

Ihre lahme Reaktion war für ihn die Bestätigung gewesen, dass es für Gerda in einer von Ungleichheit geheilten Welt auch das Menschenrecht auf Überflüssigkeiten geben musste. Abermals hatte sie mit der Tüte am Arm die Faust gereckt, und er hatte sie wahnsinnig begehrt, sie war die Verheißung des irdischen Paradieses, das er bereits im Voraus kosten durfte.

Doch mit dem Rasierwasser, das sie ihm aus dem Kaufhaus des Westens mitgebracht hatte, konnte er sich einfach nicht anfreunden. Er dachte, er habe sich diplomatisch ausgedrückt, um ihr beizubringen, das sei für ihn rausgeschmissenes Geld, aber vielleicht könne sie es gegen etwas Hübsches für sich selbst umtauschen. Es hatte einen Mordskrach gegeben. Gerda hatte auf der antiseptischen Wirkung ihres Geschenks herumgeritten, als wäre das der eigentliche Grund, zu Tode gekränkt zu sein. In null Komma nichts waren sie dabei, sich Dinge an den Kopf zu werfen, die nur haarscharf an Beleidigungen vorbeischrammten: Du willst, dass ich ganz anders bin, aber das kannst du vergessen, ich werde mich nie in deine Schablonen pressen lassen. Weißt du was? Geh doch zu deinem Pieter zurück. Und du suchst dir besser eine, die marschiert wie ein Dragoner, möglichst mit Schnurrbart, so eine hast du verdient. Gerda war so wütend, dass sie anfing, sich über die Liebeskünste dieses Mannweibes auszulassen, und übertrieb dermaßen, dass sie schließlich losprustete, einen anderen Ton anschlug und ihn honigsüß angirrte, wie glücklich es sie machen würde, wenn er dieses so erfrischende amerikanische Rasierwasser behielte. Behalten hatte er es, doch benutzt so gut wie nie. Dieses Parfum im Gesicht irritierte ihn – es war nicht schlecht, ganz und gar nicht, aber überflüssig und störend. Wenn sie aus Berlin kam, trug er es um des lieben Friedens willen auf und wartete nur darauf, dass der Parvenü-Geruch endlich verflog. Umso mehr irritierte es ihn, dass er am Ende des Tages wieder da war, obwohl dies das Letzte war, wonach ihm die Sinne standen: Er vergrub die Hände in Gerdas Haar, fuhr mit der Zunge um ihre kleinen Brustwarzen, schnupperte an dem Sekret, das an seinen Fingern klebte, und war so überwältigt von dieser Flut an Gerüchen, dass ihm die Anflüge von Aqua Velva wie Sabotage erschienen, wie eine Geruchshalluzination. Aus diesem Grund hatte er die morgendliche Verwendung eingestellt: Wenn Gerda etwas einzuwenden hätte, würde er klarstellen, dass sie ihm in Naturzustand lieber war als mit Chemie.

Dazu war es nicht gekommen. Nach dem wunderbaren Wochenende war Georg zu seinen Praktikumsstunden an der Charité zurückgekehrt, doch war diese Verpflichtung für Gerda kein Grund gewesen, ihren Berlinbesuch nicht zu verlängern. Inzwischen bewegte sie sich nicht mehr wie eine Touristin durch die Stadt, auch wenn sie es immer noch genoss, in den beliebtesten Cafés zu sitzen, bei schlechtem Wetter ins Kino zu gehen und durch die prächtigen Alleen zu flanieren. Doch wenn sie morgens loszog und den Alexanderplatz hinter sich ließ, hielt sie gern bei dem Tabakladen im Karl-Liebknecht-Haus und unternahm von der kommunistischen Festung aus die Botengänge, auf die Georg sie bisweilen schickte, um den Beitrag für die Rote Hilfe zu entrichten, Flugblätter in den richtigen Kneipen auszulegen oder in irgendwelchen Läden, Büros, Druckereien oder Gewerkschaftssitzen vorbeizusehen. Sie genoss den warmen Empfang, den man ihr allenthalben bereitete, ganz gleich, welche Abkürzungen und Embleme die roten Schilder zierten. Getreu ihrem sorglosen Naturell und von Grund auf zuversichtlich, ließ Gerda sich von Georgs Vorgaben leiten und entwarf einen möglichen Weg für die linke Einheitsfront. Von Momenten der Angst erzählte sie nie, bis auf das eine Mal, als sie dem Nazi-Mob über den Weg gelaufen war, der mit großem paramilitärischem Tamtam durch die Grenadierstraße im jüdischen Scheunenviertel gezogen war. Die täglichen Zusammenstöße zwischen Roten und Braunen schienen sie nicht zu schrecken. Sie vertraute darauf, dass Georg sie von den Brennpunkten fernhielt, denn schließlich verfolgten sie die Nachrichten über erwartete Gewaltausbrüche wie einen Wetterbericht. Es war dennoch illusorisch, sämtliche Ausschreitungen vorherzusehen: Ein anderes Mädchen aus der Provinz hätte sich nicht mehr getraut, durch die Hauptstadt zu streifen, und wäre vielleicht gar nicht erst gekommen. Gerda aber wirkte hochzufrieden und versicherte ihm, inzwischen wisse sie den Gefahren wie eine richtige Berlinerin aus dem Weg zu gehen.

Wenn Georg nach Hause kam und sie seelenruhig lesend auf dem Bett antraf, schloss er sie fest in die Arme. Und eines Tages war ihm dabei der Duft von Aqua Velva in die Nase gestiegen.

»Ich benutze dein Rasierwasser, wo du es nicht verwendest. Hast du was dagegen?«

»Nein, nein, nimm es ruhig«, hatte er ungläubig geantwortet, »ich wundere mich nur …«

»Ich finde es ganz wunderbar, weißt du, sonst hätte ich es dir ja nicht gekauft. Es ist zwar nicht besonders feminin, aber das stört mich nicht …«

»Sag mal … wozu brauchst du dieses Parfum überhaupt? Ein Bart scheint dir ja wohl nicht zu wachsen.«

»Soll ich in dieser miesen Luft da draußen etwa mein Eau de toilette verplempern?«

Damit war die Sache erledigt: Gerda hatte stets ihren eigenen Kopf und würde sich niemals in irgendeine Schablone pressen lassen.

Dann hatten sich die Dinge geändert, waren plötzlich gekippt. Doktor Kuritzkes würde lieber nicht daran zurückdenken, doch die lange Umrundung der Piazza Venezia, Brutkasten und Bühne des Faschismus, macht es unmöglich, sich von den Erinnerungen loszureißen. Er hatte Gerda nicht rechtzeitig über seine Verhaftung verständigen können. Es waren keine Beweise gefunden worden, doch nachdem man sein Berliner Zimmer durchsucht hatte, während er noch zur Klärung des Sachverhalts in Haft saß, hatte ihn die Fischer nur widerwillig hereingelassen. »Nehmen Sie Ihr Zeug, und verschwinden Sie: Mir ist alles recht, aber den Feind will ich nicht im Haus haben. Eine schöne Jugend ist das, der man an der Uni beibringt, Deutschland in den Rücken zu fallen!«

All das hatte er ihr hinterher erzählt, als er sie wie verabredet vom Bahnhof abgeholt hatte. Er war stehen geblieben und hatte den Koffer abgestellt, damit sie ihm richtig zuhörte. Es wäre besser, sie würde mit dem letzten Zug nach Leipzig zurückkehren. Die Hexe wollte keine Vaterlandsverräter beherbergen, aber die Miete hatte sie sofort bar auf die Kralle gewollt. Also war er im Wedding bei Max und Pauli untergekrochen, wo er sich die Küche mit einem Straßenbahner teilte. Jetzt schlief er dort und würde auch dort wohnen bleiben.

»Dann gehen wir eben in die alte Pension, ich zahle«, hatte Gerda großzügig vorgeschlagen.

»Ich weiß nicht einmal, ob die uns nehmen würden. Vielleicht ist schon durchgesickert, dass es gegen mich eine Anklage gibt.«

»Jetzt übertreib mal nicht. Eine Freundin zu haben ist bislang noch kein Verbrechen. Oder willst du dir alles verbieten lassen?«

In der Woche, in der er sich an abgestandenen Filterkaffee und Maggi-Würfel, die quietschende Klappliege und den Schlaf des Straßenbahners gewöhnt hatte, hatte Georg sich innerlich gewappnet. Er hatte über eine Verhaftung nachgedacht, Gerdas Reaktionen Revue passieren lassen und sich die kommenden ausgemalt. Nicht der winzigste Schreck war über ihr Gesicht gehuscht, nicht ein Hauch von Bestürzung oder Wut.

»Nein. In das Hotel sollten wir lieber nicht gehen. Glaub mir.«

»In Ordnung, aber es gibt noch andere, sehr viel schäbigere, du weißt schon, die stellen sich nicht so an. Hast du etwa jemanden umgebracht? Heutzutage kann das schon mal passieren, aber ich wüsste es trotzdem gern …«

Wollte sie ihn aus Trotz provozieren, oder war sie ausgerechnet jetzt eingeschnappt? Ausgerechnet hier, mitten im Anhalter Bahnhof, in dem es vor Polizei- und SA-Uniformen fast noch mehr wimmelte als vor Taschendieben,

Bettlern und Obdachlosen? Doch statt ihr zu sagen, komm, lass uns gehen, ich erkläre dir alles, hatte er sie angezischt, wie unangebracht ihr Sarkasmus sei. Wusste sie nicht, dass »jemanden umbringen« auf der Skala eines kriegsgeschädigten, auf dem rechten Auge blinden Staates nie ganz oben gestanden hatte? Hatte er sie denn nicht auf den Friedhof von Friedrichsfelde geschleift, wo sie ergriffen vor der rostroten Ziegelmauer mit dem riesigen, an einen weihnachtlichen *Zimtstern* erinnernden Stern und den zahllosen Rosen zum Gedenken an ihre Rosa gestanden hatte? Welche Strafe hatten die Mörder von Luxemburg und Liebknecht verbüßt oder der Bulle, der Leo Jogiches in der Haft in Moabit ermordet hatte und dessen Name und sogar Dienstgrad allgemein bekannt waren? Oder die Mörder von Minister Erzberger, der den Waffenstillstand unterzeichnet hatte und für die Besteuerung der Grundbesitzer gesorgt hatte, wie viele Jahre hatten die bekommen? Und die Studenten, die fünfzehn unweit von Marburg verhaftete aufständische Arbeiter mit einem Kopfschuss getötet hatten? Nichts. Ganz zu schweigen von dem kleinen österreichischen Gefreiten, der wegen eines Bierkeller-Putschs mit acht Monaten und ohne Abschiebung davongekommen war, Gott und Vaterland! Nein, einer, der Deutschland so aufrichtig liebte, durfte auf das Kanzleramt hoffen! Ludendorff: freigesprochen. Hindenburg, der Mörder von Millionen von Soldaten: Reichspräsident. Doch würde sich herausstellen, dass er der revolutionären Linken nahestehe, sei eine Anklage wegen Hochverrats nicht ausgeschlossen, hatten ihm die Anwälte der Roten Hilfe mitgeteilt. Und warum? Weil er angesichts des x-ten faschistischen Terroranschlages nicht die Beine in die Hand genommen hatte. Weil die gesamte in den Babelsberger UFA-Studios aufgebaute Pappmachérepublik in sich zusammenbrach …

»Schon besser«, hatte Gerda gemurmelt und ihn wieder untergehakt. »Sei nicht sauer, Liebster«, hatte sie dann laut gesagt, »wenn du schon Karten für die Operette gekauft hast, gehen wir eben ein anderes Mal ins Kino!«

Die Operette?

Aber natürlich, sie wurden beobachtet. Während sie mit Gerdas Koffer, der ihm überaus hinderlich erschien, durch die Vorhalle hasteten und die Angst sich legte, war ihm ein »Wo soll das nur enden?« herausgerutscht.

»Seit Juli haben die Nazis vier Prozent verloren ...«

»Aber sie haben Hindenburg und seine Kamarilla an der Leine.«

Draußen blies ein sibirisch kalter Wind, der Regen fiel waagerecht, und Gerda fror in ihrem kurzen Jäckchen. Sie hatten sich in das erstbeste Kino geflüchtet, das alte Stummfilme in Dauerschleife zeigte und Leuten wie ihnen als Unterschlupf diente. Gerda hatte sich ganz klein zusammengekauert, die Füße auf dem Koffer. Im schummrig flimmernden Dunkel hatte er sie lange geküsst, ein heißkalter Schauder, der im Mund zerging. Nervös, hungrig, eingezwängt auf dem harten, engen Sitz, hatte er ihr vorgeschlagen, in den Wedding zu fahren, wo um diese Zeit niemand zu Hause sein würde.

Auf ihrem Weg von der Bushaltestelle waren sie am berüchtigtsten Wohnblock Berlins vorbeigekommen. Noch deutete nichts auf den Mietstreik hin, dem sich die Bewohner angeschlossen hatten, das Gebäude wirkte wie eine heruntergekommene Zitadelle, ein pestiges Gefängnis. »Meyers Hof, stimmt's?«, hatte Gerda bemerkt, und er hatte genickt und sie weitergezogen, statt sie von einem Hof in den nächsten zu führen und ihr zu zeigen, zu welch einem Leben das Proletariat gezwungen war.

Georg erinnert sich an die hochgeklappte Pritsche, die feuchte Kälte (den Ofen anzuheizen war ausgeschlossen), an Gerdas ungerührten Blick, mit dem sie das Zimmer in

Augenschein nahm, unschlüssig, welches Kleidungsstück sie ausziehen sollte. Das Kleid, die Schuhe, die Strümpfe nicht, die Pelzjacke, die sie wieder über den Unterrock zog. Die Unterhosen, die auf einer Klammer an der Wäscheleine landeten, an der die Windeln der Kleinen baumelten. Er erinnert sich an die ständigen Geräusche im Treppenhaus. An den Anblick des Kartoffeleimers, des Kohleeimers, des heiß geliebten Balls des Sohnes (was hatte er dort verloren, oder war das schon immer sein Platz gewesen?), des Bügelbretts, das sich im Takt seiner stoßenden Bewegungen am Blickfeldrand auf und ab bewegte – Dinge, die man anstarrte, um nicht alles kaputt zu machen. Er erinnert sich, dass Gerda jäh und überraschend gekommen war, mit seiner Hand auf ihrem Mund, in die sie hineinbiss, und gerade noch rechtzeitig, dass er ihn herausziehen konnte, bevor auch er kam.

Und dann? Wer weiß. Vermutlich hatten sie sich wieder angezogen, aufgeräumt, ein paar Worte gewechselt, den einen oder anderen Kuss ausgetauscht. Hatten sie sich auf dem Rückweg zur Haltestelle an den Händen gehalten? Hatten sie sich gut gefühlt? Ja, das ja.

Auf dem Oberdeck ganz hinten waren zwei Plätze nebeneinander frei. Das Schaukeln und die stickig warme Luft machten schläfrig. Gerdas bloßer Kopf lag auf seiner Schulter, die vom Regen durchnässte Mütze in ihrem Schoß. Träumte sie? Schwer zu sagen. Wegen des schlechten Wetters und der hektischen Vorweihnachtszeit herrschte dichter Verkehr, doch das stockende Dahinzuckeln vertrug sich gut mit der euphorischen Benommenheit, in der sich sämtliche Spannung auflöste.

Ohne sich zu rühren, hatte Gerda die Augen wieder aufgeschlagen und ihm etwas ins Ohr geflüstert: einen Vorschlag, wie man sich besser organisieren könne, an den er sich nicht mehr genau erinnert. Er weiß noch, dass sie ihn gebeten hatte, sich nach den Stundenhotels zu erkundigen und sich neue Fromms zu kaufen: Ein Päckchen kostete so gut wie nichts. Bestimmt hatte sich in ihm wieder die Lust geregt, eine animalische Hoffnung, die mit ihren Überlegungen, wie sie ihre zukünftigen Berliner Treffen bezahlen sollten, allmählich wieder erloschen war. Doch weil das Geldthema nicht neu war, hatte er Gerdas Stimme irgendwann nur noch als wohliges Gemurmel wahrgenommen.

Die Pohorylles hatten ihr Hausmädchen entlassen müssen, dann noch einen Verkäufer oder Laufjungen. Nachdem die Brüder beim Warenhaus Ury untergekommen waren, musste sich Gerda um die wackligen Bilanzen des väterlichen Unternehmens kümmern. Vater Heinrich schien einer der geschäftsuntüchtigsten galizischen Juden überhaupt zu sein und hatte nicht nur seine Angehörigen, sondern mittels seiner Tochter sogar deren ehemaligen Stuttgarter Verlobten angepumpt. Dennoch hatte Gerda recht, es herrschten schwere Zeiten, die für einen Eierverkäufer noch erheblich schwerer waren als für jemanden in der Pelzbranche, selbst wenn der nur ein kleines Unternehmen führte wie Kuritzkes' Vater.

»Die Reichen sind immer reich, das weiß ich von dir, aber wer kein Geld hat, fängt an, sogar bei den Eiern zu sparen. Eier sind verderbliche Ware und per se zerbrechlich. Jetzt wollen sie uns die Eier mit der Rassenideologie faul werden lassen, die Konkurrenz nutzt das aus, und wir müssen mit den Preisen noch weiter runtergehen. Damit werden wir zum Inbegriff des schlitzohrigen Juden, und am Ende verdient der Arier mit denselben Eiern aus demselben dreckigen Hühnerarsch doppelt. Was soll man machen? Hoffentlich kriegt er Salmonellen, wir lassen uns nicht kleinkriegen. Aber genug damit: ich bin nicht nach Berlin gekommen, um mich auszuheulen.«

So waren Gerdas Ausbrüche, ebenso vehement wie schnell verflogen. Oft waren es nicht einmal Ausbrüche, sondern lediglich eine Zusammenfassung ihrer Erlebnisse seit ihrem letzten Auseinandergehen, die sie in irgendeinem Verkehrsmittel oder unterwegs auf einer düsteren Straße zum Besten gab. Doch dort, auf den hinteren Sitzen des Autobusses, der sie ins Zentrum zurückbrachte, war ihr Ausbruch plötzlich in einem Seufzer gemündet, besser gesagt, in einem Schnaufen, einem verzweifelten Schluchzer.

»Was ist? Warum weinst du?«

»Nichts. Lass nur, es geht schon wieder.«

»Nein, bitte sag doch: vielleicht hätten wir nicht …«

Sie kramte wortlos nach einem Taschentuch, und beim Öffnen der Handtasche war die Mütze hinuntergefallen. Georg hatte sich mühsam danach gebückt und sie unter dem Sitz hervorgeangelt, während Gerda reglos dasaß, das zerknüllte Taschentuch in der Faust, und die Tränen erneut über ihre Wangen strömten, ein erschreckender, nie zuvor gesehener Anblick.

Sie brachte kein Wort heraus. Er hatte sie in die Arme geschlossen und ihr zärtlich eine Strähne aus der Stirn gestrichen.

»Ich ertrage es einfach nicht mehr.«

Sie wirkte wie aus Pergament und jäh gealtert. Als sie endlich wieder sprechen konnte, brachte sie nur ein Piepsen heraus, das, kaum beruhigte sie sich ein wenig, in ein tonloses Krächzen umschlug.

Nach jedem Schlag wieder aufstehen, wimmerte sie, es gab immer eine Lösung. Das hatte sie von Kindesbeinen an von ihrer stets adrett gekleideten, gut betuchten, kinderlosen Tante gelernt. Also hatte sie sich geschworen, keine Schulfreundinnen mehr mit nach Hause zu bringen, die über ihr seltsames Deutsch und den seltsamen Kerzenleuchter kicherten, über das Hinterhaus, die Unordnung, ihre Mutter. Und wenn schon, sie konnten ihr eh nicht das Wasser reichen. Als sie von der Grund- auf die

Realschule gekommen war, hatte sie beim ersten Klingeln nach Hause stürmen müssen, um sich den Zettel mit der exakten Menge der an die »Vereinigte Eierimporte« ihres Onkels gelieferten Eier abzuholen, für die ihr Vater auf Provisionsbasis arbeitete: die Hälfte bekam er in Devisen (und diese Hälfte war ihre Rettung gewesen), die andere Hälfte in Altpapier. Die verkauften Kartons wurden weniger, die Nullen des Wechselkurses vervielfachten sich, man musste mit den Kalkulationen fertig sein, ehe New York erwachte, die Eier und die Provision gezählt haben: Das Ei war pro Stück hundert Reichsmark wert, dann Milliarden, bis zu dreihundertzwanzig Milliarden Reichsmark bekam man dafür, und nach der Währungsreform waren es noch zweiunddreißig Pfennig – nichts. Und die Brüder, die mit Koffern voller Geldscheine auf ihren Fahrrädern losrasten, um sich beim Bäcker und beim Fleischer anzustellen, während sie im Gemischtwarenladen Schlange stand, denn das war der wichtigste Einkauf. Mit dreizehn legte sie die Prioritäten und Strategien fest, flitzte zwischen Karl und Oskar her, um zu sehen, wofür sie anstanden und wie viel sie dafür bezahlen mussten. Wenn ihr Vater nicht rechtzeitig anrufen konnte, die Schlange lang war und die amerikanische Börse wieder öffnete, ehe sie an der Reihe waren, musste sie alle Pläne wieder über den Haufen werfen. Es reichten nicht einmal die Devisen. So blieb einem nichts als die an guten Tagen gehorteten oder gegen überschüssige Eier getauschten Vorräte, und immer war sie es, die sich darum kümmern musste. Sie konnte sich auf niemanden verlassen. Musste von ihrem Mathematiklehrer anhören, sie verdiene keine bessere Note, »weil ihr das Rechnen zwar im Blut habt, aber euch das geometrische Denken der alten Griechen fehlt«. Die schwankenden Zahlen, die ihren Vater zwangen, zwischen der illegalen Schweiz und dem antisemitischen Polen hin- und herzureisen, und ihre verschreckte

Mutter, die immer wieder sagte, Gott sei Dank kämen die Menschen dort nicht ohne Eier aus: Sie brauchten sie fürs Frühstück, für Kuchen und *Spätzle*, die allein schon eine vollwertige Mahlzeit abgaben.

Und nun musste sie sich wieder die alte Leier anhören, nur ohne Spätzle und mit ungleich größerer Angst. Musste hören, dass die Eltern darüber sprachen, fortzugehen, für eine Weile nach Lemberg zurückzukehren, nach Jugoslawien zu ziehen, Kontakte in Argentinien zu suchen wie schon 1923 und abermals 1929 nach dem Bankrott und dem Umzug nach Leipzig. Ein Leben nicht auf dem Koffer, sagte Gerda und deutete auf den vor ihrem Sitz, sondern auf Eierkartons. »Deshalb wollte ich, dass ich es einmal besser habe, steinreich wollte ich sein.«

»Und jetzt?«

»Jetzt noch immer, aber das heißt nicht …«

»Was?«

»Dass ich nicht genau weiß, wofür ich mich entschieden habe … für dich zum Beispiel.«

»Na großartig! Komm, mach dich fertig, wir müssen aussteigen.«

Wie strahlend jetzt alles erscheint bei diesem weiten Blick über den Tiber, der die Flussinsel umspült und an der unversehrten Synagoge vorbeifließt (hätten sie sie doch zerstört wie die deutschen und dafür die Gemeinde verschont), mit dem vom spiegelnden Wasser vervielfachten Glast der Sonne im Gesicht. Aus der Ferne werden selbst die Erinnerungen schön, die es am allerwenigsten sind. Sie erhalten eine Grundüberholung wie die Fresken der Heiligen, Madonnen und himmlischen Heerscharen anlässlich der Olympischen Spiele; wenn es in Berlin nicht mehr viel aufzumöbeln gibt, ist das nicht sein Problem.

Mit Gerda hatte er sich nicht mehr in Berlin getroffen, sondern sie in Leipzig wiedergesehen, doch er entsinnt sich nicht mehr, ob es vor dem katastrophalen Reichstagsbrand gewesen war, dass er sich in diversen *Schrebergärten* im Rosental versteckt und auf die Zollstempel für die Polarfüchse gewartet hatte, mit denen Geschäftsfreunde seines Vaters ihn nach Italien schmuggeln wollten.

Wenn er heute nach Leipzig zurückkehrt, besucht er seine Verwandten, doch wenn er durch das Gohlis läuft oder es ihn auf den Brühl verschlägt, muss er sich dem Hier und Jetzt stellen. Er sieht fast kein einziges bekanntes Gesicht mehr. Wer nicht im KZ umgekommen ist, ist meist an dem Ort geblieben, an den ihn das Exil verschlagen hat. Ein paar in die UdSSR geflohene Freunde waren von der weißen, arktischen Weite verschluckt worden, aus der die Fuchshäute stammten, die wertvollste Handelsware seines Vaters. Sein Vater hatte sich umgebracht. Die durch Nachforschungen überlebender Verwandter ausfindig gemachten Familien aus Łódź und Odessa waren von den jüdischen Organisationen für tot erklärt worden. Doch viel schlimmer noch ist die Erkenntnis, dass in dem Land, in dem er zusammen mit der Barbarei groß geworden ist, auch die Klassenzugehörigkeit über Leben und Tod entschied. Wohin sollte man gehen als Jude mit einem kleinen Eierhandel, einem bescheidenen Pelzgeschäft oder als arbeitsloser Proletarier, als militanter kleiner Kommunist? Wenn es sonst nichts zu holen gab, nahmen diese Räuber einem das Leben, und das mit einem Kalkül, das in der jahrhundertelangen Geschichte gnadenloser Eroberer und blutrünstiger Tyrannen seinesgleichen sucht. Diese patentierten Diebe, Ausbeuter und Karrieristen agierten im Schutz des obskuren Fanatismus, der das Morden zur Notwendigkeit erhob. Nein, er hatte sich nichts vorzuwerfen, schließlich war er nach Spanien gegangen, statt in Neapel zu bleiben, außerdem hatte er es dem hauchdünnen Fädchen Glück zu verdanken, dass er bis zum Zusammenbruch des Nazifaschismus unversehrt geblieben war. Doch manchmal belastet ihn die banale Ungerechtigkeit, am Leben zu sein.

Was soll man machen, außer die Ungerechtigkeit zu genießen, was an einem solchen Septembertag nicht sonderlich schwerfällt. War es nicht Gerda gewesen, die beim letzten Mal in Madrid sagte, es sei fast eine Sünde, über Charlie Chaplin zu lachen, wo doch so viele junge Leute, denen sie tags zuvor noch begegnet sei, es nicht mehr tun könnten? Und hatte sie sich nicht trotzdem über die denkwürdigsten Szenen von *Moderne Zeiten* amüsiert, obwohl die abgenudelte Filmkopie bedenklich rauschte? Sogar Ted Allan hatte seine Gockelhaftigkeit abgelegt und sich zu hysterischem Gekicher hinreißen lassen. Und er? Er hatte es rundum genossen: Mehr konnte man in Kriegszeiten nicht tun.

Er würde Mario gern von dem Filmvorführer erzählen, der wie Zeus von oben herunterdonnerte: »Ruhe da unten!«, und das zu Recht, verlangte es doch übermenschliche Gelassenheit, die Vorstellungen in der seit Jahren belagerten Stadt am Laufen zu halten. Doch erst einmal muss er an der Piazza Belli auf ihn warten, wo ein Zigarettenverkäufer aufgetaucht ist, mit dem sich Mario aber einig geworden ist und nun mit einer Stange Muratti zu ihm zurückkehrt. Früher war diese Marke etwas ganz anderes, der reinste Luxus. Gerdas Lieblingsmarke, bis sie sie sich eines Tages nicht mehr hatte leisten können, was ungefähr zeitgleich mit der Erkenntnis zusammenfiel, dass die vermeintlich *by Royalty and the Nobility* gerauchten Zigaretten in der Kreuzberger Fabrik hergestellt wurden, in der Pauli arbeitete. Na, schönen Dank auch! Von der wunderhübschen Schachtel abgesehen, schmeckten sie eigentlich nicht anders als andere Glimmstängel.

Die Krux mit Gerda war, denkt Georg, während sein Freund wieder auf die Vespa steigt, dass sie sich bei aller Wandlungsbereitschaft stets treu zu bleiben schien. Natürlich gab es bei ihr Erschütterungen, doch blieben die an der Oberfläche und nährten die heimliche Überzeugung, dass nichts ihr etwas anhaben konnte. Der Krieg hatte auch Gerda verändert, genau wie alle anderen, die Zivilbevölkerung und erst recht die Männer an der Front. Wie sollte denn auch eine Frau, die sich fast täglich an der Front aufhielt, einem Soldaten nicht ähnlich sein?

Georg hatte sie schließlich bei der Arbeit gesehen, als sie sich bei seiner Brigade einquartiert hatte, und später ab und zu in Madrid. Ihn hatte die Unbefangenheit fasziniert, mit der sie ihre Motive wählte, ihre schnellen, intuitiven Aufnahmen, doch während einer Schlacht oder einem Bombenangriff hatte er sie nie fotografieren sehen. Diese Seite von Gerda kannte er nur als Spiegelbilder: Da waren die Fotos, die sie ihm zeigte, wenn sie bei jedem Wiedersehen durch ihre Arbeitsbücher blätterte, da war der kameradschaftliche Ton, mit dem Männer jeden Ranges sie grüßten, da war ihre legendäre Courage, der vertrauliche Spitzname *pequeña rubina*, Blondchen. Sie war von einer ebenso ehrfürchtigen wie schmeichelhaften Aura umgeben, angefüllt mit Gaben und Eigenheiten, die ihm zwar vertraut waren, aber überhöht erschienen. Stimmte es, dass sie in Seidenstrümpfen und hohen Absätzen auf den Barrikaden auftauchte? Dass sie wie ein Talisman empfangen wurde, wie eine Wallfahrtsmadonna, die den Kämpfenden Schutz spendete?

»I wo! Wo hast du denn den Quatsch her?«, wiegelte Gerda eine Spur zu belustigt ab. Die Vorstellung, jemand könnte sie verehren, erschien ihr absurd, wie eine Mär, um ihre Arbeit und ihr Engagement kleinzureden. Es stimmte zwar, ein paarmal war sie hübsch zurechtgemacht ins Universitätsviertel gefahren, aber schließlich fuhr die Straßenbahn bis zu den vordersten Verteidigungslinien. Dabei hatte sie den Jungs nur auf erfreuliche Art klarmachen wollen, dass Madrid ihnen das Überleben verdankte, sie hatte ihnen Mut machen wollen, »und glaub mir, das haben sie zu schätzen gewusst«.

Diese Tatsache hatte Georg bestätigt, dass Gerda sich auch im Krieg treu geblieben war. Es war nichts Neues, dass sie bewundert werden wollte, doch weder Feuer noch Rauch oder der Himmel in Flammen würden ihr je zu Kopf steigen – ihr Kopf saß fest auf den Schultern, erst recht, wenn es brenzlig wurde. Nicht einmal die Fotos von den Kampflinien in Segovia, am Jarama und in Guadalajara, über deren Entstehungsgeschichte sie sehr viel weniger Worte verlor (wozu auch? Sie wussten beide, wie die Schlachten geendet hatten und was es bedeutete, mittendrin zu sein) als über die Zeitungen, die sie gedruckt hatten, hatten ihn je fürchten lassen, sie könnte leichtsinnig geworden sein.

Das Aufblitzen dieses Wortes versetzt Georg einen so heftigen Stich, dass er in den Kurven der Via Dandolo fast ins Schlingern gerät, und schlagartig kommt ihm wieder das eine Mal in den Sinn, als er den Eindruck hatte, Spanien würde Gerda verändern: nicht unter der Madrider Ausgangssperre oder auf der Sierra Morena, sondern im November '36, als sie ihn in Neapel besuchte.

Nach über einem Jahr räumlicher Distanz, das er gebraucht hatte, um über die Affäre mit Willy und die endgültige Trennung hinwegzukommen, war alles so berückend vertraut gewesen: das Warten am Bahnhof, Gerda, die auf dem Bahnsteig auftauchte und die er schon von Weitem an ihrer Persianerjacke, dem sportlichen Béret und dem flotten Gang erkannte. Zu hören, wie sie seinen Namen rief, ihm mit der freien Hand winkte. Die begeisterte Umarmung, das Abnehmen des Koffers, das Seite-an-Seite-gehen, umsprudelt von Gerdas Geplauder. Anders war nur, dass er sie zur Haltestelle am Rettifilo gebracht hatte, ohne sie wie üblich zu fragen, ob sie lieber zu Fuß gehen würde.

»Ist es denn so weit bis zu dir?«, hatte sie denn auch gefragt. »Ich habe tagelang gesessen und würde liebend gern ein paar Schritte gehen.«

»Nein, es ist ganz nah. Aber es ist hässlich.«

»Hässlich und sonst nichts? Oder so hässlich, dass sie einem die Kehle durchschneiden?«

Georg hatte gelacht. Während sie auf die Straßenbahn warteten, die einfach nicht kommen wollte, hatte er versucht, die kleinen Jungs abzuwimmeln, die blitzschnell aus den Gassen geschossen kamen und sich um sie scharten. Sie krakeelten um die Wette, machten gemeinsame Sache oder stießen sich gegenseitig fort. Sie bettelten um Kleingeld, Zigaretten, Bonbons, boten Stadtführungen und *bell'otelle* an, antike Fundstücke, Korallen, Wundergebete, »*Signora bella*, wie wär's mit 'ner kleinen Spende für Ihre Gesundheit …«

»Jetzt weißt du, was ich meine. Und wenn es schlecht läuft, machen sie lange Finger oder klauen einem die Handtasche.«

Gerdas Miene erstrahlte, und sie begann, langsam und deutlich auf den kleinen *Schnorrer* und potenziellen Dieb einzureden, der nicht die leiseste Ahnung hatte, was die sperrigen, schroffen Wörter *Strumpfband* und *Büstenhalter* zu bedeuten hatten. Gerda hatte ihr Geld bereits vor dem Verlassen des Zuges sicher verstaut. »Entschuldige, Georg, können wir uns die gewiss brechend volle Straßenbahn nicht sparen und den Koffer von einem dieser Jungs tragen lassen? Wenn wir ihm ein Trinkgeld geben, sollte er eigentlich nicht damit abhauen und seine kleinen Kameraden auf Abstand halten …«

Die Verblüffung darüber, dass ihr diese Idee nach kaum zehn Minuten in Neapel gekommen war, hatte ihn lange genug zögern lassen, damit Gerda dies als Zustimmung verstand und auf einen der größeren und hübschesten Jungs zuging.

»Du da, wie heißt du?«

Sie überließ es Georg, sich mit dem Ausgewählten zu einigen, und ließ sich nicht im Mindesten anmerken, dass sie außer Mimì nichts verstanden hatte (»Ist das nicht ein Mädchenname?«, hatte sie ihn später gefragt). Um klarzumachen, dass er kein Tourist war, sondern hier wohnte, hatte Georg nicht nur die Adresse, sondern auch den kürzesten Weg dorthin genannt, schließlich sei die Signora nach ihrer vielstündigen Reise müde: die Abkürzung durch die Forcella, dann über die Via Duomo und danach in die Via dei Tribunali bis zu dem kleinen Platz mit der Barockkirche und dem Adelspalast, in dem er mit zwei anderen Studenten untergekommen war. Er hatte Gerda gewarnt, dass ihr kleiner *Ganeff* mit den großen Augen sich noch immer mit dem Koffer aus dem Staub machen könnte, »aber keine Sorge, inzwischen weiß ich, wie wir ihn wiederbekommen würden«.

»Schön«, hatte sie erwidert, in Gedanken bereits woanders.

Unterwegs war Georg aufgegangen, dass es sich in Neapel nicht nur am billigsten, sondern auch am sichersten leben ließ, da sich der Einfluss des Duce in Grenzen hielt und es nirgends leichter war, die linientreuen Koordinaten nach Lust und Laune zu umgehen. Die Schriftzüge GLAUBEN GEHORCHEN KÄMPFEN konzentrierten sich auf die großen Plätze und die von vorangegangenen Herrschern geschlagenen Hauptachsen. Sie beschränkten sich auf die Fassaden, von denen sie mitsamt dem von Bodenfeuchte und ewigem Regenwasser durchweichten Putz abbröckelten. In Neapel waren die ersten fünfzehn Jahre des neuen Zeitalters in barocker Schicksalsergebenheit untergegangen. WER AUFGIBT, IST VERLOREN. Er nicht. Auf dem Weg hatte er dem leicht schlagseitig dahintrottenden Knirps eine Zigarette angeboten, der jetzt voll kindlich beseelter Gier daran nuckelte. Unter den verlorenen Völkern hatte er sich hier niedergelassen, er stand diesem barfüßigen Kerlchen näher, als ihr gegensätzlicher Anblick vermuten ließ. Das hatte auch etwas mit Gerda zu tun, mit der Tatsache, dass sie in Paris geblieben war, mit der Tatsache, dass er sie infolge einer Entscheidung verloren hatte, die er ihr nicht einmal hatte vorwerfen können. Doch sie durch diese in atavistischem Elend erstarrten Gassen laufen zu sehen, umgeben vom schleppenden Lamento der Menschen und Straßenköter und dem Gestank nach Pisse und fauligen Fischresten, die die fliegenden Händler von ihren Karren warfen; zu sehen, wie sie von allem mit ungerührter Neugier Notiz nahm, von den Heiligenschreinen, dem Dreck, Mimìs Stoppelhaar, das sich von den anderen kahl geschorenen und entlausten Kinderschädeln abhob, den Kleinkindern, die sich an die Balkongitter klammerten, um sich mit nacktem Hintern und Rotz unter der Nase daran hochzuziehen (»Im Sommer sind es viel mehr.« – »*Ach so!*«) – all das hatte ihn mit einem eigenartigen Gefühl erfüllt, das er nicht benennen konnte. War irgendetwas an dieser geschmeidigen Art, sich zu bewegen und umzublicken, anders geworden? Womit hatte er denn gerechnet? Mit Entsetzen? Verschrecktem Ekel? Spitzfingerigem Mitleid? Von Gerda?

Abends waren sie mit einer Gruppe ausländischer und neapolitanischer Freunde essen gegangen, und sie hatte die allgemeine Neugier in einem abenteuerlichen Italienisch befriedigt, mit dem sie sowohl deren Sorge auf die Schippe nahm, der *scugnizzo* (»*È così che si pronunzia?*«) hätte ihr Gepäck klauen können, als auch die eigene Unvernunft, doch der fotografische Blick habe sie nun einmal blind gemacht. Als sie das erste Mal in Barcelona angekommen sei, erzählte sie, habe ihr jeder von einer *alemana* erzählt, die sich im verrufenen Barrio Chino niedergelassen und dort so gut angepasst habe, dass die kleinen Diebe und Zigeunerkinder sie in Ruhe ließen und ihr sogar freiwillig vor die Linse liefen. Sich mit so einem Exempel messen zu müssen war kein besonders schöner Einstand gewesen: Man hatte sie als Kriegsfotografin entsandt; die Aufgabe, die unerträglichen Lebensbedingungen der Proletarier zu bannen, überließ sie anderen.

Der Satz hatte ehrfürchtige Betroffenheit ausgelöst, die Gerda sogleich genutzt hatte, um auf ihre erste Begegnung mit Neapel zurückzukommen und sich über sich selbst zu ärgern, dass sie ihre Leica ihrem Freund überlassen hatte. Aber sie war ja schließlich in den Ferien, und die wollte sie nutzen, um wieder die schönen Dinge sehen zu lernen. Wer meldete sich freiwillig, um ihr dabei zu helfen?

Angespornt durch diese Aufforderung hatten sie sie auf einen Kaffee auf die Terrasse des Grand Hotel Excelsior gebracht (der nur unwesentlich weniger kostete als in der von Bürgern und Touristen frequentierten Trattoria am Borgo Marinari) und dann auf die Promenade, wo die kalte Jahreszeit und der Westwind alles Leben fortgeblasen hatten. Und so konnte Gerda, die an Georgs Arm hing, unumwunden vom großartigen republikanischen Kampf erzählen und sich hin und wieder zu dem Seufzer hinreißen lassen: »Schau nur, die Sterne, riech mal, was für eine Luft, was für ein Frieden!«

Georg war erleichtert. Die erste Woche hatte er mit Aufenthalten im Gambrinus, Panoramaspaziergängen in Posillipo, der Unentschlossenheit ob eines Paars wildlederner Pumps geschuldeten mehrfachen Besuchen in der Via Toledo (»Die sind sehr hübsch, aber was soll ich mit denen in Spanien?«) und immer ausgedehnteren Aufenthalten in den Armenvierteln zugebracht. Ein Schlechtwettertag, der einen kleinen Rundgang durch Kirchen, Museen und Katakomben nahegelegt hatte, war ausreichend gewesen, um Georg klarzumachen, dass Gerdas

Geduld für schöne Dinge, zumindest für schöne alte Dinge, recht begrenzt war. Sie hatte sich nie sonderlich dafür interessiert, doch jetzt schien ihr Blick sogar beim Betrachten der pompejianischen Fresken und Mosaiken von Sensationshunger geleitet zu sein.

Sie war Fotoreporterin geworden. Es war das Ergebnis einer Entwicklung, die Georg mit seinen Briefen befördert hatte, und Gerda hatte ihm nie etwas vorenthalten. Vielleicht wollte Gerda nach der Liaison mit Willy, den erschöpfenden Schilderungen über die Arbeit in der Dunkelkammer der Stein'schen Wohnung, den didaktischen Stadtbummeln mit der Leica ihres ungarischen Freundes und – hurra! – dem ersten an eine Zeitung verkauften Foto, einer Modeaufnahme, sein Vertrauen in das zurückgewinnen, was ihr am wichtigsten erschien: das zu fotografieren, was gezeigt werden musste.

Auch Georg war es leid, den Fremdenführer zu spielen. Sein Leben in Neapel glich einem Schlaraffenland, wenn auch für arme Leute. Er wollte nach Hause, sich noch einmal die aus einem dicken *Baedekers Italien* hervorgezogenen Fotografien ansehen und sich erklären lassen, wie man sich bei den Internationalen Brigaden meldete.

Hatte Gerda ihm vor ihrem Wiedersehen in Turin im April '35 von dem verkauften Foto geschrieben? Sie hatten dort über die Kriegsvorbereitungen geredet, die im Ausland nicht ernst genommen wurden; über Italien, das, seiner kriegstreiberischen Berufung folgend, hinter Deutschland keinen Rückzieher machen konnte. Fast hatte es etwas Verschwörerisches gehabt, ihre Unterhaltung beim Spaziergang unter den Bogengängen fortzusetzen. Für trauliche Gespräche zu zweit war nicht viel Zeit gewesen, auch weil er es so wollte. Wie sollte er ihr seine Kommilitonin vorstellen, mit der er sich traf? Als eine Liebschaft, wie man dort so schön sagte (doch dieses Wort würde er nicht benutzen)? Es würde genügen, »eine Freundin« zu sagen, schließlich sollte es nicht wie eine heimliche Retourkutsche aussehen, die völlig unangebracht und ein wenig lächerlich gewesen wäre.

»Bloß nicht an irgendetwas rühren«, hatte ihm der Mann geraten, der ihn hatte groß werden sehen und für Gerda eine Zuneigung hegte, die über jeden Zweifel erhaben war. Sas war nach Turin gekommen, um ein wenig Zeit mit ihm und seinem Bruder zu verbringen, aber auch – wie sich dann herausgestellt hatte –, um von Gerda Informationen zu erhalten, die er mit nach Berlin nehmen konnte. Er hatte einen ebenso komfortablen wie nervenzehrenden Zwischenaufenthalt hinter sich, bei einer preußischen Witwe, die in Portofino überwinterte und ihn engagiert hatte, um sich mit seiner Hilfe dem Klavierspiel zu widmen. Gerda freute sich, ihn wiederzusehen, sie freute sich über alles. Sie passte perfekt in die Kulisse vornehmer savoyischer Eleganz, die sie mit einem Schuss Ironie und einem Punt e Mes genoss, sie war nett zu seiner Freundin und als geheime Kurierin völlig unverdächtig. Der Mut des Musikerfreundes und all jener, die dem braunen Sumpf die Stirn boten, hatte echte Komplizenschaft entstehen lassen, bis er Sas schließlich zum Bahnhof Porta Nuova gebracht hatte und kurz darauf auch Gerda wieder gefahren war.

Georg hatte sich weiterhin mit dem Turiner Mädchen getroffen, aber dennoch auf Gerdas Briefe geantwortet, in denen sie ihm von ihrem unerreichbaren Wunsch einer Reflex-Korelle schrieb. Dann waren die Ferien gekommen, der Nadelstich, dass sie mit dem Dackel an die Côte d'Azur fahren würde (doch mit Willy war es grauenhaft gewesen, hatte Gerda ihm gestanden, was glaubhaft erschien), und schließlich eine wenig überraschende Nachricht, die er nun schon so lange in die hintersten Winkel seiner Gedanken verbannt hatte, dass sie ihm im ersten Moment nichts ausgemacht hatte. Amüsiere dich mit deinem Fotografen, bis du dir deinen Fotoapparat leisten kannst, hätte er ihr am liebsten geschrieben. Doch stattdessen hatte er ihr nicht mehr geantwortet. Daraufhin hatte Gerda ihn per Telefon aufgespürt. »Ich rufe dich aus der Agentur an, in der André mir eine Anstellung verschafft hat, die Sache bedeutet mir was«, hatte sie gesagt, »aber ich will dich nicht verlieren.« – »Ich bin hier«, hatte er in sarkastischem und trotz seiner inneren Erregung ungerührtem Ton geantwortet, »herzlichen Glückwunsch.« Danach hatte er einen überflüssigen Brief voller Begriffe wie »Respekt«, »Wahrheit«, »notwendige Klarheit« angefangen, ihn jedoch nicht abgeschickt. Unterdessen hatte Mussolini Abessinien den Krieg erklärt und unter dem abstoßenden revanchistischen Jubel der *Stampa* und des *Corriere della Sera* binnen dreier Tage Adua erobert. Der Völkerbund war zusammengetreten und hatte Vergeltungsmaßnahmen angekündigt. Die von der patriotischen Kommunikation überforderte Post drohte damit, jeglichen Postverkehr zwischen Turin und Paris lahmzulegen. Während Italien mit glühendem Volkszorn gegen die Sanktionen wetterte (inzwischen konnte er die Bekannten, die davon ungerührt und somit antifaschistisch geblieben waren, an den Fingern abzählen), traf ein Brief ein, der rund einen Monat lang irgendwo hängen geblieben war. Darin beschwor Gerda ihn, den Mut nicht zu verlieren: »Auch wenn wir im Augenblick getrennte Wege gehen, verlaufen sie doch immer parallel ...« Er hatte ihr ein paar knappe Zeilen zurückgeschrieben und nie erfahren, ob der Brief die Pariser Adresse erreicht hatte, unter der sie inzwischen mit Friedmann wohnte, oder noch immer auf irgendeiner postalischen Parallelbahn unterwegs war. Jedenfalls hatte er seinen Moment der Erleuchtung gehabt. Auch an der Uni, wo die faschistischen Studenten die ausländischen Flüchtlinge aufs Korn genommen hatten und den Ausschluss selbst derjenigen erwirkten, die bereits in die Arbeit der Forschungsinstitute eingebunden waren. Also war er nach Neapel gegangen, betrübt, einen gerade erprobten Freundeskreis und seine Freundin zu verlieren, für die ihm seine Gefühle erst aufgingen, als er ihr eröffnete, er habe keine Ahnung, wie es weitergehen solle. Doch letzten Endes hatte ihm diese allumfassende Ernüchterung, die ihn zwang, ein neues Kapitel aufzuschlagen, neuen Mut gemacht.

Mit Gerda hatte er ein paar Briefe gewechselt, und die notgedrungene Aussparung politischer Themen hatte ihre freundschaftlichen Bande gestärkt. Dann war der Spanische Bürgerkrieg gekommen und schließlich die Gelegenheit, sich in Neapel wiederzusehen und einander tausend Dinge zu erzählen, wie sie es vorsichtig formuliert hatte. Georg konnte kaum abwarten, darüber zu reden, doch stattdessen hatte er einer Frau nachrennen müssen, die, nachdem sie eine Auswahl an Fotos von Milizionären, Bauern mit gereckter Faust auf kollektivierten Feldern und Anarchistenkappen tragenden Kindern eingeschmuggelt hatte, jetzt hier mit hungrigem Blick durch die steilen Gässchen hopste. Es sei alles so spannend, sagte sie, und Spanien so ähnlich – auch wenn das spanische Volk sich gerade befreie. Die kleinen Jungen, die auf dem Pflaster hockten und Karten spielten, die überfüllten Bars, in denen sich das magische Ritual des Lottospiels vollzog, die in schwarz gekleideten alten Weiber vor den Hauseingängen, die orientalisch angehauchte Musik. Und Capa, der sich überall hineingebohrt habe wie die Maus in den Käse. Ja, Capa schien haargenau so zu sein wie diese Menschen, so dunkel und zerknautscht, wie er aus seiner levantinischen Wiege gekommen war: ein gewiefter Mauschler, ein sympathischer Angeber, ein windiger Casanova. Nein, kein echter Casanova, aber versessen darauf, bei den Mädchen zu landen, und seine freche Visage half ihm dabei. Wunderbar. Du bist frei ich bin frei alle sind frei. Aber kaum lachte sie sich einen anderen an, sah er rot …

War sie deshalb nach Neapel gekommen? Um ihrem Liebsten eins auszuwischen? Oder um ihm zu verstehen zu geben, dass ihre Liebe zu erkalten begann? Aber warum dann Capa bei jedem Schritt erwähnen, warum ständig seinen neuen Namen nennen, deren stolze Schöpferin sie war, als wäre er ein Titel, der auch sie mit wer weiß welcher Glorie beglänzte? Für sie war er ein Kollege, ein Lehrer, ein Fotograf, den sie rundum großartig fand, weswegen sie es nur bedauern konnte, dass er nach Madrid zurückgekehrt war, derweil sie es sich nett machte. Waren ihr all die spannenden Dinge, die sie sah, in Wirklichkeit also völlig egal?

Zu Hause hörten sie den faschistischen Rundfunk, um zu erfahren, was ungesagt blieb. Die »unermüdlichen Fortschritte, um die Hauptstadt vom Bolschewismus zu befreien«, bedeuteten, dass Madrid nicht beim ersten Angriff gefallen war. Offenbar leistete die Stadt hartnäckig Widerstand, denn laut der hochtönenden Stimme genoss die Offensive die moralische, physische und militärische Unterstützung des großen Freundschaftspaktes zwischen Rom und Berlin, die nun mit offenen Armen auf General Franco zugingen. Bei dieser Nachricht war Gerda erstarrt und von ihrem Stuhl aufgesprungen. »Wenn diese beiden Verbrecher nicht überzeugt wären, dass niemand einen Finger rührt, hätten sie nicht das Ende der formalen Neutralität verkündet.« Sie würden Spanien die Hölle auf Erden bescheren, schließlich hatten sie aus ihren Interventionen nie einen großen Hehl gemacht. Gerda bebte vor Zorn, ihr Unterkiefer zitterte. Georg hatte sie mit der Standseilbahn zur Villa Floridiana gebracht, doch der Park war ein Park wie viele (»längst nicht so schön wie Gaudís Park Güell in Barcelona!«), der Golf lag im

Dunst, und ganz Neapel mitsamt seinem spanischen Flair und der lärmenden Gleichgültigkeit fing an, ihr auf die Nerven zu gehen.

Sie hatten beschlossen, nach Capri zu fahren.

In dem von Soma gemieteten Bauernhaus, einem Mittelding aus ländlichem Idyll und billiger Unterkunft, gab es kein elektrisches Licht, und man musste das Wasser aus dem Brunnen ziehen. Doch Gerda war hingerissen. Sie mochte die Hausbesitzer, eine Winzerfamilie, die Gemeinschaft der Studenten, die mit der Fähre zur Uni fuhren, die Villa über den Klippen, in der Gorki Lenin beherbergt hatte, und all die anderen berühmten Wohnsitze mit den paradiesischen Gärten, die geschützt hatten, was woanders gesetzlich verfolgt wurde. Ein Paradies für Teufel, meinten die Rechtschaffenen, und man musste kein Krupp und nicht einmal reich oder steinreich sein (das hatte sie von den Einheimischen gelernt), um dort zu wohnen! Mit von der frischen Luft und dem hausgemachten Wein geröteten Wangen malte sie sich ein Leben dort aus und schlüpfte mit der schlichten Begründung in Georgs Bett, ihr schmächtiger Körper brauche eine Ewigkeit, um die klammen Decken zu wärmen: Erfahrungsgemäß tauten die Füße erst gegen Morgengrauen auf. Sie sprach nicht mehr von Capa und nur selten von Spanien, außer es gab ein Publikum, das man für die Sache gewinnen musste.

Georg blieb auf der Hut, auch wenn neben Gerda zu schlafen und sie gelegentlich zu küssen alles andere als unangenehm war. Bis eines Sonntags seine Schwester Jenny zu Besuch kam, die in dem Haus des US-Vizekonsuls, bei dem sie eine Anstellung als *Fräulein* gefunden hatte, die amerikanischen Zeitungen zu lesen bekam. Die *New York Times* berichtete von heftigen Bombenangriffen auf Madrid, die keinen militärischen Zweck verfolgten, sondern allein dazu dienten, die Stadtbevölkerung in die Knie zu zwingen. Sogar der Prado war beschädigt worden. Wenn die kapitalistische Presse darüber schrieb, musste die Zerstörung unvorstellbar sein. »*¡No pasarán!*«, hatten sie gerufen und die Kerngehäuse der Annurca-Äpfel mit ebenso geballter wie ohnmächtiger Wut in die leer gegessene Makrelenpfanne geworfen. Und dann noch einmal leise zum Abschied, als sie Jenny zur Fünfuhrfähre an die Mole gebracht hatten. Man musste nach Spanien aufbrechen, alles andere war nebensächlich. Gerda würde sich in wenigen Tagen wieder auf den Weg machen, fest davon überzeugt, einen Auftrag zu ergattern, um zu Capa zu reisen, der inzwischen wer weiß wie viele Bilder dieses heroischen und verbrecherischen Krieges hatte bannen können.

»Machst du dir Sorgen?«, hatte Georg sie gefragt.

»Um ihn? Er kann jederzeit abhauen, er kommt durch. Aber die Madrider?«

Wortlos hatte er einen Stein fortgekickt. Der Weg vor dem Dorf war kaum noch zu sehen, das ersterbende Licht der bereits untergegangenen Sonne schien die Tanzmusik hinter ihnen und das Gluckern der Boote in der Marina Grande zu verstärken.

»Gib mir Zeit, eine Gruppe zusammenzustellen, dann komme ich nach.«

»Ich wusste es.«

Ich weiß auch etwas, hatte er bei sich gedacht: dass du mehr an diesem Mann hängst, als du dir eingestehen willst. Ich weiß nicht, warum, und ich weiß nicht, ob er dich verdient. Doch zumindest hier können wir beide uns den Tatsachen fügen, und alles wird enden, wie es enden muss.

Sie sind bei Mario angekommen, der sein Hemd wechseln will und ihm vorgeschlagen hat, sich Wasser aus der Küche zu holen. Georg geht zum Fenster, zündet sich eine Zigarette an und blickt hinab in Richtung des dunklen, glatten, metallisch glitzernden Meeres …

Soma und Gerda gehen auf dem Weg davon, er steckt die Streichhölzer weg, setzt sich langsam wieder in Bewegung und spürt, dass er nichts zu verlieren hat und Gerda niemals verlieren würde …

Er atmet tief ein, stößt die Luft wieder aus wie ein Patient und zwingt sich noch einmal zu dieser grenzenlosen Empfindung, die so gütig war, noch einmal aufzuleben, ohne ihn mit zärtlicher Ergriffenheit zu ersticken. Dann kehrt er an den Tisch zurück, wo Mario auf ihn wartet, rückt den Stuhl zurecht und konzentriert sich.

Zusammen gehen sie die Fahne des Artikels durch und lesen ihn an den entscheidenden Stellen laut vor. Inzwischen finden sich nur noch wenige Fehler, und der eine oder andere lexikalische Zweifel lässt sich mithilfe des muttersprachlichen Freundes schnell ausräumen. In einer halben Stunde sind sie fertig, und ihre Gedanken kreisen bereits wieder um die Schwierigkeiten ihres Experiments: die Wratten-Filter, die sich nicht auftreiben lassen, der Photostat anstelle der einäugigen Spiegelreflexkamera mit Doppelgängerfilter, um dasselbe Motiv doppelt belichten zu können. Ein Jammer, doch etwas Besseres ließ sich nicht bewerkstelligen, schließlich haben sie nicht die Mittel von Polaroid.

Georg fällt ein, den Brief an Mr. Land aus der Aktenmappe zu ziehen, die er aus dem Büro mitgenommen hat.

»*Avec Monsieur Mario Bernardo nous avons l'intention de réaliser un film publicitaire de vulgarisation scientifique sur la vision des couleurs en présentant vos expériences. Nous serions très honorés de connaître votre avis et d'avoir vos conseils en ce sujet*«, liest er mit erhobenem Zeigefinger vor und fragt sich, ob der Brief nicht als verkappter Bettelbrief missverstanden werden könnte.

»Georges, du hast ja vier Seiten geschrieben: Bist du sicher, dass unser autodidaktisches Genie Französisch kann?«, fragt Mario.

»Es geht ausschließlich um den Gegenstand seiner Theorien und Forschungen …«

»Er ist ein Geschäftsmann, in meinen Jahren als Stift habe ich in Cinecittà so einige davon gesehen. Das ist anders, als würde man sich an ein Mitglied der Wissenschaftsgemeinde wenden. Wir können allenfalls mit zwei Antwortzeilen rechnen und vielleicht nicht einmal das – *time is money.*«

Sie räumen die Unterlagen vom Tisch und stecken sie in den von Mario vorgesehenen Umschlag. Die Fahne von *Zweidimensionale Farbe* wird von einem Boten der Redaktion von *Filmtecnica* abgeholt.

»Aber immerhin, wir haben bewiesen, dass es nur das richtige Licht braucht, um Schwarz-Weiß-Bilder farbig zu machen«, sagt Mario wie zur vorauseilenden Beschwichtigung und geht auf den Balkon, wo es sich angenehm sitzen und plaudern lässt, besonders an einem Abend wie diesem.

Was sein Freund gesagt hat, ist nicht neu, und dennoch ist Georg überrascht. Das ist die Vision: dasselbe noch einmal zu betrachten und etwas anderes darauf zu projizieren. Als Bestätigung dafür, dass es jenseits des Schaltkreises zwischen Auge und Gehirn nichts gibt und dass uns das fortwährend mit Selektion und Impulsübertragung beschäftigte Gehirn zuweilen seltsame Streiche spielt. Das ist sein Teil der Recherche, der Auslöser, der ihn zu diesem Experiment getrieben hat. Um es umzusetzen, haben sie Filme, Projektoren, Fotoapparate und Fotografien verwendet. Reproduktionen abstrakter geometrischer Bilder, nichts also, was mit den revolutionären Fotografien zu tun hätte, die sich zwischen den Seiten eines deutschen Reiseführers verstecken, oder mit den beim letzten Mal in den Madrider Schützengräben entstandenen Aufnahmen, als Gerda ihm die von *Life* erhaltene Filmkamera gezeigt hatte, mit der sie, so behauptete sie, inzwischen besser umgehen könne als Capa.

»Kennst du Robert Capa?«, fragt er Mario.

»Willst du wissen, ob ich ihn persönlich kenne? Ich bin ihm einmal begegnet, als *Die barfüßige Gräfin* mit Ava Gardner gedreht wurde und er nach Rom gekommen war, um die Filmarbeiten zu fotografieren. Seinen Freund David ›Chim‹ Seymour kannte ich flüchtig, wir liefen uns bei Checco er Carrettiere in Trastevere über den Weg, er stieg immer im Hotel d'Inghilterra ab. Er war ein anspruchsvoller Feinschmecker, ungewöhnlich für einen Ausländer – die merken normalerweise nicht einmal, ob die Pasta verkocht ist –, und er pflegte so ein elegantes Auftreten, obwohl er aussah, wie ein dicklicher Lehrer: das Gegenteil von einem Paparazzo und obendrein so diskret, dass man verstehen konnte, warum er der Lieblingsfotograf der Diven war – der Loren, der Lollo, der Bergman, die ihm während des Skandals die Exklusivrechte gab –, aber so kurzsichtig, dass man ihn sich nur schwerlich als Kriegsfotografen vorstellen konnte. An Capa indes faszinierte sein schillernder Ruf, das Gerücht um eine stürmische Affäre mit der Bergman, über die sie sich mit Rossellini hinweggetröstet habe. Hast du ihn in Spanien kennengelernt? Vielleicht ist auf den großartigen Fotos vom Abschied der Internationalen Brigaden auch dein Gesicht zu sehen?«

»Bloß nicht. Es ging mir gegen den Strich, ihn wie einen zur rechten Zeit gekommenen Unglücksraben dahocken zu sehen, während wir zerlumpt und verzweifelt die Fäuste ballten und die Zähne zusammenbissen, um die Tränen vor den Zaungästen zu unterdrücken, die uns Versprengte anstarrten oder eben fotografierten. Du kannst dir nicht vorstellen, wie wir weniger ihn als seine Freunde verabscheuten, die wie Hemingway, in Spanien ihrem Heldentum frönten und, kaum waren sie über die Grenze, sich von ihrem Chauffeur oder dem Flugzeug hierhin und dorthin bringen ließen und in Austern und Champagner schwelgten. Doch es stimmt, diese Bilder zeigen genau das, was wir empfanden, Capa war ein begnadeter Fotograf: ein Heimatloser wie wir Interbrigadisten, ein Ungar, der mit den Freuden des Faschismus schon groß geworden war. Chim kannte ich damals noch nicht, wir sind einander später in Paris vorgestellt worden, ich weiß nicht mehr, in welchem Jahr.«

»Das muss schrecklich gewesen sein, nicht einmal die italienischen Kameraden, die ich kenne, wollen darüber sprechen.«

»Wir wissen ja, wie es ausgegangen ist. Aber wenigstens habt ihr sie irgendwann aus Italien verjagt …«

In den Stühlen auf Mario Bernardos Balkon kann man sich bequem zurücklehnen, einen Fuß gegen das Geländer gestemmt, unten der Innenhof, der zu holperig ist, um dort Boccia oder Murmeln zu spielen, doch obwohl man kein gescheites Loch graben oder eine Murmelbahn bauen kann, haben sich sämtliche Kinder der Nachbarschaft hier versammelt. Die dicht gedrängten Dächer von Monteverde, die letzten Kräne und Betonmischer, die Frauen, die auf den Balkon treten, um die Wäsche hereinzuholen oder jemandem etwas zuzurufen, die Nachbarn gegenüber, die das Gleiche tun wie sie: Plaudernd lassen sie die Rauchkringel gegen die verschossen grüne Sonnenmarkise steigen. Hier oben zu sein, im Herzen eines lebendigen Viertels, gefällt ihm so gut, dass er den Trubel der Via Veneto am liebsten hinter sich lassen würde, doch noch erscheint sein Leben zu prekär, um einen ernsthaften Umzug in Erwägung zu ziehen.

»Wir haben sie zwar davongejagt, aber das war weder leicht noch schön. Was soll ich dir sagen, Georges? Du weißt ebenso gut wie ich, was Bürgerkrieg bedeutet. Ein Glück, dass sich heute wieder jemand an unsere Taten erinnert, dass es dem einen oder anderen etwas bedeutet …«

Als ihre Freundschaft sich dank der sonntäglichen Korrekturen des Artikels am Tisch in der Via Dezza bereits gefestigt hatte, hatten sie sich im Juli unter die Demonstranten gemischt, die an der Porta San Paolo zusammenströmten. Über die Ereignisse von Genua, die der dort anberaumte sechste Parteitag des faschistischen MSI ausgelöst hatte, hatten sie auf diesem Balkon bereits diskutiert, aber noch keine Gelegenheit gehabt, über die Ausweitung der Aufstände bis nach Sizilien zu sprechen, wo die Polizei tags zuvor mit Maschinenpistolen auf die streikenden Tagelöhner und Arbeiter des Montecatini-Werks in Licata geschossen hatte.

Doktor Kuritzkes war gerade auf dem Weg ins Büro, um eine Recherche mit Modrić abzustimmen, doch beim Anblick der Fahnen schwenkenden Menschengruppen hatte er das Fahrrad am Tor angeschlossen und war mit dem Protestzug gezogen. Dass sie bereits auf der Höhe des Circus Maximus auftauchten, war allerdings kein gutes Zeichen. Vielleicht war die U-Bahn-Haltestelle Piramide wegen einer offiziellen Kranzniederlegung geschlossen und der Weg zum Bahnhof gesperrt. Dann wäre Mario Bernardo vielleicht gar nicht da. Allerdings hatte der Widerstandsrat zu der Demonstration aufgerufen, und das ließ hoffen. Andererseits war ein ehemaliger Partisan, der inzwischen mehrere Aufträge als Kameramann in der Tasche hatte, vielleicht nicht erpicht darauf, eine Verhaftung oder einen Schlag auf den Kopf zu riskieren. Die Stimmung auf dem Platz war eindeutig: Es roch nach gezieltem Zusammenstoß, nach latentem Krieg, nach einer Volksbewegung, die sich Bahn bricht, um sich mit einer potenziellen putschistischen Gegenbewegung zu messen. Es war diese vertraute, schon vor dem Einsatz von Tränengas vergiftete und zugleich berauschende Atmosphäre, die ihn dazu trieb, sich bis zur Absperrung durchzudrängeln, wo sein Freund hinter den Reihen der

Abgeordneten sämtlicher linker Parteien stand und mit den Armen ruderte, damit er ihn sah. Wäre er nicht so früh dort gewesen, hätte sich der über sein Auftauchen erstaunte Mario nicht aus dem Gedränge schieben können, um ihn zu begrüßen, und sie wären Minuten später von der berittenen Polizei überrannt worden, die gegen die Abgeordneten vorging, um sie auf ihrem Weg zur Gedenktafel für die Märtyrer des Widerstandes bei der Cestius-Pyramide aufzuhalten. Es war unklar, wie sie es geschafft hatten, dem Schlimmsten zu entkommen, zur Seite zu springen und sich im Schlepptau einer Gruppe junger Leute, die einen unter die Hufe geratenen Freund fortschleiften, ehe er einem Polizisten in die Hände fiel, bis zu den Barrikaden von Testaccio vorzuarbeiten. »Ich bin Arzt«, hatte er gesagt, woraufhin man sie in einen zur Sanitätsstation umfunktionierten Schuppen gebracht hatte. Draußen waren noch immer Kampflärm und das unermüdliche Gebrüll »Faschisten, Faschisten, Mörder!« zu hören. Ein junger Kerl in engen amerikanischen Leinenhosen hatte ihn gefragt, was er mit seinem feschen cremefarbenen Jackett und seiner teutonischen Art hier verloren habe. In vor Erregung verstärktem venezianischem Singsang hatte er zu hören bekommen, Genosse Georges habe im französischen Widerstand und im Spanischen Bürgerkrieg auf der richtigen Seite gekämpft.

»Glaub ich nicht! Der Kerl ist jünger als mein Alter: Und alles, was der noch schafft, ist eine Pulle Wein pro Mahlzeit.«

Da musste selbst der frisch verarztete Junge lachen, und der gebauchpinselte Doktor Kuritzkes hatte sein Geburtsdatum genannt und *¡Ay Carmela!*, *Los cuatro generales* und *El quinto regimiento* angestimmt.

»Die klingen ja echt spanisch, Mann, aber Musik von heute liegt uns mehr!«

Später hatte sich jemand darum gekümmert, die Mitstreiter aus dem Chaos zu holen und sie unterhalb der Ponte Testaccio entlangzuschleusen. Sie waren am Trastevere-Ufer bis zur Piazza Callisto gelaufen, um sich dort einen Drink zu genehmigen.

»Eine Pferdestaffel gegen gewählte Abgeordnete, das hätte ich nicht gedacht«, hatte Mario gesagt, »aber Gott sei Dank leben wir ja in einer Demokratie … in einer christdemokratischen!«

»Hoffentlich war das nicht erst die Ouvertüre. Sonst müssen wir unsere müden Glieder noch in Jeans und T-Shirt zwängen und uns wieder in den Kampf stürzen …«

»Du siehst besorgt aus.«

»Ein bisschen. Weniger als heute früh.«

Die Leute an den Tischen kommentierten die Neuigkeiten. Es hatte viele Verletzte und zahlreiche Festnahmen gegeben, aber wie durch ein Wunder keine Toten. Georg meinte, er habe Menschen jeden Alters gesehen, eine unaufhaltsame Masse. Die Kampfparolen, die schnodderigen Schmähungen, die Schilder mit VON WEGEN MIRACOLO ITALIANO! ROM IST NICHT DAS DOLCE VITA waren der Beweis. Sie konnten die Fabriken schließen, alles zum Stillstand bringen: Entweder rechnete die DC tatsächlich mit Bürgerkrieg, was weder ihr noch den Amerikanern zupasskäme, oder die Regierung Tambroni musste schleunigst ihre Koffer packen. Mario gab zu bedenken, diese jungen Leute hätten weder ein politisches Bewusstsein noch Disziplin und würden schon bald wieder am Wochenende in den Tanzschuppen herumzappeln.

»Wir waren genauso«, hatte er dagegengehalten. »Vielleicht war unsere Tanzmusik nicht ganz so wild, aber für die meisten der erwachsenen Genossen war es auch Katzenmusik. Zwischen einem Zusammenstoß und dem nächsten hatten wir einen Mordsspaß. Wir waren außer Rand und Band, das kannst du mir glauben.«

Die Kinder im Hof haben aufgehört, Himmel und Hölle zu spielen, und das ist schade. Die auf einem Bein hopsenden kleinen Mädchen mit den verrutschten Haarreifen in den Locken waren wirklich niedlich. Jetzt sind sie zu Verstecken übergegangen und haben sich irgendwo verkrochen, bis auf einen kleinen Jungen, der in blitzschnellen Etappen über den Hof auf eine zum Freimal erkorene Garage zuhuscht, die vom Balkon aus nicht zu sehen ist.

Es sitzt sich so behaglich und entspannt dort oben, dass sie sogar zu träge sind, sich etwas zu trinken aus dem Kühlschrank zu holen. Noch immer plaudern sie über ihre alten Bekanntschaften und das Doppelleben zwischen Kriegsschauplätzen und Fünfsternehotels. Ein Leben, das immer absurder wurde, je weiter der Wiederaufbau voranschritt und die anderen eine Arbeit, eine Frau, eine Zweizimmerwohnung mit fließend warmem Wasser fanden. In Paris stieg Capa im Lancaster ab, in dessen Suite die Dietrich vor ihrem Sprung nach Hollywood ihr goldenes Exil verbracht hatte und das wieder im alten Vorkriegsglanz erstrahlte. Die Zimmerrechnung verschlang selbst die zukünftigen Einnahmen von Magnum Photos, doch er beharrte darauf, denn sonst könne er keine Aufträge an Land ziehen, die seiner Fotografen würdig wären. Man lief ihm während der Mittagspause über den Weg, wenn man mit einem Baguette unter dem Arm, das man im Gehen knabberte, die Champs-Élysées hinunterspazierte: Manchmal grüßte er kaum zurück, dann wieder bestand er darauf, einen zu Le Fouquet's zu schleifen und mit allem Möglichen zu päppeln, während er, der gerade erst aufgestanden war, für sich und das unvermeidliche Mannequin oder die Bordsteinschwalbe, die nicht immer Luxusklasse war, zuerst einen Kaffee, dann ein Omelette und schließlich zu der bereits entkorkten Flasche Champagner, um mit einem Freund aus glorreichen alten Zeiten anzustoßen, eine zweite zu bestellen. Chim war aus ganz anderem Holz geschnitzt, da sind sie sich einig. Mario war wieder eingefallen, dass er laut einschlägigen Gerüchten zu den vielen Schwulen aus aller Welt gehörte, für die sich Rom als echte Sause entpuppte. Und wenn die gepflegte Kleidung, der Ruf des Feinschmeckers und die ausgesuchte Höflichkeit gegen seine wechselnde weibliche Begleitung schon Bände sprachen, war der Nimbus der Heimlichkeit der schlagende Beweis. Es war unübersehbar, dass er seine Bekanntschaften strikt auseinanderhielt – die Hautevolee und die Freunde rund um Carlo Levi beispielsweise, mit dem er süditalienische Dörfer bereiste, um sie dem Analphabetismus zu entreißen. Gut möglich, dass er dafür weniger private denn politische Gründe hatte, und sowieso ging es nur ihn etwas an.

Georg muss trocken auflachen: Seit Jahrhunderten hielten sich die Leute hier für clever, *caput mundi*, dabei hätten sie die Mentalität einer tumben Betschwester, nur bornierter und rotziger.

»Wem sagst du das. Aber in Rom lässt es sich nun mal gut leben.«

»Hier oben bei dir zweifellos.«

Im Hof ist ein kleiner Junge gestolpert, als er sich von seinem – obendrein noch kleineren – Verfolger hat schnappen lassen, und humpelt nun unter wehleidigem Gejammer zum Freimal.

»Hast du die Fotoserie gesehen, die Chim für UNICEF gemacht hat?«, fragt Georg. »Es war das erste Mal, dass sie ein solches Projekt vergeben haben, *Children of Europe*. Nicht viel mehr als eine Broschüre mit geringer Auflage, aber die Bilder wurden überall veröffentlicht. Wenn ich dir das Buch zeige, kennst du das eine oder andere womöglich.«

»Wann war das?«

»Das muss Ende '48 gewesen sein, das Buch ist '49 erschienen.«

»Schon möglich. In der Zeit habe ich für die Zeitung geschrieben, mit der Filmerei konnte ich mich noch nicht über Wasser halten. Ich habe alles Mögliche gemacht, hab sogar in einem Hochofen in Marghera malocht, was halt so kam. 1950 bin ich nach Rom gekommen, also ein Jahr später.«

Georg erzählt von dem Material, dass Chim der UNESCO nach und nach zukommen ließ, immer wenn er von seinen Reisen zurückkehrte, und das er ihm sogleich zeigen wollte, denn außer Capa hatten sie vieles gemein: Leipzig, wo der Fotograf an der Hochschule für Grafik und Buchkunst studiert hatte, Spanien natürlich und auch die polnischen Wurzeln. Als er herausfand, dass Russisch die Sprache von Georgs Kindheit war, warf Chim ihm hin und wieder ein paar Sätze zu, doch meistens sprachen sie deutsch. Es erschien selbstverständlicher und garantierte ihnen eine gewisse Vertraulichkeit. Sie arbeiteten an vier Schreibtischen, die wie Schulbänke einer hinter dem anderen standen. Die UNESCO hatte sich vorübergehend in einem der einstmals prächtigsten Hotels der Belle Époque einquartiert, im Majestic. Und da es nur eine Viertelstunde vom Lancaster entfernt lag, schlug Chim ihm vor, ihn zu begleiten, wenn er Bob, wie er ihn inzwischen nannte, besuchen ging. Capa hatte sich jedoch nicht angewöhnt, ihn David zu nennen, obwohl das bei den beiden der einzig echte Name war.

»Er stammte aus Warschau, richtig? Ein Warschauer Jude?«

»Ja, ein Warschauer Jude.«

In den Ländern, die Chim für die UNICEF bereist hatte, hatte es die Kinder am härtesten getroffen: Italien, Griechenland, Ungarn, das Capa sehr am Herzen lag, Österreich, das vor Flüchtlingslagern platzte, und natürlich Polen. Eine Bilderserie zeigte einen Zug von Schülern, die auf dem Weg zu den bereits neu errichteten sozialistischen Mietskasernen durch die Trümmer des Warschauer Ghettos laufen – flache Geröllhaufen, feucht von Erde, übersät mit Ziegelschutt. Chim hatte erzählt, dass sich hinter der großen Kirche, dem einzigen Gebäude, das nicht von den Deutschen dem Erdboden gleichgemacht worden war, früher einmal der Verlag seines Vaters befunden habe, der Bücher in Jiddisch und Hebräisch herausgab. Aber den Beweis, dass seine Eltern nicht mehr lebten, hatte er gemurmelt und den Kontaktbogen umgeschlagen, habe er nicht in Warschau, sondern in einem Städtchen gefunden, wo er, Laune des Schicksals, die meisten Filme verknipst hatte. An diesem von der Zerstörung verschonten Ferienort waren Schulen, Waisenhäuser und Heime für geistig gestörte Kinder eingerichtet worden. Dank einer jüdischen Organisation war auch die von einer Tante geführte Pension, in der sein Vater und seine Mutter bei Kriegsausbruch untergekommen waren, in ein Sanatorium umfunktioniert worden. »Das sind die Bilder«, hatte er gesagt und ihm ein paar Fotografien gezeigt. Auf einer sah man eine tuberkulöse kleine Patientin, die auf den Matratzen ihrer Gefährtinnen saß und ihr steifes Korsett zeigte. Chim erinnerte sich nicht mehr, was er getan hatte, um ihr dieses Lächeln und diesen lustigen Ausdruck in den dunklen Äuglein zu entlocken. Schüchtern und strahlend, vielleicht ein bisschen verliebt, hatte Georg festgestellt. Chim hatte abgewinkt, und er hatte eine Prognose über die Heilungsdauer der Wirbelsäule gewagt, denn damit kannte er sich aus, schließlich hatte er als Partisan in der Haute-Savoie selbst gegen die Tbc gekämpft.

»Wirklich?«, fragt Mario.

»Die Dorfleute fürchteten die Ansteckung kaum weniger als die Deutschen, vor allem wegen ihrer Kinder. Einen Ausbruch zu verhindern bedeutete, sich ihre Dankbarkeit und aufrichtige Solidarität zu sichern.«

»Verstehe. Also hast du dort oben nicht zu den Waffen greifen müssen?«

Georg nickt abwesend, abgelenkt von dem Schrei »Ich komme!«, der durch den Hof schallt und von dem kleinen Jungen stammt, der, so schnell wie er flitzt, vielleicht doch nicht so arm dran ist.

Möglicherweise ist Mario doch mehr an der Résistance in den Bergen als an der Entstehung eines Buches interessiert, mit dem die frisch gegründete und auf Unterstützung angewiesene UNICEF die verzweifelte Lage von Millionen Minderjährigen dokumentieren wollte, die mit allen Mitteln um ihr Überleben kämpfen – stehlen, betteln, sich prostituieren, Zigarettenstummel sammeln und weiterverkaufen –, und ebenso das Engagement, um sie heranwachsen, lernen und gesund werden zu lassen, damit auch Europa wachsen und genesen kann. Aber der Kampf gegen das Übel der Ignoranz ist ihm und Mario gemeinsam, sonst würden sie nicht an diesem Lehrfilm arbeiten, um die Wahrnehmung von Farben zu erklären.

Deshalb nimmt Georg die Kinder im Hof als Beispiel, die eines nach dem anderen aus ihren Verstecken kommen, manchmal schnell genug, um anzuschlagen, manchmal im letzten Moment vom Fänger geschnappt, der sich geschickt hinter einer Ecke postiert hat.

»Theoretisch könnten die Kleinsten, die dort unten spielen, die Kinder der Größten sein, die Chim damals fotografiert hat. Also der Glücklichsten oder Zähesten oder Talentiertesten, und damit meine ich auch das Talent fürs Leben, das womöglich niemand einem beibringen kann, und vielleicht ist das auch besser so.«

Mario lacht kurz auf und nennt ihn einen Optimisten, doch im Grunde habe er nicht unrecht: Das, was sie erlebt haben, scheint wirklich himmelweit von diesen Wirtschaftswunderkindern entfernt zu sein, auch wenn das nach einer gewissen Propaganda klingt, und auch der Frieden wird niemals eine Gewissheit sein.

»Aber sie können herumrennen, einander nachlaufen, spielen …«

Um zu verdeutlichen, was er meint, erwähnt Georg einige Bilder, die in einer römischen Villa entstanden sind – nicht in irgendeiner Villa, sondern dort, wo Mussolini 1943 verhaftet wurde. Die Ironie des Schicksals hatte es gewollt, das Chim ausgerechnet auf dem vertrockneten Rasen der Villa Ada kleine Jungen fotografiert hatte, die barfüßig und in den pluderigen kurzen Hosen der karitativen Einrichtung, die sie an die frische Luft geschickt hatte, Volleyball spielten. Manchen fehlte ein Bein, anderen ein Arm, einer hatte sogar eine Krücke, um auf seinen steifen Beinprothesen ein bisschen wendiger zu sein: Es war der Junge ganz vorn, der Einzige, der ein T-Shirt und lange Hosen trug. Chim hatte ihn darauf aufmerksam gemacht, dass die einzigen beiden Spieler, die man, wenn auch nur im Hintergrund, von vorn sah, blind waren. Ein Sprengkörper hatte ihnen das Augenlicht genommen. Vielleicht nicht vollständig, doch immerhin genug, um die Teilnahme an dem Ballspiel zu einem enormen Kraftakt zu machen.

»Er hat es verstanden, nicht nur die unheilbaren Verstümmelungen, sondern auch die Energie einzufangen. Seine Kunst lebt von diesem feinen Zusammenspiel, und dieser Gabe wegen pflegte sein Geschäftspartner zu sagen, Chim sei der bessere Fotograf. Ich glaube, er meinte damit auch das innere Rüstzeug, denn Capa hätte sich gewiss nicht zu Pilgerreisen in Flüchtlingslager und Waisenhäuser durchgerungen, die einem Sprung in den Abgrund der eigenen Kindheit gleichkamen: weder für sechs Monate und ein lächerliches Heftchen noch für alles Gold der Welt.«

Mario will wissen, in welchem Jahr Seymour und Capa gestorben sind, und die Frage ist so einfach, dass sie

Georg nicht von dem empörten Geschrei im Hof ablenken kann, weil ein schlaksiger Junge angeblich geschummelt hat. Zugleich denkt er an die unsichtbaren Verstümmelungen, die Veränderungen des Nervensystems und deren Auswirkungen auf das Sensorium eines Menschen, der gewisse Dinge durchgemacht hat: nicht als Soldat, sondern als Fotograf. Kein *shell shock syndrome,* wie es die Amerikaner nennen, nur eine diffuse Störung, die den Kitzel der Gefahr erhöht, als wäre sie eine sportliche Herausforderung, ein Spiel, das dem dort unten im Hof wohl ähnlicher ist als dem Volleyballmatch in der Villa Ada.

Chim war sich dessen bewusst. Damals hatte Georg geglaubt, der Einsatz der UNESCO gehe über das hinaus, was Chim kleine Reparationen nannte. Es hatte ihm leidgetan, diesen ausgeglichenen, wiewohl zweifellos von einer wachsenden inneren Schwermut betroffenen Mann sagen zu hören, ihm seien die Kinder genug, die er auf seinen Reisen fotografiere (er hatte sich sogar ihre Namen notiert: Tadzio, Tereska, Elefteria, Angela …), eigene Kinder in die Welt zu setzen, könne er sich nicht erlauben. Georg fand diese Haltung unsäglich, zumal fast alle, die ihre Familie verloren hatten, nun eine eigene gründeten. Deshalb hatte er sich eines Tages, als Chim mit der Durchsicht einiger Fotos beschäftigt war, zu der Bemerkung durchgerungen, der Krieg sei vorbei. Verlegen hatte Chim das Thema auf Capa gelenkt und beiläufig fallen lassen, unter anderen Umständen hätte ihr Freund gern zehn Bälger in die Welt gesetzt, wie ein Rabbiner mit Rauschebart.

»Ein Jammer, dass die ›anderen Umstände‹ dagegen waren«, hatte Georg vorsichtig erwidert.

»Vielleicht sollte ich Ihnen das nicht sagen, Dottore, aber ich habe die beiden eher glücklich als unglücklich erlebt … Aber *natürlich* können sich die Dinge immer ändern, solange noch Zeit ist.«

Nun ist die Zeit abgelaufen, und das schon seit einer ganzen Weile. Trotzdem lässt sich noch etwas reparieren, zum Beispiel mit einem Anruf beim Dackel, und er will es Mario gerade sagen, als der ihm die Frage stellt, mit der er von Anfang an gerechnet hat.

Nein, antwortet er, er habe Robert Capa nicht wirklich gut gekannt. Sicher, sie waren Freunde, auch wenn man ihn nur in kleinen Dosen genießen konnte. Dennoch sei er ihm unendlich dankbar. Die freie Welt hätte das Elend, dass die Grande Republique den republikanischen Flüchtlingen bescherte, lieber nicht gesehen: Und der große Fotograf, der nach Argelès-sur-Mer gekommen war, um all die mahnende Schande zu bannen, hatte herausgefunden, dass er in einem der Lager war. Hätte Capa nicht seine Entlassung erwirkt, wäre es ihm vermutlich genauso ergangen wie seinen Kameraden, die vom demokratischen Stacheldraht der Franzosen in den nationalsozialistischen der Deutschen gewechselt waren.

»Wieso ist dir Capa ausgerechnet heute in den Sinn gekommen?«, fragt Mario.

Das Schweigen, das folgt, überlässt sie dem ausgelassenen Kinderlärm nach fröhlich beendetem Spiel, den Radioapparaten, die die Nachrichten übertragen, dem Hupen und Motorenknattern auf der Straße. Dann, wie sacht berührt von den Geräuschen, erhellt sich Georgs Miene.

»Wir hatten eine gemeinsame Freundin, die in Spanien gestorben ist. Heute weiß keiner mehr, wer Gerda Taro war. Selbst ihre fotografische Arbeit ist in der Versenkung verschwunden, denn Gerda war eine Genossin und eine Frau, eine mutige und freie Frau, sehr schön und sehr frei, und das in jeder Hinsicht.«

Offenbar hat Mario verstanden, denn er stellt keine weiteren Fragen. Die Kinder im Hof haben beschlossen, nicht weiter Verstecken zu spielen. Manchmal genügt ein Name, um einem Beispiel zu folgen.

EPILOG

Paare, Fotografien, Koinzidenzen #2

Nun schau sie dir an, auf der Terrasse des Café du Dôme mit diesem Lächeln, das zueinander spricht, mit der durch eine nette oder alberne Bemerkung ausgelösten Fröhlichkeit, dazu braucht es bei ihnen nicht viel. Das Foto zeigt es auf einen Blick, das gleichmäßige Licht auf Andrés Profil, den Sonnenschein, der ihn das Blouson offen tragen lässt, es ist ein so schöner Frühlingstag, dass Gerda sich die Jacke ausgezogen hat oder vielleicht kurzärmlig aus dem Haus gegangen ist, schließlich ist die Rue Vavin gleich um die Ecke.

Sie merken nicht, dass sie fotografiert werden. Der Fotograf hat sich auf dem Gehsteig postiert, das Weitwinkel scharf gestellt und abgedrückt. Doch jemand hat ihn bemerkt: Der Herr am Tischchen dahinter hat seine Lektüre unterbrochen und die Zeitung sinken lassen, und seine Blickrichtung und das leise Lächeln verraten, dass er das Paar beobachtet. Jenseits der Szene, die das Foto der Vergangenheit enthebt, sitzt ein Mann aus dem vorigen Jahrhundert und sieht den beiden ebenso zu wie du. Bei genauerem Blick wirkt sein freundliches Lächeln fast wie ein Kommentar zum Strahlen der Hauptperson: *ah, ils sont beaux, les jeunes*, wenn sie das Mädchen, in das sie verliebt sind, zum Lachen bringen …

Doch woher weiß er das? Immerhin hat er nur den Fotografen vor sich, der sein mit einem milchigen Getränk halb gefülltes Glas auf dem Tisch hat stehen lassen. Vielleicht hat er diese muntere Liaison zufällig mitbekommen, und es freut ihn, dass sich jemand die Mühe macht, sie zu verewigen. Hinter ihnen entzieht sich der emsige Kellner dem mehrstimmigen Lächeln, dafür strahlt er im Weiß seiner vom Faltenspiel um den Ellenbogen bewegten Jacke, dem perfekten Bildmittelpunkt.

Der Kellner kennt seine Stammgäste, so viel ist sicher. Angefangen bei diesem Friedmann, der sich für Mademoiselle Gerda, die stets *très chic* und zu allen freundlich ist, ordentlich zurechtgemacht hat. Doch der Kellner wäre dieses berühmten Treffpunkts nicht würdig, kennte er nicht auch die Gäste, die sich nicht jeden Tag auf der Terrasse tummeln. Wie den Mann aus Montmartre, der seine Fotos hin und wieder an den Tischen zum Tausch anbietet: Porträts von bedeutenderen Persönlichkeiten als dieses vor allem im Dôme bekannte Pärchen und Abzüge, die in Künstlerkreisen vermuten lassen, dass Monsieur Stein ein Händchen dafür hat, den Flair von Paris einzufangen.

1934, er war kaum ein Jahr dort, hatte Fred Stein eine nächtliche, winterliche Liebe gebannt, ein unter den Hüten und Mänteln der Liebenden verborgenes Geheimnis, deren Körper im Schlagschatten verschmelzen, den die Straßenlaterne in den Schnee malt.

Vielleicht lebt in dieser Aufnahme die Erinnerung an eine als Flitterwochen getarnte Flucht fort: Es war die schnellste und unverdächtigste Art, um an Pässe zu gelangen, und Freds Verhaftung nur noch eine Frage der Zeit. In Dresden hatten sie standesamtlich geheiratet – draußen die Leute, die klatschten und »*Heil Hitler!*« riefen – und sich dann ein Geschenk gemacht, denn Fred fotografierte für sein Leben gern, und Lilo meinte, er habe Talent: eine Leica.

Du stellst dir vor, wie Fred ganz behutsam aus dem Bett steigt, um Eindrücke von Paris zu bannen, und lautlos das Haus verlässt, weil er Lilo nicht wecken will, die ganz erschöpft ist von der Schwarzarbeit – sie kocht, schuftet als Küchenmädchen –, mit der sie ihm ermöglicht, Fotograf zu werden. Später, nach dem Umzug an die Adresse, die als »Studio Stein« auf der Visitenkarte steht, hatte sie selbst gelernt, Hochzeiten oder Taufen zu fotografieren, um für ihren Mann einzuspringen, wenn er verhindert war. Lilo war es auch, die sich um die Finanzen und die Zimmervermietung in ihrer Wohnung kümmerte, die stets für alle Freunde und Parteigenossen offen stand. Die Tochter eines berühmten Arztes führte ein ihrer Kindheit mit Dienstboten und Garten gänzlich entgegengesetztes Leben, doch war dieses Leben himmelweit von jener einsamen Zweisamkeit entfernt, die Fred bei seinen nächtlichen Streifzügen festgehalten hatte: Es war laut und – obwohl die Wohnung auf den Friedhof von Montmartre hinausging – voller strahlender Momente. Im Jahr '35, als sie Gerdas und Lottes Einzug mit von rot-grünen Tüllschirmchen bekrönten Glühbirnen gefeiert hatten, hatte die übertriebene Verbeugung, mit der André Friedmann sich vorgestellt hatte, Lilo sofort betört. Sie mochte sein zerzaustes Auftreten und seine humorvolle Art, es zur Schau zu stellen, seine jungenhafte Aufschneiderei. Mit ihren fünfundzwanzig Jahren waren Fred und Lilo nur wenige Jahre älter und doch zu einem Halt für jeden geworden, der in Geld-, Wohn- und Gefühlsangelegenheiten schlechter dran war als sie.

An jenem Tag im April '36 kommt Fred Stein ins Dôme und setzt sich auf einen Drink zu seinen Freunden. Paris ist nicht mehr die nächtliche Bühne der Verlorenheit, die Liebe muss sich nicht mehr in die Anonymität zweier Figuren hüllen, die ein doppeltes Selbstporträt des Exils abgeben. Jetzt verlangt sie die Nahaufnahme und gehört denen, die sie verkörpern: Gerda Pohorylle und André Friedmann auf der Terrasse des Cafés, in dem jeder sie kennt.

André hat gerade angefangen, sich Robert Capa zu nennen, Gerda hat sich ihren ersten Presseausweis besorgt, die Steins wohnen in einer komfortableren Wohnung unweit der Porte de Saint-Cloud, wo Lilo eine Dunkelkammer eingerichtet hat und sich nicht mehr um zahllose andere Pflichten kümmern muss. Fred hat es zu einem ansehnlichen Kundenkreis gebracht und sich einen Namen als Porträtfotograf gemacht. Im Jahr darauf wird er zum zweiten Mal an einer Gemeinschaftsausstellung in der Galerie de la Pléiade teilnehmen und einige seiner Schriftstellerporträts ausstellen, neben Man Ray und Philippe Halsman (der Ruth Cerf in jenen Jahren zu seinem Modell erkor). Er ist nicht der Einzige, der notgedrungen bei diesem Beruf gelandet ist, doch anders als Chim, der die Leipziger Hochschule besucht hat, oder Capa, der die Fotografie durch Eva Besnyö und Kati Horna entdeckte, die während des Gymnasiums bei einem ungarischen Avantgardefotografen in die Lehre gingen, hat er in Dresden keine Ausbildung gemacht. Fred Stein hat sich alles selbst beigebracht, dank der zur Hochzeit geschenkten Leica und dank Lilo, die ihm assistiert. Die Leica hat ihn das Fotografieren gelehrt, sagt er, er trägt sie immer um den Hals und behandelt sie, als wäre sie mit ihm verwachsen. Er kann es nicht ändern, wenn diese Symbiose bei den Kunden auf Misstrauen stößt, die an großes Buhei gewöhnt sind und nicht glauben wollen, dass aus diesem kaum brieftaschengroßen Apparat ein gescheites Porträt herauskommen kann. Der Anfang war so steinig, dass er bei den Kleinanzeigen in der Zeitung *Promotion gratuite photo portrait* inserieren musste.

Die Widrigkeiten, die gute Fee, das magische Geschenk: Fred Steins Geschichte klingt wie ein Märchen mit glücklichem Ende, aber vielleicht hat nicht einmal er, der nicht müde wird, die Rolle der Leica zu betonen, es ganz richtig erzählt. Fotoapparat, Zuversicht, Durchhaltevermögen und ein furchtloses Herz hätten nicht genügt, ihn aus den Hunderten Fotografen herauszuheben, die in Paris gestrandet waren. Das Gleiche gilt für Capa und Gerda, trotz ihrer Millionärsgeschichte, mit der sie sich als Fotoreporter durchschlagen wollten. Mit Kunst hatten sie nichts am Hut, doch sie wussten, was ein gutes Foto ausmachte: Sie hatten den ästhetischen Zeitgeist ebenso verinnerlicht wie den politischen und gesellschaftlichen und wussten, dass ausgerechnet in der Kunst bereits eine Revolution stattgefunden hatte. Fred Stein, seit dem Gymnasium politisch engagiert, aktives Mitglied einer sozialistischen Splitterpartei und brillanter angehender Jurist, hatte nicht nur einen handlichen Fotoapparat im Gepäck gehabt. In Dresden wäre er gern Anwalt für die Schwächsten geworden, in Paris hat er dann die Arbeiter, Straßenhändler und Bettler fotografiert – die Armen ganz allgemein. Doch entscheidend ist das Wie: mit respektvollem und zugleich ironischem Blick, mit modernistisch strengen Bildausschnitten, mit dem ganz besonderen ästhetischen Gespür, das seinem Gerechtigkeitssinn entsprach.

Außerdem prägte Paris seine Fotografen. Man musste nur ins Café gehen, und man traf Cartier-Bresson oder André Kertész, mit dem der jüngere André sich prächtig verstand. Auch Walter Benjamin liebte das Dôme, als er noch ein in Paris verliebter Berliner und kein Flüchtling war, der um den bunten Haufen deutscher *émigrés* einen Bogen machte. Doch wenn er seinen Unterschlupf in der

Rue Bénard verließ, begab er sich noch immer auf dem schnellsten Wege dorthin, und so vielleicht auch an jenem Tag, an dem Fred Stein das Foto von André und Gerda gemacht hat. Außerdem lag die Redaktion, die in jenem Frühjahr '36 ein Manuskript von ihm betreute, ebenfalls in Saint-Germain, und nach erschöpfenden Diskussionen mit den Lektoren hatte Benjamin auf dem Rückweg womöglich das Bedürfnis, an der frischen Luft zu verschnaufen und sich ein Gläschen zu gönnen.

Als *Das Kunstwerk im Zeitalter seiner technischen Reproduzierbarkeit* im Juni unter den Pariser Intellektuellen die Runde macht, hält der Autor in den deutschen Kreisen zwei Lesungen, eine im Deutschen Klub, die andere im Café Mephisto. Gerda, die solche Gratisveranstaltungen gern zur Fortbildung nutzt, ist zu der Zeit vollauf von ihrer Arbeit bei der Agentur Alliance in Beschlag genommen und außerdem darum bemüht, ihr erstes Foto unterzubringen. Doch wieso hat Fred Stein, der bereits Ernst Bloch und Bertolt Brecht porträtiert hat, um nur zwei enge Freunde Benjamins zu nennen, sich diese Gelegenheiten entgehen lassen? Oder wollte Benjamin sich nicht fotografieren lassen? Und hat Stein dieses Versäumnis geschmerzt, als ihn Hannah Arendt in New York darauf anspricht, mit der ihn, wie die ihr im Laufe der Jahre gewidmeten Fotos belegen, eine enge Freundschaft verband?

Wahrscheinlich hat Stein, der in einem Haus voller Bücher und Gebote aufgewachsen ist, Benjamins Essay gelesen. Der Vater war ein liberaler Rabbiner, die Mutter unterrichtete nach dem Tod ihres Mannes Hebräisch und Religion. Als er die Thora geschlossen und sich dem Sozialismus geöffnet hatte, war ein jedes Gesicht an die Stelle desjenigen getreten, der ihn nach seinem Bilde geschaffen hatte. In einem Artikel von 1934 schreibt er, ein Porträtist müsse »die Geschichte und das Wesen erfassen, die jedem Modell innewohnt«, eine ideale Aufgabe für die in ihrer Kleinheit so »entwaffnende« Leica. Es ist bemerkenswert, wie konsequent er seinen Gedanken in die Tat umsetzt: Nicht nur lässt er sich bei der Auswahl seiner Modelle von Wertschätzung und innerer Verbundenheit leiten, sondern nimmt sich auch die Zeit, sich vor der Begegnung mit ihrem Schaffen vertraut zu machen und sich bei der Porträtsitzung so mit ihnen zu unterhalten, dass sie den Anlass des Treffens völlig vergessen.

Die beispielhafteste Episode fällt in das Jahr 1946, als Einstein ihm zehn Minuten gewährt und schließlich zwei Stunden mit ihm plaudert. Gerade einmal fünfundzwanzig Aufnahmen kommen dabei heraus. Das Porträt, das nunmehr zu den berühmtesten zählt, zeigt einen sanften, schwermütigen Blick ohne ein Lächeln. Albert Einstein. Will ein Bild die Geschichte und das Wesen eines Menschen erfassen, darf es ihn nicht zu einem Spiegel oder zu einem Objekt degradieren, und sei es die faszinierendste aller Ikonen.

Der Freund, der Andrés und Gerdas innige Zweisamkeit an jenem Tag in einem Schnappschuss bannt, macht diesen Anspruch in seinen Porträts geltend. Hätte Stein nicht geglaubt, einen Moment der Wahrhaftigkeit in ihren Gesichtern festgehalten zu haben, wäre das Foto aus dem Dôme womöglich in der Versenkung der Negative verschwunden, die niemals zu Bildern werden, doch stattdessen kannst auch du sie jetzt betrachten, als würde die seit jenem Augenblick vergangene Zeit nicht existieren.

Du stellst dir also vor, wie Fred und Lilo sich zurückziehen, um die Filme zu entwickeln. Darunter sind Auftragsarbeiten, ein paar Aufnahmen, die man den Zeitungen anbieten will, und das Porträt von André und Gerda. Fred studiert das Negativ unter dem Vergrößerer und findet sein Gefühl, ins Schwarze getroffen zu haben, bestätigt: Der Bildaufbau ist harmonisch, kein Detail zu unscharf. »Siehst du das hier?«, sagt er zu Lilo und deutet auf den Kellner an genau der richtigen Stelle »Und schau dir den lächelnden Herrn an … das Wunder der Leica, die selbst das einfängt, was man so schnell gar nicht wahrnimmt.« Dann fügt er hinzu: »Lilo, du hast doch ein Faible für den Kerl, wie würdest du dieses Gesicht nennen? Unverfroren? Schlitzohrig?«

Zwar wohnen sie nicht mehr in Montmartre, doch die Dunkelkammer ist noch immer im kleinen Badezimmer ihrer Wohnung untergebracht. Das Licht ist spärlich, der Platz ebenfalls, der Moment des Wartens, wenn die Bilder in den Schalen auf dem Waschbecken auftauchen, immer wieder magisch.

Fred berührt Lilos Arm, und sie antwortet: »André ist darauf genau so, wie er ist. Macht der Liebe und des Fotografen, der ihn blitzschnell eingefangen hat.«

»Lass uns gleich einen Abzug machen, den ich ihm bringen kann.«

Während Lilo darauf wartet, ihn aus der Entwicklerschale zu nehmen, besieht sie ihn sich genauer. »Und Gerda?«

»Was ist mit Gerda?«

»Sie sieht darauf nicht so gut aus.«

»Aber das Foto ist gut«, erwidert Fred. »Und wie viele Bilder habe ich von ihr gemacht, auf denen sie hinreißend und witzig aussieht, wie Gerda eben …«

»Eben.«

Unter diesem gnadenlosen weiblichen Standpunkt nimmt Fred das Bild noch einmal in Augenschein. Das Béret, das die Haare bedeckt, sitzt schräg in der Stirn, lässt sie niedrig wirken und betont die spitze Nase. Und die Hamsterbacken. Die geschlossenen Lider, der Schatten des Mützenschirms, der fast den Anschein eines Doppelkinns erweckt, dabei achtet sie so streng auf ihre Linie.

Gleich nach dem Aufwachen machte Gerda zum Leidwesen der Nachbarn in ihrem Wohnzimmer Gymnastik.

»Sie wird nicht sonderlich begeistert sein«, seufzt er.

Jetzt ist es Lilo, die darauf besteht, ihnen dieses Foto zu geben. Es ist schön, eine schöne Erinnerung, eine schöne Freundschaftsgeste, die eine eitle, aber alles andere als dumme Person gewiss versteht.

Und dann?

Dann kehrt Fred nach Hause zurück und erzählt, dass es genauso gelaufen ist wie vorausgesehen. Gerda findet sich hässlich, André lässt den Umschlag vom Tisch des Dôme verschwinden (»Den nehme ich, mein Schatz«). Doch als er sich anschickt zu gehen, ist sie es, die sich bei ihm bedankt: »Lieber Fred, das war wie immer sehr aufmerksam von dir.«

Meinte sie es ehrlich? Oder wollte sie ihrem Freund weismachen, sie hätte klein beigegeben, damit er das Foto irgendwann vergäße und es beim nächsten Umzug leider verloren ginge?

»Ist doch egal«, sagt Lilo, »du hast getan, was du tun musstest. André verliert sowieso alles. Und zur späteren Erinnerung haben wir es.«

Das ist eine erste Vermutung, doch ebenso gut kann das Foto bei den Steins geblieben sein, um es bei nächster Gelegenheit André und Gerda zu geben. Sie alle sind mit der Kampagne der Front populaire und dann mit dem Wahlsieg beschäftigt. Im Mai fotografiert Fred ein Porträt des Premierministers Léon Blum und verkauft es für tausend Dollar an *Life*, womit sie den nächsten Monat bestreiten. Im Juni schwappt mit der großen Streikwelle ein Meer an Aufträgen herein, und unversehens findet er sich in den großen Feierlichkeiten zum *Quatorze Juillet* wieder und erinnert sich plötzlich an das Porträt, das noch im Ausgangspostfach liegt.

»Wenn ihr nicht da seid, lasse ich den Umschlag beim Concierge, das mache ich diese Woche noch«, verspricht Fred.

Doch dann vergehen wieder drei Tage, und es kommt der 18. Juli, als der Begeisterungstaumel des 14. dem Schock weicht, dass in Spanien ein faschistischer Coup im Gange ist. Fred stürzt aus dem Haus, trifft die Freunde im Café, die wegen des unmittelbar bevorstehenden Aufbruchs ganz aufgeregt sind, wünscht ihnen von Herzen alles Gute und zieht endlich den Umschlag heraus. Sie freuen sich über ihr Porträt und halten es für ein gutes Omen, doch eigentlich sind André und Gerda schon ganz woanders.

Dann gibt es eine Geschichte, die dieses Foto nicht erzählen kann, weil sie erst am 3. September 1939 beginnt, als Frankreich Deutschland den Krieg erklärt. *Drôle de guerre* nennen es die Franzosen, weil ihnen die ersten acht Monate nichts geschieht, was allerdings nicht für die Menschen gilt, die die Nationalität des Feindes haben, auch wenn sie nach Frankreich gekommen sind, um vor den Nazis zu fliehen. Am 5. September 1939 wird Fred Stein in das vor deutschen und österreichischen Flüchtlingen wimmelnde Stadion von Colombes gebracht und von dort in das erste von mehreren Internierungslagern geschickt. Er pflastert französische Straßen, bis der seltsame Krieg sich im Juni '40 in ein *débâcle* für die Nation verwandelt, deren Kriegsgefangener er ist. Angesichts der Schmach der unmittelbar bevorstehenden Kapitulation löst ein Offizier das Problem mit den *boches*, die abzumurksen die Deutschen gar nicht abwarten können: »*Les allemands sont là, débrouillez-vous.*« Fred befolgt den Befehl, sich dünnezumachen, flieht über Land, versteckt sich in verlassenen Gehöften und reißt sechshundert Kilometer herunter, bis er Toulouse erreicht. Er hat keine

Nachricht von Lilo, die in Paris ist, im besetzten Paris mit einem nicht einmal ein Jahr alten Mädchen. Marion ist so kurz vor jenem schicksalhaften 3. September geboren, dass die mithilfe von Lilos unmittelbar nach der Kristallnacht nach Amerika emigrierten Verwandten namens Salzburg gestellten Anträge nutzlos gewesen waren. Dass ausgerechnet er für die Rückkehr von Frau und Tochter in die Stadt gesorgt und Himmel und Hölle in Bewegung gesetzt hat, um eine Genehmigung zu erwirken, quält ihn am meisten. In der Normandie waren *apatrides* unter den Evakuierten nicht zugelassen. Das Waisenhaus, in dem sie schließlich untergekommen sind, hat Lilo im Keller einquartiert und erlaubt nur einen minimalen Kontakt mit ihrer Tochter. Ohne Pflege und Muttermilch, die die Entbehrungen der karitativen Einrichtung versiegen lassen, verkümmert die Kleine.

Fred, der keine Ahnung hat, wo sie untergekrochen sind, entschließt sich zu der unverfänglichsten Methode, um sie wissen zu lassen, dass er am Leben ist. Er stellt sich am Schalter für die Vermisstenanzeigen an und diktiert nur Namen, die für französisch durchgehen: Auch bei »Stein« kann man an die Elsässer denken, die die Zeitungen mit ihrer Suche nach Angehörigen füllen. ALFRED STEIN, DÉMOBILISÉ A TOULOUSE, CHERCHE SA FEMME LILO E SA FILLE MARION.

Seine Frau bekommt diese Anzeige nie zu Gesicht. Doch an einem Tag, den sie ihr Leben lang nicht vergessen wird, erreicht sie eine der beiden Postkarten, die Fred an seine zuverlässigsten Kontakte geschickt hat: Es ist der 9. Juli 1940. Sie muss sich schleunigst auf den Weg machen und kann es kaum erwarten, endlich dort zu sein, doch gestaltet sich das überaus schwierig. Da ist die Kleine, das allernötigste Gepäck, ein Koffer voller Negative und Abzüge, darunter zahlreiche von den Nazis gesuchte Köpfe. Wie soll sie all das durch die besetzte und dann durch die »freie« Zone schleppen, die für eine wie Lilo alles andere als frei ist?

Seit Marschall Pétain den Regierungssitz in ein Kurhotel verlegt hat, um den Besatzern wie ein *maître d'hôtel* zu Diensten zu sein, spalten sich seine *gendarmes* und die Zivilbevölkerung in solche, die der Gestapo wie eilfertige Kellner die Suppe servieren, und solche, die ihnen heimlich hineinspucken. Das bedeutet, dass man keinem trauen kann, den man nicht wirklich kennt, und außerhalb von Paris kennt Lilo Stein niemanden. Sie setzt alles auf eine Karte, nimmt das Kind auf den Arm und schafft es dank Marions hungrigem Säuglingsgebrüll, die Schlange vor der Kommandantur zu überholen. Der Vater der *petite gosse* ist nach Toulouse demobilisiert worden, S-T-E-I-N, buchstabiert sie mit solch pariserischer Verve, dass der Beamte sie nicht einmal nach den Papieren fragt. Mit einem Schutzbrief samt Hakenkreuz für ihren Mut belohnt, der die deutsche Beamtenfantasie überfordert, steigt *Liselotte Stein, née Salzburg* mit Marion in den Zug. Als sie endlich den Koffer abstellen kann, um sich von Fred in die Arme schließen zu lassen, geht von dieser Umarmung ein geradezu verboten lustvoller Funke aus. Jetzt sind sie zwar wieder vereint, aber in Toulouse gefangen. Um durch Frankreichs engen Flaschenhals zu kommen, braucht es haufenweise Visa, mit denen die Nationen immer geiziger werden oder die sie sich teuer bezahlen lassen, und die Leica, mit der sich ein wenig Geld zusammenkratzen ließe, ist während der Gefangenschaft beschlagnahmt worden. Würde Vichy nicht »Auslieferung auf Verlangen« an die Gestapo betreiben und Fred nicht in den Listen der Gesuchten auftauchen, könnten sie ein Ausreisevisum beantragen, sich nach Portugal absetzen und Lilos Angehörige in den Vereinigten Staaten kontaktieren. Die Zeit drängt, Marion kann ihre ersten und womöglich bald verräterischen Worte sprechen, und das

Drecksloch, in dem sie untergekommen sind, ist nichts für ein kleines Kind. Schließlich erreicht sie ein Hoffnungsschimmer, eine Stimme, die glaubwürdig klingt. Fred muss nach Marseille fahren und das Centre américain de Secours ausfindig machen, wo ein gewisser Monsieur Fry eine in Manhattan erhaltene Liste verlängert: zweihundert große Namen aus Kunst, Literatur und Wissenschaft, die Amerika sich wählerisch, wie es sich für den Höchstbietenden gehört, beim großen Ausverkauf des alten Kontinents unter den Nagel reißen will. SAVE CULTURE EUROPE STOP, beschwört ein Telegramm von Varian Fry mit der Eindringlichkeit eines Schreis, der sich nicht mit den *desiderata* begnügt. Durch seinen Übereifer (was mischt sich ein diplomierter Altphilologe aus Harvard in die *current affairs*?) drohen die Beziehungen zwischen Frankreich und Amerika einen Riss zu bekommen. Und das, um in das Land der Freien und Mutigen eine Monsterwelle von Juden und Extremisten zu spülen, die niemand braucht – das Außenministerium nicht und das amerikanische Volk erst recht nicht. Varian Fry ignoriert die zusehends nach Drohungen klingenden Mahnungen, verwendet die Dollars zur Rettung ausgewählter Persönlichkeiten nach freiem Ermessen, beschafft falsche Papiere, kundschaftet geheime Fluchtwege und Seelenverkäufer aus, auf denen die Passage teurer ist als auf einem Überseedampfer. Er steht nicht in seiner Macht, zu verhindern, was sowieso schiefgehen und bisweilen fatale Folgen haben kann, wie im Fall Walter Benjamins, der sich, niedergeschmettert von der Ungültigkeit seines Transitvisums, das Leben nimmt. Die *passeurs* werden ihn in Portbou zurücklassen müssen, denn tags darauf lassen die Spanier die anderen Flüchtlinge weiterziehen. Fry kann nicht all denen helfen, die vor seinem Büro Schlange stehen, den Anwälten und Ärzten, die ihn mit der Panik des aller Habseligkeiten beraubten Bürgertums anflehen, dem nur noch ein wenig Familienschmuck geblieben ist. Doch als Fred Stein an der Reihe ist, hilft man ihm für das, was aus ihm geworden ist: ein Fotograf, ein Leica-Künstler. Er kann nach Toulouse zurückkehren und Lilo leicht geschwächt, doch mit der erotischen Glut der Verheißung das Versprechen überbringen, das ihm der amerikanische Emissär gegeben hat.

Lilo trägt die Kleine, Fred den Koffer. Oder umgekehrt. Vielleicht ist Marion lieber bei Papa auf dem Arm, während ihre Mutter die Auslese seines fotografischen Schaffens schleppt, dem sie amerikanische Visa und eine Schiffsüberfahrt nach Martinique verdanken. Die Rettung, wenn alles glattgeht. Varian Fry steht am Marseiller Hafenkai und verkörpert die Wachsamkeit einer großen Nation, sollten die Behörden es wagen, einen seiner Schützlinge vom Schiff zu zerren. Zu der eingeschifften Gruppe gehören noch weitere Fotografen wie der berühmte und von der Gefangenschaft schwer gezeichnete Josef Breitenbach und die Freundinnen Ilse Bing und Ylla. Man sieht viele bekannte Gesichter, darunter auch Willy Chardack. Sie hocken aufeinander wie Galeerensklaven, aber dafür hat die *Winnipeg* den Ruf, das »Schiff der Hoffnung« zu sein: Es hat zweitausend aus den Lagern des Midi befreite spanische Flüchtlinge nach Chile gebracht. Der Laderaum des alten Frachters ist mit Stockbetten vollgestopft, ein Mordsgeschäft für die französische Reederei, die im Jahr '39 den Umbau genehmigt hat, um republikanische Flüchtlinge hineinzupferchen.

Pablo Neruda wird die von ihm organisierte Reise auf der *Winnipeg*, mit der er die zweitausend spanischen Verbannten aus den französischen Lagern evakuiert hat, als das einzige seiner Gedichte besingen, das niemand je auslöschen kann, doch in jüngeren Jahren hat ein Makel dieses unauslöschliche Werk befleckt. In seiner Funktion als Sonderkonsul für die Einwanderung in Chile soll Neruda entschieden haben, vornehmlich Kommunisten einzuschiffen. Fred Stein fotografiert den Dichter im Jahr 1966 eingedenk des Schiffes und der Hoffnung, doch an jenem 6. Mai 1941 sieht er nichts von all dem, was in seinem Rücken und jenseits des Horizontes aus Himmel und Wasser passiert, hinter dem sich die Zukunft auftut. Die gezählten Monate von Varian Fry, der Anfang August auf Druck der Vereinigten Staaten aus Frankreich ausgewiesen wird. Die Tatsache, dass die *Winnipeg* eines der letzten Schiffe ist, die einen französischen Hafen verlassen. Statt in Martinique einzulaufen, lenken die Briten sie nach Trinidad um, wo Fred abermals in einem Lager für *enemy aliens* landet, getrennt von Lilo und Marion. Aber am 6. Juni bringt ihn die *S.S. Evangeline*, auf der es sich so angenehm reist, als wäre Reisen das Normalste der Welt, endlich nach Ellis Island.

Wäre Capa zu der Zeit in New York gewesen, hätte Stein erfahren, dass sein Visum für Amerika – welch ein Zufall – von Neruda ausgestellt worden war. Sie hätten sich über ihre Miseren austauschen können, erleichtert darüber, nur über den Inhalt eines Koffers entschieden haben zu müssen, was für sie gewiss weniger heikel gewesen war als für Varian Fry, für Neruda und für jeden, der die zur Flucht Gezwungenen einem Auswahlkriterium unterworfen hat, und denen man dennoch nie genug danken konnte. Das Amsterdamer Archiv, dem Lilo Freds politischeres Werk zukommen lassen konnte, wird unter den Bomben, mit denen die Alliierten Holland zurückerobern, in Flammen aufgehen, und zahlreiche Negative von Robert Capa werden für immer verloren sein. Doch bei der Ankunft im New Yorker Hafen ist das Foto aus dem Café du Dôme gerettet.

Die *drôle de guerre* beschert Capa eine tragikomische Wende. Seit Anfang September '39 stellt er sich den französischen Militärbehörden zur Verfügung, doch die verweigern die Zusammenarbeit mit jemandem, der für die kommunistische Presse tätig war. Seit Hitler und Stalin den Molotow-Ribbentrop-Pakt geschlossen haben (der die Spanier und Interbrigadisten in den Flüchtlingslagern der Verzweiflung und die in die UdSSR geflüchteten deutschen Genossen den Nazis überlässt), sind die Kommunisten – die Partei, die Zeitungen und so weiter – in Frankreich illegal. Jetzt ist er nicht mehr nur ein »unerwünschter Ausländer«, sondern ein Ausländer, der ins Visier geraten ist. Von einem Tag auf den anderen könnten sie ihn in eines der Lager für politische Häftlinge stecken, die am strengsten bewacht und am härtesten sind. Auf der fieberhaften Suche nach einem Ausweg verbringt Capa seine Zeit damit, herumzutelefonieren und durch Paris zu hetzen. Seine Kontakte bei *Paris-Soir* und *Match* bekunden sich *très désolés*, doch es bestehe nicht die geringste Möglichkeit, ihm zu einem Visum zu verhelfen. Sogar bei *Life* überschüttet man ihn lediglich mit Komplimenten (»*today you're number one war photographer*«) und verspricht ihm Aufträge, sobald es ihm gelinge, die amerikanischen Einwanderungsquoten zu umgehen. Da die bürgerliche Presse nichts für ihn tun kann, erinnert sich Capa an Pablo Neruda. Sie hatten sich bei der Belagerung von Madrid kennengelernt und womöglich nach der Niederlage während des Solidaritätsbesuches in den von Stacheldraht zusammengehaltenen Zeltstädten wiedergetroffen, in denen der Fotograf nicht nur anklagendes Material, sondern eine drohende Vision seiner Zukunft sieht. Einem Genossen zu helfen, der so viel für die spanische Sache gegeben hat, ist für den chilenischen Konsul, der wegen seines »großen Gedichtes«, das in Valparaíso angelegt hat, noch immer zutiefst bewegt ist, eine Kleinigkeit. Vom 19. September 1939 an kann sich

André Friedmann, Profesión: fotógrafo; Nacionalidad: húngaro; Estado Civil: soltero; Religión: no tiene, EN VIAJE COMERCIAL, in die Republik Chile begeben. Um alles andere kümmert sich *Time Inc.*, der kapitalistische Informationsriese, der ihm eine der letzten Kabinen auf der *Manhattan* reserviert, die aus Le Havre in See sticht. Mit einem Touristenvisum für die USA erreicht Capa New York, bis zum Ablaufdatum ist noch reichlich Zeit, um sich etwas auszudenken. Fürs Erste kann er auf sein soeben vollendetes siebenundzwanzigstes Lebensjahr anstoßen und sich fallen lassen, wo immer ihn seine Mutter Julia oder sein Bruder Cornell hinbringen.

Du stellst dir vor, was vor der Abfahrt nach Le Havre noch alles erledigt werden muss. Das Hotel zahlen, sich bei den Amerikanern rückversichern, ein Telegramm an Julia schicken. Ein hastiger Abschied von den Verwandten in Paris, ein letztes Glas mit den Freunden. Eine Umarmung für Cartier-Bresson, der dem Plastilin-Modell einer Giacometti-Bronze ähnelt, als er sich zu dem Anspannung und Alkohol ausdünstenden Capa hinunterbeugt. Der brüderliche Ratschlag für Chim (»*Mon vieux*, mach's wie ich, und zwar schnell!«), den Ersten, der einen Vertrag mit einer kommunistischen Zeitung unterschrieben hatte. Eine letzte Nacht mit einer Tochter der Stadt, die man mit französischen Wangenküsschen verabschiedet und deren Liebe in zu vielen Geldscheinen entlohnt, *c'est bien chérie*, amüsier dich, mach's gut.

Keine Blumen für Gerda. Nicht einmal ein Kiesel, um ihn auf den Grabstein zu legen, über den ein von Giacometti im Auftrag der Partei gestalteter Horus wacht. Père Lachaise liegt zu weit ab, die Toten passen auf sich selbst auf, für ihn, *soltero, religión no tiene*, drohen die mit dreizehn Jahren lustlos gelernten jüdischen Gebete alles wieder an die Oberfläche zu spülen.

Doch die Fotos von Gerda müssen mit. Sie sind im Zimmer auf dem vollgekramten Schreibtisch oder in der Kommodenschublade. Seit zwei Jahren liegen sie bereit, unversehrt aus China und von den republikanischen Frontlinien zurückgekommen, die sich immer weiter nach oben, Richtung Grenze und Niederlage verschoben haben. Gerda, die schläft, Gerda, die sich die Strümpfe hochzieht, Gerda, die schlummernd an dem iberischen Meilenstein kauert. Gerda, die sich Maiglöckchen aussucht, um den Ersten Mai zu feiern, in seiner Wildlederjacke, die er auf dem Foto aus dem Dôme trägt, als sie noch so gut wie neu war.

Hat er nur die Fotos mitgenommen, die er im Hotel aufbewahrte, und war Freds Doppelporträt auch darunter? Oder hat er noch weitere hinzugefügt, als er Csiki im Bewusstsein dieser endgültigen Überfahrt die letzten Filme anvertraute, die noch offenen Rechnungen, die Anweisungen für die Zeit, in der er unerreichbar sein würde? Anweisungen, die nicht viele Worte brauchten und der stillen Gewissheit entsprangen, dass der Spießgeselle, mit dem man lange Finger gemacht und heimlich Fische vertauscht hat, der Freund, mit dem man zusammen von Budapest nach Berlin und von Berlin nach Paris geflohen ist, die Geschäfte weiterführen würde wie auch sonst immer, wenn er auf Reisen gewesen ist.

Während er in den einzigen vier Wänden umherläuft, die je sein Eigen gewesen sind (Atélier Robert Capa, 37 rue Froidevaux, Paris (XIV), Tél: DANTON 75–21), und die Zeit bis zur Abfahrt nach Le Havre sich dehnt, hat er vielleicht die klassische Frage gestellt: »Habe ich was vergessen?« Und da sie sich an Csiki richtete, hat sie womöglich bedeutet: »Suchst du mir dieses Foto von mir und Gerda raus?« Das war's, ein ausweichender Abschied (»Halt die Ohren steif.« – »Du auch.«) und, kaum ist das Taxi zum Bahnhof bestiegen, die Erleichterung, endlich alles erledigt zu haben.

Für jedes Versäumnis gibt es ja noch Csiki, den Assistenten, um den man sich keine Sorgen machen muss. Er gilt weder als kommunistischer Sympathisant noch als Bürger eines feindlichen Landes, auch wenn Hitler und Horthy an der Ostfront de facto Verbündete sind. Dank des Geldes, das Cornell aus New York überweist, und der Kontakte, die um internierte, evakuierte oder in sichere Länder geflohene Freunde wie Ruth ärmer geworden sind, lebt Csiki Weisz nicht schlecht.

Mit dem Blitzkrieg ändern sich die Dinge schlagartig. Die Deutschen werden bei ihrer Ankunft in Paris keine Unterschiede zwischen der Herkunft der Juden machen. Lilo Stein versucht aus der Stadt wegzukommen. Im Licht einer Taschenlampe geht sie noch einmal die Negative durch, während Marion sich im Schlaf bewegt und ihr das Füßchen in die Seite rammt. Da man auf alles gefasst sein muss, verrät sie das Versteck der Fotos vielleicht einem Menschen, dem sie vertraut. Jedenfalls – so stellst du dir vor – beginnt sie, den Koffer zu packen, lange bevor sie ihn zum letzten Mal schließt.

Während die Nazis vorrücken, wählt auch Csiki das Material aus, das um jeden Preis vor ihren Klauen gerettet werden muss. Er baut drei flache, rechteckige Kästen, bezieht sie in unterschiedlichen Farben (rot, grün, ocker) und bestückt sie mit Trennstreifen aus Pappe. Sie sehen aus wie große Konfektschachteln eines *maître chocolatier*, die sich jemand mit einem mageren Gehalt aus Amerika gar nicht leisten kann. Doch statt mit handgemachten Pralinen füllt er die Fächer mit den erdrückendsten Beweisen für das, was sich in Spanien zugetragen hat – eine Auswahl Negative von Capa, Chim und Taro –, und kennzeichnet im Deckel jedes Fach mit gestochener Bleistiftschrift. Als er mit der Arbeit fertig ist, steckt er die Schachteln in einen Rucksack, setzt ihn auf und steigt auf das Fahrrad. Unter dem Gewicht der nötigsten Habseligkeiten kämpft er sich auf ächzenden Reifen über die von fliehenden Parisern verstopften *routes nationales* bis nach Bordeaux oder Marseille. Vielleicht radelt er nach Bordeaux und reist ohne Fahrrad nach Marseille weiter, doch radelt er allemal auch um sein Leben, um das Leben eines Budapester Juden mit schwerem Gepäck, das ihn als Komplizen all jener verriete, die sich dem ersten nazifaschistischen Krieg auf dem Kontinent mit der Fotografie widersetzt haben.

Warum ist Csiki erst so spät geflohen? Um den Freund, der anfing, die Auslieferung nach Budapest zu fürchten, als in Paris noch alles ruhig war, nicht kirre zu machen? Robert Capa war im gelobten amerikanischen Land ohne Visum unterwegs, und so wurde er im März 1940 zu sechs Monaten Landesverweis verurteilt. *Life* konnte ihn an Orte fern der heimatlichen Kerker entsenden, doch um in die USA zurückzukehren, musste er selbst aktiv werden. Die erstbeste New Yorkerin (»*Can you do me a big favour, honey?*«), eine Hochzeitsreise mit einem befreundeten Fotografenpaar, das in der gleichen Situation ist. Der Arzt bescheinigt zwei falsche Schwangerschaften, der von den Bräuten bezahlte Gottesdiener schließt den christlichen Bund der Ehe. Die Rückkehr aus Elkton, Maryland, bei strömendem Regen und in angespanntes Schweigen versunken. Am nächsten Tag sollen die Männer nach Lateinamerika aufbrechen.

Als die Deutschen auf das Atelier Robert Capa zumarschieren, verbüßt der Inhaber den sechsmonatigen Landesverweis in Mexiko-Stadt. Er soll den Präsidentschaftswahlkampf zweier Generäle dokumentieren, der eine mit Schnurrbart, der andere mit Doppelkinn, die bei den Kundgebungen mit geschwellten Bäuchen und geschwollenen Reden als einstige Waffenbrüder Zapatas auftreten. Er wollte ein amerikanischer Fotograf werden, also übt er sich darin, Robert Capa zu sein. Er geht mit seinen Kollegen aus, *for drinks and chicks*, würgt in großen Schlucken den schlechten Whisky und die dicken Kröten hinunter, wie *Life* seine Bilder verwertet (»*Nazi Fifth Column and Communist Allies Active in Mexico*«), die ohne die offenen Arme, mit denen die Veteranen des Spanischen Bürgerkrieges empfangen wurden, niemals entstanden wären. Hin und wieder verschwindet er, nimmt von sich selbst eine Auszeit, geht zu der Freundin, die sich in diesem absurden Land wohlfühlt. Kati, die ihn schon in Spanien käuflich nannte, versteht seine Abscheu, auch wenn sie seinen Ausbrüchen, er wolle alles hinschmeißen, keinen Glauben schenkt. Diese ungarischen Freunde sind unzertrennlich, und während Kati und André ihre Jugend in Budapest heraufbeschwören, versucht der Dritte im Bunde auf seinem Fahrrad, sich und die Fotografien zu retten.

Auch Csiki ist als Fotograf nach Spanien gegangen, wenn auch nicht so lang wie seine Freunde. Gleich nach seiner Ankunft in Bordeaux sucht er deshalb unverzüglich einen Spanier auf dem Weg nach Mexiko auf, das bei der Aufnahme der republikanischen Flüchtlinge großzügiger ist als jedes andere Land der Welt. Da die Deutschen vorrücken und er sich nicht allzu frei bewegen kann, begnügt er sich mit einem chilenischen Kameraden, dem er die drei Schachteln anvertraut, um sie in einem Konsulat in Sicherheit zu bringen. Danach verliert sich die Spur von Csiki Weisz, bis er möglicherweise in Marseille von den kollaborierenden *gendarmes* verhaftet und nach Marokko deportiert wird.

Es muss in dieser Zeit gewesen sein, dass der brüderliche Freund einen Brief aus einem Konzentrationslager voller in die Fremdenlegion gegangener republikanischer Veteranen und nach Casablanca geflüchteter Juden erhält.

Das Visum, die Papiere, die Schiffspassage: um sie zu bekommen, braucht es die Beziehungen von Robert Capa. Enttäuscht darüber, dass er über das Warten auf die amerikanische Aufenthaltsgenehmigung die Luftschlacht um England verpasst hat, residiert Capa im Londoner Dorchester, das als Wartezimmer (mit Blick auf den Hyde Park) fungiert, bis endlich einer den Mut hat, ihn in den Krieg zu schicken, den er um jeden Preis fotografieren will. Aber seit Ungarn in den Konflikt eingetreten ist, gilt auch *the Greatest War Photographer in the World* als *enemy alien*. Also begibt Csiki sich zur mexikanischen Botschaft und appelliert an das Gewissen des Ex-Präsidenten Lázaro Cárdenas, an sein Engagement für jeden, der im republikanischen Kampf seinen Beitrag geleistet hat. Als er das Visum hat, bleibt das Problem mit dem Schiff. Die *Serpa Pinto*, die schließlich in Betracht kommt, ist von der Comanhia Colonial de Navegação gekauft worden, um die Zahl der nur mehr allein durch die Neutralität Portugals garantierten Überseefahrten zu erhöhen. Auf dem Rückweg aus Rio de Janeiro nahm das Schiff ein paar deutsche Siedler mit, die darauf brannten, für den Führer zu kämpfen, doch die Nachfrage für den Hinweg war schier unerschöpflich. Während ihrer zwanzig Überfahrten befördert die *Serpa Pinto* Marcel Duchamp, Simone Weil, ein rachitisches Berliner Kind, das später der Agent der Grateful Dead wird, sogar den Lubawitscher Rebben, der sich nach seiner Ankunft in Brooklyn als Messias hätte entpuppen sollen – ein bunter Haufen Heiliger und Bilderstürmer, zu denen sich eine Art Vogelscheuche gesellt, die im September '42 an Bord geht.

Csiki Weisz schifft sich ohne Koffer auf der *Serpa Pinto* ein. Er besitzt nur einen Mantel, eine Zahnbürste und den falschen Pass (die Ungarn sind selbst in Mexiko unerwünscht), den Capa ihm zusammen mit dem nötigen Geld hat zukommen lassen. Als er in Veracruz von Bord geht, hat er nicht einmal das Geld, um die Zugfahrt zu bezahlen, doch ein Spanier, mit dem er sich auf dem Schiff verbrüdert hat, spendiert ihm die Fahrkarte. Er kommt nach Mexiko-Stadt, Kati Horna öffnet ihm die Tür, päppelt ihn auf, damit er wieder in seine schlotternden Kleider passt, und hilft ihm bei der Arbeitssuche. Csiki Weisz fotografiert für die Presse und begegnet Katis Künstlerfreunden mit Zurückhaltung, obwohl er viele bereits kennt. Der Nazifaschismus hat ein unermessliches Flüchtlingslager geschaffen, das eine gigantische Druckwelle von einem Land ins nächste schleudert. Doch Mexiko verändert die Exilantengemeinschaft. Die Ohnmacht, die die Kehrseite der Rettung ist, misst Tausende Kilometer, die Diskussionen versinken in den antiken Mythen der Neuen Welt. Jetzt macht auch Kati surrealistische Fotografien, die in ihren Augen wahrhaftiger sind als Csikis Aufnahmen.

Ehe das Kriegsende ihm die Neuigkeit bringt, dass seine Mutter und seine Brüder in Rauch aufgegangen sind, passiert dem Budapester Waisen etwas, das ebenso fantastisch ist wie der Ort, an dem er Asyl gefunden hat. Er lernt eine Frau kennen: verheiratet, von legendärem Ruf (sie war die Lebensgefährtin von Max Ernst), schön wie eine Märchenheldin, die aus einem düsteren englischen *mansion* in die grenzenlose Welt ihrer Malerei geflohen ist. Csiki hat ihr nichts zu bieten und kennt sich mit Frauen nicht aus, wie er Kati gesteht, doch die schüttelt den Kopf: Leonora Carrington kann sich auf ihren Blick verlassen, und das, was sie in Csiki gesehen hat, ist keine Laune. Vielleicht hat sie ihm sogar gesagt, dass sie sich keinen Hochzeitsfotografen suchen müssen (»Ihr heiratet, du wirst sehen«). Tatsächlich fotografiert Kati Horna die beiden an ihrem Hochzeitstag wie ein der Zeit und dem Raum enthobenes Paar. Csiki mit einer riesigen Baskenmütze, die aussieht wie eine Hommage an Leonoras Kunst

oder wie ein Kniff, um die hervorspringende Nase zu kaschieren. Doch kann sie nicht verstecken, wie glücklich er in diesem Augenblick ist.

Sie werden zwei Kinder bekommen, die Tür an Tür mit den Kindern von Kati und José Horna aufwachsen, in Häusern voller Katzen und von ihren Künstlermüttern geschaffenem Mobiliar. Zwar werden sie nicht immer glücklich und zufrieden leben, aber uralt sterben. Csiki 2007 mit fünfundneunzig Jahren. Leonora fast ebenso alt im Jahr 2011, nachdem sie die letzten Jahre an der Seite ihres Mannes verbracht hat, der das Augenlicht, die Beweglichkeit und schließlich die Sprache verlor.

Leonora Carrington indes sollte dem Theatercoup, der ihrer surrealistischen Fantasie entsprungen zu sein schien, mit glasklarem Verstand und rebellischem Upper-Class-Humor begegnen: das Wiederauftauchen der drei Schachteln mit Negativen auf dem Dachboden eines

Generals und einstigen mexikanischen Botschafters in Vichy, bei dem ihr Mann zu Fuß hätte vorbeigehen können, wenn er mit seinen Kindern in den Parque México ging, um seine Frau in Ruhe malen zu lassen. Nach dem Tod des Generals und dem seiner Erbin im Jahr 1995 gehen die Fundstücke an einen Enkel, der zwar begreift, was er da geerbt hat, die Schachteln aber in einem Schrank verstaut, dessen Türen weitere zwölf Jahre verschlossen bleiben. Es folgen jahrelange Verhandlungen mit dem International Center of Photography von Cornell Capa, der mit seinen Bemühungen, den »mexikanischen Koffer« nach New York zu holen, aus unerfindlichen Gründen genau das Gegenteil erreicht.

Im Dokumentarfilm *The Mexican Suitcase* von Trisha Ziff sitzt Leonora Carrington wie eine mütterliche Gottheit, die man mit Tee und Zigaretten besänftigen muss, neben ihrem Sohn, kramt in ihrer Tasche und sagt keinen Ton. Die Aufregung um die viertausendfünfhundert Negative, die nach Csikis Tod ans Licht gekommen sind, lässt sie kalt. Sie hat ihre Geschichte bereits erzählt: Ein Zeppelin-Hai, der einem Tornado ausweicht und in seinem Bauch wenige Auserwählte transportiert, darunter ein Männchen mit einem Béret – über ein Stück Zeitung gebückt und allein.

Die Zeichnung *Tiburón* wurde 2008 bei Sotheby's versteigert. Stellt man die vom Auktionshaus ermittelte Entstehungszeit (ca. 1942) neben die in einem Nachruf auf den Mann der Künstlerin erwähnte (*En 1944, en una reunión en casa de José y Kati Horna, Chiki conoció a Leonora Carrington*), kollidiert die Vorstellungskraft mit der chronologischen Ordnung. Doch dann überlässt sie sich Leonora und wagt einen fantastischen Sprung.

Im Jahr 1944 hatte Leonora Carrington das Gefühl, Katis schüchternen Freund, der ihre Neugier weckte, schon einmal gesehen zu haben. Womöglich in Montparnasse, als sie mit Max Ernst zusammen war, doch wie vielen Menschen begegnet man, ohne dass man sich an sie erinnern müsste. Sie hatte ihn gesehen, sie allein. Der »*hasard objectif*«, von dem André Breton spricht, hatte sie zu der Zeichnung für eine Freundin inspiriert (»Remedios, ich habe dir gesagt, dass ich einen Abwehrzauber für dich erfunden habe – gestern Abend hatte ich achtunddreißig Fieber, vielleicht Autosuggestion …«), der der Tod, dem sie knapp entronnen war, noch in den Knochen saß. Remedios Varo, republikanische Spanierin und surrealistische Malerin, war von Barcelona nach Paris und von Paris nach Marseille geflohen, um Ende '41 mit der *Serpa Pinto* von Casablanca aus in See zu stechen. Während sie ihn also in den Bauch des apotropäischen Hais einfügte, wartete Leonoras zukünftiger Bräutigam darauf, das Schiff zu besteigen, das ihre Freundin in Sicherheit gebracht hatte – was abermals beweist, dass die wahrste Wirklichkeit in Sprüngen, Spiralen, Vorgriffen und Stauungen voranschreitet, die für das normale Auge unsichtbar sind. Doch auch Csiki, der unter der mexikanischen Sonne das Haus niemals ohne Béret verließ, hatte ein Geschenk in seine Schachteln gepackt.

Als der »mexikanische Koffer« offiziell geöffnet wird, kommen vierundsiebzig Negative zum Vorschein, die nichts mit dem Spanischen Bürgerkrieg zu tun haben, darunter das Foto aus dem Café du Dôme und die Serie von Gerda an der Schreibmaschine, die ein weiteres Spiel mit dem Spiegelbild offenbart. Dem Modell machte es Spaß, die von zwei Fotografen umworbene Diva zu mimen. Fred Stein hat den anderen Fotografen von hinten aufgenommen, einen Schuh auf dem Tisch, und von der Seite, während er auf den Auslöser drückt. Er hat dunkles, zurückgekämmtes Haar, eine große Nase. Csiki hat Fred Steins Aufnahmen gerettet, Fred das Bild von Csiki Weisz, während er Gerda fotografierte. Die treibende Kraft dieser Rettung war Gerda – wie der Hai mit den rosafarbenen Rotorblättern, der die Turbinen des Todes durchpflügt, weil die Liebe ein Treibstoff ist, der sich aus der Vergangenheit speist und einen ins Ungewisse bringt.

Bleibt nur noch, sich den Moment vorzustellen, in dem Fred Stein beschlossen hat, sich von den Negativen eines jeden Bildes – gestellt, zufällig, bewegt und sogar unscharf –, in dem Gerda auftaucht, zu trennen.

Die Steins hatten André am Tag des Trauerzuges gesehen: kaum noch in der Lage, sich auf den Beinen zu halten, gespenstisch, nicht wiederzuerkennen. Sie waren nach Hause gekommen, hatten das Wasser laufen lassen (»Schenkst du mir auch ein Glas ein?«), sich die Schuhe ausgezogen und aufs Bett gelegt, vielleicht Arm in Arm, vielleicht nicht. Doch die Idee des Geschenkes kam erst später, als der im Café getroffene Bekannte auf die Frage »Wie geht es Capa?« keine rechte Antwort wusste. Als Fred diesen Wortwechsel beiläufig erwähnt, schaut Lilo ihn an. »Und was können wir tun?« Schulterzucken.

Du stellst dir vor, dass sie André nach der Beerdigung ihre Unterstützung angeboten haben, denkst immer vom Ende aus, angefangen bei diesen wiederaufgetauchten Negativen. Der Umgang war jedoch nicht mehr so wie früher, und dass sie Freunde von Gerda und dann Freunde eines auf so unsagbare Weise auseinandergerissenen Paares gewesen sind, machte dieses aufrichtige Angebot zu einer folgenlosen Aneinanderreihung von Worten.

Fred ließ nicht locker. Das Foto aus dem Dôme und die besten Aufnahmen von Gerda hatte er ihm damals schon geschenkt, doch inzwischen hatten sie einen anderen Wert. Jetzt musste Capa sie bekommen, und zwar alle.

Fred und Lilo machen sich in der Dunkelkammer an die Arbeit. Die geschlossene Tür bringt die Zeit zurück, in der André und Gerda in ihrem Bad hantierten, das Warten auf das Sichtbarwerden der Bilder verstärkt das Gefühl des Versinkens, die Alchimie taugt nur dazu, die Vergangenheit zu extrahieren, die zurückkehrt, aber nicht wieder auflebt.

»Es reicht, Fred. Ich glaube nicht, dass ihm das guttut, wenn es uns schon so sehr berührt.«

Es herrscht ein Schweigen, in dem sich Freds Augen – vielleicht – stärker röten als die seiner Frau, doch in der lichtlosen Dunkelkammer fällt das nicht auf. Sie rühren sich nicht, berühren sich nicht und warten auf ein Signal, das wie ein winziger Seufzer von wer weiß wessen Lippen kommt.

»Lass uns ihm die Negative geben. Wir müssen nur die finden, die mit ›Gerda‹ beschriftet sind. Er muss sie nicht jetzt sehen.«

»Bist du sicher?«

»Was macht es für einen Unterschied, ob sie hier oder in der Rue Froidevaux liegen?«

»Eigentlich keinen«, sagt Lilo. »Csiki Weisz ist ein verlässlicher Junge.«

Und in wenigen Minuten haben sie die Sache erledigt.

Es ist keine Mär, dass Stein Capa auch eine gewisse Anzahl von Abzügen gegeben hat, denn einige tauchen im Jahr 1979 wieder auf, unmittelbar nach Francos Tod. Der neue spanische Außenminister erhält vom schwedischen Botschafter eine in Schweden aufgetauchte Louis-Vuitton-Reisetruhe mit Dokumenten und Briefen von Juan Negrín, dem spanischen Regierungschef im Exil, zusammen mit rund hundert Fotografien von Capa, Chim und Taro, dazu einige Porträts der Letztgenannten an der Schreibmaschine. Ein Journalist erreicht Csiki am Telefon, der bestätigt, sie Negrín übergeben zu haben mit der Bitte, sie den republikanischen Archiven in Mexiko zukommen zu lassen. Wo? In Bordeaux, kurz bevor der Politiker ein Schiff nach London bestieg.

Bordeaux war der Zufluchtsort der letzten gewählten französischen Regierung, Ort von Verhandlungen und diplomatischen Treffen, und das wirft ein neues Licht auf Csiki Weisz' abenteuerliche Radtour. Er suchte nicht irgendeinen spanischen Kameraden, sondern war auf jemanden aus, dessen führende Position ihm die Gewissheit gab, er könne unverzüglich aufbrechen.

Als er das Stadtzentrum erreicht, macht sich Csiki sofort auf die Suche nach einflussreichen Personen, Hôtel Splendid, sagt man ihm, die Lobby und das Grand Café wimmeln von Politikern und anderen wichtigen Persönlichkeiten, sodass seine staubige Erscheinung gar nicht auffällt. Doch wieso überlässt er dem Premierminister der Spanischen Republik, den er endlich im Gedränge findet, nur die Abzüge und nicht die Schachteln? Hat Negrín ihm gesagt, er habe keinen Platz? Oder fürchtete Csiki, sollte etwas schiefgehen, wäre er der Erste, den man verhaften würde, und wollte ihm die Negative deshalb nicht anvertrauen?

Also heißt es wieder in die Pedale treten, wieder herumradeln: zum Hafen, zum Fahrkartenschalter der Schifffahrtsgesellschaften, in sämtliche öffentliche Parks, um mit wachsender Erschöpfung die dort kampierenden Flüchtlingsmassen zu durchkämmen. In einem Gebäude, an dem er unzählige Male vorbeigekommen war, hatte Frankreich unterdessen den Waffenstillstand unterzeichnet. Das verkündeten die auf volle Lautstärke gedrehten Radios und sättigten die atlantische Luft mit endgültigem Weltuntergangsgeruch. Es war keine Zeit, jemanden mit einer Schiffspassage zu finden, man musste sich mit diesem Chilenen begnügen, und dann raus, nichts wie weg, ab nach Marseille.

Es ist wirklich surreal, wo die Fundstücke, die Csiki Weisz auf dem Rücken trug, trotz seiner übergroßen Vorsicht gelandet sind. Die für Mexiko bestimmten Abzüge in Schweden, die Negative, die ins chilenische Konsulat sollten, in diplomatischem Reisegepäck nach Mexiko-Stadt – Entdeckungen, die die Annahme Lügen strafen, ihren Spuren zu folgen, bringe sie zurück.

Doch da ist ein Punkt, der noch immer Fragen aufwirft, und das ist wieder einmal Csiki.

Auf dem Foto von 1998, das ihn mit siebenundachtzig Jahren zusammen mit Leonora zeigt, sieht er aus, als wäre er gerade auf dem Weg hinaus. Selbst wenn ihn das Gedächtnis im Gegensatz zum Körper bereits allmählich im Stich gelassen hätte, wäre zwar die eine oder andere jüngere Erinnerung verloren gegangen, aber gewiss nicht die an jene Negative, die in der Stadt wiederaufgetaucht waren, in der er einen Großteil seines Lebens verbracht hat. Wieso ist niemand darauf gekommen, ihn zu kontaktieren? Warum hat man ihn nicht zu überreden versucht, seine Schachteln noch einmal in Augenschein zu nehmen, was bei dem Erben vielleicht Wirkung gezeigt hätte? Oder war es Csiki, der nichts mehr mit der ganzen Sache zu tun haben wollte? Schon möglich, vielleicht war er es müde.

Über zwanzig Jahre waren vergangen, seit der berühmtesten Fotografie des Freundes – der *Falling Soldier* – unterstellt worden war, nicht authentisch zu sein. Damals hatte Csiki nicht gezögert, eine Aussage auf Englisch zu verfassen und sie Cornell Capa zu schicken, damit er sie in der Debatte verwenden konnte.

In 1939, when the Germans approached Paris, I put all Bob's negatives in a rucksack and bicycled it to Bordeaux to try to get it on a ship to Mexico. I met a Chilean in the street and asked him to take my film packages to his consulate for safekeeping. He agreed. (Als sich die Deutschen 1939 Paris näherten, packte ich Bobs sämtliche Negative in einen Rucksack und fuhr sie mit dem Fahrrad nach Bordeaux, um sie irgendwie auf ein Schiff nach Mexiko zu bekommen. Ich traf einen Chilenen und bat ihn, die Negative in sein Konsulat zu bringen und dort aufzubewahren, und er willigte ein.)

Der Brief von 1975 klingt in einer Annonce an, die Cornell in der französischen Zeitschrift *Photo* veröffentlicht, als der Louis-Vuitton-Truhenkoffer die Hoffnung wieder aufflammen lässt, die Negative könnten auftauchen und den entscheidenden Beweis für die Unschuld des Bruders liefern.

Im Jahr 1940, vor dem Vormarsch der Deutschen, übergab mein Bruder einem Freund einen Koffer voller Unterlagen und Negative. Auf seinem Weg nach Marseille vertraute dieser den Koffer einem ehemaligen Soldaten des Spanischen Bürgerkriegs an, der ihn im Keller eines lateinamerikanischen Konsulats hätte verstecken sollen. Hier endet die Geschichte. Trotz aller Bemühungen ist der Koffer nie wiederaufgetaucht. Natürlich ist ein Wunder möglich. Wer immer diesbezügliche Informationen hat, soll sich bei mir melden und sei im Voraus gesegnet.

Jemand meldet sich. Das International Center of Photography entsendet ein Team, das in ganz Südfrankreich herumstochert und mit leeren Händen zurückkehrt. Rückblickend hätte das Ergebnis der Unternehmung gar nicht anders ausfallen können – und dennoch und obwohl sie die Jahresangabe aus Csikis Brief korrigiert, wird die Anzeige durch die darin genannten Einzelheiten ungenauer und rückt von dem Schreiben ab. Es spielt keine Rolle, dass Cornell den Bruder in Paris verortet hat, obwohl der in Mexiko-City festsaß – was sich wegen einer weiteren Laune des Schicksals für denjenigen, der sich die Negative auf den Rücken geladen hatte, als Rettung erwies. Doch warum wird aus einem Rucksack ein Koffer und Bordeaux durch Marseille ersetzt? Und wieso wird aus dem Konsulat von Chile ein beliebiges »lateinamerikanisches Konsulat«? Wieso hat Cornell nicht bedacht, dass die Genauigkeit der Indizien entscheidend ist, wenn man Tatsachen geraderücken oder einen Schatz wiederfinden will?

Plötzlich meinst du, ihn zu durchschauen. Ein sanftes Lachen macht jeden ausgeheckten Plan zunichte, ein Lachen, das, so stellst du dir vor, Cornell Capas inneres Ohr erreichte, als er, noch ehe er es mit der Annonce in *Photo* versuchte, eine Expedition nach Chile zu planen begann.

»Lass gut sein, hörst du? Man soll schlafende Hunde nicht wecken.«

Gut möglich, dass sich die Negative in Chile befanden, sich aber niemand melden würde. Sie waren wieder zu einer Gefahr geworden, wie damals, als Csiki in die Pedale trat, um sich nicht von den Deutschen schnappen zu lassen. Im glücklichsten Fall sind sie ganz woanders gelandet und haben abermals den Weg des Exils genommen: nach Mexiko oder Paris, an irgendeinen Ort, der die Chilenen auf der Flucht aus ihrem Land, das sich gegenüber den spanischen Flüchtlingen überaus gastfrei gezeigt hatte, aufnehmen würde.

»Kaum ist der eine Putschist tot, wächst ein anderer nach. In Spanien kehrt die Freiheit zurück, wunderbar, in Chile sind sie mit der Drecksarbeit noch nicht fertig. Willst du etwa, dass es jemandem an den Kragen geht, weil er etwas mit irgendwelchen alten Fotos zu schaffen haben könnte? *And what's the difference, anyway,* für mich und Chim und Gerda?«

Cornell erwähnt seinen Bruder mehrmals am Tag, träumt noch öfter von ihm, und manchmal sind diese Träume so intensiv, dass er mitten in der Nacht daraus hochfährt. Es ist Bandi, der ihm durch den Kopf und durchs Leben spukt, und da er ihn jetzt förmlich zu hören meint, ist es nicht abwegig, ihn um Rat zu bitten. Wer könnte ihm einen besseren geben als dieser große Bruder, der Kriege und Fluchten, drohende Abschiebungen und Regimes überstanden hat? Der große Robert Capa würde allerdings nicht verstehen, dass ihn heutzutage nicht nur die Politik zerstören kann, »*what's the difference, anyway* muss ich mir also von dir nicht sagen lassen, Bob. Nicht, wenn ich es bin, der wegen deiner Negative um den Schlaf gebracht wird, und ich werde weiter nach ihnen suchen, solange ich lebe …«

Über Cornells energischem Versuch, die Undankbarkeit zu vertreiben, ist die Stimme des Bruders verstummt. Cornell Capa sagt sich, morgen sehe ich weiter, zieht die Bettdecke zurecht und schläft wieder ein.

Da dasselbe Verb in ihnen steckt, erinnern »wiederfinden« und »erfinden« daran, dass man, um etwas wiederauftauchen zu lassen, das Gedächtnis bemühen muss, welches eine Form der Vorstellungskraft ist. Und kaum hat man sich auf die Suche begeben, macht man mitunter erstaunliche Entdeckungen. So hat die nächtliche Zwiesprache zwischen Cornell und Robert Capa ein neues Indiz ans Licht gebracht. Es war bereits da, schwarz auf weiß, doch es ist dir nicht aufgefallen. Cornell Capa wusste nicht, dass das Negativ des *Falling Soldiers* nicht in einer der drei Schachteln war, und auch für den Mann, der sie gebaut hatte, war es wohl unmöglich, sich daran zu erinnern. Doch Bandi, der ihm falsche Papiere verschafft hatte, um ihn aus einem Konzentrationslager herauszuholen, hat Csiki nicht vergessen. Jetzt bot sich die Gelegenheit, sich zu revanchieren, auch wenn er nichts anderes tun konnte, als ein winziges Adjektiv hinzuzufügen: *all*, alles. Ja, das war alles.

Vielleicht aber konnte »*I put all Bob's negatives in a rucksack*« Cornell Capa nicht restlos überzeugen. Deshalb könnte er Csiki angerufen haben, um ihm eine Frage zu stellen: War in dem Gepäck, das in Marseille geblieben ist, dieses bestimmte Negativ?

»In Bordeaux.«

»Ist doch egal: war es drin oder nicht?«

»Ich glaube schon …«

»Aber du hast doch geschrieben, du hättest sie alle mitgenommen, also war es dabei.«

Im Hörer ist nur Stille oder das Miauen einer Katze zu hören, die das Schweigen des Mannes am Telefon ausnutzt, um sich bemerkbar zu machen.

»Das Foto war unter denen, die ich Juan Negrín gegeben habe, also wird das Negativ auch dabei gewesen sein.«

Cornell begreift, dass die Sache nichts bringt. Verärgert hält er dagegen, Csiki hätte ihm wenigstens schriftlich geben können, dass der *tödlich getroffene Milizionär* echt sei, immerhin sei er in Paris für die Arbeiten in der Dunkelkammer zuständig gewesen.

»Was willst du von mir: einen Totenschein? Hast du davon nicht schon genug? Ich habe dir geschrieben, dass ich versucht habe, *alle* Fotos deines Bruders zu retten, mehr kann ich nicht tun: Bitte, Cornell, lass mich in Ruhe.«

Resigniert lässt Cornell Leonora Grüße ausrichten und übergibt seiner Sekretärin nach dem fruchtlosen Telefonat den Brief.

Unterdessen versucht der leicht beunruhigte Csiki, sich unfreiwillig zu erinnern. In der grünen Schachtel war Chims Arbeit, in der ockerfarbenen die Ausschnitte. Vielleicht war es dazwischen? Oder in der roten Schachtel, zusammen mit den Schlachten von Madrid, Brunete, Teruel …

Dann fällt ihm ein, dass er eine Pause gemacht hat, um Fred Steins Negative zu ordnen und zu sehen, wie viel Platz ihm noch blieb. Er erinnert sich an die Negativstreifen von Gerda an der Schreibmaschine und dass auch seine Porträts sich sehen lassen konnten – sie war dermaßen fotogen! –, und es spielt keine Rolle, dass er sie mit dem Großteil seiner Arbeit in Paris hatte zurücklassen müssen. Die Bilder, die Bandi haben wollte, hatte er allesamt mitgenommen, angefangen bei der einzigen

Aufnahme von ihnen beiden, auf der er so überglücklich ist, an Gerdas Seite zu sein.

Nachdem er während der Jahre im Atelier Robert Capa mehr als einen Abzug davon gemacht hat, hat sich Csiki vielleicht gefragt, wieso Gerdas Lächeln ausgerechnet auf diesem wertvollen Schnappschuss so auffällig anders ist als auf ihren anderen Porträts. Also lässt du dich zu der Vorstellung hinreißen, dass er der Neugierde nachgegeben und die gesamte Serie unter dem Vergrößerungsglas in Augenschein genommen hat.

Da ist sie, die gehabte Geschichte, die gehabte Szene. Gerda am Tischchen mit einem hübschen jungen Mann, der lacht, flachst, flirtet. Plötzlich, als ihr Begleiter aufgestanden ist, um den *garçon* zu rufen oder sonst wohin zu verschwinden, taucht Bandi auf und setzt sich auf den soeben freigewordenen Stuhl.

Er lächelt, lächelt Gerda an, nachdem er etwas zu ihr gesagt hat, das einem Jungen aus Budapest spaßeshalber (»Dich kann man keine Sekunde allein lassen!«) oder vielmehr aus rückhaltloser Liebe zu diesem Mädchen herausrutscht, selbst wenn es gern mit anderen flachst und flirtet. Das Mädchen grinst, und das Foto bannt ein leicht gekünsteltes Lächeln, doch weil es ein alles andere als gekünsteltes Mädchen ist, rüffelt es ihn: »Lass das, verstanden?«

Sofort senkt Bandi den Blick und ist wieder der Sechzehnjährige, der sich eine Standpauke von Julia eingefangen hat, allerdings war damals ein gehöriger Schuss Übertreibung dabei, doch bei Gerda ist er wirklich getroffen. Dann ist Fred eine Wand voller Wahlplakate fotografieren gegangen und danach wieder im Dôme vorbeigekommen, wo Gerda inzwischen wieder mit dem anderen plaudert und Bandi sich offenbar mit eingezogenem Schwanz getrollt hat.

Die Zuschauer des zweiten Aktes sind dieselben wie zuvor: Fred, der fotografiert (doch er hütet sich davor, den Freunden einen Abzug zu bringen), und der Herr am Tischchen dahinter, der nicht mehr lächelt, sondern eher konsterniert dreinblickt. Vielleicht war auch er ein *émigré*, der Gerdas Auflachen gleich zu deuten wusste, oder ihr Ton und die unwirsche Kopfbewegung haben ihm genügt: *Mon dieu*, was für ein Temperament! Diese jungen Frauen von heute, also wirklich …

Und schließlich fragst du dich, ob dieses aus dem »mexikanischen Koffer« aufgetauchte Einzelbild etwas an deinen Vorstellungen ändert oder lediglich der Wirkung des vorangegangenen Bildes zuwiderläuft, auf dem die Liebenden sich vor dem Hintergrund eines der legendärsten Treffpunkte von Paris anstrahlen. Dir geht auf, dass sich die Verfälschung eines Fotos viel eher vonseiten des Betrachters vollzieht als vonseiten des Motivs: Für den Schnappschuss im Café du Dôme ist die Sequenz der wiedergefundenen Negative, die zeigen, wie André bei Gerdas Flirt dazwischenfunkt, der Beleg. Diese *clichés*, wie sie auf Französisch heißen, erzählen eine andere Geschichte als das romantische Klischee, das man in das berühmte Porträt des Paares hineingedeutet hat, doch entspringt diese Wahrnehmung einer Verbreitung der Bilder, wie nicht einmal Benjamin sie hätte voraussehen können. Vielleicht nimmt sie ihren Anfang, als Capa das Foto mit nach New York nimmt oder gar in dem Moment, als Fred es ihm als Geschenk überreicht und damit all das, was es nicht zeigt, in Vergessenheit geraten lässt: Denn Erinnerungsfotos dienen wie die Erinnerungen dem Vergessen.

Um was zu vergessen? Dass sie nicht mit der Inbrunst in ihn verliebt war, die sein Gesicht auf beiden Schnappschüssen verrät? Dass es ständig zu Reibereien kam, weil Gerda seine Eifersucht auf die jungen Männer, die sie nach wie vor in ihren Bann schlug, nicht ertrug? Dass er für Gerda womöglich nur eine Episode gewesen wäre, hätte nicht ein Panzer sie überrollt, sie aber seine große Jugendliebe blieb, die das Kolorit eines lieb gewordenen alten Fotos annehmen sollte?

In der Zeit, die nach Gerdas Ende schneller durch die Sanduhr zu rinnen schien, war Capa ein distanzierter Blick auf dieses Foto unmöglich. Also versuchst du es, jetzt, da du deuten kannst, was die beiden Bilder zusammen erzählen. Trotz der strahlenden Freude, einem Rivalen den Platz weggeschnappt zu haben, wirkt er gleich darauf so zerknirscht, als wollte er zugeben, dass es falsch war, sich aufzuführen, als gehörte Gerda ihm. Und schließlich wird klar, warum sie in diesem Moment nicht allzu glücklich und verliebt aussieht. Trotzdem lacht sie über Andrés dumme Bemerkung, zuerst lacht sie, dann wird sie sauer.

Paare trennen sich oder bleiben aus unerfindlichen Gründen zusammen, vielleicht auch, weil der Mann, der einem so oft auf die Nerven geht, einen dennoch zum Lachen bringen kann. Und hätte das nicht gereicht – weil einem über kurz oder lang alles leid werden kann oder weil es in den Jahren, die vor einem liegen, wenig zu lachen gibt –, hätte vielleicht die Notwendigkeit oder die Bequemlichkeit überwogen, diese Jahre gemeinsam durchzustehen, wäre Gerda nach Paris zurückgekehrt. Gemeinsam mit einem chilenischen Visum fliehen, dank *Life* von vorn anfangen, sich erneut in das große Experiment einer Agentur stürzen und sie Magnum nennen …

Viele Paare, die vor, während oder kurz nach jener Katastrophe entstanden sind, die die Welt ihrer Jugend auslöschte (Gerdas Geschwister und ihre Eltern, die nach Jugoslawien geflohen waren, wurden erschossen; Capas Vater und sein großer Bruder waren im Vorkriegs-Budapest gestorben und somit davongekommen), sind ihr Leben lang zusammengeblieben: Vereint im Erinnern und im Vergessen, das sie verkörperten, lebten sie jede Herzensbindung, die diese grenzenlose Leere überdauert hat, wie ein Glücksgeschenk. Lilo und Fred, Leonora und Csiki und schließlich ein Paar, das die Erzählerin dazu zwingt, in der ersten Person zu schreiben. Meine Eltern haben sich im Ghetto verlobt, sich nach dem Krieg wiedergefunden, sich geliebt und zeitweise gehasst, sich amüsiert und ertragen, bis dass der Tod sie geschieden hat. Meine Mutter, die Gerdas dickköpfige *coquetterie* besaß, hätte ihre kleine Cousine sein können. Mein Vater, ein großer Geschichtenerzähler wie Capa, sein jüngerer Bruder. Nein, es fällt mir nicht schwer, mir Robert Capa und Gerda Taro auf einer Bank im Central Park vorzustellen, sie, die ihm sagt, er solle sich das Hemd in die Hose stecken, und er, der seufzt, *mein General, jawohl*, um sie wegen ihres unauslöschlichen Akzents aufzuziehen, woraufhin sie sich echauffiert, dass er noch immer den Witzbold und Aufschneider geben muss. Während sie gegeneinander sticheln, taucht ein Junge auf einem Skateboard auf, in den weiten Hosen und dem übergroßen T-Shirt, die bauschend im Fahrtwind flattern, sieht er aus wie eine riesige neonbunte Fledermaus und saust so dicht an ihnen vorüber, dass sie einen Moment lang verstummen.

»Den hätte man fotografieren sollen.«

»*Ach*! Wer weiß, wo der inzwischen ist …«

DANKSAGUNGEN UND ANMERKUNGEN

Mein allererster Dank gilt Irme Schaber.

Durch eine von ihr kuratierte Ausstellung habe ich *Das Mädchen mit der Leica* kennengelernt und mich beim Schreiben auf die von ihr verfassten Biografien gestützt (die aktuellste ist von 2013). Vor allem hat sie mir großzügigen Zugang zu ihrem Material gewährt, das sie während ihrer Arbeit zusammengetragen hat, um Gerda Taros Leben und fotografisches Schaffen vor dem Vergessen zu bewahren.

Ein herzlicher Dank gilt Mario Bernardo für seine Antworten sowie Zenone Sovilla für die Bereitstellung des Podcasts, in dem Bernardo von seinen Widerstandserlebnissen erzählt.

Ein Dank an Prof. Giovanni Battimelli von der Universität La Sapienza und an Dr. Nicoletta Valente, die mir das nie zuvor besuchte Archiv Vittorio Somenzi geöffnet und es mir ermöglicht haben, die richtigen Bücher zu finden.

Ich danke Prof. Peter Huber von der Universität Basel und Harald Wittstock, Präsident des Vereins Kämpfer und Freunde der Spanischen Republik 1936–1939, für die Angaben zu Georg Kuritzkes. Ein Dank an Prof. Paul Mendes-Flohr für die Informationen zu Ina Britschgi-Schimmer.

Ein Dank an Roberta Gado, die mich durch Leipzig

chauffiert und mir beim Konsultieren des Staatsarchives Sachsen geholfen hat.

Ein Dank an Giacomo Lunghini und Sabrina Ragucci, die mir erklärt haben, wie eine Leica und eine analoge Spiegelreflexkamera funktionieren.

Ein Dank an alle, die versucht haben, meinen Dokumentationswahn zu bremsen und mich daran zu erinnern, dass ich einen Roman schreibe. Es stimmt: Obwohl ich mich an die Quellen halte, entspringt die Seele des Buches doch zwangsläufig meiner Fantasie.

Ich habe mir die Freiheit genommen, meine Hauptfigur durchgehend »Gerda« zu nennen, auch wenn sie Gerta Pohorylle hieß, weil sie die sanftere und gebräuchlichere Version ihres Namens lieber mochte.

Ein Dank an alle Freundinnen und Freunde, die mir zugehört, mich ermutigt und ertragen haben. Sie wissen, wen ich meine.

FOTOGRAFISCHE ANGABEN

Wie im italienischen Original sind die fremdsprachigen – darunter auch deutsche – Wörter und Sätze durch Kursive gekennzeichnet.

Gérard de Nerval, *El desdichado*, wird zitiert in der Übersetzung von Paul Celan.
Guido Cavalcanti, *Auf die Geliebte des Dichters*, wird zitiert nach der Übersetzung von Friedrich Wilhelm Genthe.